壁の花のクリスマス

All I Want

✴

壁の花のクリスマス

おもな登場人物

プルーデンス・プレスコット――貴族令嬢
エドワード――プルーデンスの父親
メグ――プルーデンスの母親
エレノア――プルーデンスの親友
ストックトン卿（スティーブン）――賭博クラブのオーナー
プランケット――賭博クラブのドアマン

プロローグ

「あのね、クリスマスにほしいのは、ウェスターおじさんのお店の窓に飾ってあるようなお人形さんなの」

プルーデンス・プレスコットは、かすかに思い出し笑いをした。数週間前、妹シャーロットが母に抱きついておやすみのキスをしながら言った言葉だ。その夜以来ずっと、プルーデンスと母は多くの時間を費やして、その店の人形に似た人形を手作りしようとがんばってきた。人形そのものはできあがっている。ただし、完全に満足のいく出来栄えとは言いがたい。精一杯の努力はしたが、二人とも人形作りの専門家ではないからだ。でもシャーロットはいい子だ。ウェスターの店に飾ってある人形とはかけ離れていても、母と姉が手作りしたクリスマス・プレゼントを心から愛してくれるだろう。特に、こうしてシャーロット自身のドレスとおそろいの、人形用の小さなドレスまで手作りしているのだからなおさらだ。妹はきっと喜んでくれるに違いない。

「おやすみなさい、プルー！」

その妹から突然飛びつかれてぎゅっと抱きしめられ、あわや床に転げ落ちそうになり、プルーデンスは低くうめいた。何か答える間も与えず、シャーロットは部屋から出ていった。まるでつむじ風のよう。妹の姿を愛情込めて見送り、ふと母のほうを見てみると、眉間にしわを寄せている。窓の外を眺めているその顔に浮かんでいるのは、いかにも不機嫌そうな表情だ。

「お母様がクリスマスに望むのはどんなこと?」少しの間のあと、プルーデンスは尋ねた。母メグ・プレスコットを不機嫌にしているものがなんであれ、一瞬でいいから気をそらさせてあげたかったのだ。でも母は何も答えようとせず、黙ったままでいる。プルーデンスは母の隣に行き、窓の外を眺めた。いったい母は何に気を取られているのだろう?

正面玄関に立ちはだかっている男が二人見えた。プルーデンス家に最後に残った男性使用人、ベントレーと何か言い争っている。年長者のベントレーは執事から従者、指南役まで――いや、必要とあればほかのどんな役割もこなしてくれる。ちなみに、この家に最後まで残っている女性の使用人は、彼の妻アリスだ。二人しかいないのに、どちらもこの屋敷を見事に切り盛りしてくれている。でも、もし事態がすぐに好転しなければ、彼らもくびにせざるを得なくなるだろう。プルーデンスは悲しい気分で、ベントレーがかたくなに首を左右に振り続け、男二人をついに追い払うのを見つめた。

「債権者たちだわ」二人の男が立ち去るのを見送りながら、プルーデンスは嫌悪感たっぷりにつぶやいた。とはいえ、その嫌悪感を本当は誰に向ければいいのかよくわからない。金を貸すのが仕事である以上、債権者たちを責めることはできないのだ。もしわたしの父親が聞く耳さえ持ってくれたら――

「わたしがクリスマスに望むことはただ一つ。わたしたち全員が債務者監獄に入れられる前に、あなたのお父様が賭け事をすっぱりやめてくれることよ」

プルーデンスは母をちらりと見た。張りつめたような表情を浮かべている。先ほどの問いかけが聞こえていたのは明らかだ。ふたたび債権者二人に視線を戻すと、彼らが表門を通り過ぎ、腹立ちまぎれに大きな音を立てて門を閉めるのが見えた。

最近では、債権者たちが毎日屋敷を訪れるようになっている。しかも日ごとに人数も増えている。当然ながら、父はけっして彼らと会おうとはしない。屋敷にいるときは前夜の飲みすぎで眠り込んでいるし、目が覚めているときは屋敷におらず、酒や賭けにうつつを抜かしている。このままだと、家族全員が破滅に追い込まれる日はそう遠くないだろう。これまでのところ、ベントレーがどうにか債権者たちを追い返してはいるが、債務者監獄に入れられる危険性は現実のものとなりつつある。どうして父は自分の行動を見直すことができないのか？

プルーデンスはもう一度母親を見て、胸が締めつけられた。なんて疲れた顔をしているのだろう。兄のジョンが馬車の事故で命を落として以来、何もかもがうまくいかなくなっている。兄は〈フォー・ホースメンズ・クラブ〉の一員だった。大した技術もない貴族の子息たちが、自由に馬車を競走させられるクラブだ。乗っていた馬車の車輪が吹っ飛び、放り出されたジョンは、運悪く木にぶつかり首の骨を折って死んでしまったのだ。その日を境に、父エドワード・プレスコットは酒と賭け事に溺れ始めた。長男であり、一人息子であるジョンを失った現実を受け入れられなかったせいだ。

「わたしがクリスマスに望むのはその一つだけ」母がぽつりと言う。「毎日そればかり神様に祈っているわ」

一瞬悲しみに押しつぶされそうになったものの、プルーデンスは悲しみを振り払い、両肩を怒らせた。母は保守的な考え方の女性だ。〝妻たるもの、夫や夫の行動に疑問を持つべきではない〟と考えている。でもわたしは違う。夫が自分の家族を破滅に追い込もうとしているなら、誰かが本人にその問題を警告するべきだ。そして、自分の手で困難を切り抜けようとしている人を、神様は必ず助けてくださる。つまり、母のクリスマスの願いを神様が叶《かな》えてくださるかどうかは、この自分にかかっているということだ。

1

　プルーデンスは御者の助けを借りて貸し馬車からおりると運賃を支払い、体の向きを変えて〈バラーズ〉の正面を見つめた。美しくて堂々たる建物だ。どの階にも窓がついていて、誰かの屋敷のように見える。とても賭博場には見えない。でもこの建物のなかでは、紳士たちが自分や家族の生活もかえりみずに、賭け事に興じている。彼らが一番気にかけるべきは、愛する家族のはずなのに。

　次の瞬間、良心の痛みをちくっと感じたが、いらだたしげに息を吐いて、その痛みを吹き飛ばした。公平な目で見れば、〈バラーズ〉を〝賭博場〟と呼ぶのが正しいことには思えない。みんなの話によれば、この店はまっとうな経営をしているし、常連客から金を巻きあげようとするごろつきがいるわけでもないという。とはいえ、〈バラーズ〉は会員制のクラブでもない。入店するのに会員証は必ずしも必要ない。ただし常連客は、それなりの基準を満たした紳士たちばかりだ。この店に入るためには、〝賭けで自分の人生を棒に振ってもいい〟という大胆さだけでなく、適切なマナーときちんとした装いも求められるのだ。

プルーデンスは傘の柄をしっかりと握りしめ、建物をにらみつけると、正面玄関をちらりと見た。三人の男たちがなかへ入ろうとしている。いや、入ろうとしているのは二人だ。三番めの男はどうやらドアマンらしい。ほかの二人にうなずいて彼らが入れるよう扉を押さえ、すぐに扉を閉じると、樽《たる》を思わせる胸の前で両腕を組み、威嚇するような表情を浮かべた。

たちまち気持ちが沈み込んだ。あの男がわたしを店のなかに入れてくれるとは思えない。たとえ会員制のクラブではなくても、女性の入店は歓迎しないだろう。ただし……女性の使用人なら話は別だ。このクラブの所有者ストックトン卿《きょう》は、店で女性を雇うという新たな試みを行っている。彼女たちに飲食物を給仕させることで、男性客たちの滞在時間を長くし、さらに金を使わせる狙いだ。

どう考えても、あのドアマンがわたしをなかに入れてくれるとは思えない。正直に言えば、わたし自身、本当に店のなかに入りたいのかどうかよくわからない。もし入れたとしても、わたしの評判にとっていいことは何一つないだろう。とはいえ、もう評判なんて心配する必要もない。わたしも、母も、うちの家族全員がすでに〝破産した〟と見なされている。あるいは、父の賭け事の借金のせいで、破産するのは時間の問題だと思われている。実際そうなのだ。遅かれ早かれ、うちは破産するだろう。プルーデンスはそこまで考え、みじめな気分になった。すでにそういう噂話《うわさばなし》が流れ始めている。プレスコット一族に対する英国貴族たちの態度が、明らかにこれまでとは違ってきている。彼らはうちの家族と距離を置くようになった。まだあからさまに避けられているわけではないが――みんな、噂話が本当だったと証明されるのを待っているのだろう――舞踏会の招待状が一通も届かなくなったし、たとえ舞踏会に出席しても、誰もわたしたちに話しかけようとしない。だからこそ母は、〝うちの一家が破産する前に〟ではなく〝自分たちが債務者監獄に入れられる前に〟父が賭け事をやめるよう祈っているのだろう。破産したら、もう手遅れだ。

それでも、この店に一歩足を踏み入れれば、その前に自らの評判を台無しにすることになるだろう。とはいえ、父エドワード・プレスコットに会って話し合うにはこれしか方法がない。もちろん、自宅で父と話すほうが簡単に決まっている。でも厄介なことに、父は毎日目が覚めるとすぐに屋敷を出て、夜遅くまで帰ってこないのだ。これでは、娘であるわたしと話す機会など持てるはずがない。きっと、父はそれを狙ってわざと屋敷を空けているのだろう。

ここまで乗ってきた貸し馬車が出発し、遠ざかる馬たちのひづめの音が聞こえ、プルーデンスは現実に引き戻された。

こうしておびえながら、ただ建物を見つめて立っていても、やるべき仕事を終えることはできない。そう自分を厳しく叱りつける。いまのわたしに必要なのは行動を起こすことだ！　背筋を伸ばし、顎をぐっとあげて、前に進み始めた。

熱心に職務をこなしているドアマンの前をどうやって通り過ぎたらいいのか、わかってはいない。ただ、彼を驚かせるのが一番の方法に思える。だったら、最初は〈バラーズ〉の建物に沿って歩くようにし、通り過ぎるかのように見せかけるのがいいだろう。そう考え、足早に歩き出した。といっても、雨で濡《ぬ》れて滑りやすくなった歩道で許される限りの早足だ。今日は季節外れの暖かさで、少し前に雨が降った。傘を持ってきたのはそのせいだ。ところが夜に近づくにつれ、気温ががくんと下がって足元が凍り、いまは歩くのが危険なほどになっている。

ともかく、そうやってぎりぎりまで我慢して、突然すばやく右側を向き、正面扉に向かって歩き出した。例のドアマンが新たに到着した客に気を取られているのを見て、にんまりしそうになる。ちょうどいい。勝利を確信しながら、歩く速度を速め、ひたすら突進し続ける。あまりにスピードを出して歩いていたせいで、突然行く手に立ちふさがったドアマンにぶつかったとき、いきおいあまって尻もちをつきそうになった。硬い筋肉の壁にまともに衝突し、うめき声とともに後ろに跳ね返される。慌てて何かを――なんでもいいから――つかもうと手をばたばたさせながら、足を踏ん張った。結局、前にいる男のシャツの前部分を片手でひっつかみ、もう片方の手で閉じた傘を振り回して、ようやく体のバランスを保った。

「女性は入店禁止だ」

うなるようなドアマンの言葉を聞き、プルーデンスは顔をしかめた。なかへ入るきっかけをなんとかしてつかみたい。ドアマンのシャツから手を放して一歩下がり、顎を上にあげた。でも、ドアマンは大男だった。ありえないほど背が高い。このまま話し続けていたら、きっと首が痛くなるだろう。悔しい気持ちになりながらもう少し後ろへ下がると、ようやく男の顔に目の焦点が合った。精一杯愛想よく笑みを浮かべ、話しかける。

「こんばんは」

ドアマンはすっと目をすがめた。ただでさえ小さな目がさらに小さくなる。ブルドッグのような顔に浮かんでいるのは、まぎれもない疑いの表情だ。「こんばんは」

「お仕事の邪魔をしてごめんなさい。普通、こういうお店にレディが入れないことはわたしも知っているの。でも――」

「だめだ」

「絶対に？」プルーデンスは慎重な口調で尋ねた。

「レディの入店は絶対お断りだ。何があっても」

「何があっても？」ぼんやりとドアマンの言葉を繰り返し、しかめっ面をした。「でもわかるでしょう？　これは緊急の用件なの。もし入れてくれたら――」

「緊急の用件とは？」

それ以上続けることができなかった。口を開けたまま次の言葉を考えようとするが、何も浮かんでこない。こういった質問をされたときのために、とっさに口にできる嘘を前もって考えてくるべきだったのだ。遅まきながらそう気づき、がっかりせずにはいられない。ドアマンは訳知り顔でうなずき、口を開いた。「本当は緊急の用件なんかじゃないんだな?」

「それは――でも――」

このままだと店には入れてもらえないだろう。そう考えたとたん、わけのわからない恐怖に襲われ、プルーデンスはドアマンと自分の間の地面に小さな手提げ袋《レティキュール》をどさっと落とした。彼がこちらの期待どおりにそれを拾おうと体をかがめた瞬間、男の大きな頭めがけ思いきって傘を振りおろす。だがどうだろう。困ったことに、ドアマンを倒すどころか、傘のほうが真っ二つに折れてしまったのだ。

「おい、ひどいじゃないか。いったいなんのためにこんなことを?」男は不機嫌そうに尋ねると、背筋を伸ばして立ちあがり、にらみつけてきた。

プルーデンスは目を大きく見開くと、ドアマンから壊れた傘に視線を移し、込みあげてくる恥ずかしさと恐怖をやりすごそうとした。生まれてからいままで、誰かに暴力をふるったことは一度もない。ただの一度も。そして初めて暴力に訴えたら、傘が真っ二つに折れてしまった。自業自得としか言いようがない。傘で殴りかかる作戦は大失敗に終わったのだ！　賭け事と酒をやめるよう父を説得するのはもう無理だろう。わたしたち一家は、クリスマスまでに債務者監獄に放り込まれる。そしておそらく、監獄のなかで死ぬことになるのだ。檻《おり》のなかで母は日に日に痩せ衰え、小さな妹も輝くばかりの若さと美しさを失っていくだろう。そしてわたし自身、夫と子どもを持ちたいという希望は叶《かな》わず、獄中でみじめな死を迎えるのだ。ぞっとすることに、涙があふれ出そうになっている。

「おいおい、泣いても無駄だ。おれは女の涙にはだまされない」

言葉とは裏腹に、ドアマンの声には動揺が感じられる。そのせいで涙がよけいにあふれてきた。ドアマンからぎこちない手つきであやすように体を軽く叩《たた》かれ、プルーデンスは反射的に彼の胸に顔を埋《うず》めて、赤ん坊のように大泣きし始めた。

「おい、頼むから泣きやんでくれ。あんたのことは怒ってなんかいない。もしあんたが心配して泣いているなら、大丈夫。おれの体はちっとも傷ついちゃいないから」その言葉を聞いて、嗚咽《おえつ》がさらに激しくなる。よほどまごついているのだろう、ドアマンは熱に浮かされたようにしゃべり続けた。「もしそうしたいなら、もう一度おれを殴っていい。そうしたらあんたをなかへ入れてあげるよ。頼むから泣くのをやめて――」

プルーデンスの涙は突然止まった。希望と感謝に目を輝かせながら、ドアマンを見あげる。「本当に？」

「ああ、くそっ」ドアマンは不満げにため息をついた。「せっかくいい仕事につけたのに。

あんたはおれがくびになるのが見たいのか？」

「プランケット！　そこで何をしている？」

ドアマンは慌てて背中の後ろで両手を組むと、プルーデンスから離れて体の向きを変え、気まずそうな表情で声の主のほうを振り向いた。堂々たる声で尋ねた人物こそ、この店のオーナーその人だ。

その場で振り返り、馬車からおりてきた男性を一目見た瞬間、プルーデンスにはそれが誰かすぐにわかった。ストックトン卿こと、スティーブン・バラード。社交界で彼を知らない人はいない。とはいえ、それはけっしていい意味ではなかった。さっそうとしたこの男性は、むしろ悪名高い。英国貴族の面々は渋々、彼を貴族の一員として受け入れているのだ。もし可能であれば、彼らはストックトン卿を完全に無視し、高位の貴族しか呼ばれない舞踏会や夜会から彼を締め出そうとするに違いない。ただし、それはストックトン卿が一流の貴族でないからではない。彼は英国王より高貴な血を引いているし、先祖も何代も前までさかのぼれるほどの名門貴族の出身だ。ただ残念なことに、ストックトン卿は一つだけ恐ろしい罪を犯している。生活のために仕事をしているのだ！　そう、彼は生計を立てるために、ロンドンで最も成功していると言われる、この賭博場を所有している。

そこまで考え、プルーデンスは苦々しい気分になった。社交界の多くの面々がストックトン卿を好ましくないと考えているのは、このクラブのせいだ。でも皮肉なことに、彼らが社交界からストックトン卿を切り離せないのもこのクラブのせいなのだ。貴族男性の大半が、彼に多額の借金をしている。その借金を取り立てられる危険を冒してまで、ストックトン卿を社交界から追放しようとする英国貴族など一人もいない。

プルーデンスは彼が近づいてくるのを見て、心のなかで不運を呪わずにはいられなかった。もう少しでドアマン——ストックトン卿が〝プランケット〟と呼んでいた男性は、わたしをこっそり店内へ入れてくれそうだったのに。ストックトン卿がやってきた以上、その可能性はついえたと考えて間違いない。なんていまいましい男。あともう少しだったのに！

スティーブンはゆっくりと近づきながら、まずは新しく雇ったばかりのドアマンに、続いて、先ほどまでドアマンから乱暴されそうになっていたレディに視線を向けた。彼女は怒っている様子だが、顔に涙のあとが残っている。前任者が辞めて雇ったばかりの巨漢のドアマンは、とっさに両腕を背中の後ろに隠し、きまり悪そうな表情を浮かべた。しかも女性をまともに見ようともしていない。

ドアマンの前で立ち止まり、ぴしゃりと命じた。「どういうことか説明するんだ」

プランケットはたちまち緊張に顔をこわばらせ、ひどく不安げな目になった。「おれは——いや、彼女が——あなたが——」彼はすばやく視線をスティーブンから女性に移し、それからクラブの扉を見て、厳しい表情のままのスティーブンに戻した。そしてがっくりと両肩を落とし、低い声でぼそっと言った。「わかっていたんだ。おれがこんな仕事につけるなんて、話がうますぎるって」

驚いたことに、女性はドアマンよりさらに狼狽《ろうばい》した様子になり、眉をひそめてこちらを振り向いた。「この気の毒な男性を解雇することはできないわ。彼は悪いことなんか何もしていないもの」

「彼はほんの少し前、きみに乱暴しようとしていた」スティーブンは静かな口調で指摘した。

「いいえ、この人はわたしを慰めようとしてくれていたの。わたしが――」女性は一瞬苦しげな表情を浮かべると目を伏せたが、手のなかにある壊れた傘を見て傍目《はため》にもわかるほど顔を輝かせると、証拠品を見せびらかすように手を掲げた。「わたしの傘のせいよ！壊れてがっかりしていたら、彼が親切にも何か手伝えることはないかと声をかけてくれたの」作り笑いを浮かべながら、ドアマンのほうを向く。「わたしを助けてくれようとしたあなたには感謝しているけれど、手助けの必要はまったくないわ。だから、もしよければこれで失礼させていただくわね」

男性二人に会釈すると、レディはさりげなく前に進み始めた。スティーブンに腕をつかまれ、引きとめられた瞬間、機嫌のよさそうな微笑はかき消えた。

「こんなふうに引きとめてすまない。だがきみは混乱したせいで、方向感覚を失っているようだ」そう言って、扉からクラブへ入ろうとしていた女性の体を通りのほうへ向かせた。彼女が悔しそうな顔になるのを見ても、特別驚きはしない。きっとこのままおとなしく立ち去るだろう。ところが、女性は意を決したようにこちらに向き直った。

「普通、レディの入店が許されないのは知っているけれど――」

「ああ、何があってもだ」プランケットは悲しげにかぶりを振りながら低くつぶやいた。

女性はドアマンにいらだったような一瞥《いちべつ》をくれると、言葉を継いだ。「とはいえ、これはある種の急ぎの用件で――」

「どんな急ぎの用件なのかな？」スティーブンは尋ねた。

「どんな？」女性は困惑したように繰り返した。

「彼女の傘に気をつけて」プランケットが低い声で言う。

スティーブンは混乱してドアマンをちらっと見た。「傘？」

大男はしかつめらしい表情でうなずいた。「彼女がレティキュールを落としたら、あの傘に気をつけてください」

「わたしはレティキュールを落としたりしないわ」女性が歯を食いしばりながら言う。

「さっきは落としたじゃないか」プランケットは肩をすくめた。

「あれは単なる偶然よ」

「へえ、だったら、あんたがおれの頭に振りおろしたせいで、その傘が壊れたのも単なる偶然なんだろうな」

プランケットの言葉を聞き、女性はさらに気が動転したらしく、壊れた傘を振り回し始めた。「そうよ、本当に事故だったの。手から滑ったのよ」

彼女は嘘がへただ。スティーブンはどういうわけか愉快な気分になり、噴き出しそうになった。目の前にいる女性は、もう一度ドアマンの頭を叩きたくてたまらない様子に見える。彼女をどこかで見たような気がするが、いったいどこで見たのだろう……？　あれこれと考えている間も、ドアマンと女性は言い合いを続けている。

「手から滑っただって？」プランケットは疑わしげに尋ねた。「それでたまたまおれの頭にぶつかって、真っ二つに折れたっていうのか？」

「そうよ。だってたまたまそこに落ちたんだもの。あれは完全に事故だった」

女性はそう言い続けているが、正面扉の両側にある外灯に照らされたその顔は、熟れたさくらんぼのように真っ赤だ。

「見えすいた嘘だな。どうせ、緊急の用件でなかに入りたいっていうのも嘘だろう？」

「いいえ、本当に緊急の用件なの」女性はかたくなに言い張ると、悲しげな顔でぽつりとつけ加えた。「わたしにとっては」

聞きたいと思っていたことは聞いたし、この調子なら、プランケット一人でこの状況に対処できるだろう。スティーブンはかぶりを振りながら、自分が所有するクラブへ入ろうと体の向きを変えた。ところが一歩も踏み出さないうちに、女性から腕をつかまれ、引っ張られた。そちらをにらむと、彼女が懇願するような表情を浮かべている。

「お願いよ、ストックトン卿。どうかわたしをこのなかに入れて。本当に重要な話があるの」

スティーブンは一瞬ためらい、無意識のうちに彼女に向き直って尋ねていた。自分でもなぜそんなことを尋ねたのかわからない。「だったら、その緊急の用件というのはなんなんだ?」

女性は気おくれした顔つきになり、プランケットを気まずそうにちらっと見てから、凍った歩道に視線を落とした。

突然遠慮がちな態度を見せられても、驚きよりいらだちしか感じられない。スティーブンは質問を繰り返そうとふたたび口を開きかけたが、どうにかこらえた。すぐ近くの道で馬車が停車し、若い紳士たちが数人おりたのに気づいたのだ。彼らが〈バラーズ〉の正面扉に向かってくるのを見て、女性の腕を取ると扉から離れるようながした。「なぜぼくのクラブに入りたいんだ?」

「父とどうしても話す必要があるからよ」

スティーブンは目をしばたたいた。「きみのお父上がこのなかにいて、彼と話したいのか?」

　女性はうなずいた。屈辱に耐えるような表情を浮かべている。

「どうして?」

「どうして、ですって?」

「どうしてだ?」スティーブンはきっぱりと繰り返した。

「わたしの母が……」

　女性がふたたびためらったため、彼は先をうながした。「きみのお母上がけがをしたのか?　それとも病気に?」

　女性はその質問を聞いて驚いた様子になり、慌てて首を左右に振った。「いいえ、母は……」そう言いかけて、またしても口ごもる。

　今回は、スティーブンにも手に取るようにわかった。このレディは心のなかで、適当な言い訳を考えてこなかった自分を責めているのだ。

　だがいまさらそんなことを考えても遅いと気づいたのだろう。彼女は口を開いた。「いいえ、いいの。あなたも知っていると思うけれど、わたしの兄は昨年亡くなったわ」

「それは気の毒に」スティーブンは静かに答え、女性の顔をじっと見つめた。いまの言葉から察するに、このレディを〝どこかで見た気がする〟と感じたのは、ただの勘違いではないらしい。というか、彼女のことは知っていて当然なのだろう。だが残念ながら、このレディの名前も爵位も思い出せない。しかも、彼女の外見に手がかりもなかった。頭には小ぶりな帽子をきっちりとかぶり、うなだれているのだから。

「ありがとう。でもあなたも知っているとおり、そのせいでうちの家族は大きなショックを受けたわ。兄はたった一人の男子だったのに、あんな事故で、思いがけず突然……」彼女はそこでためらうと、さらにうつむいて、どうにか言葉を続けようと手をひらひらさせ、その手の動きをじっと見つめたあと、ふたたび口を開いた。「わたしの父は、その事実をどうしても受け入れられなかったの。いまだに立ち直っていないわ。だから毎日浴びるようにお酒を飲んで、賭け事ばかりして――」

「本当に気の毒なことだ。きみのお父上が、息子を失った事態にうまく対処できないのは」スティーブンは彼女をさえぎった。

　このレディが何者か、いまはっきりとわかった。〝一年前に身内が事故で亡くなった〟〝父親がその事実を忘れるために酒と賭けに溺れている〟という話から考えると、彼女の父親はプレスコット卿に違いない。〈バラーズ〉の常連客だ。そして彼女は、レディ・プルーデンス・プレスコット。

「だがきみはまだ、ここにやってきた急ぎの要件がなんなのか、説明していな――」

「あの人にとって、たった一つのクリスマスの願いだからよ！」

「あの人？」スティーブンはひどく困惑し、眉をひそめた。いったいレディ・プルーデンスはなんの話をしているんだ?

「わたしの母よ。兄ジョンが死んで、母もひどい衝撃を受けたけれど、いまではそれよりも父の態度に困り果てている。父は賭け事にうつつを抜かして、現実を見ようとしない。いまでは毎日のように債権者たちが屋敷に押しかけているというのに、それに気づきもしない。たとえ気づいても、まったく意に介さないはずだわ。だって、ひたすらお酒と賭け事に溺れて……」彼女はそこで言葉を切った。そういった話をスティーブンに知られるのが気まずいことであり、しかも、こんな個人的な打ち明け話を聞かされたスティーブンがやや当惑した表情を浮かべていることにも気づいたのだろう。だが、やがて意を決したようにに言葉を継いだ。「数日前、クリスマスに何を望むか母に尋ねたら、〝わたしたち全員が債務者監獄に入れられる前に、あなたのお父様が賭け事をすっぱりやめてくれることよ〟という答えが返ってきたわ。それを聞いて考えたの。自分の手で困難を切り抜けようとしている人を、神様は必ず助けてくださるはず。もしわたしが父と直接話をして、自身のせいで家族がどんな目にあわされようとしているか理解させることができたら、父の目をこの現実に向けさせられたらって……。でも、いくらこの件について話そうとしても、父がじっとしていないの! 目が覚めるとすぐに屋敷から出ていってしまう。まっすぐここへやってきて、賭け事にうつつを抜かして……」

声が尻すぼみになり、スティーブンはしかたなく彼女のほうを一瞥した。本音を言えば、プレスコット家にまつわるこんな内輪話など知りたくもない。礼儀に反することなく、ここから立ち去るにはなんと言えばいいだろう？　そう考えながら目を合わせたとき、彼女の意気消沈した表情に胸を突かれ、たちまち罪悪感がうずき出した。こうして冬の寒空の下、クラブの外で自分たちが立っている間にも、彼女の父親は家族のことなどかえりみず、賭けに興じているのだ。

「きみの馬車はどこだ？」スティーブンは唐突に尋ねた。だがレディ・プルーデンスが壊れた傘をきつく握りしめ、顔を真っ赤にしたのを見て、すぐに心のなかで自分に悪態をついた。なんと愚かなことを尋ねたのだろう。だが、やがて彼女が堂々と頭をあげ、声の威厳を保ちながら、率直にこう答えたのには驚いた。

「債権者たちにお金を返すため、馬車は売ったの」

スティーブンはうなずくと、自分の馬車を一瞥し、彼女の腕を取って馬車のほうへいざなった。

「いったいどうするつもりなの？」彼女は警戒しているというよりもむしろ、驚いている様子だ。

「ぼくの馬車できみを屋敷まで送るよ」スティーブンは馬車の横で立ち止まり、扉を開けると、彼女に手を貸して馬車へ乗るのを手伝おうとした。だがレディ・プルーデンスはその手を取ろうとはせず、しっかりと両足を踏ん張り、スティーブンのほうへ向き直った。

不愉快そうに、眉を思いきりひそめている。

「わたしは屋敷まで戻るつもりはないわ。父とどうしても話す必要があるの。父は――」

「彼は一人前の男だ。それにきみという立派な娘を持つ父親じゃないか。自分がやっていることくらい、ちゃんとわかっているはずだ」

「いいえ」彼女はすばやく答えた。「それがそうではないの。もし自分が賭け事をすることで、家族にどんな迷惑をかけているか知っていたら――」

「賭け事をやめて屋敷へ戻り、いかにも善人らしく暖炉のそばに座ってクリスマス・キャロルを歌うとでも?」スティーブンはうんざりしながら言うと、彼女の打ちひしがれた表情から目をそらした。しかし、すぐに目を合わせ、優しく話しかける。「きみが何を言っても、彼は止められないだろう。きみだってわかっているはずだ。きみの力で、きみのお父上の行動を変えることはできない。彼自身で自分の行動を変えようとしなければいけないんだ」

「でも、とにかくやってみなくては」

レディ・プルーデンスの固い決意を聞き、スティーブンは唇を引き結んだ。彼女は理性的に考えてそう言っているのではない。ただ絶望に駆られているのだ。「だったら家で試してもらおう。〈バラーズ〉は女性の来るべき場所ではない」

「男性だって来るべき場所ではないわ」彼女は早口で答えた。

スティーブンは先ほどまでの罪悪感が困惑に取って代わるのを感じた。もはや少し前のように、彼女に同情する気にはなれない。だからそっけなく答えた。「〈バラーズ〉はレディの入店を許していない。それに、今回例外として入店を認めて、きみの評判を台無しにするのもごめんだ。さあ、馬車に乗ってくれ」

ふたたび手を差し出すと、今回レディ・プルーデンスは渋々その手を取った。彼女が馬車に乗るとすぐに、スティーブンは扉を閉めた。急に心変わりでもされたら大変だ。窓の外から彼女に屋敷の住所を尋ねたところ、返ってきたのはあまりに低い声で、耳をそばだてなければならなかった。うなずいて、マナーを守るべく少しだけ彼女に向かって帽子を傾けると、御者に住所を告げ、そこまで彼女を連れていくよう命じた。動き出した馬車を見送ると、窓から外をのぞいているレディ・プルーデンスの青白い顔がどんどん小さくなっていった。

そのあとは自分のクラブであたりの様子を観察したり、客と言葉を交わしたが、一緒に酒を飲み賭けをする間も、去り際のレディ・プルーデンスのイメージが頭から離れず、スティーブンを悩ませ続けた。

ストックトン卿が所有する、贅《ぜい》を凝らした見事な馬車のなかに座りながら、プルーデンスは激しい怒りが生き物のようにむくむくと頭をもたげるのを感じていた。どうしようもない怒りと不満の矛先を誰に向けるべきかは、痛いほどよくわかっている。スティーブン・バラードだ。彼は、父が夜な夜な賭け事に興じている、あのクラブの所有者にほかならない。そのせいでわたしたち家族は破滅に追いやられようとしているのだ。しかも、彼はこちらがクラブのなかに入って、父と話をするのを許そうともしなかった。もし話をすれば、破滅の道をひた走らないよう父を引きとめられたかもしれないのに。

「〈バラーズ〉はレディの入店を許していない、例外はいっさい認められない、というわけね」屋敷に到着し、馬車が停止したとき、プルーデンスはひとりごちた。「だったら、男性として入店するまでだわ」

2

馬車のカーテンを開けて景色を確認し、プルーデンスは息をのんだ。目的地〈バラーズ〉はもうすぐだ。最初に思いついたときは、これがまたとない名案に思えた。この計画を実行すれば、〈バラーズ〉にいる父エドワード・プレスコットと絶対に話ができる。できないわけがない。父は娘のわたしを一人残してあのクラブから逃げ出したりしないだろうし、噂話《うわさばなし》もされたくないはずだ。この計画を実行すれば、ようやく父に伝えなければいけないことを直接言える――そう考えていた。でも馬車がこうして〈バラーズ〉に近づくにつれ、好ましくない予感が確信に変わりつつある。どう考えても、この計画は大きな間違いだ。お粗末で愚かな計画と言わざるを得ない。なぜエリーは、わたしのこんな計画に協力してくれたのだろう?

親友エリーこと、エレノア・キンダースリーのことを考え、プルーデンスの緊張は少し和らいだ。この日の午後、お茶の時間にエリーを訪ね、自分の父親についての愚痴を聞いてもらった。それに、父のせいでうちの家族にどんな悲惨な運命が待ち受けているかという話や、昨夜〈バラーズ〉に入ろうとしたのに失敗に終わった話もだ。彼女は思いやりたっぷりにこちらの話に耳を傾け、自分にできることがあればなんでも手伝うと言ってくれた。そこで、男性に変装してそのクラブに入る計画を打ち明けたところ、〝なんてすばらしい計画なの！〟と諸手《もろて》を挙げて賛成し、自分も一緒に行くとまで申し出てくれたのだ。でも彼女の申し出は即座に断った。自分のほかに、親友の評判まで台無しにする必要はない。でも、わたしの馬車を使ってはどうかという申し出は、ありがたく受けることにした。

いや、正確に言えば〝エリーの父親の馬車〟だ。娘がいきなり馬車を貸してほしいと言い出したことに、どうかキンダースリー卿《きょう》があまり心配を募らせていませんように。エリーはいつだってこんなふうに相手のことを思い、寛大な申し出をしてくれる、本当に愛すべき親友なのだ。

そう、エレノア・キンダースリーはかけがえのない友だち。でもどう考えても、エリーはわたしの愚かなまねを思いとどまらせるべきだったのに。もう計画はあきらめ、キンダースリー家の御者ジャミソンに〝やっぱり家に戻って〟と伝えよう……。

ふと弱気になっていたのに気づいたプルーデンスはカーテンを閉め、フラシ天のふかふかの座席にもたれると、なんとか落ち着こうと深呼吸をした。でも残念ながら、さほど落ち着くこともできないまま、とうとう馬車が停《と》まった。窓の外をちらりと確認し、顔見知りのプランケットが〈バラーズ〉の前で両腕を組んで立っている姿を見ても、気分は少しも落ち着かない。

　勇気がさらにしぼむのを感じながらも、プルーデンスは自分で馬車の扉を開け、外へ飛び出した。着地したのは、おりる手助けをしようとやってきていたジャミソンのちょうど前だ。こちらの姿を見たとたん御者の顔が凍りついたので、内心ため息をつきながら申し訳なさそうな笑みを浮かべた。ジャミソンが驚くのも無理はない。エリーは馬車の扉を開けられる前に自分から飛び出すようなまねは一度もしたことがないはずだからだ。まあ、それを言うなら、エリーはいつだって完璧なレディで、わたしはそうではない。完璧なレディならば、こんなふうに男性の格好をして馬車から飛び出し、自分の家族を救うために父を追いかけて賭博場にやってきたりはしないはずだ。

　でも、この世に完璧な人間なんて一人もいない――そんな哲学的な考えが頭をよぎった。しかもわたしには、完璧なレディらしく振る舞えるかどうかよりも、心配すべきことがほかにある。特に、男性の格好をしているいまはなおさらだ。よけいな物思いを振り払い、両肩を怒らせると、非難がましい顔の御者を避けて前に進み始めた。

　でも数歩も歩かないうちに、膝下までの丈の半ズボン《ブリーチズ》がずり下がり始めた。歩く速度を遅くして、袖なしの肩マント《ケープ》の下、ブリーチズを力いっぱい引っ張りあげる。ケープも、ブリーチズも、父エドワード・プレスコットのものだ。ついでに言えば、いま身につけているシャツも、ベストも、首に巻いた長方形のネクタイ《クラバット》も。

つくづく残念なのは、この計画がひらめいたとき、父は小柄だが胴回りはわたしの二倍もあるという事実まで思い出せなかったことだ。それにジョンの死後、母が兄の衣服をすべて慈善団体に寄付したことも。とはいえ、ジョンの服でもぴったりだったとは思えない。すべてわたしには大きすぎただろう。でも少なくとも、この父のぶかぶかの衣類のように、服の海のなかで泳いでいるようには見えなかったはずだ。

ここにやってくる前、少しでも自然に見えるように、かなりの時間をかけて父のブリーチズの生地をつまんだり、ピンでとめたりして手直しした。その試みはほぼ成功し、正面から見たら何も問題ないように思えた。しかしいま、わたしのせっかくの努力が水の泡になろうとしている。手を離すとすぐに、ブリーチズはふたたびずり落ち始めた。

いらだちに顔をしかめ、もう一度思いきりブリーチズを引っ張りあげた。今回はそれだけでなく、ケープの下、ヒップのあたりに置いた片手でブリーチズを持ち続け、固定するようにもした。でもこんな格好のまま歩いていたら、さぞまぬけに見えるに違いない。そう気づき、少しでも男らしく見えるよういばった歩き方をし始めたが、そうすると頭が揺れて、今度はシルクハットがどんどん前にずり落ちてくることに気づいた。このシルクハットも父のもので、やはり大きすぎるのだ。

最初、シルクハットは変装にうってつけに思えた。長い栗《くり》色の髪を、帽子の下にひとまとめにして突っ込めるからだ。でもいまは、このシルクハットが思った以上に役立たない代物だと気づき始めている。頭から少しでもずれると、長い髪がこぼれ落ちてすぐに女性だとばれてしまうだろう。右手には父の古い杖《つえ》を持ち、左手でブリーチズを押さえているいま、シルクハットをこれ以上ずり落ちさせないためにはどうすればいい？　必死に頭を巡らせ、持っていた杖を掲げて、杖の先を使ってハットをもとの位置に戻そうとした。ありがたいことに、試みは成功。それからはもう少し慎重に、頭をなるべく動かさないよう注意しながら歩き続け、〈バラーズ〉の正面玄関――そしてプランケット――の前にたどり着いた。

実を言えば、今回の計画を練ったとき、正面玄関をどう突破するかはあいまいなままだった。ただ玄関の前に行けば、プランケットが扉を開けて脇へどき、すぐになかへ入れてくれるだろうと考えていたのだ。案の定、いまもプランケットは、明らかに何か別のことを考えている様子だ。ただ所定の位置に立っているだけなのだろう。でもこちらが近づいていくと、急にすっと目をすがめ、警戒するような表情に変わった。

「ちょっと失敬」一番低い声でそう言いながら、プランケットを避けてまっすぐ扉に向かおうとする。込みあげる恐怖で声が震えていませんように……。だが祈りもむなしく、プランケットは一歩横にずれて前に立ちふさがった。

「どこかで見た顔だな」低い声のつぶやきに、プルーデンスの心臓がとくんと跳ねた。

「そりゃあそうだろう……わたしはこのすてきな店の常連客だからな」やっとのことでそ

う答え、自分のついた真っ赤な嘘に大声で笑い出したくなった。でも慌てて笑いをこらえようとしたところ、喉に何か引っかかり、激しく咳《せ》き込んでしまう。

どうしよう？　パニックに目を見開きながらも、とっさに杖を持ったほうの手を振りあげ、ずり落ちそうになったシルクハットをかろうじて押さえた。そのはずみで、杖がプランケットの頭を直撃しそうになる。ドアマンはすばやく頭を上下させ、器用に攻撃をかわした。ボクサーもうなるような見事な防御だ。それから両腕を組んで、激しく咳き込み続けるプルーデンスをにらみつけた。

しかし、このまま引きとめても、自分のためにならないと考えたに違いない。プランケットはすぐに扉を開け、痰《たん》が絡んだような咳をし続けているプルーデンスの前からどいた。

「ありがとう」かすれ声でそう言うと、プルーデンスは早足で前に進んだ。ドアマンの気が変わらないうちに、店内に入らなければ。

背後で音を立てて扉が閉まり、とりあえず安堵《あんど》の息をつこうとしたとき、自分がまだ最初の障害物を乗り越えたにすぎないことに気づいた。目の前に広がっていたのは、賭博室ではない。一本の通路だ。その脇に私物を一時預けるクロークがあり、通路の先にはまた別の扉が見え、その扉とプルーデンスの間に二人の使用人が立っていた。

ふたたび込みあげてきたパニックを必死に抑えようとする間に、二人の使用人が駆けつけ、こちらの帽子と上着を預かろうと手を伸ばしてきた。シルクハットがまっすぐなのを確認してから手を離し、二人を追い払うように両手で杖を振り回し始める。

「長居するつもりはない。このままにしてくれ」そう言って二人の間を駆け抜け、シルクハットを押さえつつ通路の先にある扉を通り抜けたところ、なんとかうまくいった。

賭博室に足を踏み入れ、まず驚いたのは騒がしさだ。巨大な部屋はゆうに百人を超える男性客であふれ返っていて、誰も彼もがしゃべったり笑ったりしている様子だ。しかも自分が話す順番になると、みんながあたりの喧騒《けんそう》にかき消されないように声を張りあげるせいで、よけいに騒がしい。どうやら男性とは、女性がまわりにいないときのほうがよくしゃべるものらしい。いや、正確には〝レディがまわりにいないとき〟と言うべきだろう。プルーデンスは心のなかで訂正した。噂に聞いたとおり、女性の使用人がいるのに気づいたのだ。ごった返す男性客の合間を縫うように、数人の女性たちが飲み物やいろいろな食べ物をのせたトレイを運んでいる。

そのうちの一人が近くのテーブルに飲み物を届けたのを見て、つい足を止めて彼女の着ているものを惚《ほ》れ惚《ぼ》れと眺めた。深紅色をしたロングスカートに純白のブラウスを合わせたその姿は、ことのほか人目を引く。もちろん、自分ではあえてああいうものを身につけたいとは思えないけれど。だって、よく見るとスカート丈が適切ではない。裾がほんの少し短くなっているせいで、急ぎ足になると足首までちらりと見えている。それにブラウスの丸い襟ぐりもやや開きすぎている感が否めない。とはいえ全体的に見ると、やはり魅力的な制服だ。この場にいる女性全員が身につけているのだから、あれは制服に違いない。

背後から新たに客が入ってきたため、ストックトン卿が選んだ女性使用人の制服についての物思いを中断せざるを得なくなった。戸口から離れてフロアを歩き始め、おおぜいいる男性客たちに視線を走らせる。父はどこにいるのだろう？

ちょうどフロアの右奥にたどり着いたとき、反対側の角にあるテーブルで、カードゲームに興じている父の姿がちらりと見えた。丸テーブルの中央に紙幣がうずたかく積まれているのが目に入り、苦々しい気持ちになる。父はあの紙幣の山のうち、どれくらいの金額を賭けているのだろう？　もし父が勝ってあそこに積まれた賭け金を全額手にできれば、かさむいっぽうの借金の返済にかなり役立つはずなのに。でも、そういう考えこそがクラブの狙いなのだ。父が勝つはずない。わたしなら間違いなくそっちに賭ける。

すでにどれだけ負けていようと、これ以上父にお金を失わせるつもりはない。プルーデンスはそう決意を固めると、両肩をそびやかして、父との直接対決のために心の準備をした。父のいるテーブルに向かって大股で歩き始めたまさにそのとき、横から痛そうな悲鳴が聞こえ、足を止めて振り向く。いったいなんの騒ぎだろう？　すぐ近くで、背が高くてタカを思わせる険しい顔の男が、女性使用人の腕をつかみ、乱暴に彼女の体を揺さぶりながら何か叫んでいる。

プルーデンスは眉をひそめると、彼らに近づいた。いったい彼は何を叫んでいるの？

「不器用なくそ女め！」男はうなるように言った。「このベストは、おまえが一生かかっても稼ぎきれないほど高価なものなんだぞ！」

「申し訳ありません、閣下。わざとエールをこぼしたわけじゃないんです。あなたがわたしの腕にぶつかって――」

「わたしのせいだと言いたいのか？」貴族の男は怒鳴ると、女性の体をさらに強く揺さぶった。骨ががたがたいう音が聞こえるのではないかと思うほど激しい。

心の底からその女性を気の毒に思ったプルーデンスは、父のことは一瞬置いておくことにして、その二人の間にすばやく割って入った。「ほらほら、そこのきみ」父のおだてるような口調をまねて話しかける。「この女の子はわざとそうしたわけじゃ――」

プルーデンスは言い終えることができず、気づけば甲高い驚きの声をあげていた。突然クラバットをつかまれ、床から持ちあげられたのだ。ぶかぶかのブーツのなかで足が滑り、爪先立ちになったまままつんのめって、タカを思わせる顔の男と鼻を突き合わせていた。

「おい、わたしはあんたの意見など尋ねていないぞ！」

首を絞められている痛みと、タカ男の口のウィスキー臭さに顔をしかめ、プルーデンスは男から給仕の若い女性に視線を移した。突然突き飛ばされたせいで床に倒れているが、女性はむしろほっとした様子だ。そんな彼女を責められない。プルーデンスにしてみれば、いまは木製の硬い床が何より安全な場所に思える。そのとき、彼女がこちらを見て驚きと恐怖に顔をこわばらせたのに気づいた。

「女だ！」

タカ男の叫び声を聞き、プルーデンスは意識をすぐに彼に戻した。どういうわけか、つい先ほどよりも頭のあたりが涼しくなっている。いっきに不安が込みあげてきて、杖を持っているのも忘れ、本能的に右手を掲げてシルクハットを確かめたところ、いきなり頭に鋭い痛みを感じて気絶しそうになった。手を掲げたはずみで、持っていた杖が当たったに違いない。あまりの痛みに一瞬星が飛ぶのが見えたほどだ。でも星が見えたのは、こちらがいきなり手を振りあげたのに驚いたタカ男から、体をさらに持ちあげられたせいもあるだろう。いまや首つり縄のように、クラバットが首にきつく巻きついて窒息寸前だ。

なんとかして息を吸いたい。その一心で、無意識のうちに杖をタカ男の頭めがけて振りおろしていた。男がすぐにクラバットから手を離したおかげで、ようやく呼吸することができた。大きくあえぎながら後ろによろめいた瞬間、運のいいことに、タカ男が負けじと顔めがけて繰り出してきた拳をよけた。女だとわかっているのに殴ろうとしたタカ男を見ても、さほど驚きはしない。結局のところ、給仕の女性にあれほど感じの悪い態度を取っていた男が相手なのだ。だが周囲にいる男たちは、あまりの驚きに言葉をなくしていた。

タカ男がプルーデンスめがけて繰り出したパンチが、ちょうど割って入ろうとしていた金髪の大男の顎にまともにぶつかり、その衝撃で彼が床に叩《たた》きつけられてしまったせいだ。

なんて気の毒に。プルーデンスは下唇を噛《か》み、眉をひそめた。でも、あのパンチをまともに浴びていたら、わたしなどひとたまりもなかっただろう。

部屋全体に沈黙が落ちるなか、金髪の男性は頭を振りながらゆっくりと立ちあがった。タカ男が真っ青になり、おびえたように早口で弁解し始める。「わざときみを叩いたわけじゃない。わたしはただ――」

タカ男はそこまでしか言うことができなかった。金髪男から顔面に拳を見舞われたせいだ。プルーデンスは思わず快哉《かいさい》を叫びたくなった。自分より小柄な女性に対してはあれほど高飛車な態度を取っていたのに、体の大きな男が相手になったとたんに震えあがるなんて、とんだ臆病者だ。

プルーデンスは満足げに、タカ男がよろよろとあとずさるのを見守った。しかし間の悪いことに、タカ男は、飲み物のトレイを運んできた給仕の女性とまともにぶつかった。トレイがひっくり返り、宙に放り出された飲み物が別の男性客二人に降りかかった瞬間、地獄のような大騒ぎが始まった。その男性二人がタカ男と金髪男のけんかに加わり、すぐに周辺にいる男たちも乱闘に飛び込んだ。先ほどまで水を打ったように静かだったはずの賭博室全体が、今度は暴力という大波にのみ込まれていく。もはや部屋にいる男たち全員が入り乱れて殴り合いをしているかのようだ。

プルーデンスは体を起こして座ったまま、あたりで始まった乱闘騒ぎを見て絶句した。

それから床を這《は》って、けんかしている二人の男の足元から、父の二番めに上等なシルクハットを無事に回収した。でも残念ながら回収するのが遅すぎたらしく、ハットはややへこんで縮こまっている。台無しになったハットをにらみつけていると、誰かに脇から腕を強く引っ張られ、そちらに視線をやった。先ほどの給仕の女性だ。

「こっちよ」彼女は叫ぶと、床に両手両膝を突いて、男たちの足元を這い進み始めた。

プルーデンスはしばしあぜんとしながら彼女を見つめていたが、このまま一人で男たちの乱闘騒ぎを切り抜けられるとは思えない。だから彼女にならって床に両手両膝を突き、這いながらあとを追い始めた。ただいかんせん、片手に父の杖を持ったまま、床を這い続けるのは至難の業だ。硬い杖の表面と床の間で指先がこすれ、痛いことこのうえない。しかたなく杖を放り出すと、先ほどよりも楽に進めるようになった。少し進むごとに止まって、ずり下がってくるブリーチズを引きあげる必要はあったものの、床をずるずる這うことで、ずっと片手で押さえていなくてもブリーチズは体についてくるようだ。

「ちゃんと立ったほうがもっと速く動けると思わない？」周囲にある男たちの足をどうにかかわしながら、給仕の女性に追いつくと、プルーデンスは息も絶え絶えに尋ねた。

給仕の女性の前方がふさがれている。男が二人、床に転がって取っ組み合いのけんかをしているせいだ。

「ええ。ただし、顔にパンチを浴びてもいいならね」彼女は肩越しに答えると、進む方向を変え、けんかしている二人組をよけてまた這い始めた。

　その言葉は説得力じゅうぶんだったが、プルーデンスは考えずにはいられなかった。顔に拳が当たるのと、ブーツの足先が当たるのと、どちらのほうがましなのだろう?

　しかし、それ以上考えることはできなかった。誰かがプルーデンスの体につまずき、そのブーツの先が脇腹に当たったのだ。蹴られたというよりも軽く当たった程度だったが、それでもうめきがもれた。こんなことなら、顔に拳が当たるほうがまだましかもしれない。そう考え、両膝を突いて立ちあがろうとしたところ、誰かに襟首をつかまれ、いやおうなく体を引きあげられた。

　とっさに両目をきつく閉じ、垂れ下がりそうになっているブリーチズをつかんで、顔をしかめる。もうすぐ相手の男に拳を見舞われるのだろう。そう観念し体を回転させて、乱暴者に面と向かった。

「きみか」

　恐る恐る片方の目だけ開けてみて、プルーデンスは低い声をもらしそうになった。前に立っていたのはストックトン卿だ。なんて運が悪いのだろう。心のなかで悪態をつきながらもすぐに決断した。いまこの場で、わたしが選べる選択肢は〝虚勢を張る〟しかない。だから、まるで彼がごった返す舞踏室のまんなかで偶然出会った無二の親友であるかのように、輝かんばかりの笑みを向けた。

「まあ、閣下！　こんばんは！　なんて嬉《うれ》しい驚きでしょう。今夜のご機嫌はいかが？」

彼の顔に差していた赤みが濃くなり、やがて紫色に変わった。しかも一言も話そうとしていないことから察するに、この作戦は、完全なる間違いだったに違いない。

「きみだったのか！」圧倒されて間延びした声だった先ほどとは違い、今回はまぎれもないいらだちが感じられる。そう、〝虚勢作戦〟を選んだのは、どう考えてもわたしの間違いだったのだ。きっと〝乱闘騒ぎを繰り広げている男たちから守ってほしいとばかりに、彼の腕のなかに飛び込む作戦〟のほうがよかったのだろう。そう気づいて、急遽《きゅうきょ》その作戦に切り替えようとしたが、取っ組み合っている二人の男が突然ストックトン卿にぶつかり、彼は体をぐらつかせた。だから、とっさに前に進み出て、つんのめりそうになった彼の体を支え、バランスを取り戻す手助けをしてしまった。そのとき気づいた。もはやどんな作戦に打って出てもわたしのためにはならない。ここからさっさと逃げ出すのが一番だ、と。


体の向きを変えて、群がる男たちをかき分けながら立ち去ろうとしたが、すぐに、先の給仕の女性の言葉は正しかったのだとつくづく思い知らされた。あたりは拳が飛び交っているだけではない。男たちが肘で強く押し合ったり、体を激しくぶつけ合ったりしている。このなかをまっすぐ歩いて進むなんて、どう考えても不可能だ。狼狽《ろうばい》するあまり、肩越しにちらっと振り返ると、ストックトンはようやく体勢を立て直し、いまやこちらに向かってこようとしている。慌ててもう一度両手と両膝を床に突き、手と足をすばやく動かして退却を開始した。床を這いながら、周囲の男たちの足をよけながら、ときには彼らの足の間をくぐり抜けながら、そしてときにはいまいましいブリーチズを引っ張りあげて脚が三本しかない犬のように体を上下させながら、ひたすら匍匐《ほふく》前進を続けた。それでも、このやり方だと歩くよりもはるかにすばやく移動できる。戦略を切り替えてうまく立ち回れた自分を褒めてあげたい気分になったとき、ふたたび襟首をつかまれ、無理やり立たされた。そのまま急《せ》かされて、男たちの間を無理やり前進させられる。

またしてもストックトン卿だった。悔しいけれど認めざるを得ない。彼はわたしよりもはるかに巧みに男たちの間を進んでいく。半分引きずられるようにして、気づくと賭博室の扉を通り抜け、厨房《ちゅうぼう》に入っていた。料理人と数人の使用人たちが、賭博室よりもはるかに安全な厨房に避難している。

プルーデンスはかろうじて笑みを浮かべると、ストックトン卿のほうを振り向こうとした。けっして簡単な仕事ではない。彼にまだ襟首を強くつかまれているのだから。結局、自分の襟元に向かって満面の笑みを浮かべ、明るい声で話しかける羽目になった。「まあ、なんてことかしら！　閣下、あなたには永遠に頭があがらないわ。わたし一人では、とてもあんなけんか騒ぎのなかから逃げ出すことはできなかったはずだもの」

ストックトン卿の反応は喜ばしいものとは言いがたかった。無言のまま、すでに食いしばっていた歯をさらにぎりぎりと食いしばり、プルーデンスの体を引っ張りながら厨房を抜け、別の扉へと入っていく。どうやら彼の事務室のようだ。ノックもせずにプルーデンスをその部屋のなかへ押し込むと、扉をばたんと閉めた。

よく整頓された、こぢんまりとした部屋だった。家具がほとんどない。あるのは戸棚、一揃《ひとそろ》えの机と椅子、机の前にある別の椅子一脚だけだ。戸口で立像のように微動だにせず立ち尽くしているストックトン卿のほうを振り向いて、話しかけた。「わたしは――」

「何も話すな！」彼は激しい口調でさえぎると、行きつ戻りつし始めた。

「でも、あなたはわたしが何を言おうとしているのかさえわからないはずよ」

「知ったことか。とにかく何も言うな。一言も話すんじゃない」

「なんてひどい――」

最後まで言い終えることができなかった。ストックトンが突然体の向きを変え、つかつかと歩み寄ってきたからだ。その顔に浮かんでいる表情から察するに、この先いいことが起こるとは思えない。

全身に緊張が走り、よろよろとあとずさったが、すぐに机の前にある椅子にぶつかった。もうこれ以上どこにも逃げられない。絶望的な気分になり、慌てて〝本当にごめんなさい。もう一言もしゃべらないから〟と言おうとしたところ、ストックトン卿が前に立ちはだかり、顔を近づけてきた。

唇を重ねられた瞬間、衝撃のせいで心臓が完全に止まったように思えた。目を大きく見開きながら、ただその場に立っていることしかできない。でもそうするうちに、体の奥底が熱くうずくのを感じた。初めて感じるうずきだ。キスのせいで、体からいっきに力が抜けていく。突然唇を引きはがされ、大きくあえぐことしかできなかった。

そろそろと片手を持ちあげ、唇に当てようとしたが、ストックトン卿に両肩をつかまれ、身動きが取れない。

「あなた……わたしにキスをしたのね」かすれ声で言う。こちらの驚きが伝わったのだろう、ストックトンは唇を持ちあげた。「どうして?」問いかけに、さらに唇が持ちあがる。

「きみを黙らせるためだ」彼はそっけなく答えた。

「そう」思いがけず、がっかりしたような声が出た。ストックトン卿が表情を和らげたのを見て、顔をしかめそうになる。いま彼はわたしを哀れんでいるに違いない。でも、そのことについてあれこれ思い悩む暇はなかった。黙らせるためにキスしただけだと言ったくせに、しかもこちらもとうとう黙ったというのに、ストックトン卿がまたしても突然唇を重ねてきたのだ。彼の温かな唇がぴたりと重ねられている。キスされたことでふたたび体がうずき出し、その反応にどうにか抵抗しようとしたけれど、うまくいったとは言えない。すぐに柔らかなため息が口からもれ、両手を彼の首に巻きつけて、キスを返していた。

ストックトン卿はゆっくりと口を開き、舌先でこちらの唇を刺激して開くようながしてきた。すなおに従ったところ、キスがさらに驚くべき体験に変わった。プルーデンスが夢中になりかけたそのとき、扉をノックする音が聞こえ、ストックトン卿はさっと体を離し、数歩あとずさると、扉に向かって入るように声をかけた。

プルーデンスはそっと下唇を噛んでみた。ストックトン卿の味わいがまだ残っている。ぼんやりした心地のまま、ノックをした者が扉から入ってくるのを見つめた。プランケットだ。

「騒ぎをようやく終わらせました、閣下。それで――」プルーデンスを一瞥《いちべつ》し、プランケットは突然言葉を切った。大男の顔に驚きの表情が浮かぶのを見て、顔をしかめずにはいられない。プランケットにこちらの正体がばれたのは火を見るよりも明らかだ。先ほど男装姿のわたしを見て、どこか見覚えがあるように思えた謎がこれで解けたに違いない。でもそのとき、ストックトン卿が眉をひそめ、ドアマンの視線の先をたどって驚愕《きょうがく》の表情を浮かべた。大股でやってきた彼に正面に立たれ、完全に視界をさえぎられた瞬間、ふと脳裏に恐ろしい考えがよぎり――

プルーデンスは体を見おろし、恐怖の叫びをあげた。父のブリーチズが完全にずり落ちている。ストックトン卿の首に両腕を巻きつけていたせいで、ブリーチズを押さえるのを完全に忘れていた。しかもキスに気を取られていたせいで、足元までずり落ちているのにまったく気づかなかったのだ。体を隠しているのは、開いたケープの前部分からのぞいているぶかぶかのシャツだけ。それも、太ももの途中までしか隠せていない。

恥ずかしくてたまらず、顔から火が出そうだ。ストックトン卿が何か言っているのも耳に入らず、慌ててブリーチズを引きあげた。それから男性二人を押しのけて、ぶかぶかのブリーチズが許す限りの全速力でその部屋から逃げ出した。

スティーブンはすぐにプルーデンスを追いかけようとしたが、ため息をついて思いとどまった。あの気の毒な女性は、いまごろ恥ずかしさにさいなまれているだろう。あとを追いかけても、さらに困惑させるだけだ。そのうえ彼女と一緒にいると、自分でも自分のことが信用できなくなる。いまの一件でそのことは証明済みだ。

最初、賭博室でプルーデンスを見つけたときは激しい怒りを覚えた。よりにもよって男装してぼくのクラブにまんまと入店するとは、なんとむこうみずな。しかも、そうやって彼女が自身の評判を台無しにしようとしていることにも、どうしようもない怒りを覚えた。ところが二人きりになったとたん、それまでの衝撃と怒りがまったく別の種類の、炎のような感情に取って代わられた。しかもあの瞬間は、キスをするのが一番いい対処法だと思えたのだ。唇をふさいでおしゃべりを止めるのは、現実的に許される範囲の名案だと。

あのときの自分は、物事を理性的に考えられなくなっていたに違いない。相手がいかなるレディであれ、先ほどこちらがしたような、あれほど思いやりのない扱いをするのは許されない。

　とはいえ、彼女は抵抗しようとしなかった。キスの記憶がよみがえり、愉快な気分になりかけたがすぐに振り払う。あのレディが赤ん坊のように純粋無垢《むく》なのは明らかだ。きっと突然のキスに圧倒され、抵抗することさえ忘れていたのだろう。というか、あのときはぼく自身が我を忘れていた。だがどう考えても、あんな行為はいただけない。

　かすかな物音で現実に引き戻され、プランケットがまだ戸口に立っていたのに気づいた。だがドアマンはいつしか、ブリーチズなしのプルーデンスの姿を目撃した驚きの表情から、雇い主を非難するような険しい表情に変わっていた。

　スティーブンは身構えるように体をこわばらせた。「彼女のズボンが床に落ちたのは、ぼくのせいじゃない」無意識のうちに、そんな言葉が口を突いて出ていた。

　自分は彼の雇い主だ。本来なら、使用人にこちらの立場など説明する必要などない。それなのに、うっかりそう口にしていた。プランケットが疑わしげにこちらを見ている。当然と言えば当然だろう。キスを終えたばかりの、ぽってりと膨らんだプルーデンスの唇を目の当たりにしたら、誰だって状況をいぶかしむはずだ。ああ、さらに説明しなければいけないような気になってきた。

「実際彼女にキスはした。だが……彼女とは見知らぬ間柄じゃない。これまでもいろいろな舞踏会で顔を合わせてきた」

厳密に言えば、真実ではない。これまで招待されたいろいろな舞踏会にプレスコット家の人々も招待されていて、前からプルーデンスの存在を気にしていたのは事実だ。かわいらしい女性だと思った。華やかに着飾った貴族の男女が集う舞踏会において、マーガレットのような清楚《せいそ》な美しさを放っている。赤いバラのようにトゲを隠しつつ、周囲の注目をいっきに集める華やかさとは無縁だが、ひそやかな愛らしさがかえって目を引いた。もちろん、自分が英国貴族のなかで微妙な立場にあるのは知っている。だからつい最近まで、彼女には近づかないようにしていた。だが、プレスコット家の財政事情が危ういという噂話がささやかれるようになり、貴族たちが彼ら一家を避け始めてから、思いきって彼女にダンスを申し込んだことがある。ただし一、二度だけだ。自分と踊ることで、彼女の評判に傷をつけたくなかったから。

でも、そのあと貴族たちがあからさまにプレスコット家の人々を避けるようになったため、スティーブンにはまたとないチャンスが与えられるようになった。以前から内気な若いレディたちに対してしていたように、壁の花を救い出すふりをしてプルーデンスに近づいたのだ。そうやってダンスの申し込みを口実にして言葉を交わすようになると、さらに彼女に惹《ひ》かれるようになった。低く柔らかな声も好ましいし、頭の回転が速いところもいい。プルーデンスが〈バラーズ〉にやってきた最初の夜、彼女だとすぐに気づかなかったのは、あたりが薄暗かったせいだ。それに、まさか彼女が自分のクラブにやってくるとは予想もしていなかったせいもある。彼女があの夜にへんてこな帽子をかぶり、寒さを避けるために着ぶくれていたせいもあるだろう。

プランケットが、娘を乱暴された父親のような目つきでまだこちらをにらみつけているのに気づき、スティーブンは身じろぎをしながら尋ねた。「騒ぎがおさまった、と言っていたな？」

プランケットは獅子鼻《ししばな》を突き出し、もう一度こちらをじろりと見おろすと、ゆっくりうなずいた。「ただ、クラブのなかを片づけないと。いまは誰もいないし、全部の扉に鍵をかけた状態です。掃除が終わったら、もう一度店を開けたほうがいいですか？」

スティーブンは机の背後に移り、顔をしかめてかぶりを振ると、椅子にどさりと座り込んだ。「いいや。もう今夜のお楽しみはこれでじゅうぶんだ。店はどの程度ひどい状態なんだろう？」

「テーブルが何卓か壊されました。あとは給仕係の女の子たち二、三人が暴力をふるわれています。サリーは片方の目を殴られて、腫れているせいでほとんど開けることができず、ひどいあざができています。それとベルは肋骨《ろっこつ》に少しひびが入っているようです」

スティーブンは顔をしかめた。この商売を始めてもう何年にもなるが、少量のアルコールとカードゲームのせいで、〝高貴な生まれ〟であるはずの男たちが最悪の一面を露呈することに、いまだに驚きを禁じえない。自分がその一員だということが恥ずかしく思える夜もある。しかも、近ごろそういう夜がどんどん増えている気がする。貴族の男たちが一攫千金《いっかくせんきん》を夢見て、手持ちのわずかな金に望みを託し、結局は賭けに負けて絶望に駆られ、弱い自分をむき出しにする姿を見るのが、どうにもいやでたまらない。そのうえ最近では、優しい仮面の下に隠していた残忍さをあらわにする貴族男性が増えている。彼らの姿を目にするたびに心がすり減り、もうこの商売から手を引く潮時なのではないかと思うのだ。実際、これに代わる新たな事業はないかと調べたりさえしているが、この稼業ほど儲《もう》かるビジネスはいまだに見つからない。だが、もしそういう事業を見つけられたら……。

スティーブンは物思いを振り払い、手近な仕事に意識を戻した。「サリーとベルを医者に連れていって手当てをして、家まで送ってやってくれ。ほら、これを」机の引き出しの鍵を外し、金の入った袋を取り出すと、ドアマンに向かって放り投げた。「この金を彼女たちに分けてやってほしい。それから、ちゃんと回復するまで店には戻らなくていいと伝えてくれ」

大柄なドアマンはうなずくと立ち去った。一人残されたスティーブンは、あれこれと考え始めたが、すぐにあることしか考えられなくなった。つい先ほどキスをした女性のことだ。ブリーチズ姿のプルーデンスは、なんと愛らしかっただろう。たとえ、大きすぎてぶかぶかのブリーチズでもだ。でも――そこまで考えてにやりとする。足元にあのブリーチズを落としていた彼女のほうがはるかに魅力的だった。比べ物にならないほどに。

3

「まさに〝あら、まあ〟だったの！」不機嫌な顔で行きつ戻りつしていたプルーデンスは足を止め、エリーの脇にある長椅子に座り込んだ。

「あら、まあ」

〈バラーズ〉へ潜入する前は、このキンダースリー家のタウンハウスで父の衣服に着替えていた。だから、恥ずかしさのあまり〈バラーズ〉から逃げ出したあとも、着替えのためにこのタウンハウスへ戻ってこなければならなかったのだ。できることなら、御者のジャミソンにまっすぐプレスコットの屋敷まで連れ帰ってほしかった。そうすれば一人きりで、あんな屈辱的な失態をさらした自分を哀れみ、さめざめと泣くことができただろう。でもいかんせん、あの格好のままで自宅に戻るわけにはいかない。母メグ・プレスコットは、娘が何を企《たくら》んでいるのかにいっさい気づいていなかった。結局、これは母のクリスマスの願いを叶《かな》えるための企みで、たとえ話したとしても、母が賛成してくれるはずがない。

だからこうしてキンダースリー家に立ち寄り、いまは親友にことの顛末《てんまつ》を打ち明けたところだ。でも、話を聞いてもらったことで少しだけ気分が楽になった。エリーが思いやりたっぷりに聞いてくれているおかげで、心の傷が癒えていくようだ。

「どんな感じだった？」

そう尋ねられ、プルーデンスは困惑したように親友を見つめた。「え？　父親のブリーチズが足元にずり落ちているのに気づいたとき、どんな感じがしたかって――？」

「違うわ」

プルーデンスは、笑みを浮かべそうになったエリーがすぐ真顔になったのに気づいた。

「違う」彼女はもう一度言った。「キスのことよ。彼のキスはどんな感じだった？」

プルーデンスは目をそらし、唇を引きつらせまいとした。でも、うまくできたかどうかはわからない。親友がそのことに関心を抱いていたとわかっても、まったく驚かなかった。日ごろからよく、二人で英国貴族たちの噂話《うわさばなし》はしている。貴族男性のなかで誰が魅力的だと思うかといった話題だ。そういうとき、決まって挙がるのがストックトン卿の名前だった。

彼はとびきりハンサムだし、物腰も柔らかい。そう考えているのはエリーや自分だけではなかった。年のいった貴族たちは、社交界がストックトン卿を受け入れざるを得ない現状を腹立たしく思っているかもしれないが、レディたちは彼の存在を喜んで受け入れている。というか、大歓迎し、彼の関心を引こうと躍起になっている。エリーと自分は、競うようにストックトン卿の関心を引こうとする女性たちのなかにこそ入っていないものの、その存在を常に意識してきたし、彼からダンスを申し込まれたら必ず受けるようにしてきた。軽食を取ってこようかという申し出も、彼の場合は一度も断ったことがない。

また、ストックトン卿は魅力的な男性というだけではない。ふとした瞬間に、優しい一面が垣間《かいま》見えるのだ。彼が、英国貴族たちからあまり好かれていない人々に対しても感じよく接することはよく知られている。それに彼が出席している限り、その舞踏会には壁の花となる女性が一人もいなくなることも。ストックトン卿はいつだって多くの人と知り合うように努め、周囲の雰囲気を和やかにしてくれる。

エリーもプルーデンスも常々そのことには感謝してきた——最近壁の花にならざるを得ない機会が増えたプルーデンスは特に。社交界の催しにはめったに出席しなくなったが、エリーにどうしてもと言われ、一、二度舞踏会に出席したことがある。ドレスを新調するお金の余裕がなくて、昨年の流行遅れのドレスで出席しなければならなかった。社交界の面々はその事実にいち早く気づき、プレスコット家の財政が厳しくなっていることを理解したようだ。家の財産が目減りしているとわかったとたん、貴族たちはクモの子を散らしたように、周囲からいっせいにいなくなる。その逃げ足の速さたるや、驚嘆に値する。気づけばプルーデンスも、ほとんどの人から疫病のように避けられる存在となっていた。同時に、誰からもダンスの申し込みをされなくなった——ただ一人、ストックトン卿をのぞいて。彼は舞踏会のたびに、必ず一度はダンスを申し込んでくれた。クラブでの彼はプルーデンスを思い出せない様子だったが、こちらは違う。彼のことははっきりと覚えていた。

認めよう。ストックトン卿とダンスをした夜は、ベッドに横になっても、彼とダンス以上のことをしている自分をあれこれ想像し、とりとめもない空想にふけって時間を費やしていたものだ。舞踏場へといざなうストックトン卿の目に、いつもとは違う色が宿っているのに気づいたり、あるいは、父親のせいで陥った恥ずべき現状から自分を救い出してくれたり……そんな日がやってくるのを、心のなかで思い描いてみたこともある。でもそれは、ストックトン卿こそ、家族をかえりみなくなるほど父を賭けに夢中にさせているあのクラブの所有者だと知る前のことだ。以前から、彼がある種のホールを所有していることは知っていたが、まさかそれが賭博場だとは夢にも思わなかった。それが、父の入り浸っているクラブであることも。その事実を知ってからというもの、ストックトン卿とのあれこれを夢想するのはきっぱりやめた。

いや、正直に認めよう。それでもやはり、彼とのことをあれこれ空想するのはやめられない。でもそんな自分に気づくと、心のなかで厳しく叱りつけるようにしている。

「どうだったの？」

焦《じ》れたようなエリーの問いかけが聞こえ、現実に引き戻されたプルーデンスは肩をすくめながら答えた。「キスはキスよ。単にそれだけ」

になっていたの？」

「ふうん。単なるキスなのに、足元にブリーチズが落ちているのにも気づかないほど夢中

プルーデンスはあのときのきまり悪さを思い出し、顔から火が出そうになった。落ち着きなく身じろぎをして、椅子から立ちあがり、ふたたび行きつ戻りつし始める。

「ねえ、わたしの問題のことだけを考えて。これからわたしはどうすればいいの？　プランケットは絶対にあのクラブに女性を入れないだろうし、もう一度男装したわたしを入れてくれるほどまぬけでもない。あのクラブに入るために、別な方法を見つけ出さないといけないの」

「自宅でお父様と直接話し合うわけにはいかないの？　そっちのほうがはるかに簡単なはず――」

「それが無理なの。父は目が覚めたらすぐに家を出ていくんだもの」

「だったら、屋敷から出ていく前に捕まえたらいい」

「それも試してみたけれど、毎回父から避けられてしまうの。昨日なんて、父の寝室の扉の前で二時間もねばったのよ。でもお手洗いに行ったほんの一分の間に、父はまんまと寝室から抜け出して外出したの。きっと鍵穴からわたしの様子をうかがっていて、いなくなるタイミングを待っていたんでしょうね」

「まあ」エリーがそのことについて考えている間、沈黙が落ちたが、やがて親友はぽつり

とつぶやいた。「あなたはまったく別のやり方を試すべきだわ」

「どういう意味？」プルーデンスは行きつ戻りつをやめ、興味を引かれたようにエリーのほうを見た。

「あなたの話によると、お父様はまずお酒を飲んで、それから賭け事をするのよね？」プルーデンスがうなずくと、エリーは言葉を継いだ。「もしお父様にお酒を飲むのをやめさせることができたら、賭け事もやめるかもしれない」

プルーデンスはその言葉について少しの間考えてみた。「それでうまくいくと思う？」

「だって〝お酒のあとに賭け〟というのは、いつもの決まったパターンみたいだもの。そうでしょう？」

「ええ」

エリーは肩をすくめた。「お父様にお酒を飲むのをやめさせたら、賭け事がいまほど魅力的に思えなくなるかもしれない」

プルーデンスはゆっくりと笑みを浮かべた。たしかに、親友の説には一理ある。「エリー、あなたって天才だわ！」とうとう褒め言葉を口にすると、エリーは嬉《うれ》しそうに顔を紅潮させた。「でも、どうやって？」

「どうやって？」

「どうやって父にお酒を飲むのをやめさせればいいの？　ほとんど家の外でお酒を飲んで

いるのに」

「ええと……」エリーは突然行き当たった問題に悩む様子を見せたが、椅子から立ちあがり、足早に応接室から出ていった。

いったいどうしたのだろう？　親友のあとを追いかけるべきだろうか？　プルーデンスが扉へたどり着く前に、エリーは早足のまま応接室に戻ってきた。一冊の本を手に持っている。

「なんの本？」

「母がいつも参考にしている、生活の知恵が書かれた本なの。医学的な事柄も書かれているから、お酒の飲みすぎに関する項目が載っていないかと思って」エリーはプルーデンスに長椅子へ戻るよう身ぶりで示すと、自分も長椅子に座った。プルーデンスが隣に腰をおろすと、二人の間に本を置いてページをぱらぱらとめくり、低い声でつぶやく。「お酒、お酒、おさ――だめだわ、〝お酒〟という項目はない。でも〝アルコール中毒〟ならここに載っているわ」少し興奮したように言うと、本を顔に近づけ、読み始めた。「ええと、〝酒によって血管が広げられ――〟」

「エリー、症状の部分は省略して、解決法を読んで」プルーデンスはいらだったように先をうながした。

「〝提言〟」エリーは長々と書かれた文章に目を走らせながら、目についた言葉を口にしている。「〝興奮がかき立てられ〟……〝症状の一種〟……〝譫妄《せんもう》状態に陥り〟……」やがて不機嫌そうに顔をしかめた。「だめだわ。ここに書かれているのは〝アルコール中毒になった場合、アポモルヒネを皮下注射して嘔吐《おうと》させるべきだ〟ということだけよ」

「アポモルヒネ？」

「嘔吐薬のことよ」

「まあ」

「でも、あなたのお父様は中毒になるまでお酒を飲んだりはしない」

プルーデンスは鼻を鳴らした。「ええ。父自身は中毒になったりしない。ただ、わたしたち家族の人生には確実に毒をもたらしているけれど」一瞬口をつぐみ、みじめな思いに肩を落としたが、ゆっくりと顔を持ちあげた。

プルーデンスが何か思いついたような表情を浮かべているのを見て、エリーは警戒するような目つきになった。「あなたがそういう顔をするとどうなるか、よく知っているわ。間違いなく問題が起きるのよ。ねえ、いったい何を思いついたの？」

「注射があるなら、口から飲ませる嘔吐薬もあるはずだってことよ」

エリーは本をばたんと閉じ、非難するような表情を浮かべた。「プルーデンスったら」

「それがあれば完璧だわ！」プルーデンスは興奮のあまり、叫んでいた。「嘔吐薬をほんの少し飲ませただけで、父はしびんから離れられなくなる。衣服もさんざん汚したあげく、もうお酒なんて飲みたくないとこりごりするはずだわ。そうしたら、賭け事もやめられるはず」

「プルー！」

「もう、そんな目で見ないで」プルーデンスはいらだって言った。「わたしはもうそこまで追いつめられているの。債務者監獄で一生を終えるのなんて、死んでもごめんだわ。でも、父はお酒と賭け事をやめようとせず、わたしたち家族の一生を台無しにしようとしている。兄のジョンが亡くなって以来ずっと、お酒と賭け事で気をまぎらわそうとしているけれど、一日か二日、しらふでいられたら、絶対に正気を取り戻して、自分のせいで家族がどうなるかに気づいてくれるはずだわ」

「でも――」

「もしこれがあなたのお父様だったら、どんな気持ちになると思う？」

エリーは口をつぐみ、思案するように顔にさまざまな表情を浮かべたあと、長椅子の二人の間に本を置いた。そして立ちあがり、そっと応接室から出ていった。

プルーデンスは隣に置いてある本を手に取り、ページをめくり始めた。〝ギャンブル〟〝賭け〟〝やりすぎ〟――そんな言葉を探してみたが、どこにも見当たらない。父の場合は体というより心の病気にかかっているように思える。ため息をつきながら本を脇に戻したとき、エリーが早足で応接室に戻ってきた。両手で大きな瓶をしっかりと抱えている。

「それは何？」興味を引かれて尋ねると、下唇をきつく噛《か》んだエリーから瓶を手渡された。

「ベッシーが胸焼けになったときのことを覚えている？」

「ベッシー？」突然話題が変わったことに困惑しながら、プルーデンスは答えた。「あなたが乗っている馬よね？」

エリーはうなずいた。「あのとき馬屋の親方から、ベッシーは何か食べてはいけないものを食べたんだと言われたの。それで、親方はこれを使って、ベッシーが異物を吐き出すようにしたのよ」何を言われているのか意味がわからず、きょとんとしているプルーデンスを見て、エリーはため息をつき、はっきり口にした。「あのとき、この液体を調合したものをのませたら、ベッシーは異物を吐き出したの。つまり、これは嘔吐薬なのよ」

プルーデンスは信じられない思いで目を見開いた。「自分の父親に馬の嘔吐薬をのませろと？」

エリーはためらい、不安げな顔で答えた。「きっと、これって本当にひどい思いつきよね」

「いいえ！」プルーデンスは立ちあがり、エリーが取り戻そうと伸ばした手から遠ざけるように、すばやく大きな瓶を持ちあげた。部屋を横切り、うっとりした表情でもう一度大瓶を見つめてつぶやく。「馬の嘔吐薬、か」

「プルーデンス、わたしはけっして――」

「でも完璧だわ。父にも同じ効果をもたらすはずだもの。そう思うでしょう？　馬屋の親方は、これをどうやってベッシーにのませたの？　実際に効果が出るまで、どれくらい時間がかかった？」

エリーは顔をしかめた。「スプーン二、三杯分をのませたら効果てきめんだったわ。でも人間はベッシーよりも体がずっと小さいから、スプーン一杯以上はのませる必要がないと思うの。ああ、プルーデンス、やっぱりこんな薬を使うべきじゃない。これは恐ろしいアイデアよ。お願いだから、その大瓶をわたしに返して、このことは忘れましょう」

「だったら、債務者監獄にいるわたしに面会に来てくれる？」プルーデンスは静かに尋ね、親友と向き合った。

エリーは無言のまま、苦悶《くもん》の表情を浮かべ、やがて重々しいため息をついた。「どうやってそれをのませるつもり？　たとえその薬の効き目があったとしても、まずはあなたの計画がうまくいかないと」そっけなくつけ加える。「あなたのお父様がその薬を摂取するのは、アルコールを飲んでいる間でないと意味がない。だけど、お父様はほとんど一日じゅう〈バラーズ〉にいるんでしょう？　あなたはつい先ほど、今夜あのクラブで起きた事件の話で楽しませてくれたばかりよ。今夜からは、ドアマンのプランケットもあなたが店に入ってこないよう警戒を強めるはずだわ。男装する作戦も、もう通用しない」

「そうね」プルーデンスは考え込むようにつぶやくと、ゆっくり笑みを浮かべた。「でもプランケットがわたしを警戒しているのは、〈バラーズ〉の正面玄関においてだけのはずよ」

プルーデンスはエール樽《だる》に背を向けると二、三歩歩き出したが、すぐに立ち止まって胸元をにらみおろした。聞こえないよう文句をつぶやき、空のエールジョッキ一つをのせたトレイのバランスを片手で取りながら、もう片方の手を使って白いブラウスの襟元を思いきり引っ張りあげた。はっきり言って、これほどはしたないブラウスは見たことがない。いらいらしながら心のなかでひとりごちる。自分のドレスを着られたらどんなにいいだろう。一瞬そう考えたが、考えるだけ時間の無駄だ。そんなことが許されるわけがない。まわりにいる女性たち全員が同じ格好をさせられているのだ。赤いスカートと、大きく襟ぐりが空いた白のブラウス。でもわたしが身につけているブラウスは、ことのほか襟ぐりが開いているように思える。胸の頂が見えそうになっているのだから！

すぐに無駄な努力だとわかったため、襟元を引っ張りあげるのはあきらめた。今夜はこのいかがわしい格好のまま、懸命に仕事をしなければならない。もちろん、今夜じゅうずっとというわけではなかった。この制服を貸してくれたリジーには、〝ほんの少しだけでいいから制服を貸して。愛する男性にメッセージを届けるのが目的だから〟と話してある。もちろん作り話だ。当然ながら、実の父親に嘔吐薬をのませるためなんてリジーには話せない。ちなみにリジーは、男装姿でこのクラブに潜入したあの夜、タカ男に絡まれて困っていた給仕の女性だ。彼女は、あのとき間に割って入ったわたしに恩義を感じていたため、〝あなたに代わって使用人として〈バラーズ〉の店内に忍び込みたい〟という頼みを聞き入れてくれたのだ。もし本当の計画を知ったら、リジーが協力してくれたかどうかは疑わしい。

　嘘をついたことに良心の呵責《かしゃく》は感じるが、自分にこう言い聞かせた。父はわたしにとって愛する男性だし、嘔吐薬もある種のメッセージだと考えられないこともない……。

　自分にまで嘘をつき始めているとは、今日はなんて悲しい日だろう。プルーデンスはそんなことを考えながら厨房《ちゅうぼう》から出ると、足を止め、警戒するようにあたりを見回した。

　昨晩は〈バラーズ〉の裏口前にある路地で、一日の仕事を終えた使用人たちが出てくるのをずっと待っていた。自分が立っているのが薄暗くて悪臭漂う路地であることは、その間なるべく考えないようにした。裏口から出てくる女性使用人たちの多くは二人組か、何人かのグループだったが、とうとうお目当ての女性がくたびれた足取りで出てきたときは一人きりで、しかも一番最後だった。一目見てすぐに、あのタカ男に手荒な扱いをされていた給仕の女性だとわかった。プルーデンスは外套《がいとう》の襟をかき寄せ、その女性のあとを追い始めた。できるだけ物音を立てず、なるべく物陰に隠れながらあとをつけていると、女性は〈バラーズ〉の正面とは反対側にある路地へ向かい、それから通りを何本か進んでいった。プルーデンスにとってありがたかったのは、エリーの馬車の御者ジャミソンが万が一のために、あとからついてきてくれたことだ。その晩の〝小旅行〟のために、エリーが自分の馬車と口の堅い御者を使うよう申し出てくれたのは本当に助かった。

クラブからじゅうぶん離れ、ここなら誰にもやりとりを聞かれることはないだろうと思える場所までやってきたところで、プルーデンスは給仕の女性に近づいて声をかけた。そして、リジーという名前の彼女に〝愛している男性との交際を両親に反対されているから、どうしてもその彼にメッセージを伝えなければいけない〟という作り話を聞かせたのだ。リジーはとても同情してくれたが、現実的な一面もあり、そんな大胆な計画を手伝ったことでいまの仕事を失う危険は冒したくないと言った。だからプルーデンスはしかたなく賄賂を渡すことにした。協力してくれるお礼として、思い出の品であり金銭的価値もあるネックレスをリジーに手渡したのだ。そのネックレスは、祖母がまだ生きていたころにくれた大切な贈り物だった。でもこの計画がうまくいくなら、祖母のネックレスを犠牲にする価値はある。そう自分に強く言い聞かせた。それに、この計画は絶対にうまくいくという自信もある。親友エリーからは〝すぐに正体がばれて、クラブから追い出されるのがおちだ〟と警告された。でも、誰も一介の使用人に注意を払うはずがない。使用人の姿をしていれば、ストックトン卿もわたしの父も、こちらに見向きもしないだろう――わたしはそう考えている。少なくとも、そうであってほしいと祈るような気持ちだ。

まったく、いまからこんな後ろ向きなことばかり考えているなんて。プルーデンスは物思いから覚め、自分を戒めた。これまでのところ、すべてが滞りなく進んでいる。リジーは約束どおりの時間にやってきてエリーの馬車に乗り込み、プルーデンスと服を交換すると、こう助言してくれた。

〝ここで働いていますという顔でなかへ入って、すぐにエールのジョッキを手に持って。そうすればクラブの使用人に見えるから。恋人を見つけてメッセージを伝えたら、この馬車へ戻ってきて。そうしたらわたしもすぐに仕事に戻れる。お願いだから見つからないでね。このことがばれたら、わたしは間違いなくくびになってしまう〟

だからプルーデンスは言われたとおり、いかにもここで働いていますという顔で厨房のなかへ入り、いまはこうして空のジョッキを手に取り、早足で厨房から出たところだった。誰も見ていないかどうか確認し、慎重な手つきで嘔吐薬を数滴、空のジョッキに垂らした。一番心配していたのが、誰にも気づかれることなく、薬をうまくジョッキに仕込めるかどうかだった。エリーから渡された瓶は大きすぎて、気づかれずに店内へ運び込むのは無理だった。だからずっと小さい瓶に中身を入れ替えて持つことにした。次に頭を悩ませたのは、その小瓶をどこに隠すかだ。すぐに手に取れるような場所に隠しておく必要がある。小瓶を逆さまにし、二枚の布切れを使って太ももにしっかりと縛りつけるやり方はうまくいった。プルーデンスは空のジョッキに嘔吐薬を入れると、小瓶を太ももにふたたび縛りつけ、自信たっぷりな足取りで外から厨房のなかへ戻り、エールの樽を開けてジョッキをなみなみと満たした。

厨房の扉から隣接する賭博室の様子をそっとうかがい、テーブルに座る父親の姿をすぐに見つけたが、視界は一人の男にさえぎられた。大柄で、いやらしい目つきをしている。なんとか笑みを浮かべ、男をよけて進もうとしたところ、行く手をさえぎられ、身動きが取れなくなった。

「きみは新顔だね。見たことがない顔だ」

うめきそうになったがどうにかこらえた。こんなところで酔っ払いに絡まれている場合ではない。「失礼します、閣下。この飲み物を届けなければならないので」

「おいおい、そんなに冷たくするなよ」男が笑みを向けてきたため、しかたなく笑みを返したところ、男はさらに前に踏み出し、いかにも慣れた手つきでヒップを撫《な》でてきた。小さな悲鳴をあげ、すぐに男の手をつかむ。

「ぼくもちょうど飲み物がほしかったんだ」

男をにらみ、絶対に触らないでと注意すべく口を開けたところ、プルーデンスは気づいた。男がトレイからジョッキを手に取り、持ちあげて、いままさに口をつけようとしている。「だめです！　それは――」

それ以上続けることができず、口を開けたまま、腹立たしい男がジョッキからエールを一口でごくりと飲み干すのを見守った。

「うーん」男は手の甲で口元を拭い、プルーデンスに笑みを向けた。「ああ、うまかった。ありがとう、かわいい人」

　プルーデンスは悔しさに歯ぎしりしながら、空になったジョッキを男の手から引ったくった。「どういたしまして。おかげで、もう一杯注《つ》がないといけなくなったわ」男を避けて立ち去ろうとしたが、ふたたび前に立ちはだかられた。

「これはこれは、セッターリントン卿《きょう》」近くから、よく通る声が聞こえた。「知ってのとおり、ここでは客が女の子にちょっかいを出すのは許されていないんだ」

　声の主に気づき、プルーデンスは体をこわばらせた。ストックトン卿だ。パニックに襲われそうになり、顔を見られないように、慌てて男の背後に回り込んだ。今回は、いやらしい男もプルーデンスを邪魔しようとはしなかった。おかげで安全な厨房に逃げ帰ることができたが、すぐに眉をひそめた。エール樽の前に、三人もの給仕係の女性が列を作って順番を待っていたのだ。

　ほかの使用人に、部外者だと気づかれる危険は冒したくない。だから体の向きを変え、厨房の扉をわずかに開けて、賭博室の様子を確認してみた。ストックトン卿とセッターリントン卿はまだ話を続けている。意外にも、二人は仲がよさそうだ。だがそれ以上にプルーデンスが気になっているのは、セッターリントン卿がいっこうに具合の悪い様子を見せないことだった。彼が飲み干したエールのなかに、たしかに嘔吐薬を仕込んだはずなのに。

プルーデンスはそれから数分間、二人の様子を観察し続けながら、厨房から使用人たちが出たり入ったりするたびに、横を向いたり脇へどいたりを繰り返した。貴族たちは使用人に目もくれようとしないかもしれないが、使用人同士は違う。だが数分経《た》っても、自ら被害者になったはずのセッターリントン卿は平気な顔でいた。プルーデンスは観察をあきらめ、エールの樽にふたたび視線を戻した。今回は誰も並んでいない。しかも料理人の姿もない。というか、ちょうど料理人たちが勤務時間を終えて引きあげた直後を狙って、この厨房に忍び込んだのだ。それだけ練りに練った計画だった。あらかじめ料理人たちの終業時間を確認して、そのあとにリジーと馬車で落ち合うよう手はずを整えていた。

手を体の下へ伸ばし、太ももの上のほうに縛りつけた小瓶の感触を確かめてから、扉をもう一度ちらっと見た。まだストックトン卿とセッターリントン卿は談笑中だし、厨房のほうへやってこようとしている者は誰もいない。いまこそ、もう一度空のジョッキに嘔吐薬を仕込む絶好のチャンスだ。扉をそっと閉じると、体の向きを変え、エール樽へ駆け寄った。ジョッキには最初にエールを注ぐ。先に薬を入れているときに、誰かが厨房に入ってきたら大変なことになる。

半分だけ閉じられているエール樽の蓋の上にジョッキを置くと、すばやくドレスのスカートをめくり、小瓶を取り出した。スカートがふんわりと落ちるのを確認すると小瓶を開け、親指と人差し指で小瓶の蓋を持ち、ほかの三本の指を柄にかけてジョッキを持ちあげると、もう片方の手に持った小瓶から薬を二、三滴、なかへ垂らした。一瞬ためらったが、それからもう数滴追加することにした。先ほどセッターリントン卿が飲んだジョッキには薬を二滴垂らしたが、効果が現れるまで時間がかかりすぎているからだ――本当に効果があればの話だけれど。すぐに人体に影響を及ぼすためには、もう少し多く混入させる必要があるのは明らかだ。

プルーデンスは嘔吐薬の入った小瓶の蓋を閉めようとした。でもジョッキの柄と小瓶その蓋で両手がふさがっているせいで、なかなかうまく小瓶の蓋が閉められず、結局蓋は床に落ちてしまった。思わず舌打ちすると、ひとまずエール樽の上にジョッキと小瓶の両方を置き、ひざまずいて、落とした小瓶の蓋を捜した。でも、どこにも見当たらない。背後にある壁まで転がり、エール樽の陰に隠れて見えなくなったのだろう。両手と両膝を突いて床を這《は》い、樽と壁の間にある薄暗い陰の部分に片手を必死に伸ばして探る。

そのとき男性の太い声が聞こえたが、何を言っているのか聞き取れなかった。だから突然ヒップを軽く叩《たた》かれ、飛びあがるほどびっくりした。悲鳴をあげ、脇に飛びすさったはずみでエール樽に思いきり体をぶつけたが、膝を伸ばして恐る恐るあたりをうかがうと、男の使用人の一人がいばったような足取りで、建物の裏路地へ通じる扉から出ていくところだった。

「まったく、男って！」憤懣《ふんまん》やるかたない思いでつぶやき、ようやく見つけた小瓶の蓋を手に取って立ちあがった。ところが、ジョッキは樽の上にそのままあるものの、嘔吐薬の小瓶が見当たらない。あたりをざっと見回してみたが、床のどこにも落ちていない。考えられる可能性は二つ。先ほどの蓋と同じで、小瓶もどこかに転がって見えなくなっている。あるいは、先ほどの男性使用人が持ち逃げしたか……。

プルーデンスは路地に通じる扉を一瞥《いちべつ》し、そちらへ向かおうとしたが、思い直した。きっと、あの男性使用人は休憩中で、薬の小瓶をわたしがこっそり楽しもうとしていたアルコールと勘違いして盗んだに違いない。まさにこの瞬間、甘いにおいがするあの薬をすでにのんでいるはずだ。ああ、ごくごくとのんでいますように。一口のむだけで効果はじゅうぶんなはずだけれど、大量にのんで何時間も吐き続ければいい。当然の罰だ。わたしのお尻をあんなふうに触ったのだから。

そう考えて笑みを浮かべると、すでに薬を垂らしてあるジョッキを手に持ち、賭博室へ通じる扉へ進んで、扉を開けた。ストックトン卿とセッターリントン卿はもう話を終えていた。どちらの男性も姿が見えない。

そのとき、中央のテーブルから興奮したような笑い声が聞こえた。いったい何事だろう？　テーブルでは一人の男が満面の笑みを浮かべながら、金の山を両手ですくいあげている。同じテーブルにいるほかの面々は明らかに不機嫌そうだが、どうにか取りつくろい、高笑いしている男の背中を祝福するように叩いていた。

「やったぞ！」勝者である男はふいに、近くにいた使用人に叫んだ。「このクラブにいる全員にエールを！　ぼくのおごりだ！」

プルーデンスは目を大きく見開きながら、使用人という使用人が一人残らず、厨房の扉めがけて移動し始めたのを見守った。いまやるしかない。早くしないと、リジーの替え玉だとばれるだろう。決然とした足取りで厨房の外へ出て、先ほど父がカードゲームをしているのを確認したテーブルにまっすぐ向かった。

一歩進むごとに、不安げにあたりを見回さずにはいられない。ストックトン卿はもちろん、いつなんどき誰に邪魔されるかわからない。先ほどのセッターリントン卿のように、また誰かが前に立ちふさがり、大切な特製エールが入ったジョッキを横取りしていくかもしれないのだ。でも何事もなく、目指すテーブルのすぐ近くまでやってこられた。父はまだ同じテーブルに座っているが、先ほど父の隣にいた白髪の男性はいない。その席にはまさしくストックトン卿本人が座っていた。

とっさに体の向きを変えて厨房へ逃げ出しそうになったが、どうにかこらえてそのまま前に進む。彼がわたしに気づくはずがない。そう自分に強く言い聞かせる。顔を背けたまま、自分の正面に父が、背後にストックトン卿が来るような体の位置を保ってさりげなく近づき、ジョッキを置いたらすぐにテーブルから離れればいい。そうすれば、ストックトン卿にはわたしの頭の後ろしか見えないし、父はわたしのほうを見あげようともしないはずだ。貴族たちは使用人をいちいち見たりしない。仮に見たとしても、その姿なんて目に入っていない。父も例外ではないのだ。

〝神様、今回だけは父がその例外になりませんように〟と祈りつつ、ストックトン卿に背を向けたままの姿勢を保ち、父の肘の近くへジョッキを置いた。父は手持ちのカードから顔をあげようともしていない。それでも脇に置かれたエールには気づいたらしく、不機嫌そうに舌打ちをした。

「わたしは注文していない」

テーブルから足早に離れ始めたとき、父が不満げに言うのが聞こえたが、それでも歩みを止めようとはしなかった。そこにジョッキさえ置いておけば、父はとにかく飲むはずだ。そうであってほしい。

「おい、そこの子！」

「プレスコット、放っておけ」背後でストックトン卿が言った。「ぼくが飲む」

プルーデンスはふと立ち止まり、慌てて振り返ったが、ときすでに遅し。〈バラーズ〉の所有者はジョッキを手に取り、おいしそうにかなりの量を飲み干している。もう何も言えなかった。少なくとも、意味のある言葉は何も。代わりに口を突いて出たのは、耳障りな悲鳴だ。ストックトン卿がおろしたジョッキの中身は、すでに半分ほどなくなっていた。

しかも彼は、悲鳴が聞こえたほうに視線をくれながら、ふたたびジョッキを掲げてもう一口飲もうとしている。ジョッキの縁越しに目が合い、プルーデンスは彼を止めそうになったが、ふと気づいた。止めたってもう手遅れだ。彼はすでにジョッキの半分を飲んでいる。嘔吐薬の効果は免れられないだろう。特に、あんなに大量の薬を仕込んだのだからなおさらだ。

ストックトン卿がそれを喜ぶはずがない。プルーデンスはぼんやりとそう考え、無意識のうちにあとずさっていた。自分でも顔が青ざめているのがわかる。ストックトン卿が目を細めてこちらを見た瞬間、全身の血の気が最後の一滴まで引くのを感じた。さらにすばやくあとずさり始めたが、表情からストックトン卿がこちらの正体に気づいたのがわかり、思いきり眉をひそめた。彼が中座を断り、追いかけてくる。プルーデンスは息をのみ、体の向きを変えると、厨房めがけて全力疾走を始めた。

とうとう厨房にたどり着いたが、その瞬間ストックトン卿に追いつかれた。体を背後から押され、エール樽のまわりに集まっていた六人ほどの使用人たちを押しのけるように進まされて、路地に続く扉の前まで連れてこられた。だがそこで彼はプルーデンスの手を取り、強引に進ませるのを一瞬やめた。すかさずくるりと振り返り、放してと言おうとしたところ、すでにストックトン卿は事務室へ向かっていた。今度は自分が先に大股で歩き、こちらを引きずるようにしている。

　ストックトン卿は前回と同じく、狭い事務室へプルーデンスを引きずり込んで、突然体を離した。扉を叩きつけるように閉めると、扉に背中をもたせかけ、プルーデンスをにらみおろす。「なぜここへ戻ってきた？　働くためか？　きみが稼がなければならないほど、プレスコット家は金に困っているのか？」

　ストックトン卿の口調を聞き、ふいにプルーデンスは冷静さを取り戻した。〝働く〟という単語が、ひどく皮肉っぽく辛辣に発せられた。仕事をして生計を立てているせいで、これまで彼はさんざん無視されたり侮辱されたりしてきたのだろう。そのことをふと思い出したのだ。誰であれ、そんな目にあっていいはずがないのに。

　ストックトン卿が父の代わりにあのエールを飲んだことを一時的に忘れ、プルーデンスは穏やかな口調で答えた。「仕事をするのは、何も悪いことじゃないわ」

　ストックトン卿は信じられないと言いたげに高笑いをした。「いいや、悪いことさ。誰かに尋ねてみるだけでいい。誰も彼も、きみに同じことを答えるだろう。彼らはみんな、ぼくのことを自分たちよりも劣る人間だと見下している。それは、ぼくが仕事を――」

「わたしは〝みんな〟とは違うわ」プルーデンスは彼をさえぎった。そうしなければ、ストックトン卿は長々とわめき続けただろう。

　彼は一瞬考え込むようにプルーデンスを見つめて言った。「この店で働く者たちはぼく自身で選んでいるが、きみを使用人に選んだ覚えはない。しかも、きみは自分の父親に話しかけようともしなかった。きみがここへやってきたのは明らかに、そのことが目的のはずなのに。話しかけようと思えばそうできたのに、きみは彼に何も言おうとしなかった。だったら聞かせてくれ。どうしてきみはここへやってきたんだ？」

「今夜は父と話すためにここへやってきたんじゃないの」プルーデンスは言葉を濁して答えた。

ストックトン卿はもう一度相手をじっと見つめた。「もしかすると、ぼくに会いにやってきたのか？」

その言葉に驚きながらも、プルーデンスは遅まきながら気づいた。彼が近づいてきている。不安げにあとずさりながら首を左右に振って答えた。「違うわ、わたしは――」

大きなてのひらで片方の頬を包み込まれ、声が尻すぼみになった。彼が低いかすれ声で尋ねる。「違うのか？」

プルーデンスはかぶりを振り始めたが、別のほうの手で腕を軽く撫でられ、大きく息を吸い込んだ。夜ベッドで何度も想像した光景の一つが、いま現実になろうとしている。もちろん、まさかこんな事情でこうなるとは予想もしていなかったけれど。ストックトン卿の瞳からは、優しさというよりも、もっと熱っぽい何かが感じられる。でも――

「先日の夜は、あんなことになって申し訳ないと思っている。先に気づいていたら、この部屋にプランケットが入るのを許してはいなかったはず――」

　プルーデンスが自分の失態を思い出し、恥ずかしさに突然頬を真っ赤に染めたのを見て、ストックトンは言葉を切った。

「本当にすまない」

　謝罪の言葉を繰り返し、彼が唇を近づけてくる。プルーデンスは目を見開いて一瞬息を止めたが、ストックトン卿の唇が近づいてくるのに合わせてまぶたをゆっくりと閉じた。もうすぐ彼の柔らかな唇が、この唇に押し当てられる……そのときをひたすら待っていた。

　だがいくら待っても、唇の感触は感じられない。想像上でも、これほど長く待たされたことはなかったのに。眉をひそめ、目を開けてみると、ストックトン卿の顔があと数センチのところにある。それなのに、彼はそれ以上顔を近づけようとしない。全身が凍りついてしまったかのように、ひどく奇妙な表情を浮かべている。

「どうかしたの？」心配になって尋ねた。

　ストックトン卿の呼吸が荒くなっている。突然、父に飲ませようとした嘔吐薬入りのエールを彼が飲んでしまったことを思い出し、プルーデンスは恐怖に駆られた。ああ、どうしよう？　彼は唇を真一文字に引き結び、頬を膨らませ、目を見開くと、突然体の向きを変えた。一瞬せわしなくあたりに視線を走らせ、窓辺に駆け寄る。

「大変だわ」ストックトンが窓を大きく開けるのを見て、プルーデンスはつぶやいた。彼は窓枠から体を乗り出し、胃のなかのものをすべて吐いた。

プルーデンスは唇を噛み、その場で身じろぎをした。どうすればいいのかわからない。とりあえずそばへ駆け寄り、背中を弱々しくさすると、ストックトン卿は背筋を伸ばした。

「気分がよくなった？」ああ、そうでありますように……。

ストックトン卿はうなずきかけたが、またしても窓枠から体を乗り出した。

「そうじゃなさそうね」

いったいどうすれば彼を助けてあげられるだろう？　もしここが我が家で、ストックトン卿が妹のシャーロットならば、濡《ぬ》らした布で額を拭いて、慰めの言葉をかけてあげるのに。事務室の扉を一瞥したとき、ふとある考えがひらめき、ストックトン卿をその場に残してふたたび厨房へ戻った。どこかに水と布があるはずだ。ここは厨房なのだから。

でもあいにく、厨房は広すぎるうえに誰もいなかった。探し物がある場所を教えてくれる使用人が一人もいない。数分かけてようやく清潔な布を探し出したが、今度は水を探すのにさらに数分かけなければならなかった。布を水に浸して絞っていると、隣の賭博室が何やら騒がしい。

引きずられて椅子の脚がきしる耳障りな音や、慌てたような足音が聞こえている。いったいどうしたのだろう？　プルーデンスは賭博室に通じる扉を開け、扉から頭を突き出し、様子をうかがった。驚いたことに、クラブじゅうの男性が床に膝を突いて、あちこち這い回っている。地獄のような光景を目の当たりにして言葉をなくしたとき、背後から物音が聞こえて振り返った。ストックトン卿が事務室へ通じるほうの戸口にぐったりともたれかかっている。

「気分はよくなったの？」心配のあまり、尋ねた。

「きみが帰ったのかと思った」

彼の答えにはまぎれもない安堵《あんど》感が感じられたが、いまの自分はとてもほっとできる気分ではない。それでも弱々しい笑みを浮かべ、手にしたものを掲げてみせた。

「あなたのために布を探して水に浸していたの」そう答えながら、隣の部屋へ続く扉を一瞥する。賭博室の騒音は、喉から絞り出すようなうめき声に変わっていた。

「いったいあれはなんの騒ぎだ？」

プルーデンスは脇へどいて、ストックトン卿が扉の前までやってきて開けるのを見守った。わざわざ彼の肩越しに確認するまでもない。ようやく気づいたのだ。先ほど目にした地獄のような騒ぎが、何を意味しているかを。いま、隣接する賭博室から聞こえているのは、気分が悪くなった百人近い男たちがいっせいにあげているうめき声――このクラブにいる客たちほぼ全員が、嘔吐に苦しんでいるのだ。

「なんてことだ！」ストックトン卿はあぜんとし、それから大声で叫んだ。「おい、誰か！　いったい何が起きているんだ？」

「閣下、わたしにはよくわかりません」誰かが答えた。具合の悪さとは無縁の元気な返事……おそらく使用人だろう。「みんな、胃のなかのものを吐き出しています。たぶん、エールが腐っていたせいだと思います」

「すぐに確認するんだ、くそっ」ストックトン卿は叫んだつもりだろうが、実際には大声とはほど遠い、弱々しい声しか出なかった。彼が扉の脇柱に力なくもたれかかるのを見て、プルーデンスは罪悪感にさいなまれ、唇を噛んだ。ストックトン卿が体の向きを変え、よろよろと事務室へ戻りながら、あとをついてくるように身ぶりで示す。

プルーデンスはためらい、賭博室に通じる扉を一瞥してから、今度はエールの樽を見た。もちろん、どうしてこんな事態になったのかは百も承知だ。あの嘔吐薬を入れた小瓶は床に落ちたわけでも、先ほどヒップを叩いてきた使用人がくすねたわけでもない。樽に入ったエールのなかに落ちたのだ。きっと、慌てて樽に体をぶつけたときだろう。いま〈バラーズ〉の客たちの身に起きていることの責任は、このわたしにある。ありがたいことに、ストックトン卿はその事実には気づいていない様子だけれど。エールが腐っていたせいだと考えているから、わたしはここにもう少しいても大丈夫なはずだ。というか、いまはここに残って、弱っているストックトン卿の手助けをしてあげたい。結局、彼の具合が悪くなったのはわたしのせいなのだ。彼のためにできるだけのことをするべきだろう。

プルーデンスは賭博室へ通じる扉から離れ、ストックトン卿のあとを追うことにした。事務室にたどり着くと、彼は自分の机の背後にある椅子にどさっと倒れ込んだ。そばに近づいて、目をつぶった彼の顔をじっと見おろし、手にしていた布でその顔を拭き始める。もはやひんやりとはしていないが、湿っていることに変わりはない。あやすような声とともに、布を彼の顔に押し当てていく。

　顔に布を当てられた瞬間ストックトン卿は目を開けたが、すぐに閉じた。しばらくすると、彼の顔からゆっくりと緊張が取れていくのがわかった。きっと眠りかけているのだろう。そのとき突然手を握られ、目を開けた彼から熱っぽく見つめられた。ぱっと顔に血がのぼる。

　しばらく沈黙が落ちたあと、プルーデンスはそっと手を引き抜いて体の向きを変えた。

「何か飲み物を取ってくるわ」

「厨房にある飲み物はやめてくれ」

　扉の前でためらい、不安げに振り返ると、ストックトン卿が壁際にある戸棚を身ぶりで指し示しているのが見えた。「あそこにウィスキーがある」

　うなずいて戸棚の前まで行き、扉を開けると、なかにウィスキーのボトル一本とグラスが二つ入っていた。グラスを一つ手に取り、ウィスキーを注ぐと、慎重に机の前まで運んだ。

「ありがとう」ストックトン卿はグラスを受け取ると、琥珀《こはく》色の液体を口いっぱいに含んですすぎ、窓辺まで行って吐き出した。同じことを二回繰り返し、三度めに口に含んだウイスキーをごくりと飲むと、プルーデンスを一瞥して笑みを浮かべた。

「本当にありがとう」ストックトン卿は片手をあげて、プルーデンスの頬を撫でた。かすれているものの、優しさが感じられる声だ。

今度、プルーデンスの顔は燃えあがりそうになった。彼に触れられた喜びのせいなのか、彼を苦しめた原因が自分にあるのに感謝された困惑のせいなのか、よくわからない。しかし、彼が頬から手を離して、体の向きを変えてもう一度グラスをつかんだとき、その答えがはっきりとわかった――わたしはひどく落胆している。

ストックトン卿がふたたびウィスキーを口に含むと、事務室の扉がノックされた。彼はウィスキーを飲み下し、机にグラスを戻すと、プルーデンスの前に立ってその姿を見られないようにした。「入れ」

扉が開かれる音に続き、男性の声が聞こえた。「エールの樽のなかに、こんなものが浮かんでいました」

爪先立ちになると、ストックトン卿の肩越しに、戸口に立つ男性が突き出しているものがちらりと見えた。あの小瓶だ。思わずしかめっ面になると、男性はこうつけ加えた。「何者かが、うちのお客様にわざと毒を盛ろうとしたようです」

「なんだって?」ストックトン卿の声にはまぎれもない驚きが感じられた。「なぜだ?いったい誰がうちの客に毒を盛ろうなどと――」

彼が突然振り返り、こちらをにらみつけたため、プルーデンスはあとずさった。どうにか笑みを浮かべながら答える。「あなたのお客様たちにわざと毒を盛ろうと考える人なんていないわ。考えられるのは――」

「ある一人の人物に毒を盛ることか？」ストックトン卿がそっけなく尋ねる。「たとえばきみのお父上とか？　そうとも、先ほどぼくが飲んだのは、彼に運ばれてきたジョッキだった。きみはぼくのエールに毒を仕込んだんだな！」

ストックトン卿がこちらに向かってやってくる。その全身から感じられるのは、抑えきれない激しい怒りだ。だから、プルーデンスはいまの自分にできるただ一つのことをした。その場から逃げ出したのだ。

「彼女を逃すな！」

背後でストックトンが叫ぶ声が聞こえたが、いまこの瞬間は、たとえ悪魔であってもプルーデンスを捕まえることはできなかっただろう。恐怖のあまり、足が床についていないのではないかと思うほど驚くべきスピードが出た。扉から出て、路地を駆け抜け、あっという間に建物の正面にたどり着く。御者はプルーデンスの靴音を聞きつけたか、全速力で近づいてくる姿を見たかのどちらかに違いない。いずれにせよ、馬車の座席から飛びおりると、すぐに扉を開けてくれた。

「ジャミソン、ここから逃げて。すぐに！」馬車に駆け込みながら叫ぶと、座席に座る前に扉がばたんと閉められた。

　御者台に戻ったジャミソンの体の重みで馬車が傾くなか、待っていたリジーが金切り声をあげた。「何があったの？　まさか、わたしがくびになるようなことはないわよね？」

　プルーデンスは座席を強くつかむと、馬車が出発するのを待った。質問に答えるのはそのあとでもいいだろう。

4

「そのパンチにも毒を盛ったのか？」

　パンチの入ったボウルにひしゃくを落とすと、プルーデンスは声のするほうを警戒しながら振り返った。この滑らかな声の持ち主はストックトン卿《きょう》だ。あざけるような目でこちらを見ている。

　ストックトン卿とは、彼のクラブでちょっとした事故があったあの夜以来、会っていなかった。いや、正直に言い直そう。わたしが仕込んだ薬で、彼のクラブの客たちを悲惨な目にあわせたあの夜以来、顔を合わせるのはこれが初めてだ。あの夜からすでに二日経《た》っている。その間、ストックトン卿に事情を説明した謝罪の手紙を送ろうかと考えた。でも、そういった謝罪は手紙ではなく、面と向かってするべきだと思い直したのだ。しかし、こうしてその絶好の機会が訪れたいま、彼に手紙を送っておけばよかったと後悔している。もしくは、エリーの母親が主催する今夜の舞踏会に招かれたときに、やはり出席を断ればよかったと思ってしまう。プレスコット家のかさむ借金から少しでも気をそらして楽しい気分になれるように、親友エリーがどうしてもと誘ってきたのだ。

でも気をそらすことも、楽しい気分になることもできずにいる。親友から借りたドレスを身にまとっていることを意識せずにはいられない。どんなものも、周囲からひそかに無視されている事実や、誰からもダンスを申し込まれない事実を忘れさせてはくれない。

「きみはまだぼくの質問に答えていない」ストックトン卿の声で、プルーデンスは現実に引き戻された。「きみはそのパンチに毒を仕込んだのか？　こう尋ねている理由はただ一つ。きみが父親の愚かな行為をやめさせるために、貴族を一人残らず苦しめようと考えているのか、それともきみが破滅させようとしているのはぼく一人だけなのか知りたいからだ」

パンチボウルの近くにいた人たちは驚いたように二人のほうを見ると、手にしていた空のグラスを突然置き始めた。

プルーデンスはどうにか硬い笑みを浮かべて答えた。「まあ、閣下、なんて面白いことをおっしゃるの。でも、そんな冗談は言うべきではないわ。わたしが本当にそんなことをしたと、みなさん思い込んでしまうでしょう？」

「いや、あの夜ぼくのクラブにいて、きみが仕込んだ毒のせいで死ぬような苦しみを味わわされた男たちは、さもありなんと思うはず――」

プルーデンスはすばやくストックトン卿の片腕をつかむと、軽食が置かれたテーブルから離れ、バルコニーの扉のほうへ連れていった。自分には彼にも負けない腕力があるなどと過信しているわけではない。それでもやむにやまれずストックトン卿を引きずっていったのは、彼がそう仕向けたせいだ。

プルーデンスは彼を外へ引っ張り出し、冬の肌寒い空気を肌に感じて体を震わせた。何枚も並んだガラス扉に沿って先を急ぐと、やがてキンダースリー卿の事務室にたどり着いた。エリーの父親が、普段ここに誰も入れたがらないのは知っている。けれど、これほど寒い以上、外で立ち話をするわけにもいかない。それに、いまからストックトン卿とする会話をほかの誰にも聞かれたくない。

「で、今夜はどんな計画なんだ?」薄暗い部屋に入って向き直ると、ストックトン卿は開口一番に尋ねてきた。「きみはすでにあれほどの乱闘騒ぎを起こしたうえに、おおぜいの人たちに毒を盛ったんだ。さしずめ、今夜はここにいる全員を炎で丸焼きに——」

「お願い、やめて」プルーデンスは弱々しく言った。ストックトン卿のいらだちも当然だ。辛辣な問いかけをどうにかかわそうという気力すらわいてこない。「わたしだって、最初からあんな騒ぎを起こそうと思っていたわけじゃないわ。あなたが雇っている女性の一人を、しつこい客から守ろうとしただけよ」

「ああ、知っている」ストックトン卿は唇を引き結んだが、体のこわばりがやや和らいだようだ。

それを見て、プルーデンスは少し安堵《あんど》した。こうして説明する間に、彼の緊張が完全に解けてくれれば、それほど嬉《うれ》しいことはない。「それに、あなたのお客様たちにわざと毒を盛ったわけでもない。嘔吐薬《おうとやく》を入れた小瓶の蓋がなくなって、床を捜し回っていたときに、たまたま小瓶そのものがエール樽《だる》のなかに落ちたんだと思うの。ただ、わたしはそのことに全然気づかなかった。もし気づいていたら、誰かにそのことを警告していたはずよ……たぶん」

最後にぽつりとそうつけ加えたのは、自分でも本当にそうしたかどうか自信が持てなかったせいだ。あの夜は、それほど父を〈バラーズ〉から追い出したい一心だった。もちろん、いまだってその気持ちは変わらない。

「嘔吐薬だって?」ストックトン卿は嫌悪感たっぷりに顔をしかめた。あの夜、自分の事務室の窓から身を乗り出さざるを得なかった理由に気づかされたせいだろう。「きみは自分の父親に嘔吐薬をのませようとしたんだな?」

「ええ、エリーから、そうすれば父の賭け事だけじゃなくてお酒もやめさせられるだろうと言われたの。たしかにいい計画に思えた。だから……」そこで肩をすくめた。

「エリー?　エレノア・キンダースリーのことか?」

「彼女のことを知っているの?」

「今夜の主催者の娘じゃないか」ストックトン卿は穏やかに指摘した。「それに彼女がきみの友だちだということも知っている」

「あら」そう言われて、今日この舞踏会が始まる前にエリーから提案されたアイデアをふと思い出しながら、どうにか笑みを浮かべて片手をあげた。「なんなら、いまここで誓ってもいいわ。あなたは二度と、わたしが〈バラーズ〉で大騒ぎを起こすのではないかと心配する必要なんてない。だってわたしは今後、あのお店の敷居をまたぐのを許してもらえないはずだもの」

彼は疑わしげな表情でしばし考え込んだ。「もう二度と？」

「ええ、絶対。何があっても」プランケットの低い声をまねて答えてみせた。ストックトン卿が思わず口角を持ちあげたのを見て、体の奥底から嬉しさが込みあげる。でも彼はすぐにわずかな笑みを消すと、ふたたび怖い顔になった。

「きみはぼくにとんでもない迷惑をかけた。そのことはわかっているんだろうね？」

「本当に申し訳なく思っているわ」

「実際、うちの店の客足は大きく落ち込んでいるんだ」

プルーデンスは後悔を感じながら、足元に視線を落とし、そのまま黙っていた。すると、とうとうストックトン卿があきらめたようにため息をつくのが聞こえた。

「まあ、すぐに客足は戻ると思う。それに、きみがわざとあの騒ぎを起こしたのではないことにも気づいていた。少なくとも、きみが計画していたのはあんな大がかりなものではないということにはね。しかも、ぼくは自分自身の父親に同じような試みをしたことが少なからずあるんだ。父が賭け事のせいで、ぼくたち家族を破滅に追い込もうとしてね。だが、きみに教えておくべきだろう。そういった企《たくら》みはうまくいかないものだ。その分のエネルギーをどこか別のものへ向けたほうがはるかにいい。たとえば、法律の改正と賭博場の閉鎖を求めるデモをするとか――」

「あなたのお父様が?」プルーデンスは彼をさえぎった。

ストックトン卿は不愉快そうに口をへの字にすると、その場から離れた。きっと彼にとって、これはデリケートな問題なのだろう。プルーデンスは彼に考えをまとめる時間の猶予を与え、その間に部屋のなかを見て回ることにした。

暖炉には、消えかけた燃えさしがくすぶっている。明かりと言えるものはそれだけだ。明らかに、この事務室は誰かを招き入れるような造りではない。ふと罪悪感がわいてきた。キンダースリー卿が自分のプライバシーをことのほか大切にする人だということは、エリーから聞いて知っている。どうやら彼は、掃除のために使用人がこの部屋へ入ることさえ許していないようだ。エリーからそんな話は聞かされたことがないが、部屋にほこりが積もり、クモの巣がたくさん張っている。ぶるりと体を震わせ、ストックトン卿のあとを追うように、部屋の中心にある大きな彫像の前へ移動した。ゆったりした上衣《トーガ》をまとった一人の女性が天空に向かって手を伸ばしている、古代ギリシャ様式の彫刻だ。女性の足は七本もあり、その両腕は木の枝に変わりつつあって、枝々がちょうど二人の頭上に広がっている。キンダースリー卿の美的感覚を疑いながら、プルーデンスはストックトン卿に意識を戻した。彼は大理石でできた二本の小枝にかかるクモの巣を手で払うと、ようやく口を開いた。

「ぼくの父は、いまのきみのお父上と同じことをしていた。賭け事にのめり込むあまり、自分の家族を破滅に追い込もうとしていたんだ。ただし、父は賭け事中毒だっただけで、酒は飲まなかった。でも、父は相続人である息子の死を忘れるために、突然賭け事を始めたわけじゃない。ずっと前から筋金入りの賭け事好きだったんだ。だがあれ以上賭け事にのめり込んでいたら、状況はさらにひどいものになっていただろう。だからぼくは――」

ストックトン卿はそこで突然言葉を切った。プルーデンスは一歩歩み寄り、彼がいまや体の脇で握りしめている拳にそっと手を重ねた。少しでいいから、彼を慰めてあげたい。ストックトン卿は驚いたように重ねられた手を見おろし、表情を和らげ、握っていた拳を開くと、プルーデンスの手を優しく握った。

「どうやって賭け事をやめるようお父様を説得したの？」しばしの沈黙のあと、プルーデンスは尋ねた。

ストックトン卿は皮肉っぽい笑いを浮かべると、指をこちらの指に絡めてきた。手にひびが入りそうなほど強い力が込められているが、そう指摘することで彼の注意をそらしたくない。ストックトン卿の答えをなんとしても聞きたかった。もし彼が自分の父親を止められたなら、わたしも同じ方法で父を止められるかもしれない。

でも、そんな希望はすぐに打ち砕かれた。

「父は自分で自分を止めたんだ。賭けにのめり込んですべてを失い、手元に残ったのはストックトンの領地だけになったが、さすがに父も領地にまで手をつけることはできなかった。だからその夜、屋敷へ戻ってくると、銃で自分の頭を撃ち抜いたんだ」

そっけない言葉から生まれた恐怖に体をこわばらせたとき、プルーデンスの脳裏に、ふいにあるイメージが浮かんだ。父が祖父の古い決闘用のピストルを取り出し、そして――

「そんな目で見ないでくれ。きみに話すべきではなかったね。すまない」

プルーデンスはストックトン卿の困ったような顔をじっと見つめた。そのとき、彼の手が頬に当てられているのに気づいた。「わたし――」

何を言うつもりだったにせよ、言い終えることはできなかっただろう。いきなり唇を押し当てられ、一瞬体を動かすことさえできなくなった。その間も、さまざまな思いが胸のなかを駆け抜けていく。気づくと、夢中で彼にキスを返していた。キスを返したのは、脳裏に浮かんだ父の死のイメージを消したかったから――そう自分に言い聞かせようとしたが、それが嘘なのはわたしが一番よくわかっている。彼の事務室で初めて口づけられたときから、もう一度キスしてほしいと考えていた。いいえ、きっとその前からずっと、ストックトン卿にキスしてほしいと願っていた。舞踏会で初めて壁の花になったわたしを救ってくれたときのように、いつかどこかの舞踏室で、彼から体をすくいあげられ、この厄介な人生から救い出されることを夢想していた。もっと言えば、初めて出会ったときからずっとストックトン卿に惹《ひ》かれていた。驚くほどハンサムで、遊び人に見えるのに、どこか優しさが感じられたから。

いまならよくわかる。ストックトン卿は冷淡な社交界の面々に対して、放蕩者《ほうとうもの》を装うことでしか防御の壁を張り巡らせられなかったのだろう。それなのに、いつもストックトン卿のことを、自ら進んでいばらの道を選んだ殉教者のように考えていた。彼が自分の意思で賭博場を経営する道を選んだと誤解していたから。父の悪習のせいで家族に暗い影が落ちるようになってようやく、ストックトン卿の真実の姿に気づかされた。

「ああ、プルー」ストックトン卿が頬に向かって吐息まじりに言った。

愛称で呼ばれたことに驚いたが、同時に心がぽっとぬくもって、プルーデンスは低くうめいた。唇に喉元をたどられ、炎のような熱さが全身に広がっていく。こんなふうに愛撫《あいぶ》されるのがこれほど気持ちいいなんて。いつも抱えている憂いを手放し、情熱に身を任せたい。いまはただ、ストックトン卿の指をひたすら感じていたい。両手でドレスの上から胸をすっぽりと包み込まれたときは、一瞬呼吸が止まったように感じた。大きくあえいで背中をそらせながら、唇から悦《よろこ》びのあえぎをもらさずにはいられない。ストックトン卿はふたたび唇で、あえぎをふさいでくれた。荒々しい口づけを繰り返しながら脚の間に片膝を滑り込ませ、借り物のドレスの生地を強く引っ張る。

借り物のドレス。そう、エリーのドレス——親友が好意で貸してくれたドレスだ。そう考えたとたん、自分が陥っている苦境が鮮やかによみがえり、先ほどまでの情熱がいっきにしぼんだ。いまから何をしようとしていたかを思い出し、ストックトン卿の髪に差し入れていた指先に力を込めて引き抜くと、慌てて体を離そうとした。「待って、閣下、わたしは——」

ストックトン卿が含み笑いをしたことにためらい、不安げに見あげる。彼が腕の力を緩めてくれたため、ようやく両腕を体の脇におろすことができた。

「そろそろぼくのことをストックトンと呼んでくれてもいいころだろう、マイ・レディ」薄明かりのなか、彼はかすれ声でそう言いながらプルーデンスを見おろした。「ぼくたちはもう堅苦しい関係じゃない。そうだろう?」

「ええ、そうかもしれない」プルーデンスはストックトン卿にこわばった笑顔を向け、渋々体を離しながら、彼のシャツの前部分を指でもてあそび始めた。できることなら、なるべく彼のそばにいたい。でもすぐにキスされないように、ある程度離れていなければ。また唇を重ねられたら、何も考えられなくなるだろう。「でも、わたし……」

プルーデンスがためらったのを見て、ストックトン卿は片眉をつりあげた。

「あなたにお願いしたいことがあるの」何も言えなくなる前に、彼に告げておきたいことがある。「父があなたのクラブに行ったとしても……入店を断ってもらえないかしら？」

どうにかそう言いきったが、最後のほうは目を閉じていた。どう考えても、ひどい要求に聞こえる。でも今日この舞踏会が始まる前に、エリーから〝お父様が〈バラーズ〉に通うのをあなたが止められなくても、あのクラブの所有者なら止められる。ストックトン卿に感じよく、そうお願いしてみてはどう？〟と提案されたときは、そんなに悪い考えには思えなかった。ただし、もちろん親友は、わたしが彼の腕に抱かれながらこのお願いをするなどとは想像もしていなかったに違いない。案の定、ストックトン卿はいい反応を見せていない。こちらの体に巻きつけている両腕には力が込められ、顔は無表情のままだ。まるで突然体を引きはがされたように――ストックトン卿がどこか遠くへ行ってしまったかのように思える。

「わかった。手配は可能だ。ただし、そうするかは場合による」

彼の声から不愉快さが伝わってきたため、プルーデンスは息を止めた。「場合による？」

「この質問に対するきみの答えによる、ということだ。先ほどぼくにキスを許したことは、いまの要求とどの程度関係がある？」

プルーデンスが最初に示した反応は、彼から思いきりひっぱたかれたかのように頭をのけぞらせることだった。二番めの反応は、そこはかとない悲しみと悔しさだった。

いったいわたしはストックトン卿に、どう思われていることを期待していたのだろう？　家族を救うためとはいえ、考えつく限りの方法をこれまで試してきて、そのほとんどが法に触れるようなものだったというのに。どう考えても、良家の子女として育てられてきた若いレディにはあるまじき、不適切な振る舞いばかりしてきた。しかも、いままでストックトン卿の前で感情をあらわにし、自分の絶望を隠そうともしてこなかったのだ。だから彼がこんな結論に飛びついても、いまさら驚くべきではないはずなのに。

「あなたにキスを許したのは、このこととは何も関係ないわ」プルーデンスは静かな威厳とともに答えた。「いまキスをやめたのは……気になったからよ。夢中になりすぎて、あなたへのお願いを忘れるんじゃないかと心配になったからなの」すなおに認めると、たちまち恥ずかしさに顔が真っ赤になるのがわかった。室内の薄暗さがありがたい。

暗闇のなか、ストックトン卿はこちらをじっと見つめ、口を開いた。「ということは、きみはぼくにキスされるのが好きなのか？　これは新たな計画というわけじゃないんだね？　お父上がぼくのクラブで金を浪費していることに対する仕返しではないと？」

プルーデンスは眉をひそめた。わたしがストックトン卿のキスを楽しんでいたことを、どうやって証明すればいいのだろう？　そのとき、あることがひらめいてぱっと顔を輝かせた。「あなたなら、女性が自分のキスを楽しんでいるかどうかはわかるはずよ？　いまさっきもそうだったでしょう？」

「それはそうだが、残念ながら、先ほどはぼくも夢中になってよくわからら――」ストックトン卿はそれ以上続けることができなかった。プルーデンスがいきなり爪先立ち、自分から唇を重ねてきた驚きに息をのんだせいだ。

最初ストックトン卿は突っ立ったままで、プルーデンスがキスをしやすくなるような動きを何もしようとしなかったが、それでも彼の両腕からは徐々に力が抜けていくのがわかった。やがて両手をこちらの背中に滑らせ、体をさらに引き寄せると、ありったけの情熱を込めてキスを返し始めた。唇から小さな吐息をもらしながら口を開き彼を迎え入れて、室内履きのなかで爪先を丸め、体を弓なりにして彼の体にぴたりと押しつけた。このキスに自分のすべてを注ぎ込みたい。ストックトン卿にならって、両手を彼の背中に滑らせ、硬い筋肉の感触を思いきり楽しみたい。背中から胸の下へ大きな両手が這《は》い、てのひらで胸を包み込まれ、無意識のうちにさらに爪先立って大きくあえいでいた。それから彼は体を離し、頬に唇を寄せると、キスの雨を降らせ始めた。

「きみを信じるよ」情熱的なキスをしばし楽しんだあと、彼は優しい声で言った。

「ええ」耳に熱っぽくキスを返す。

「そろそろやめないと。自分を抑えると約束できなく――」

「いや」プルーデンスは低くうめくと、彼の顎に軽く歯を立てた。

「いやなのか？」

「ええ」

喉元でストックトン卿の低い含み笑いが響くのを感じ、プルーデンスは悦びのあまり、両脚をきつく閉じた。

「いいのか、それともいやなのか?」ストックトン卿が尋ねる。からかい半分、心配半分といった声だ。

うっとりと目を閉じていたのに質問され、渋々目を開いたプルーデンスは、ふいに体をこわばらせた。視界の隅に、何か影のようなものをとらえたのだ。さほど大きくはない。暗闇のなか、しみのように浮かんで見える小さなものだが、間違いなく動いている。というか、ストックトン卿の頭めがけて垂れ下がってきている。

クモだ! 糸を垂らしながら、いままさに下に向かってきている。騒ぎ立てるのは大げさかもしれないが、ストックトン卿の腕のなかから抜け出すと、口を開いて彼に警告しようとした。ところが、クモがいきなり目にもとまらぬ速さでおりてきたため、本能的に手首にかけていた扇子を持ちあげ、追い払おうとした。結果的に、扇子でストックトン卿の頭のてっぺんを叩《たた》くことになったけれど。

「いったい何を——?」ストックトン卿はプルーデンスの体を離すと、自分の頭の後ろに手をやり、あとずさった。

「クモよ」ストックトン卿が一瞬ひるんだことにも気づかず、プルーデンスは彼が慎重な足取りであとずさるのを追うように、じりじりと近づいた。「本当なの。あの大理石の枝から垂れてきて、あなたの頭の上に落ちたわ。だからわたしはただ――」そう言いながら扇をひらひらさせ、目をぱっと見開いた。エリーから与えられた明るい色合いの扇子の上に、黒いししみのようなクモがいるのが見えたのだ。

「ほら見て！　捕まえたわ」扇子を突き出すと、ストックトン卿はよろめき、そのまま長椅子に座り込んだ。「本当に、クモがあなたの頭の上にいたんだから」

「プルー？」

心配そうに名前を呼ぶ声が聞こえ、プルーデンスは声のしたほうを振り返った。エリーがバルコニーに沿って歩いている。寒さに腕をこすりながら、一面雪に覆われた庭園の暗がりを心配そうに見つめていた。

「プルーデンス、そこにいるの？　お父様が、あなたが出ていくのを見たと言っていたの」

「まったく」プルーデンスは低くつぶやき、ストックトン卿のほうを振り向いた。立ちあがった彼の目には、まだこちらを疑うような気配が感じられる。誤解しないでと言わんばかりに両手を掲げたところ、離したはずみで手首から扇子がぶら下がり、大きく弧を描くと、今度は彼の脚の間に見事に命中した。たちまち心配になり、大きくあえいでストックトン卿に近づく。彼はうめきながら体をかがめていた。「ごめんなさい！　大丈夫――」

「ぼくなら大丈夫だ！」ストックトン卿は自分を守るように片手を掲げ、足を引きずりながらプルーデンスから離れた。「もう行ってくれ。早く」

「でも――」

「プルー！」

かぶりを振りながらもプルーデンスは彼に背を向け、事務室から早足で出ると、呼びかけるエリーのもとへ急いだ。


「閣下、あれを見てください」

スティーブンが読みかけの本から顔をあげると、事務室の開かれた扉の前にプランケットが立っていた。何か心配事があるらしく額にしわを寄せ、普段よりもいっそうブルドッグそっくりに見える。「どうかしたのか？」

「店の前に女たちの集団が押し寄せています」

意味不明な説明に眉をひそめ、スティーブンは立ちあがり、プランケットのあとから厨房《ちゅうぼう》を通り抜けて賭博室へ入った。フロアの客がまばらなのを見て、表情を険しくする。プルーデンス・プレスコットの悪ふざけのせいで、店の売りあげは減少の一途をたどっている。来店客数は、彼女が巻き起こした乱闘騒ぎのあとで少し減り、続いての毒入りエール騒動のあとは目に見えてがくんと減った。いまはフロアにわずかな客しかいない。まったく、あのいまいましいレディのせいで、大金を失うことになった。もし彼女がいまここにいたら、あのほっそりした首を折ってやりたいところだ。もしくは、彼女が意識を失うまでキスをしてやってもいい。奇妙なことに、二番めの選択肢のほうが魅力的に思える。

プルーデンスが巻き起こした騒動は思い出すだけで腹立たしいが、彼女を罰するよりも、愛撫で懲らしめるやり方をあれこれ想像せずにはいられない。あの夜、キンダースリーの事務室で――股間を扇子で攻撃される前に――彼女と交わした熱いキスを思い出すと、炎が燃え広がるように想像をかき立てられるいっぽうだ。あの女性は、完全にぼくを虜《とりこ》にしてしまった。どこへ行っても騒動ばかり巻き起こしているにもかかわらずだ。

プランケットが立ち止まったのに気づき、スティーブンは意識を現実に引き戻した。顔をあげ、ドアマンとともに正面玄関へ近づくと、彼が扉を開いて脇へどいた。前に一歩踏み出したとたん、目の前に広がる光景に言葉を失う。

「いったいこれはなんの騒ぎだ？」デモ行進をしている女たちの大群にあぜんとしながら尋ねる。

プランケットは低くうなった。「女たちは一時間前にここへやってきて、明らかにうちの店の営業妨害をしています。常連客の妻や娘たちで、客がクラブに到着するたびに威嚇するんです。店の前に馬車が停《と》まっても、女たちがなだれのように向かってくるのを見て、客たちはすぐに馬車で引き返していきます」

それ以上説明を聞く必要はなかった。ちょうどジャスタリー公爵家の紋章のついた馬車がクラブの前に停まり、馬車の窓から公爵が顔を出した。女たちがいっせいに馬車に向かって抗議の声をあげ始める。「魂の救済を！　賭け事反対！」公爵は慌てて顔を引っ込め、馬車のカーテンを引いた。続いて、クラブからすぐ離れるよう御者に大声で命じる。馬車が大きく傾きながら立ち去るのを見て、女たちは、また一つ魂を救済したことに歓声をあげていた。

「くそっ！」戸口にプランケットを残したまま、スティーブンは女たちの大群のなかへ飛び出していった。

「きみの本当の狙いは、ぼくを破滅させることにあるんだろう？」

背後から声が聞こえ、プルーデンスはゆっくりと振り返った。ストックトン卿が立っているのを見ても、もちろん驚きはしない。というか、ずっと前から彼のことを待っていた。こんな大騒ぎを前に、ストックトン卿は何をぐずぐずしているのだろうとやきもきしながらだ。「こんばんは、閣下。今宵《こよい》のご機嫌はいかがかしら？」

「ぼくの機嫌がいいとでも？」ストックトン卿がこちらをにらみつけている。「レディ・プルーデンス・プレスコットというたった一人の人間のせいで、経済的な大打撃をこうむっている。誰もこのクラブに近寄る勇気はないだろう。いま店内には客が十人ほどいるが、全員、きみやきみの仲間である不機嫌そうな顔つきのご婦人がたがここへやってくる前に入店した人ばかりだ。しかもみな、この店から出るのをいやがっている。自分の母親や妻がこのデモ行進に加わっているのを恐れてだ」

「わたしの父は?」プルーデンスは眉をひそめながら尋ねた。

「いない」

ストックトン卿の短い答えを聞き、安堵の笑みを浮かべた。「だったら、あなたの計画は成功したということね。ありがとう」

「ぼくの計画?」

プルーデンスはにっこりしながらうなずいた。「エリーの屋敷で舞踏会が開かれた夜、あなたはわたしに言ったわ。誰かに賭け事をやめさせたいのなら、その分のエネルギーを、賭博場の閉鎖を求めるデモ行進に向けたほうがはるかにいいって」

「ぼくが言いたかったのは、庶民院の前でデモをやって、法律を変更させて――」そこでストックトン卿はどうにか冷静さを取り戻し、冷静な声で言った。「きみが成功したのは、またしてもぼくを廃業に追い込む可能性を高めたことだ。ただ、それはきみ自身の問題解決にはなんら役立っていない。間違いない。きみのお父上は今夜もどこかで賭け事をしているだろう。その場所が〈バラーズ〉ではないだけだ」

「まさか!　そんなはずないわ。父はどのクラブも退会せざるを得なかったんだもの。だからあなたのクラブに入り浸っているのよ」

「紳士クラブに入るのに、そこの会員である必要はない。そのクラブの会員の友人さえいれば、彼らの招待客として入店できるんだ。きみのお父上は、夜の早い時間はほとんど〈ホワイツ〉で過ごしている。彼は――」

「嘘よ。父のあとをつけてここにやってくるのを初めて確かめた夜も、わたしが〈バラーズ〉に入り込んだ夜も、二回とも父は――」

「きみが〈バラーズ〉にやってきたのは、どちらも夜遅くだった」ストックトン卿はそっけない口調で指摘した。

プルーデンスは眉をひそめた。ストックトン卿の言い分は正しい。〈バラーズ〉にやってきたのは、二回とも夜遅い時間だった。男装した一回めは、父のブリーチズの手直しに時間がかかったせいだ。親友エリーの助けも借りたのだが、それでも出発時間がかなり遅くなってしまった。それに、この店の使用人になりすました二回めは、料理人たちが仕事を終えて帰る時間まで待たなければならなかった。そのほうが見つかる危険性が少なくなるだろうと考えたからだ。もしストックトン卿の言葉がすべて正しければ、父が賭け事をしているのは〈バラーズ〉だけではないということになる。つまり、ここでいまわたしは自分の時間を無駄にしているのだ。

「でも……そんなの大したことじゃないわ。大切なのは、あなたのほかの常連客たちと同じく、わたしの父も今夜はここに姿を現さないだろうってことよ。デモ行進が成功したことに変わりはないわ」

ストックトン卿は憤懣《ふんまん》やるかたない様子でプルーデンスをにらむと、その腕をひっつかみ、歩道脇に停めてある自分の馬車に向かって引きずり始めた。

「何をしようというの？　手を離して」持っていたプラカードをストックトン卿の頭に振りおろそうとしたところ、彼の空いたほうの手でプラカードを奪われ、嫌悪感たっぷりに脇へ投げ捨てられた。

「きみはいつも男の頭を殴りつけるものを持っているんだな」

「男性の頭を殴るつもりで持っているわけじゃないわ」プルーデンスは不満げに答えた。

「へえ？　きみがプランケットの頭に振りおろしたあの傘はどうなんだ？」

「あの日は夕方に雨が降ったから、また降ってきたときのために傘を持っていたの」

「なるほど」ストックトン卿は疑わしげな口調だ。「だったらきみが男装してやってきたとき、マーションを叩きのめした杖《つえ》はどうなんだ？」

「マーション？」プルーデンスは困惑したように繰り返し、尋ねた。「あのタカみたいな顔の人？」

「ああ」

「あの人、本当にいやな男よ。あなたの使用人にひどい態度を取っていたんだから、あれくらいされて当然だわ。でも、あのときわたしは、男性の格好の小道具として杖を持っていただけよ。杖を持つのが一番効果的だと考えたの」

「たしかに一番効果的だったな」ストックトン卿が皮肉っぽくつぶやき、プルーデンスは彼の背後でしかめっ面をした。「それにキンダースリーの舞踏会では、扇子でぼくの頭を叩いた」

「ちゃんと謝ったはずよ。あのとき、あなたの頭の上にかなり大きなクモがいて――」

「それにたったいまも、きみはプラカードでぼくの頭を殴ろうとしていたじゃないか！」

その件については言い返す言葉がない。そこでプルーデンスはただため息をつき、ふかふかの座席に腰をおろしたが、突然体をこわばらせた。ストックトン卿の非難の言葉に気を取られていたせいで、知らないうちに彼の馬車に乗せられていたことに遅まきながら気づいたのだ。慌てて扉から出ようとする。

「おりないでくれ！」ストックトン卿はプルーデンスの腰を強くつかみ、膝の上に座らせ、片腕を彼女の体に巻きつけると、もう片方の腕で馬車の壁を叩いて出発の合図をした。すぐに馬車が動き出したため、プルーデンスは体のバランスを保つために慌てて彼の腕にしがみついた。

「もうわたしを離してもいいでしょう？」馬車が一定の速度で走り始めると、プルーデンスは言った。

「いまはこうしてきみを抱きしめていたい」

低いかすれ声を聞き、たちまち全身がとろけそうになった。まあ、しばらくはこのままでいてもいいだろう。うなじにストックトン卿の吐息を感じ、体じゅうにうずきが広がっていく。感じやすいうなじに唇を押し当てられて、熱いため息をついてこうべを垂れ、愛撫に身を任せた。でもドレスの生地越しに両手で胸の膨らみを持ちあげられたとたん、うずきが炎のように燃え広がった。どうにかストックトン卿の腕のなかから抜け出し、安心できる反対側の席へ移る。

彼からは引きとめられなかった。いまは何を考えているのだろう？　すごく気になる。向かい側に座る相手をちらりと確認すると、こちらに笑みを向けていた。

「きみはぼくにキスされるのが好きなんだね？」

顔が真っ赤になるのがわかった。「ええ。礼儀正しくないことだとわかっているけれど――」

「ああ、きみは本当に礼儀正しい人だからな」彼はからかうように答えた。

困惑に身をよじらせそうになったものの、どうにかこらえて視線をそらし、肩をすくめた。「いつも礼儀を守っているとは言えないけれど、わたしにだって少なくとも常識はある。あなたの……影響から離れて冷静になったとき、ふと自分の本心に気づいたの。わたしの父やほかのおおぜいの貴族たちに賭けをさせることで、その家族を破滅に追いやっている張本人と、これ以上親しい関係にはなりたくないって。あなたはそれがどんなにひどい状況か知っているはずだから、なおさらよ。自分のお父様がさんざん苦しんでいる姿を見てきたんだもの。あなたももう少し、そうやって苦しむ人たちに同情すべきだわ」

ストックトン卿はしばし無言のままだった。笑みはすっかり消えている。きっと彼は怒り出し、わたしの欠点をあげつらい始めるだろう——そんな予想とは裏腹に、彼はひっそりとこう答えた。「きみのそういう気持ちはよくわかるよ。ぼくだって、かつて父が通っていた賭博場やその所有者たちに対して、似たような感情を抱いていた。ただ、気づいたんだ。ぼくが非難すべきは、賭博場の所有者たちじゃないとね。いまからそのことをきみに証明しようと思う」

プルーデンスは窓の外へ顔を向け、黙ったまま外を流れる景色を見つめた。

「いま〈バラーズ〉にいないとすれば、きみのお父上はどこか別の賭博場にいるはずだ」ストックトン卿は静かに続けた。「ぼくは倫理にのっとったクラブ経営をしようと心がけている。客の賭け金の上限を決めているんだ。客が大金を賭け始めた場合、即刻ゲームをやめさせ、家に送り返すようにすべきだと考えている」

プルーデンスは彼に向き直った。「だから、あなたが彼らの破滅に手を貸している事実を受け入れろと言いたいの？　もし彼らからお金を奪い取っているのがあなたでなくても、ほかの誰かがそうしていると？」

ストックトン卿はいらだった表情になった。「ぼくが言いたいのはそういうことじゃない」

「だったら何を言いたいの？」

彼は答えようと口を開いたが、馬車が速度を落としたのに気づき、ちらりと窓の外を確認した。「ちょうど到着した。さあ、来てくれ。ぼくが何を言いたかったのか、きみにもすぐにわかるだろう」

ストックトン卿は馬車の扉を開けると、ステップをおりて体の向きを変え、プルーデンスがおりる手助けをしようとした。だが彼女はストックトン卿から差し出された手を無視して、馬車の前にある建物を見つめた。一流の紳士クラブ〈ホワイツ〉だ。なぜストックトン卿はわたしをここへ連れてきたのだろう？

「あのキンダースリーの舞踏会で話し合ったあと、ぼくはきみのお父上がどこで賭けをやっているのか調べてみたんだ」ストックトン卿はプルーデンスを〈ホワイツ〉の扉の脇から窓のすぐそばへといざなった。室内で何人かの男性がテーブルを囲んでいるのが見える。外からでも誰が座っているのか見えるその席こそ、この名門紳士クラブのなかでも一番の特等席だということは、プルーデンスもよく知っていた。でも、テーブルを囲んでいる男性のなかに父の姿はない。そうわかって安堵のため息をついた。

「先ほども話したが、ぼくは自分のクラブの客たちに、賭け金の上限を設けている。きみの話によれば、お父上はかなり負けが込んでいるようだ。だから、うちだけでなく、ありとあらゆるクラブで賭けをやっているに違いないと考えた。そこで調べてみたんだ。お父上はたいていの場合、最初にここへやってくる。それから、その日の気分しだいで別の紳士クラブに一、二軒立ち寄ってから〈バラーズ〉にやってきて、夜中過ぎまでカードゲームをプレイする。調べてみると、あまり高級とは言えないクラブにも二、三軒立ち寄っているのがわかった。ただ、どの店でもさほど大きな金額を賭けている様子じゃない。だが全部の店の賭け金を足し合わせると、おそらく……」彼は肩をすくめ、突然、窓際のテーブルより奥まった場所にあるテーブルを指さした。「ほら、いた」

　プルーデンスは彼が指さした男を見つめた。父だ。カードゲームをしている。たちまち気分が落ち込むのを感じた。今夜わたしがしたことは、時間の無駄にすぎなかったのだ。これまでやったこともすべてそうなのだろう。おそらく、わたしも心のどこかでずっと、その事実に気づいていた。それでもそこに目をつぶって、どうにか現状を変える手助けにならないかと試していただけなのだ——たとえ、どんなにばかばかしいことであっても。

　ストックトン卿にいざなわれ、窓の外から離れて彼の馬車に戻る間、プルーデンスは何も話さず抵抗もしないままだった。御者が開けた扉から馬車へと乗り込み、ストックトン卿が御者に自分の屋敷の住所と道順を告げるのをぼんやりと聞いていた。

　デモ行進に戻らなければ——突然、頭のどこかでそんなささやき声がした。結局あの騒ぎを招いたのはわたしなのだ。けれど、デモなんかしてもなんの役にも立たないとわかったいま、勇気を出して戻る気にはなれない。彼女たちは〈バラーズ〉に馬車でやってきた常連客たちを追い払うことで、ひどく興奮していきおいづいている。そんな彼女たちのやる気に水を差したくない。〝こんなことをしてもなんにもならない。あなたたちの父親や夫は間違いなくどこか別の店で賭けをしているはずよ〟なんて言えるわけがない。

「あきらめたほうがいい、プルーデンス。きみのお父上は、単にきみの話を聞きたくないだけ──きみが何を言っても、彼の心を動かすことはできない。これは一種の病気みたいなものなんだ。信じてほしい、ぼくにはよくわかるんだ」

「ええ、そうでしょうね」プルーデンスは静かに答えた。「だからこそ、わたしにはわからないの。自分の家族に起きた災難を、どうしてほかの家族にも味わわせることができるのか」

「ぼくは何もしていない。ただクラブを所有して、誠実な経営をしているだけだ。別に誰かをだましたり──」

「さっきあなたは、賭け癖が一種の病気みたいなものだと言っていたわ。理性で抑えられない衝動みたいなものだと。あなたはそんな病気につけ込もうとしているんじゃないの？」ストックトン卿から呆然《ぼうぜん》と見つめられ、プルーデンスはため息をついて顔を背けた。

「父のやり方を変えられるなんて思うほど、わたしだってばかじゃない。エリーの屋敷の舞踏会であなたと話したとき、自分にはやりとげられないとわかった。それでも今夜デモを起こしたのは、少しでも父が失うお金を減らしたかったから。そうすれば、うちの家族が傷つく日をほんの少し延ばすことができる。せめて新年を迎えるまで、債務者監獄に行くのは避けたいと思ったの。でもいまは、それさえも不可能だと思い知らされたわ」

プルーデンスの言葉を聞き、ストックトン卿は大きく体を引くと、心配そうな顔になった。「そんなに状況は悪いのか？」

プルーデンスは何も答えなかった。眉をひそめたストックトン卿は、打ちひしがれた表情の彼女をじっと見つめた。

「頼む、何か言ってくれ」

ストックトン卿が手を伸ばしてプルーデンスの頬に触れたとき、馬車が停まった。プレスコット邸に到着したのだ。プルーデンスは御者が扉を開ける前にストックトン卿から体を離すと、馬車からおりて、自分の屋敷の門に向かって歩き出した。

5

スティーブンは椅子の背にぐったりともたれた。目の前に帳簿は開いているが、ちっとも集中できない。いま心を占めているのは、片づけるべき仕事ではない。プルーデンスだ。最後に見た彼女の姿がどうしても忘れられない。両肩を落とし、打ちひしがれた様子で馬車から歩き去ったプルーデンスの姿が、あの光景が頭から離れない。というか、彼女のことが頭から離れない。プルーデンスは驚くほど短い間に、人生に大きな衝撃をもたらした。彼女と一緒にいると、毎日が思いがけない冒険のように感じられる。〝お次は何が来るだろう？〟と考えずにはいられない。

だが、いまは違う。〈ホワイツ〉に彼女を連れていってからすでに一週間が経《た》つが、プルーデンスは何一つしかけてこようとしない。

いらだちながら立ちあがると、厨房《ちゆうぼう》を通り抜けて賭博室へと向かった。使用人たちがせわしなく仕事をしている。昨夜の後片づけをして、今夜に備えているのだ。そう考えたとたん、またしても思った。プルーデンスのせいで〈バラーズ〉が大混乱に陥ることは、二度とない。

ああ、あの大混乱を満喫し、ふたたび彼女をこのクラブに迎えられるならば、ぼくのすべてを投げ出してもいい。

ばかな。そんなことを考えた自分にかぶりを振ると正面玄関へ向かい、扉を開けた。プランケットがものといたげにこちらを向くなか、通りを行き交う人たちに視線を走らせる。あと数時間は店に誰もやってこない。だがプランケットは毎日、スティーブンがクラブの扉を開けた瞬間から、こうしてドアマンとしての仕事を始めている。使用人たちが忙しく立ち働いている間に、何者かがこっそり忍び込み、盗みを働かないよう目を光らせているのだ。

「何も問題はないか?」問題が起きればいいのに。どちらかというと、そんな気分だ。

「はい、閣下。死んだように静かなもんです」

「そうか」落胆を隠すことはできなかった。

プルーデンスが恋しい。彼女の存在が、彼女のにおいや笑い声が――そして大混乱を巻き起こし、破壊的な状況を生み出したときに彼女が見せる申し訳なさそうな表情が恋しい。

「閣下、彼女を訪ねるべきです」

こちらから求めてもいないのにドアマンから忠告されたことに驚き、スティーブンはプランケットを見た。大柄なドアマンは、自分から大胆な忠告をしたことに明らかに動揺している様子だ。だが居心地悪そうではあるものの、どうしてもその先を言わずにはいられなかったようだ。

「こんなことを言ったのは、閣下がどれほど彼女に会いたがっているかわかるからです。彼女がここに戻ってこないせいで、閣下はひどく落ち込んでいます。誰もが気づいていることです」スティーブンが体をこわばらせたのを見て、プランケットはつけ加えた。「だけど、誰も閣下のことを責めないでしょう。彼女は虫みたいな女性ですから」

「虫みたいな女性？」スティーブンは驚いて繰り返した。

「はい。虫みたいに閣下の心のなかにこっそり忍び込み、そこにいついています。魅力的なのに行儀が悪くて、それでいて善良だから、叩《たた》けばいいのかキスすればいいのかわからなくなってしまうんです」

スティーブンはしばしそのたとえについて考え、うなずいた。このドアマンがプルーデンスのような地位にある女性をそんなふうにたとえるのは、きっと褒められたことではないのだろう。だが、彼にはその権利がある。

「そうだな。彼女はまさに虫みたいな女性だ」玄関の階段に踏み出すと、背後でクラブの扉が閉まる音が聞こえた。「今度はこちらがプレスコット家を訪ねてみるとしよう」

「ねえ、あなたはスケートをやらないの？」

頬を真っ赤にしたエリーから尋ねられ、プルーデンスは笑みを浮かべてかぶりを振った。

「わたしが滑れないのは、あなたも知っているでしょう?」

「ええ。でもスケート靴を履いているから、てっきり今日は挑戦するのかと思ったの。ねえ、練習すればうまくなるわよ」

「十歳のときもあなたに同じことを言われたわ。でもあのとき、わたしが転んで舌を噛《か》み切りそうになったのを覚えてるわよね?」

「ええ、覚えてる」エリーは眉をひそめた。「でも、だったらどうして今日はスケート靴を履いているの?」

「シャーロットが転んでけがをして、わたしがリンクに駆けつける必要があるかもしれないから。万が一に備えておきたいの」

「あら、ずいぶん常識的じゃない」

「そんなに驚かなくてもいいでしょう。わたしもそれほどまぬけじゃないのよ」

「もちろんそうだわ。わたしが言いたかったのはそういうことじゃなくて――あらあら」

「あらあら?」プルーデンスは眉をひそめた。

「これはレディたち、お会いできて光栄だ」

快活な声を聞いたプルーデンスは体をこわばらせると、肩越しに振り返った。スケートリンクの脇にいた彼女たちに新たに加わったのは、ストックトン卿だ。〈ホワイツ〉に連れていかれたあの日以来、彼とは一度も会っていなかった。でも自分でも認めざるを得ない。彼に会いたくてたまらなかった。本来なら、彼を恋しがるべきではないのだろう。意図的であろうとなかろうと、ストックトン卿はわたしの家族を破滅に追いやる手助けをしている人物。そんな男は嫌いになって当然だ。でも、彼は驚くほどハンサムで、笑顔も感じがいいし、瞳もすてきだし――ああ、もう！

自分が何をしているのかよく考えもしないまま、プルーデンスは氷の上に滑り出していた。

スティーブンはぽかんと口を開け、驚きとともにプルーデンスを見つめた。あれからプレスコット家を訪ねたところ、彼女は妹をスケートに連れていったと知らされた。だがそれくらいで簡単に引き下がる男ではない。プレスコット家をあとにし、すぐに何軒かの店を回って自分用のスケート靴を調達すると、彼女を捜しにスケートリンクへやってきたのだ。だがプルーデンスを見つけたいまは、自分の精神状態を少々疑いつつあった。どう見ても、ぼくが追い求めている女性は頭がどうかしている。

「いったい彼女は何をしている？」氷上で手足をばたつかせ、ダンスらしきものを踊っているプルーデンスを見ながら、スティーブンはぼんやりとその疑問を口にした。しかし、あんな振りつけは人生で一度も見たことがない。体を小刻みに震わせつつ、片足を氷の上に滑らせ、両手を大きく振り回している。それもリンクの上で、危険なほど体を傾かせながら。

「うーん」エレノア・キンダースリーが脇で考え込むようにうなった。「彼女はスケートしようとしているんだと思うわ、閣下」

「本当に？」そう言いながら、リンク上にいるほかの人たちに視線を走らせてみる。「あんなふうにスケートしている人は誰もいないようだが」

「ええ。だからスケートしようとしていると言ったの」

スティーブンは両眉をつりあげてエレノアを見たが、彼女はまるで気づかない様子で、リンク上の何かを見て顔をしかめた。その視線の先を追い、スティーブンもすぐに顔をしかめた。プルーデンスが派手に転んで、立ちあがろうとしている。どうにか片足に体重をかけて体を半分持ちあげかけたかと思ったら、足を滑らせてあっという間に尻もちをついた。

「彼女はスケートがあまりうまくないようだ」

「ええ」エレノアはひっそりと同意した。「でも、あの子はもともとスケートそのものが好きではないの。今日も本当は、スケートする気なんてなかったんだから。それでもスケート靴を履いていたのは、シャーロットに何かあったときのためよ」

「なるほど」スティーブンは優しい声で答えると、プルーデンスがまた片足で立とうとし、バレリーナのような爪先の旋回《ピルエット》を披露して、ふたたび尻もちをつくのを見つめた。やれやれとかぶりを振り、体の向きを変えて、手近にある丸太のほうへ移動すると、そこに腰をおろしてブーツを脱ぎ始めた。

「何をしているの？」

顔をあげてエレノアを見あげ、すぐに足元に視線を戻した。「スケート靴を履こうとしているんだ」

「まあ、あなたは一度もちゃんとしたスケート靴を履いたことがないでしょう？」

「ああ」驚いてふたたび彼女を見あげる。「どうしてわかったんだ？」

「だって間違った紐《ひも》の結び方をしているもの」エレノアはスティーブンの前にひざまずくと、スケート靴の紐を手に取った。「手伝わせてね」邪魔にならないよう彼の両手をどけると、エレノアは手早く仕事を済ませた。

スティーブンが立ちあがると、エレノアが下がりながら言った。「閣下、ぶしつけなことを尋ねるようだけれど、前にスケートをやったことは？」

スティーブンは一瞬考え込んだが、すぐにうなずいた。「あるとも。子どものころにやったことがある。少なくとも、寒いなか、ホットサイダーを飲んだ記憶はある」

「まあ、だったらここに残っているべきだわ。プルーデンスは絶対に――」エレノアはスケートリンクのほうを向き、何かに目をとめた。小粋な紳士がプルーデンスを助けようと氷上で止まったのだ。

「ほら、もう大丈夫。これであなたが助ける必要は――」

聞こえないように悪態をつくと、スティーブンはもはやそれ以上エレノアの言葉を聞こうとせず、リンクの上に滑り出していた。といっても、先ほどのプルーデンスと同じような滑り方だ。片足ずつよろよろと繰り出しながら両腕を振り回している姿も、はたから見れば先のプルーデンスと同じく、頭がどうかしているようであるに違いない。だがそんなことは気にならなかった。はるかに気になるのは、ばかばかしいほど滑りやすい氷の上で体をまっすぐに保ち、あのろくでなしからプルーデンスを守るにはどうすればいいかだ。あの男は手助けを口実に彼女に近づき、ちょっかいを出すつもりに違いない。

案の定、男は自分の胸の近くにプルーデンスを引き寄せている。こちらに言わせれば、不適切なほどの至近距離だ。プルーデンスはといえば、あの男に助けられたことを感謝している様子だ。男が卑しい意図を持って近づいてきたことに、まるで気づいていないのだろう。

「あのすけべ野郎」スティーブンが低くつぶやくと同時に、プルーデンスはまたしても転びそうになり、男に抱きとめられた。胸と胸がくっつきそうになっている。あいつめ、あそこへたどり着いたら、ただではおかな――

そこで思考が途切れた。脇から滑ってきた少年が、突然ぶつかってきたのだ。あっという間に体のバランスを崩し、氷上に尻もちをついた。尻の骨の痛みに顔をしかめながら、座ったまま体をまっすぐにし、あたりを見回す。ぶつかってスティーブンを転倒させた少年は、いまや耳障りな笑い声をあげながら、周囲をぐるぐると滑っていた。氷の上に座っているスティーブンの頭と同じくらいの背丈しかないのに、少年は疾風のごとき速さで旋回している。

こんなちびすけがこれだけすいすい滑ることができるなら、自分にだってできるはずだ。スティーブンは少年を無視して立とうとしたが、半分立ちあがりかけたところで片足が滑り、また尻もちをついた。二度めも結局、志なかばで倒れ込んだ。最初に踏み出すほうの足を固定するものが何か必要だ。そうしないと、このまま永遠に起きあがれないだろう。ややためらったものの、手袋を片方脱いで、右のスケート靴の前に置き、もう一度立ちあがろうとした。

今回は見事成功した。手袋のおかげで右のスケート靴に歯止めがかかり、まっすぐ立ちあがることができた。だが、体をふらつかせながら、足元の氷面に置かれたままの手袋を見おろし、問題に気づいた。もし手袋を拾おうとすれば、絶対にまた尻もちをつくだろう。立ちあがるまでにこれだけ苦労したのだ。たかが手袋片方のために、ふたたび転倒する危険は冒したくない。

手袋はこのまま放っておけばいい。そう決めて、プルーデンスを抱きかかえているろくでなしをじろりとにらみつけた。もしあんなふうにプルーデンスを抱きかかえられる男がいるとすれば、それはこのぼくだ。ぼくにしか許されないことだ！

置いた手袋をまたいで、前に進み始めた。氷の上を自分でも怖くなるほどのスピードで横切りながら、あっという間にプルーデンスと〝自称救出者〟のところへたどり着いた。だがあいにく、順調なスピードで滑り出したはいいが、速度を緩めたり止まったりするにはどうすればいいのかわからない。このままだとあの二人にまともにぶつかる。激突する直前、なんとかスケート靴の角度を調整して、男のほうにぶつかるだけで済んだ。

「ストックトン卿！」

〝自称救出者〟の上に倒れ込んだとき、プルーデンスの心配そうな叫び声が聞こえ、天にものぼる心地になった。肩越しに彼女を振り返り、安心させるような笑みを浮かべると、こちらの転倒の巻き添えを食った男を思わず同情たっぷりに見おろした。

「本当にすまない」そう謝り、下敷きになっている男の足を歯止めにしてスケート靴が滑らないようにすると、すっくと立ちあがった。「ぼくはただプルーを助けに来ただけなんだ。でも、スケートが久しぶりでなかなか勘を取り戻せなくてね。まだちょっと練習する必要がありそうだ。きみ、大丈夫だったかい？」

男のうめきを肯定と解釈し、スティーブンは満足げにうなずくと、体の向きを変えてプルーデンスの両手を取った。

「待って。この人の具合が――」

「彼は大丈夫だ。そう答えるのを聞いただろう？　さあ、こちらへ。ぼくらは二人ともリンクからおりるのが一番だ。さもないとどちらかが、いや、二人ともけがすることになる。きみ、本当にありがとう」男に向かって礼を言うと、プルーデンスを急《せ》かしてその場から立ち去り始めた。とはいえ、二人の足取りは氷の上でおぼつかないが。

「こっちの手袋はどうしたの？」

「ん？　なんだって？」スティーブンは自分のむき出しになったほうの手を見おろした。転びそうになったプルーデンスがそちらの手をつかみ、冷たさに顔をしかめている。「ああ、きっとどこかになくして――」そのまま言葉を続けることができなかった。プルーデンスが突然何かにつまずき、ひざまずいたせいだ。

　彼女を見おろし、様子を確かめてみる。最初は困惑した顔だったが、すぐに悔しそうな表情を浮かべ、リンクに落ちていた片方だけの手袋を掲げてみせた。自分の手袋だ。それがスケート靴に引っかかったせいで、プルーデンスは転んだのだ。

「見つけてくれたんだね」スティーブンは氷まみれになった手袋をプルーデンスから受け取り、氷を振り払ってポケットにねじ込むと、彼女の肘を取って立つ手助けをした。どうにか自分は転ぶことなくプルーデンスを立たせると、リンクの端へ彼女を急かした。実際スケートらしきものができている自分に、やや誇らしさを感じずにはいられない。

リンクからおりて、体のバランスが取りやすい雪面に足をつくなり、プルーデンスは甲高い声で尋ねた。「ここで何をしているの？　あなたと会うつもりはないと言ったはずよ。あなたがおおぜいの人たちを破滅に追い込むような仕事を続けて――」

「わかっている」スティーブンはさえぎると、プルーデンスのあとを追った。先ほど、彼がスケート靴を履くために座った丸太のほうへ向かっている。「きみは正しい」

「正しいって、どんな点が？」

「どんなって……ぼくは本当に、最初は何もわかっていなかったんだ……〈バラーズ〉を開店したときは、父が浪費した金を少しでも取り戻そうと必死だった。母とぼくを残して父がこの世から突然いなくなった当初は、二人で生活していくための金がどうしても必要で、ぼくも賭け事をするようになった。それで皮肉なことに、父とは違い、自分には賭け事の才能があることに気づいたんだ。やがて賭け事で少し金が貯《た》まり、訪れたいろいろなクラブがどうやって利益を出しているかを知ると、父の領地をかつての状態に戻すためには、自分で〈バラーズ〉を開業するのが一番手っ取り早い方法に思えた。でもそのあと、ぼくの心は腐っていった。クラブを経営し続けていくことに後ろめたさがなくなったんだ。父がされたように、この自分がきみのお父上のような人たちの弱みにつけ込んでいるなんて、いままでこれっぽっちも考えたことはなかった。だがきみは正しい……ぼくはそういう人たちの弱さにつけ込んで、金を奪い取っていた」

プルーデンスはしばし無言のままだったが、やがて尋ねた。「そのことに気づいたいま、あなたはどうするつもりなの？」

　スティーブンは顔をしかめた。せめて彼女の顔が見えたらいいのだが。プルーデンスは前かがみになり、スケート靴を脱いでいる最中で、どんな表情をしているかわからない。そのとき、何も考えないまま、ここにやってきてしまったことに気づいた。自分はいったい彼女に何を伝えたいのだろう？　頭が真っ白になるのを感じつつ、つっかえながらどうにか答えようとした。「きみの……お父上を出入り禁止にする」

「あなたが証明したとおり、そんなことをしても、父は〈バラーズ〉以外の店で賭け事を続けるだけでしょう？」

　スティーブンは顔をしかめ、スケートを楽しむ人たちをぼんやり見つめると、ふたたび彼女に視線を戻した。「ほかにどうすればいいのかわからない」

「ええ、もちろん、そうでしょうね」プルーデンスは答えた。皮肉っぽい口調だ。スティーブンがますます途方に暮れていると、彼女は体をまっすぐにし、つけ加えた。「これはわたしの父の問題じゃない。少なくとも、わたしの父だけの問題ではない。これはあなたの問題なの――あなたが自分の人生をどうやって生きていくかという問題よ」スティーブンが動揺して身じろぎすると、たちまち彼女の目に後悔の色が宿った。「わたしは――」

「プルー、ねえ聞いてよ！」

　スティーブンは、振り返ったプルーデンスの視線の先を見つめた。一人の少女が駆け寄ってきている。プルーデンスを幼くしたような面立ちで、栗《くり》色の髪もちょっと生意気な感じの顔立ちもそっくりだ。プルーデンスに娘ができたら、きっとこんな感じに違いない。

「よかった、もうスケート靴を脱いでいたのね」プルーデンスは立ちあがった。「さあ、そろそろ家に戻る時間よ。エリーはどこかしら？」

「えっ、でも――」少女はもう少しここにいたい様子だ。

「エリーはどこ？」彼女はきっぱりと繰り返した。

「もう家に戻ると伝えてほしい、と言っていたわ」

「家に戻るですって？」プルーデンスは信じられないと言いたげに繰り返した。

「ええ。ストックトン卿《きょう》がわたしたちを家まで送ってくれるはずだからって。なんだか風邪気味だから先に帰ると言っていたわ」

「風邪気味ですって？　本当かしら？」彼女が不機嫌そうにつぶやいている。

　スティーブンはすばやく立ちあがった。「もちろん、喜んできみたちを送るよ」

　プルーデンスは迷うような表情を浮かべたが、妹に目をとめ、あきらめの表情を浮かべた。どうにか同意してくれたが、わかっている。プルーデンスはいまでも心のなかで、ぼくの申し出を受けるくらいなら屋敷まで歩いて帰ったほうがましだ、と考えているのだろう。もし妹が一緒でなければ、実際そうしていたに違いない。だが皮肉にも、プルーデンスがむっつりしているせいで、彼女の妹シャーロットが感じのいい少女だと気づかされた。とても話しやすいし、明るくしゃべり続けている。結局馬車でプレスコット邸に戻る道すがらずっと、シャーロットをからかったり、軽口を叩きあったり、笑みを浮かべながら彼女の話を聞いたりしていた。

馬車が二人の屋敷の前に停《と》まると、すぐにシャーロットはつむじ風のように馬車からおりた。だがプルーデンスが妹のあとに続こうとしたとき、スティーブンは彼女の腕をつかんで体を引き戻し、両腕に抱きしめると、抵抗される前に口づけた。

土壇場に追いつめられた気分だった。これが、プルーデンスを取り戻すための最後のチャンスだろう。そんな思いを込めて必死にキスをする。彼女がキスを返してくれたときは、うまくいくかもしれないという淡い期待を抱いた。だが、すぐに彼女が全身をこわばらせ、体を引こうとするのを感じ、渋々体を離した。彼女の顔に、淡い期待が一瞬で粉々に砕かれる。

プルーデンスは、ぼくを悪党の一人としてしか見ていない。ぼくがかつて、父がひんぱんに訪れていた賭博場の経営者たちに見せていたのとまったく同じ表情でこちらを見ている。そう、彼女はぼくを、他人を食い物にするハゲタカのような男と見なしているのだ。

プルーデンスは無言のまま、馬車からおりていった。

自分のクラブに戻っても、スティーブンの鬱々とした気分はいっこうに晴れなかった。

賭博室を見て回るにつれ、不満がどんどんたまっていくばかりだ。もう夜遅い時間ゆえ、賭博室は客でいっぱいだ。どこもかしこも、無理をして大金を賭けたあげく絶望に駆られたまなざしでゲームの行方を見つめる男たちや、負けてがっくりと肩を落とす男たちだらけだ。こんなときは、すべてが忌まわしく思え、別の仕事をしようかと真剣に悩まずにいられない。賭博室のありとあらゆる場所に自分の父親がいるような錯覚を覚えるのもこんなときだ。その瞬間、プレスコット卿の顔にさえ、自分の父親の顔が重なって見えた。彼の存在そのものが、この自分をあざ笑っているかのように思えたのだ。

プルーデンスはベッドの上で寝返りを打ち、みじめな気分でため息をついた。とても眠る気になんてなれない。心のなかがさまざまな思いでいっぱいで、眠ることなんてできそうにない。どうしてもストックトン卿のことを考えてしまう。彼の口づけや愛撫《あいぶ》、におい、笑み……それに、あの優しい瞳。もしできることなら――

いらだちもあらわにベッドカバーを脇へ押しやり、さっと起きあがってベッドからおりた。絶対手に入れられないもののことをあれこれ考えていてもしかたがない。ストックトン卿はわたしに興味を抱いているけれど、彼が体以上の関係を望んでいるかどうかは疑わしかった。たとえ彼がそれを望んでいても、応えることはできない。わたしの父のように弱い人たちを食い物にして生計を立てている男性と結婚するなんて、自分の良心が許さない。

ベッド脇に立ってガウンを羽織ると、暗闇のなか、慎重な足取りで寝室の扉へと向かった。今日はクリスマス・イブ。いつもより早い時間に寝床についたし、屋敷の全員がそうしている。唯一の例外が父だ。今夜父は賭けに負けて、うちに残っている最後のお金をすべて失うことになるだろう。使用人のベントレーも、ついに債権者たちを追い払うことができなくなった。昨日、ついに彼らは父の借金のかたに、屋敷にある品々を持ち出し始めたのだ。妹のシャーロットをスケートに連れていったのは、そのせいだった。妹にはそんな不愉快な場面を見せたくなかった。

だから今日も妹をどこかへ連れ出すつもりで、エリーの屋敷を訪れるのがいいと考えていた。でも今日はかなり早い時間に、父の借金額が一番大きい債権者たちが二人訪ねてきただけで、ほかの債権者たちは訪ねてこなかった。おかげでいい一日になった。この屋敷がまだ自分たちのものである間に、精一杯楽しい時間を過ごそうと決めて、母と一緒にクリスマスツリーにポップコーンを飾りつけたのだ。飾りつけながら、プルーデンスはしみじみ思った。クリスマスが終わるまでプレスコットの屋敷を空っぽにするのを待ってくれたのだとしたら、あの債権者たちにも人としての優しさがあるのかもしれない。

暗い廊下を進んで階段をおりると、台所の扉の下から明かりがもれているのに気づいた。きっと母だろう。だとしたら、励ます必要がある。どうにか顔に笑みを浮かべ、台所に入ったとたん、衝撃に全身をこわばらせた。台所にいたのは母ではない。途方に暮れた表情の父だったのだ。

「お父様、ここで何をしているの？　どうして外に出かけないの？」驚きのあまり、思わずそう尋ねていた。

「どこへ行っても出入り禁止なんだ。だからうちにいる。屋敷にあった酒はどこに消えたんだ？」

「お父様が全部飲んだのよ」気もそぞろに答えた。「いま、どこへ行っても出入り禁止だと言ったわよね？」

父は不機嫌そうにうなずいた。「誰かが賭博場を一軒残らず回って、わたしの借金を全額返済していた。きれいさっぱりとだ。だがその人物は交換条件として、わたしを出入り禁止にするよう賭博場の所有者たちに求めたらしい」情けなさそうにかぶりを振って続ける。「酒を飲むのさえ許してもらえないとは！　いったいそんなことをしたのはどこのどいつだ？」

「お父様、だったらしらふなのね」

父は驚いたような表情でプルーデンスを見あげた。「ああ。どうしてそんなに驚いているんだ？」

「長いこと、酔っ払っていないお父様を見たことがなかったからよ」そう優しく答えると、父は何かに気づいて驚いたような顔になり、戸口を見た。ちょうど母が入ってくるところだった。

「これはどういうことなの?」自分の夫を見ながら、母は尋ねた。プルーデンスと同じように、プレスコット卿が家にいることに驚いたような表情を浮かべている。

「お父様はすべてのクラブから出入り禁止になったんですって。誰かがお父様の借金を支払ってくれる代わりに、もう二度と立ち入らせないよう約束させたみたい。もうお父様はクラブでお酒を飲むことさえ許されないそうよ」プルーデンスが穏やかに説明し終えると母がわっと泣き出したため、駆け寄って、慰めるように言葉をかけた。「お母様、これはいい知らせなのよ。きっとこれから何もかもがよくなるわ」

「わかっているわ!」母は泣きながら答えた。「ただ、あまりに恐ろしかったの。あの債権者たちがやってきて、家財道具を運び出していったのを見て……年の暮れまでにはわたしたち、監獄へ行かなくてはいけないんじゃないかって心配で心配で――ああ、プルーデンス、わたしたち、助かったのね!」

母はプルーデンスをきつく抱きしめると、娘の肩に顔を埋《うず》めてすすり泣いた。プルーデンスは母の頭越しに見える父に、どうしても非難の目を向けずにはいられなかった。父は驚きにやや恐怖が入り混じった表情を浮かべているが、その顔を目の当たりにしても、怒りはいっこうに和らがない。

娘から冷たい視線を向けられたプレスコット卿は目をそらすと立ちあがり、妻に近づいてぎこちない手つきで肩を軽く叩いた。「メグ、そんなに泣かないでくれ。それほどひどい事態じゃないはずだ」

「それほどひどい事態じゃない、ですって？」レディ・プレスコットは金切り声で叫ぶと、夫に向き直った。プルーデンスが覚えている限り、母が父の前でいらだちを見せたのは、これが初めてだ。「昨日も、けさも、債権者たちがここにやってきたのよ。そしてわたしの母のダイヤのネックレスを持ち去った。それに――」

「なんだって？」プレスコット卿が大声で叫んだ。「なぜ誰もわたしに教えてくれなかった？」

「教えたくても、あなたがここにいなかったからよ！」母が負けじと怒鳴り返す。「あなたはここ何週間もわたしたちを避け続けてきた。真夜中に疲れた足取りで戻ってきて招待客用の客間で眠りこけ、目が覚めた瞬間にこっそり屋敷から出ていって――」

その言葉にプレスコット卿は赤面すると、椅子にぐったりと倒れ込んだ。「どうやらわたしは、どうしようもない人間に成り下がっていたようだ。おまえたちにそれほどみじめな思いをさせていたとは」妻の手を握り、自分の額に押し当て、目を閉じる。「どうすればいいのかわからなかったんだ。ジョンが死んで、そのことについては何も考えたくなかった。最初は、酒を飲んでいれば忘れられた。だがすぐに、飲むだけではだめになったんだ。だから賭け事を始めた。気づいたら借金が膨らんでいて、よけいにやめられなくなった。次こそは勝って、失った分の金を取り戻せるという希望を捨てきれなかったんだ。でもそうなるどころか、借金はどんどんかさんでいった。それで……」かぶりを振り、目を開けて、妻を見あげた。「本当にすまない」

レディ・プレスコットは嗚咽《おえつ》をもらすと体をかがめ、夫の首にかじりついた。「あんなふうにジョニーを失ったのは本当につらかった。わたしだってまだ苦しんでいるわ。でも、ここ最近はあなたまで失ったように感じていたの」

「そうだな」プレスコット卿は慰めるように妻の背中を軽く叩いた。「実際、しばらくの間はそうだったのかもしれない。でももう違う。いまわたしはこうして戻ってきたんだ」

そして、プレスコット卿はまばたきをした。これまでとはまったく違う目で世界を見るように。酒に酔っていない、完全にしらふのまなざしだ。

「神様、感謝します」レディ・プレスコットは笑みを浮かべてつけ加えた。「クリスマスに間に合わせてくださって」

「クリスマス?」プレスコット卿は驚いたように言うと、悔しそうな顔になった。「しまった、クリスマスのことなんてすっかり忘れていた。おまえたちにプレゼントを何も用意していない」

「かまわないわ」レディ・プレスコットは涙ながらに笑みを浮かべると、嬉《うれ》しそうに顔を輝かせた。「わたしのクリスマスの望みはすべて叶《かな》えられたんだもの」

プレストン卿は明らかに困惑した様子だ。「望み？」

「神様にこう祈ったの。あなたが賭け事をすっぱりやめて、わたしたち全員が債務者監獄に入れられずに済みますようにって。すべて叶えられたわ」

「なんてことだ」プレストン卿は重々しいため息をついた。「わたしは本当にどうしようもない人間になっていたんだな。悪かった、愛《いと》しい妻よ。これからはもっといい夫になるようにする。そうなれるよう、精一杯努力する」

「それこそ、女なら誰もが一番に望むことだわ」レディ・プレスコットはひっそり答えると、手を貸して夫を立たせた。

プルーデンスはほほ笑みを浮かべながら、二人が階上へあがるのを見送った。

まだこの先もつらい時期が待ち受けているはずだ。父が落ち込んで、酒が飲めないのを不満に感じるときもあるだろう。でもとうとう希望が持てる日がやってきたのだ。母はなんて幸せそうだったことだろう。わたしもいま、母と同じ幸せを感じている。

あることを思いつき、自分の部屋に戻った。ベッドに戻るためではない。着替えをする必要があるからだ。この奇跡を起こしてくれた人に感謝を伝えたい。思いもかけなかった相手に。

6

「閣下？」

暖炉のそばで、物思いに沈んでいたスティーブンは不機嫌な顔をあげ、執事に向かって片眉をつりあげた。

「あなたにお客様です、閣下」執事は言った。

〝いまは客をもてなす気分ではない。相手が誰であろうと、すぐに追い返せ〟――そう命じようとしたところ、執事のでっぷりした体の背後から、プルーデンスがひょっこり顔をのぞかせた。いたずらっぽい表情をしている。スティーブンは慌てて椅子から立ちあがった。

「プルーデンス！　ここでいったい何をしている？」驚いて叫び、早足で彼女に近づきながら、手を振って執事を下がらせた。

「あなたに話さないといけないことがあって」

「だが、もし誰かに見られたら、きみの評判は――」

「誰にも見られていないわ」彼女は安心させるように早口で答えた。「それに、すぐ帰るつもりだから」

スティーブンは表情をやや和らげるとうなずき、暖炉の前にある二脚の椅子へ彼女をいざなうと、身ぶりで座るよう伝えた。マナーを守るべく、彼女が腰をおろすまで待つと、自分は立ったまま暖炉にもたれかかった。

「あれはあなたね。そうでしょう?」その瞬間、プルーデンスは尋ねた。

スティーブンは肩をすくめた。彼女がなんの話をしているのか、わざわざ尋ねるまでもない。自分の父親とその借金について話しているのだろう。

「どうして?」

彼女のきらめく瞳に見つめられ、きまり悪さにスティーブンは背を向けた。片手を炉棚に突いて炎を見おろす。「きみから、ほかの人たちにつけ込んで金儲《かねもう》けをしていると非難された。本当にきみの言うとおりだと思ったんだ。ある者にとっては、賭け事はただのゲームだし、いい気晴らしにもなる。だが別の者——たとえばきみのお父上みたいな人にとっては、賭け事はどうしてもやめられない一種の病気だ。きみに言われたとおり、ぼくはそのことを利用していた。いったんそれを認めたら、自分は誰も傷つけていないというふりがもはやできなくなった」

「だから、父の借金を全額払ってくれたの?」

スティーブンは肩をすくめると、笑みを浮かべて認めた。「彼の評判を守ろうと考えた。ちょうど、きみのお父上の借金を全額肩代わりする理由として、これ以上ないほどいい考えを思いついたんだ」その理由とは何かと尋ねる隙を与えず、すぐに続けた。「それに、今後きみのお父上がやってきても絶対に入れないよう、賭博場の経営者たちに念押ししておいた」

「彼らは同意してくれたの？」

明らかに驚いている様子のプルーデンスを見て、スティーブンは皮肉っぽい表情を浮かべた。「ぼくはこの街全体に、ある程度の影響力を持っている。ほとんど全員、ぼくに借金があるんだ」暖炉の前の絨毯《じゅうたん》の隅にブーツの爪先をこすりつけると、つけ加えた。「それに……〈バラーズ〉も売った」

プルーデンスは前かがみになった。「なんですって？」

「あのクラブはもう〈バラーズ〉じゃないんだ。新しい所有者は店の名前を新しくするだろう」上着のポケットに両手を突っ込むと、ふたたび肩をすくめる。「ほかの有望な新規事業はないかと調べているところなんだ。すでにいくつかの事業には投資を始めている」暖炉のほうへ向き直って言葉を継いだ。「きみのお父上はいま、さぞ不機嫌でいるに違いない。とはいえ、しらふで家にいるんだろう？」

「ええ」プルーデンスが押し黙る。スティーブンが肩越しに一瞥《いちべつ》すると、彼女は不安げに下唇を噛《か》んでいた。それから暖かくて居心地のいい部屋を見回すと、小さなため息をついて、背筋をまっすぐに伸ばした。いまではスティーブンにもおなじみの、彼女がよくやるしぐさだ。「今回あなたがそうしたのは、罪悪感を覚えたから?」

スティーブンは暖炉のほうへ体を戻しながら、その質問についてしばし考えてみた。

「罪悪感を覚えたせいもあるかもしれない。でも、あのビジネスから手を引くことはしばらく前から考えていた。きみのお父上の借金を支払ったことに関して言えば、きみのためにやった。クリスマスだというのに、愛する女性を債務者監獄行きにするなんて我慢できないからね」

「愛する女性?」プルーデンスは驚いたように息をのんだ。

「ああ」

「まあ、スティーブン!」彼女は椅子から立ちあがると、スティーブンに抱きついてきた。よろめきながら暖炉のほうへあとずさるのも気にせず、顔じゅうにキスの雨を降らせる。「ありがとう、ありがとう、本当にありがとう!」プルーデンスはスティーブンの鼻や頬、まぶた、顎に小刻みに唇を当て、とうとう唇にたどり着いた。

スティーブンは、まだ小さなキスを繰り返そうとしているプルーデンスのうなじを片手でしっかりと支え、自分から唇を彼女の唇へ押し当てて、キスの雨を終わらせた。そうされても、向こうに驚いた様子はない。まったく抵抗してこなかった。というか、口元の感触からプルーデンスが笑みを浮かべ、口を開き、さらにキスを深めようとしているのがわかって、さっそくその誘いに乗じた。キスを深めて彼女の味わいを堪能しているうちに、ふと気づいた。脚の間が恥ずかしいほどこわばっている。まるでこういう経験が一度もない少年のようだ。

スティーブンは脚のこわばりの切実な訴えを聞き入れることにした。プルーデンスの上からのしかかり、暖炉の前にある毛皮の敷物の上に二人で体を横たえると、片手でスカートをめくり、もう片方の手でドレスの身頃を引きずりおろした。あらわになった片方の胸の曲線へ唇を這《は》わせ、また唇へ戻す。プルーデンスのすべてを味わいたい。彼女は下で体をよじり、のけぞらせ、うめきをあげ、ため息をついている。

「これは……よくない展開だ」形のいい胸の曲線を唇でたどりながらも、スティーブンは低くつぶやいた。硬くなった胸の頂をもう一度口に含むと、彼女はうっとりしたようなため息をつき、体を弓なりにした。

「でも、ものすごくいい気持ち」プルーデンスが甘い声でささやく。

スティーブンは笑みを浮かべずにはいられなかった。間違いない。彼女は感じている。その証拠に、こちらを求めるように黒髪に片手を差し入れてきた。

プルーデンスが突然口を開く。「あなた、いま笑ったわね？」

「ああ、きみと出会ってからずっと笑ってばかりだ」そう答え、さらに笑みを広げた。

「わたしも同じ」プルーデンスはくすくす笑いをしたが、またしても胸の頂にキスをされると、吐息をつきながら打ち明けた。「あなたにお礼を言わないと」

スティーブンは顔をあげ、ものといたげに彼女を見つめた。「きみを笑顔にしたことのお礼？」

「ええ、それもあるわ。あとは――」

「これも？」スティーブンは胸の頂に軽く歯を立てたあと、なめた。それから唇をいったん離すと、さらに尋ねた。「それに、これは？」彼女の太ももに休めていた手を掲げ、つんと尖《とが》った胸の頂をすっぽりとてのひらで包み込んだ。

「ああ……」プルーデンスは毛皮の敷物の上でさらに体をそらせて、首を激しく左右に振った。「これが貞操を奪われるということなら……このまま奪われたい」

その言葉を聞いたスティーブンは、突然彼女のことが心配になり、体をこわばらせた。だがプルーデンスは目をしっかりと見開き、優しい笑みを浮かべている。

「お願い、やめないで。やめてほしくない。それがわたしの願いなの」ためらいながらもつけ加える。「本当にありがとう。母のクリスマスの願いをすべて叶《かな》えてくれて」

ぼくの行いでプルーデンスが喜んでくれている。高揚感に包まれ、スティーブンは親指で胸の頂をこすり始めた。すでに唇の愛撫《あいぶ》でしっとりと濡《ぬ》れている頂がたちまち硬くなり、彼女が甘い吐息をもらして体を押しつけてくる様子をじっくりと目で楽しむ。

「きみのクリスマスの願いは何？」

「わたしの？」

「そう、きみのだよ」あることに気づき、スティーブンは体の動きを止めた。今夜はクリスマス・イブだ。だがもう遅い時間だから、明日になって店が開くまで彼女にプレゼントを買うことはできない。あらかじめ贈り物を用意することを思いつかなかった自分に腹を立てながら言う。「明日店が開くまでプレゼントは買えないが――」

「わたしがほしいのは、お店では買えないものなの」

その言葉を聞いて、スティーブンは体を引いた。「なんだって？」

「わたしがほしいのはこれ以上のことよ」プルーデンスはかすれ声で言うと、笑みを浮かべながら、スティーブンの頭を引き寄せて額をくっつけた。

スティーブンはいざなわれるままキスを重ねていたが、やがてほんの少し唇を離し、低くつぶやいた。「それは……どうかな」

「なんですって？」

自分が差し出そうとしているものを拒絶されたことでプルーデンスが感じているのは、悔しさなのだろうか、それとも驚きなのだろうか？　彼女の反応を見て思わず笑い出しそうになったが、どうにか真顔を保ち、さらにつけ加えた。

「でも、きみの願いを叶えられるかもしれない……もしきみが、ぼくのクリスマスの願いを叶えてくれることに同意してくれたら」

プルーデンスは突然心配そうな表情になった。「あなたの、クリスマスの願いって？」

「ぼくがクリスマスに願うのはただ一つ。プルー、ぼくと正式に結婚してほしいんだ」

プロポーズの言葉を聞き、プルーデンスははっとした。スティーブンに強く抱きつき、大声でイエスと叫びたい。でもふいにためらいを感じて、彼の胸から体を離そうと体をよじらせた。スティーブンがようやく腕の力を緩めると、重々しい声で尋ねた。

「責任を取ってわたしと結婚する必要なんてないわ。いますぐやめることもできるし、そうすれば、誰かに気づかれることさえないはずよ。これ以上ひどい事態になる前に、わたしはここから出ていくわ。だから、名誉を守るために結婚する必要なんてどこにもないの」

「いや、むしろ逆だ」スティーブンはゆっくりと答えた。「今夜、きみと一緒の時間を心ゆくまで楽しみたい。このクリスマス・イブの夜を。そして、今後ともに暮らして迎える一晩一晩を。これから一生をともにして、ぼくらの子どもを作りたい。きみのようにかわいらしくて、きみのように頑固なところのある子どもをね。きみと一生をともにして、きみの無謀な計画を楽しみながら、毎日が冒険のような人生を送りたいんだ」

「本当に……？」

「ああ、本当さ。それに、きみのお父上の借金を支払うために思いついた、これ以上ないほどいい理由というのが――」

話題が突然変わったことで、プルーデンスは混乱したような顔になった。「え？」

「ぼくときみが結婚するから、盛大な結婚式を行うため、プレスコット卿《きょう》もこれからは貯金しなければならないと言ったんだ」

「スティーブンったら！」プルーデンスは叫ぶと、スティーブンの胸をぴしゃりと叩《たた》いた。

スティーブンは悪びれもせずにやりとすると、腕のなかに彼女を引き寄せた。「きみを心から愛しているよ、プルー。きみと一緒に生きていきたい。きみはどうかな？」

「わたし？」プルーデンスは、スティーブンの顔に不安げな表情がよぎるのを見て苦笑すると、真顔になり、彼の頬を優しく叩いた。「少し考えを整理させて。わたしは、自分を救ってくれた英雄と結婚することになるのよね？　わたしの家族を救ってくれた男性と」

「いや、きみにはそういう理由で結婚を考えてほしくない。感謝の気持ちからぼくと結婚するのはやめてほしいんだ」

「そうね」プルーデンスはわかったと言いたげにうなずいた。「だったら、こういう理由はどう？　あなたといると、体に火がついたようになって情熱をかき立てられ、理性が働かなくなり、さらにはほほ笑まずにはいられなくなってしまうから、というのは？　もしくは、あなたが近くにいるだけでわたしの心が歌い出し、あなたと離れていると、あなたのことばかり考えていますぐ触れてほしくなってしまうから、というのは？　そう、わたしがあなたを愛しているからという理由だったらどうかしら？」

いきなり強く抱きしめられ、プルーデンスは大きくあえいだ。そのまま二人で床の上を転がり、とうとう彼の体を組み敷くと、プルーデンスは頭をさげて熱烈なキスを始めた。唇を重ねるにつれ、お互いを求める気持ちがどうしようもなく高まっていく。

やがてスティーブンはキスを中断し、額をくっつけるとささやいた。「きみを心から愛している。きみといるとぼくは本当に幸せなんだ」

「ああ……」プルーデンスは吐息まじりの声で答えた。「やっぱり気が変わったわ」

「何がだい？」スティーブンはプルーデンスのほつれ毛を両耳にかけ、いとおしげな笑みを浮かべた。〝ぼくのものだ、ぼくだけのものだ〟と言いたげな笑みだ。

プルーデンスは唇を震わせながら答えた。「わたしがクリスマスに望むことはただ一つ。あなたにいまの言葉を繰り返してもらうことよ」

スティーブンは笑みを広げた。「ああ、その望みならば、いますぐ叶えてあげられる。実際、きみほど幸運な女性はいないよ、プルー。ぼくはそれだけじゃなく、さっきのきみの望みも叶えてあげられるんだから」

そのあとスティーブンは本当に、プルーデンスのクリスマスの願いを二つとも叶えてくれた。

Three French Hens

聖夜だけは
レディ

おもな登場人物

ブリンナ――――――――――皿洗いメイド
アギー――――――――――ブリンナの育ての親
ジョアン――――――――――ブリンナが働く屋敷にやってきた令嬢
サブリナ――――――――――ジョアンのいとこ
サーリー卿（ロイス）――――ジョアンの婚約者
レイセム卿――――――――――ジョアンの父親
メントン卿――――――――――ブリンナが働く屋敷のあるじ

1

十二月二十四日

「さあ、その鍋を置いて両手を拭いたほうがいい。あと少しで料理人に呼ばれるよ」

「え?」ブリンナは磨いていた深鍋から顔をあげると、眉をひそめて、仕事を始めようと横にやってきたアギーを見た。「どうして?」

「この厨房《ちゅうぼう》へ戻ってくる前にメイベルから聞いた話だと、閣下がここに連れてきた招待客のなかに、侍女を連れずに到着された方がいるらしい。なんでも、当の侍女が急病になり、宮殿へ置いてこないといけなくなったとか」

「だから?」

「だからレディ・メントンは、クリスティーナをここへ送り込んできたんだ。来られなくなった侍女の代わりを探しにね」年老いたアギーはそっけなく言うと、顎をしゃくって厨房の反対側を指し示した。

ブリンナはそちらのほうを見た。アギーの言うとおりだ。レディ・クリスティーナが料理人と何か話している。めったに見られない光景だ。ここメントン家の令嬢であるクリスティーナは本の虫だ。いつもかびくさい古い本ばかり読んでいて、普段はこの城内の雑事に首を突っ込むことなどない。そのことでクリスティーナは、修道院学校から戻ってきて以来、母であるレディ・メントンと言い争いばかりしている。

「でも、そのこととわたしがどう関係してくるのか、まだわからないわ」ブリンナがさらに眉をひそめてアギーを見ると、不機嫌そうな舌打ちが返ってきた。

「おまえをそんなおばかさんに育てた覚えはないよ。まわりを見てみればすぐにわかることだ。おまえ以外に、レディの侍女が務まる女の子がいるかい?」

ブリンナは磨いていた深鍋をテーブルの上に置くと、厨房を見回してみた。部屋の隅にいる少年二人は、乳鉢に入れたハーブを乳棒ですりつぶしている。火のすぐそばにいるもう一人の少年は、豚の丸焼きにまんべんなく火が通るよう、串をぐるぐる動かす退屈な仕事の真っ最中だ。レディ・クリスティーナと料理人以外で厨房にいる女性はアギーと自分しかいない。ほかの女性使用人たちは、城主であるメントン卿《きょう》が突然おおぜいの招待客を引き連れて戻ってきたせいで、その最後の準備を整えるために駆けずり回っている。アギー自身、その仕事から戻ってきたところだ。

「さっきここへ入ってきたときにちらっと聞こえたけど、レディ・クリスティーナは、その侍女の代わりをおまえにさせるつもりらしい」アギーが小声で言った。

「わたしがこうして厨房へ戻ってきた以上、その役はあなたに回ってくると思うわ」ブリンナはささやいた。「きっといい気分転換になるはずよ」

「そうだろうとも」アギーは皮肉っぽく答えた。「甘やかされたお嬢ちゃんを追いかけて、階段を上がったり下がったりするのは、さぞいい気分転換になるね。わたしはごめんだけど」レディ・クリスティーナが厨房から立ち去り、料理人が二人のほうを見ると、アギーは満足げにつけ加えた。「ほら、おいでなさった！」

「ブリンナ！」

「お呼びだ、行っておいで。わたしを喜ばせておくれよ」

ブリンナはため息をつくと、スカートで両手を拭き、料理人のそばへ駆け寄った。すでに料理人は、クリスティーナがやってくる前に仕事をしていたテーブルに戻っていた。

「何かご用でしょうか？」

「レディ・クリスティーナがつい先ほどいらしてね」年配の料理人は体をかがめて、テーブルの下から袋を一つ手に取って開いた。袋のなかで何かが体をよじらせている。

「はい、そのようでしたね」

「ええ」料理人は袋をまっすぐにすると、生きたままのニワトリの脚をつかんで取り出した。ニワトリは甲高い声で鳴きわめきながら羽根をばたつかせている。「招待客のお嬢様の侍女が一人、具合が悪くなって、そのまま宮殿に残してきたんですって。そのお嬢様がここに滞在している間、あなたに侍女の代わりをやってほしいそうよ」

「でも、ただでさえ手が足りなくて、こんなに忙しいのに――」

「わたしも同じことをレディ・クリスティーナに言ったんだけど」料理人はそっけなくさえぎると、空いたほうの手で小型の手斧《ておの》を取りあげた。「そしたら、村へ行って手伝える者を探せばいいと言われたの……そのお嬢様の部屋に侍女としてあなたを送り出したらすぐに、とね」

「でも……無理です。わたしは一度も侍女なんて務めたことがありません。どう考えてもできるわけが――」

「あなたならできるし、やれる。何がなんでもやるの！」料理人はそう言い放つと、テーブルの角にニワトリの頭を打ちつけて気絶させ、首にいきおいよく手斧を振りおろした。胴体を脇へ押しやると、両手をエプロンで拭き、エプロンを外して脇へ放り投げる。そして、がっちりした手でブリンナの肘をつかみ、戸口へ引きずっていった。

「ブリンナ、あなたがここに来てからもう二十年になる。そのうちの十年間、あなたはわたしの下で皿洗いメイドとして仕事をしてきた。あなたが与えられたチャンスを次々とものにしてここまで来た姿を、わたしはちゃんとこの目で見てきたの。神様はあなたに今回、別のチャンスを与えてくださった。もしあなたが大切なアギーのために、この機会をみすみす棒に振ろうと考えているなら――」ブリンナが驚いたように大きくあえいだのを見て、料理人は口をつぐみ、目玉をぐるりと回した。「あなたが来る日も来る日も鍋磨きを楽しんでいると考えるほど、わたしの目は節穴じゃない。あなたが毎朝誰よりも早く起きて仕事を始め、毎晩誰よりも遅くまで残って片づけをしてることに気づかないとでも？　それもこれも、年を取ったせいで、てきぱき仕事ができなくなったアギーのためでしょう？」

料理人はため息をつくと首を左右に振り、ブリンナと一緒に厨房の扉から出て、続く大広間をどんどん進み始めた。

「アギーと離れたくないというあなたの気持ちはよくわかる。あなたにとって、彼女は赤ん坊のときからずっと育ててくれた恩人だもの。子どものころ、あなたが風邪をひいたり、けがをしたりしたときも、アギーはかいがいしく世話を焼いていたものよ。それに、あなたがこれ以上ないほどいい子に育ったこともよく知ってる。だって、あなたはここ何年も、育ててくれたアギーに恩返しをしようとしてきたんだから。年を取って前ほど仕事ができなくなったアギーをかばって、彼女の分まで仕事をしてあげていたでしょう？　だけど、そんな心配をする必要なんてなかったのよ。前ほど仕事ができなくなったからという理由でアギーをくびにするほど、わたしは冷たい人間じゃない。アギーは長年、この城に献身的に尽くしてくれたんだからなおさらだわ。あなたと同じように、アギーはいまも自分にできる精一杯の仕事をやってくれている。アギーの働きぶりには満足しているの。だから……」そこで料理人は言葉を切ると、ブリンナを厳しい目で見つめた。「これは自分の力を証明して、さらに昇進するための絶好の機会よ。もしこの機会を受けないと言うなら、お気に入りのひしゃくでその頭を思いきり叩《たた》いてやるわ！　冗談を言ってるなんて思わないで」

　いま言われたことをブリンナがのみ込めないでいるうちに、料理人は彼女を急《せ》き立てて大広間から出ると、寝室へ通じる階段の一番下まで連れてきた。「上階《うえ》へあがって、侍女として最高の仕事をするのよ。三階を右に曲がったレディ・ジョアンのお部屋へ――ほら、早く」

　料理人に背中を押され、ブリンナはよろめきながら階段を数段のぼったが、ふと振り返り、不安げに料理人を見おろした。「前ほどきびきび動けなくなったからといって、本当にアギーをくびにしませんよね？」

「言ったでしょう？　そんなことはしないわ」

　ブリンナはうなずくと、小さく会釈をした。「どうしてもっと前に、そう教えてくれなかったんですか？　なぜいまになって急に？」

　料理人は驚いたような表情を浮かべた。「あら、いままで出会ったなかで最高の皿洗いメイドをわたしが手放すとでも？　あなたの代わりとしては女性を二人探す必要があるはずよ。探すといえば、これから急いで村に行って、六人ほど助《すけ》っ人《と》を見つけてこないと。さあ、あなたはこの階段をあがって、精一杯がんばるのよ」

　ブリンナはうなずくと、体の向きを変えて、階段を駆けあがった。教えられた部屋の扉の前までやってくると立ち止まり、あらためて自分の姿を見おろした。スカートはすり切れているし、しみもついている。こすったら少しは汚れを落とせるかもしれない。そんな淡い期待を抱いて何度か強くこすってみたが、結局ため息をついてあきらめると、扉をノックした。入るようにというくぐもった声がなかから聞こえたので、とびきり明るい笑顔を作り、扉を開けると、部屋のなかへ足を踏み入れた。

「ああ、もう！」レディ・ジョアンの低い声が聞こえたと思ったら、床に洗面器が落ちる音がした。片方の手袋を外したときに、洗面器に手がぶつかったようだ。彼女は足を踏み鳴らすと、うめき声をあげた。「いやだわ。手が凍りつくように冷たくて、感覚がない。こんなことをするつもりじゃなかったのに――」

「お嬢様、わたしが片づけます」ブリンナは扉を閉めると、ベッド脇の床に駆け寄った。「しばらく暖炉のそばで手を温めていてください」

　ジョアンはため息をつくと、すぐに暖炉のそばへ移った。その間にブリンナは床にかがみ込んで、片づけを始めた。洗面器を収納箱の上に戻し、こぼれた水でびしょ濡《ぬ》れになったものを急いでかき集めていると、寝室の扉が大きく開かれ、室内に女性が一人駆け込んできた。焦げ茶色の髪をした美人だ。

「こうしてまたお城で夜を過ごせるようになって本当にほっとしたわね！　もしもう一晩、

道端で夜明かししなければいけなかったとしたら――」

ブリンナが興味を引かれ、ベッドの脇からちらりと顔を突き出すと、入ってきた女性はいきなり立ち止まり、驚いたように目を丸くしてこちらを見つめた。

「ジョアンったら！　床にしゃがんでいったい何をしているの？」

「ちょっとサブリナ、どこを見ているの？　わたしはここよ」

入ってきたサブリナという女性は、暖炉のほうを振り向くと息をのんだ。「まあ、ジョアン！　わたしはてっきり――」いまさっき目にしたものはなんだったのかと疑うかのように、彼女は突然ブリンナのほうを振り返った。ブリンナが両手にびしょ濡れになったものを持ちながらゆっくり立ちあがるのを見て、ひどく驚いたようにかぶりを振り、息をのんで尋ねた。「信じられない。あなたはいったい――」

「わ、わたしは、レディ・ジョアンの侍女の代わりとしてここにやってきた者です」ブリンナは不安げにつぶやいた。

この答えを聞いてサブリナはしばし沈黙し、ジョアンを一瞥《いちべつ》した。はっとした表情でブリンナをまじまじと見つめている彼女の様子に気づき、安堵《あんど》したように言う。「よかった、わたしだけじゃなかったのね。あなたも同じことを思っている」

「ええ」ジョアンは低く答えると、ゆっくりと前に進み出た。「彼女が入ってきたときは、ろくに顔も見なかったの。でもいまは、似ているなと思うわ」

「似ている、ですって？」サブリナは衝撃を受けたように叫ぶと、またしても視線をブリンナに戻した。「ねえ、ジョアン、〝似ている〟なんてものじゃないわ。彼女はあなたにほとんど瓜二《うりふた》つよ。もちろん、髪をのぞいてね。あなたの髪はこんなに汚れてぐしゃぐしゃではないもの」

ブリンナは片手を掲げて髪に触れると、困惑してあたりを見回した。いつの間にか、普段頭を覆っているみすぼらしい布切れがなくなっている。それが床に落ちているのに気づき、慌ててひざまずいて手に取ると、手にしていたものを床に落とし、頭を覆った。

こうしていると、蒸し風呂のような厨房で鍋を磨いている間も髪が垂れてくることはない。しかも、次に風呂に入れるまでの間、汚れた髪を隠しておける。いまのような身も凍るような寒い冬は、毎日川の冷たい水を浴びることができない。だからブリンナも冬の間はほとんど、使用人の多くと同じように、水がめにためた水ですばやく体を洗うようにしている。それで、この季節は髪を洗うことがほとんどできないのだ。

「彼女、本当にわたしにそっくりよね？」ジョアンがゆっくりとつぶやく。

その言葉にブリンナは慌ててかぶりを振った。自分がこのレディと似ているとは思えない。レディ・ジョアンの髪はつやつやと光り、くるんとした巻き毛が美しい顔のまわりを覆うように垂れている。それに、彼女の瞳は緑色で、自分の瞳は灰色だとずっと言われてきた。たしかに鼻と唇の形は似ているかもしれないけれど、水面に映った顔しか見たことがないから、よくわからない。そんな自分に、愛らしいレディ・ジョアンと少しでも似ている点があるなんて信じられるわけがなかった。

突然ジョアンははっと息をのみ、満面の笑みを浮かべた。「すばらしいことを思いついたわ、サブリナ」

「どんな？」

焦げ茶色の髪の女性は期待するようにジョアンをちらっと見たが、すぐに眉をひそめた。

「彼女にドレスを着せて、このぞっとする休暇の間、わたしの身代わりを演じさせるの」

「なんですって？」ブリンナとサブリナはほぼ同時に息をのんだ。さらにサブリナは、いとこであるジョアンのもとへ心配そうに駆け寄った。「あなた、いったい何を考えているの？」

「いま話したとおりのこと」ジョアンは明るい笑みを浮かべると、ブリンナの正面までやってきた。「あなたにはまたとない話よ。わたしの美しいドレスを着ることができるし、ほかの貴族たちと一緒に主賓席に座って食事もできる。あなたにしてみれば、これ以上すばらしい体験はないはずだわ！　きっとうまくいくはずよ。もちろん、あなたの話し方はどうにかしないといけないわね。それにその手も――」

ジョアンから手を伸ばされ、ブリンナはたこのある荒れた両手を慌てて背中の後ろに隠し、激しく首を振った。「いいえ、無理です。お嬢様、本当に申し訳ありません。ですが、わたしはあなたの代わりなんて務められません。平民の女が貴族になりすませば、罰せられるに決まっています。どんな罪に当たるかはわかりませんが、とても恐ろしい罪に問われるに違いありません」

「あなたはどう思う?」ジョアンはいとこのほうを一瞥したが、結局なんの助言も得られなかった。サブリナが二人をまじまじと見つめることしかできなかったからだ。幽霊を見たかのように、あんぐりと口を開けたまま硬直している。ジョアンはため息をつくと、ふたたびブリンナに視線を戻し、安心させるように言った。「そんなの大した問題じゃないわ。心配しなくて大丈夫。もし見つかったら、これはわたしが考えたことだってちゃんと話せばいいだけだもの。ちょっとしたいたずらみたいなものよ」

「はい、ですが……」ブリンナは目を大きく見開き、少しずつあとずさりし始めた。「わたしはどうしても――」

「お金を支払うわ」

ブリンナは足を止め、まばたきをした。「お金を?」

「それも、かなりの大金よ」ジョアンはそう言うと、金額を口にした。

その瞬間、ブリンナは胸に手を当て、ベッドの端にへなへなと座り込んだ。目が回るような金額だったのだ。それだけのお金があれば、アギーは仕事を辞めることができるだろう。残りの人生を快適に、穏やかに楽しめるはずだ。アギーはそういう余生を送って当然の女性なのだ。

「ジョアン！」ようやくしゃべれるようになったサブリナは、困惑顔でいとこにつかつかと歩み寄った。「いったい何を考えているの？　そんなこと、できるわけがないでしょう？　よりによって……このメイドがあなたになりすますなんて！」

「あら、もちろんできるわ。わたしの目的がわからない？　もし彼女がわたしになりすませば、片田舎に住むまぬけ男のぎこちない求愛に苦しまないで済む。しかも相手は、かつて父が勝手に結婚を決めた男性なんだもの。もしかすると、この惨状から逃げ出す方法だって見つけられるかもしれない」

「あなたが言う惨状とやらから逃げ出す方法なんてないわ。結婚からは逃れられない。あなたが幼いときに交わされた契約だもの。それは――」

「逃げ道というのは、必ずどこかにあるものよ」ジョアンはいらだたしげに言い張った。「それに、もし考える時間があれば、わたしも逃げ出す方法を思いつけるはずだわ。彼女にわたしのふりをさせれば、その時間が与えられる。もし父がこの婚約についてもっと早く話してくれていたら、どうにか結婚しないで済む方法を考え出していたのに。宮殿に呼び寄せられたあと、どこの誰とも知らない野暮な田舎者と結婚の顔合わせをするためにこんな場所まで連れてこられるなんて、思ってもいなかったの」

「あなたが不安なのはわかるわ」サブリナは優しい声で言った。「でも、あなたはまだお相手のサーリー卿に会ったことさえないじゃない。彼はとても感じのいい男性かもしれないわ。それに――」

「彼はメントン家の配下にある、弱小男爵にすぎないわ。わたしの父が婚約を決めた十五年前は、裕福な大地主の息子だった。でも彼の父親が領地の管理を怠ったせいで、息子ロイスに残されたのは山のような借金とトラブルだけ。ロイス自身は戦争で国王のために手柄をあげて有名になったけれど、そのあとは領地に引っ込んで、使用人たちと同じくらい働いているという噂《うわさ》だわ。それに彼は宮殿にも姿を見せないし、旅行もしない。実際の話、ほとんどの時間を領地に引きこもって仕事ばかりして、どうにか利益を出そうと四苦八苦しているのよ」

サブリナは罪の意識を覚えて下唇を噛《か》んだ。宮殿からここにやってくるまでの旅の間、レディ・ジョアンのためにいまの情報すべてを聞き出したのは、自分自身なのだ。情報を集めるのは簡単だった。あちこちで質問をすると、みんなが彼のことを知っていて、しかも尊敬している様子だったのだ。それをつけ加えるべく、サブリナは口を開いた。「でも、彼は自分に課した仕事で成功しつつあるわ。ゆっくりではあるけれど損害を穴埋めして、サーリー卿の領地はかつての栄光を取り戻しつつあるんだもの」

「ええ、そうよね、わたしの持参金があればもっと成功するに決まっているわ。サーリーは間違いなく、かつての富と威光を取り戻すでしょうよ……五年後か、十年後くらいにはね。でもそのころには、わたしは出産で死んでしまっているか、年を取りすぎていて何も楽しめなくなっているかのどちらか。そうよ、彼と結婚なんかするつもりはない。十九年と半年生きてきて、レイセムの領地の外にやってきたのは今回が初めてなの。いつか自分の人生ががらりと変わることを、ずっと夢見てきたわ。結婚してレイセムの土地を離れて、自分の好きなときにいつでも宮殿を訪れることができる日を。せっかく結婚するのに、また別の牢獄《ろうごく》に閉じ込められるなんてまっぴら――それじゃ、いまと何も変わらないわ。自分の領地に四六時中いる男となんて結婚したくない。そんな男なら、わたしにも死ぬまで自分のそばで働くよう求めてくるに決まっているもの」

「でも――」サブリナは顔をしかめて、いとことブリンナを交互に見た。「ロイスと実際に会ってその人となりを知ってから、結婚をやめるかどうか考えてもいいんじゃない？　なぜこのメイドにあなたのなりすましをさせる必要があるの？」

「そうすれば、もっとよく考える時間ができるからよ。それに、どうしてこのわたしが、愛の言葉のささやき方も知らない田舎者からつまらない求愛をされて我慢しないといけないの？　彼にはこのメイドに求愛させておけばいい。彼女にしてみたら、田舎者の下劣な言葉やマナーを無視した態度も、とびきり魅力的に思えるに違いないもの。彼女は日ごろから農奴として、目にもとめられない存在のはずだから」

「わたしは平民です。誰の奴隷でもありません」ブリンナはひそかに威厳を込めて口にした。でもレディたちは、こちらの言葉にかけらほども注意を払うつもりはないらしい。

サブリナが眉をひそめて目を細め、ジョアンを見つめて口を開いた。「誰かがサーリー卿のことをマナーも知らない田舎者だと評していたなんて、わたしは一言も言っていないわよ」

「あら、そうだった？」ジョアンは突然いとこから目をそらした。「どのみち、大したことじゃないわ。誰かがそう言っているに決まっているもの。とにかく、わたしになりすますことで、このメイドはわたしを救うことができるのよ」

「いいえ、そんなことは無理だわ」サブリナはきっぱりと言った。「うまくいくはずがない。見た目はたしかに似ているけれど、あなたたちはすべての点で同じというわけじゃないもの。このメイドはあなたより五、六センチ背が高いわ」

「そうね。もしお父様がこのお城に一緒にやってきていたら、もちろんわたしだってこんな大胆な計画を試そうとは思わなかったはず。でも、これが神の思《おぼ》し召しだと思えてしかたがないの。だって今回は侍女だけじゃなく、お父様も具合が悪くなって宮殿に残るしかなくなったんだもの。つまり、ここにいる人は全員がわたしを初めて見ることになる。ただ一人の例外は、ここまで一緒に旅をしてきたメントン卿ね。でもわたしは旅の間じゅう、寒さをしのぐために分厚い外套《がいとう》を着込んでフードをかぶり、毛皮の襟巻きを巻きつけていたの。メントン卿が見ていたのは、わたしの鼻先だけのはずだわ。ほら、このメイドもわたしと同じ鼻の形をしているでしょう？　レディ・メントンもそう。到着したわたしたちを出迎えてくれたけれど、ほんの一瞬のことだったし、そのときわたしはまだ着込んでいたから」

「そうかもしれない。でも背の高さの違いはどうするの？」

ジョアンは肩をすくめた。「わたしは旅の最中、ほとんど自分の馬に乗っていたし、外套を着込んでいたから数センチは背が高く見えていたはずよ。彼らが気づくはずない。この計画はうまくいくわ」

「でもジョアン、彼女は農奴よ。レディらしい振る舞い方なんて知らないわ」

「必要なことを教える必要はあるわね」ジョアンは楽しそうに答えた。

「あなたが十九年以上かけて学んできたレディとしての知識を、たった数時間でこのメイドに教え込もうというの？」サブリナは信じられないと言いたげにあえいだ。

「そうねえ……」そこでジョアンは初めて、疑うような表情を浮かべた。「数時間では無理かもしれない。だったら、〝長旅で疲れたから、今夜は階下でほかの人たちと食事をするよりも、自分の部屋で休みたい〟と言い訳しようかしら」サブリナが首を傾《かし》げると、ジョアンは不機嫌そうに手をひらひらとさせた。「別に、屋敷の切り盛りの仕方やハープの弾き方を教えなくちゃいけないわけじゃない。レディらしく歩いたり話したりする方法を教えればいいだけよ。できるだけ話さないようにさせれば、わたしの名誉に傷がつくこともないわ。おまけに、このメイドがだまさなければいけないのはサーリー卿だけ。彼は田舎者だから、良家の子女たちとそんなに顔を合わせたことがないはずよ。実際、宮殿にも一度だって行ったことがないんだもの」

ジョアンは嫌悪感たっぷりに言うと、ブリンナのほうを向き、眉をひそめた。

「ねえ、あなた、名前はなんていうの？」

「ブリンナです、お嬢様」

「ブリンナ、わたしの計画に協力してくれる？」

ブリンナがためらっていると、ジョアンはすばやくベッドの足元にある収納箱の前へ行き、上蓋を開いた。中身をかき回して小さな財布を手に取り、なかから数枚の硬貨を取り出した。

「これが約束した報酬の半分よ。もしこの計画に協力してくれたら、いまこれをあなたにあげる。残りの半分は、すべてが終わったら渡すから」

ブリンナは目の前にある硬貨をじっと見つめ、息をのんだ。とっさに脳裏に思い浮かんだのは、居心地のいい小さな家のなか、暖炉のそばの椅子でくつろぐアギーの姿だ。これまでブリンナに食べるものや着るものを買い与えるために、アギーは身を粉にしてずっと働き続けてくれた。これからの日々、アギーはそんなふうに穏やかな生活を楽しんで当然だ。この仕事で報酬をもらえればアギーに恩返しができるし、それほど危険な仕事ではなさそうだ。レディ・ジョアンは、もし嘘がばれたら、自分が思いついた考えだと打ち明けると言っていた――そこまで考え、ブリンナは勇気がかき消されないうちに、すばやくうなずいた。

「やったわ！」ジョアンはブリンナの手を取ると手に硬貨を握らせ、てのひらを丸めさせた。「だったら最初にやらなくてはいけないのは――」

そのとき戸口がノックされる音が聞こえたので、三人ともその場に凍りつき、ぎょっとした表情でいっせいに扉を見た。

「どうぞ」ジョアンが低く答えると、開いた扉から顔をのぞかせたのはレディ・クリスティーナだった。

「母からここへ来るように言われたの。新しい侍女の様子はどうか確かめに」

「まあ、彼女はとてもよくやってくれているわ」ジョアンは早口で答えると、不安げな顔になった。

ブリンナはすぐに気づいた。レディ・ジョアンは、自分たちが似ていることをレディ・クリスティーナに気づかれるのではないかと恐れているのだ。そんな心配はいらないから大丈夫とレディ・ジョアンを安心させてあげたいのは山々だが、うまい手段が思いつかない。こよなく愛する本に関係すること以外、レディ・クリスティーナが周囲にほとんど関心を払わないのはメントン家の誰もが知ることなのだ。

それだけに、クリスティーナが突然頭を傾け、濃い青色の瞳でこちらを見つめながら、小さく笑ってこう言ったときは本当に驚いた。「あなたたちったら！　体をくっつけていっせいに頭をもたげるなんて、まるで肉屋から届けられたばかりの、三羽のフランス雌鳥《めんどり》みたい。もちろん、ノルマンディーからやってきて、れっきとしたフランス生まれと言えるのは、あなたたちのうち二人だけだけれど……」

直後、クリスティーナの目がけげんそうに細くなった。ブリンナは横にいるジョアンが体をこわばらせたのを感じたが、クリスティーナはすぐにその表情を消し、室内を見回した。「まだお風呂の用意をしていないのね？　すぐ用意させるわ」そして体の向きを変えると、入ってきたときと同じようにすばやく部屋から出ていった。

大きなため息をつく三人をあとに残して。

「どうやってこんなことを？　まるであなたみたいに美しいです」ブリンナは驚きに息をのんで、鏡に映る自分の姿を見つめた。

ブリンナが侍女の代役としてレディ・ジョアンの寝室を訪れ、夜が明けたところだった。あれからいままで、信じられないほど慌ただしい時間を過ごしてきた。サブリナがディナーの席へ〝長旅で疲れたため、ほかの人たちと一緒には食べられない〟というジョアンからの伝言を届けるいっぽうで、ブリンナは厨房へ行き、料理人に〝レディ・ジョアンから、普段から侍女がいつもそうしているように、彼女の寝室の扉の脇で眠るよう言われた〟と報告をした。そのとき厨房にあった食べ物を急いで口に放り込んで、アギーが元気に仕事をしているか確認すると、寝室で待機しているジョアンのためにディナーを運んだのだ。ところが寝室へ戻ると、ジョアンはクリスティーナが用意させた風呂に入っていた。彼女の旅の汚れを落とし、風呂からあがる手伝いをしたあと、すでに冷たくなった浴槽に入るようブリンナは命じられた。

それからジョアンは食事も取ろうとせず、ブリンナが頭の先から爪先まで汚れを洗い流すのを見守ると、もう一度同じことをさせ、さらにもう一度繰り返させた。この分だと、体の汚れと一緒に皮膚の半分もはがれ落ちてしまうに違いない――ブリンナがそう確信したとき、今度は長い髪の汚れを落としてすすぐように命じられた。しかも、また三度も。それからようやく水からあがるのを許された。入浴が終わっても、〝薄汚い農奴の服〟を着ることは許されず、ジョアンの古いシフトドレスを身につけるよう言われた。二人は暖炉の前で髪を乾かし、代わりばんこに互いの髪を櫛《くし》でとかした。

その状況が、ブリンナにはひどく奇妙に思えた。こうしていると、レディと使用人の境界線がどんどんあいまいになっていくようだ。ジョアンからは、子ども時代やメントン城に勤め始めてからの生活についてあれこれ質問され、彼女自身の人生についてもいろいろな話を聞かされた。

しかし、聞けば聞くほど、ジョアンが気の毒な人生を送ってきたように思えてならない。なんでも買える富も特権も、すべてを手にしているにもかかわらず、彼女はことのほか寂しい日々を過ごしてきたようだ。まだ幼いころに母親を亡くし、父親は常に宮殿の仕事で忙しいせいでまわりには使用人たちしかおらず、彼らに育てられたも同然だった。自分にはジョアンのような美しいドレスも宝石もないが、それでもアギーがいてくれた。しっかり抱きしめてくれたり、膝小僧をすりむいても手当てをしてくれたり。そんなアギーからいつも愛されていると実感して生きてきたのだ。いっぽうのジョアンは、子ども時代からそんな存在が一人もいなかった。なんだか胸が切なくなり、彼女を気の毒に思った……ただし、それは二人が髪を乾かし終えて、本当の〝レッスン〟が始まるまでのことだったけれど。

小さな暴君と化したジョアンを前にして、それまで感じていた同情はすべてどこかへ吹き飛んだ。とにかくジョアンときたら大声で命令し、ブリンナをぴしゃりと叩いたり、げんこつをくらわせたり、肘で小突いたりせっついたりと容赦ない。そうすることで、歩き方や話し方、さらに頭を〝適切に〟まっすぐ保つ方法を叩き込もうとしている。ジョアンが断固とした覚悟で計画を成功に導こうとしているのは火を見るよりも明らかだ。

いっぽうでブリンナは、そんなジョアンに負けないくらい真剣に、こんな計画など成功するはずがないと考えていた。レディ・サブリナはといえば、ディナーから戻ってきてもときおり辛辣な意見を口にし、どうせうまくいくはずがないという暗い予言を口にするだけで、なんの助けにもならない。いつしか夜が明けるころ、ブリンナははっきりと確信していた。これは、いままでの人生で最も愚かしい選択だったに違いない……。

たしかに、鏡に映った自分の姿を見るまではそう考えていたのだ。しかし、レディ・ジョアンが二人の間に掲げた鏡を最初にのぞき込んだとき、金箔《きんぱく》に縁取られた鏡面に映っているのはジョアン本人だと思った。でもよく見ると、鏡に映った女性の瞳はジョアンのように澄んだ緑色ではなく、青みがかった淡い灰色だ。それ以外はすべてジョアンに瓜二つ。

「ほらね?」ジョアンは笑い声をあげると、鏡をおろして自分の収納箱の上に戻し、体の向きを変えて、紺色のドレス姿のブリンナをじっくりと見つめた。ブリンナが自分で身につけたものだ。「これならうまくいくわ。さあ、もう一度練習よ。サーリー卿に会ったら、あなたは……?」そう尋ね、片眉をつりあげた。

鏡のなかに見えた自分に驚いていたせいでまだぼんやりしていたブリンナは、慌ててお辞儀をして、ぼそぼそとつぶやいた。「はじめまして、閣下。とうとう——」

「だめ、だめ、だめ」ジョアンはいらだったようにさえぎった。「どうして覚えられないの? 初めて彼に会うときは、深々とお辞儀をして、視線をいったん床まで落としてからすばやく戻すこと。それから、さあ、言ってみ——」

「はじめまして、閣下。とうとうお会いできて光栄です」ブリンナも負けじとさえぎった。

「ほら、ちゃんと覚えています。ほんの少し忘れていただけです。だって――」

「なぜあなたが忘れていたかは重要じゃない。とにかく、あなたは絶対に覚えておく必要があるの。そうしないと、あなたの無知のせいでわたしが恥をかくことになるんだから」

ブリンナはため息をついた。鏡を見たときに一瞬だけわきあがった自信が、穴のあいたバケツからもれていく水のように、あっという間になくなっていく。「こんなばかげたことと、やめにするのが一番いいのかも……」

「発音と話し方に気をつけて！　〝こんなばかげたことは、水に流すのが一番いいのかもしれません〟でしょう？」ジョアンはとっさに訂正し、眉をひそめた。「覚えておいてもらわないと。話すときは絶対に――」

「もういいです」ブリンナは不機嫌にさえぎった。「あなただってわかっているはずです。わたしをレディになりすまさせることなんて無理だって。わたしにそんなことができるはずがありません」

「いいえ。あなたは本当によくやっているわ。こんなに学ぶのが早いんだもの。いまはただ、疲れているからそんなふうに思うだけよ」

「疲れているのはわたしたち全員よ」ベッドの上に腰をおろしながら、サブリナがくたびれたように言った。「なぜあきらめようとしないの？　いまならまだ間に合うわ」

「レディ・サブリナの言うとおりです」ブリンナはため息をつきながら認めた。「うまくいくわけがありません。こんな愚かしいことはすべてあきらめて――」扉を叩く音がしたため言葉を切り、いつもの癖で扉へ向かい自分で開けると、目の前に一人の男性が立っていた。ひどく驚いた様子でまばたきをしている。

ああ、なんてハンサムな人。まだ薄暗い早朝の廊下を照らすたいまつの明かりを浴び、輝くような金髪が照らし出されて、後光が差しているようだ。背が高くてしなやかな体躯《たいく》が、仕立てのよい琥珀《こはく》色の布地によっていっそう引き立てられている。肌にはいかにも健康そうな艶があり、多くの時間を屋外で過ごす男性ならではの活力も感じられる。こちらを見おろしている瞳は美しく輝き、イギリス北部の雲一つない夏空のような青色に澄みきっている。彼はブリンナがこれまで目にしたなかで、最も美しい男性だった。

「レディ・ジョアンでしょうか？　ぼくはサーリー卿ロイスです」

ブリンナは目を見開き、息をのんだ。彼が、〝片田舎に住むまぬけ男〟とやらなのだろうか？　自分がこれから〝ぎこちない求愛に苦しむ〟ことになる相手？　この男性から見つめられ胸が苦しくなったとしても、わたしならほほ笑みながら死んでいけるだろう。

突然彼が驚いたように両眉をつりあげ、扉の背後に隠れたジョアンから背中をつねられたとき、自分がうっかりレディらしからぬ言葉を口走ったことに気づいた。一瞬はっとしたものの、すぐにやるべきことを思い出してお辞儀をした。教えられたとおり、完璧な動きで深々とこうべを垂れ、床に視線を一瞬落としたあと、ふたたび目をあげて男性の顔を見つめ、笑みを浮かべた。

「閣下」息も絶え絶えに答え、立ちあがる手助けをするために手を差しのべてくれたサーリー卿ににっこりとほほ笑む。だが彼の表情を見て、すぐに笑みを消した。

サーリー卿は眉をひそめている。ちっとも嬉《うれ》しそうではない。いったいどうして？　ブリンナは不安になり、下唇を噛みながら必死にその理由を考えた。お辞儀を失敗したのだろうか？　不適切な言葉を口にしたとか？　わたしはいったい何をやらかしたの？　困惑し、考え続けていると、とうとう相手がしびれを切らしたように身じろぎをし、口を開いた。

「つい先ほど到着したんだ」

ブリンナは少し目を見開いた。何か言わなければ。でもなんて言えばいいのだろう？

「〝あなたの旅が快適だったことを願っています〟」早口の小さな声が聞こえ、一瞬その声のほうを見た。ジョアンが扉の背後から顔を突き出しているのに気づき、目をさらに大きく見開いた。「ほら、言うのよ。〝あなたの旅が快適だったことを――〟」

「誰と話しているんだい？」

ブリンナはすばやく目の前の男性に視線を戻すと、一歩踏み出し、彼がそれ以上前へ進めないようにした。サーリー卿はいぶかしげな表情で、もっとよく部屋のなかを見ようとしている。前に踏み出したおかげで彼の動きは止められたが、互いの距離が不適切なほど近くなってしまった。男らしい麝香《じゃこう》のようなにおいを感じた瞬間、ブリンナは全身に震えが走るのを感じ、かすれ声で嘘をついた。「ただの使用人です」

扉の背後で聞こえた、憤慨したようなあえぎを無視しながら。


「なるほど」

ロイスは目の前にいる女性をじっと見つめた。彼女を見るや否や、何も考えられなくなった。予想していた女性とは違う。いとこであるフィリップ・ラッドファーンから聞いていた印象とかけ離れている。いとこはこの秋、フランスへ数カ月旅をした帰りにノルマンディーを通過する際、立ち寄ったレイセム家でロイスの婚約者レディ・ジョアンに会っていた。彼女に対する印象はよくなかったという。上流気取りで、いかにも高慢そうな雰囲気を身にまとい、自分の父親の屋敷をわがもの顔で支配していて……。

いとこからは、ジョアンがつんと上向いた茶目っ気たっぷりの鼻をしているとは聞かされていなかった。それに、形のいい唇や、大きくて濡れたような瞳、太陽の光のように輝く艶やかな髪の持ち主であることも。なんてことだ。そう考えたとたん、すでに体が反応し始めている。しばし息をのんだまま立ち尽くしていたのに気づき、ロイスは咳払《せきばら》いをした。「きみをミサに連れていこうと思ってやってきた」

「あら」彼女は部屋の奥に不安げな視線を走らせると、意を決したような顔つきになり、弱々しい笑みを浮かべるのを確認し、そのまま通路を進み始めた。

通路へ踏み出した。その背後で扉を閉めてやり、手を差し出すと、彼女が肘をかけてきて

「ほら」

扉を細く開けて、二人が立ち去る様子を見ていたサブリナは、話しかけてきたジョアンをいぶかしそうに一瞥した。「〝ほら〟って？」

「あなたも一緒に行くんでしょう？　彼女がうまく乗り切れるよう手助けしなきゃ」

サブリナは驚きに目を見張った。「でも、わたしはあなたの付き添い役よ。あなたを一人にしておけないわ」

「ええ。そしていまは、彼女がわたしなの。あなたがレディ・ジョアンとサーリー卿を二人きりにしておくのは、どう考えてもおかしいわ」

サブリナは反論しようと口を開いたが、すぐに閉じて、ため息をついた。ジョアンの言い分が正しいと気づいたのだ。もう一度ため息をつくと、サブリナは二人を追いかけるべく扉へと急いだ。

2

「これは全部、ジョアンのためにやっていることよ」

ブリンナは心のなかでため息をついた。先ほどからずっと、レディ・サブリナの愚痴を聞かされ続けている。今回のこの計画について、彼女には意見したいことが数多くあるらしい。その意見を聞かされるのが、この自分でなければいいのに。でもそんな願いもむなしく、いまのわたしはレディ・サブリナから逃れられない。囚《とら》われた捕虜のように、彼女の一方的な話を聞くしかないのだ。ジョアンの寝室を出てから戻るまで、結局サブリナは一瞬たりともそばから離れようとしなかった。

今日はクリスマスの翌日。つまり、サーリー卿《きょう》がメントン家に到着し、クリスマスミサへ誘いにレディ・ジョアンの部屋へやってきた次の日だ。ブリンナにとって、あのミサは最後に心の平穏を楽しんだひとときとなった。ミサはいつもより長い時間をかけて行われたが、ブリンナはずっと牧師の言葉を聞き流し、隣に座るサーリー卿をまつげの下からちらちらと見ていた。なんて美しい男性なのだろう。こんな男性なら一日じゅうでも見ていられそう。でも当然ながらミサは終わりを迎え、サーリー卿はこちらに笑みを向けると、あたりを散歩して長いお説教でこわばった足の疲れをほぐさないかと誘ってきた。

ブリンナは笑みを返し、口を開きかけたが、ふたたび口を閉じた。サブリナが突然脇から現れて、風邪をひいてはいけないからという口実を使ってその申し出を断ったからだ。それからサブリナに腕をつかまれ、教会から引きずり出され、大広間へ戻ってくると、〝頭を下げて灰色の瞳を隠し、腰をかがめて背を低く見せるのを忘れないように〟と責めるように命じられたのだ。

だからレディ・ジョアンになりすました初日、ブリンナはずっと自分の足元ばかり見つめて、両肩をすぼめ続けた。しかもサブリナからあちこち引きずり回され、椅子取りゲームのようなことまでさせられた。彼女は〝あそこに座りましょう〟と言い張り、〝ジョアンのためにやっていること〟について延々とぶつくさ言い、誰かが近づいてきたり話しかけてきそうになったりすると、突然飛びあがってブリンナを別の場所に引きずっていくのだ。もちろん、みんながいる場所で永遠に隠れ続けられるわけがない。そこでサブリナは移動し続けるという作戦をあきらめ、ジョアンになりすましたブリンナに誰とも話をさせない作戦に切り替えた。まるでブリンナの耳が聞こえないかのように、誰かから何か質問されるたびに、サブリナ自身が一つ残らず答えるようにしたのだ。質問の多くはサーリー卿に関するものだった。

ちなみに、サーリー卿はずっと二人の背後から離れずについてきて大広間をぐるりと回り、ディナーの時間が来るとサブリナの隣の席に座った。本当は――彼が婚約者ジョアンだと思っている――ブリンナの隣に座ろうとしたのだが、サブリナがすばやく二人の間に立ちはだかり、意味不明のへたな理由をつけて席を交代させたのだ。ブリンナは気もそぞろだったため、ことごとくしゃしゃり出てくるサブリナに対して、サーリー卿が一瞬不満と怒りの表情を浮かべたのにも気づかなかった。ようやくディナーが終わり、サブリナから意味ありげに〝疲れた様子だからそろそろ部屋に戻ったほうがいい〟とやけに大声で言われたときは、心の底からほっとした。

明らかにいらだっているサーリー卿の顔をちらっと見てから、サブリナを残してディナーの席を離れると、そのまままっすぐジョアンの寝室へ戻った。ところが部屋は空っぽで、ジョアンの姿はどこにもなかった。不安を覚えたものの、寝室の片づけを始めるとたちまち不安を忘れ、いつしか仕事を楽しんでいた。普段は厨房《ちゅうぼう》で仕事をしているし、寝るときも厨房だ。調理を手伝うほかの使用人たちと一緒に、わら布団に横になる。だから、こんなふうに一人きりになれるなんてめったにない、ぜいたくな瞬間だ。静かで穏やかなひとときを楽しみながら寝室のなかを歩き回り、散らかっているものを片づける。ジョアンのきらびやかなドレスを脱ぐと、彼女のシフトドレスを身につけて、扉の脇にあるわら布団の上に横たわった。たちまち眠気に襲われたが、眠っていられたのは少しの間だけだった。二、三時間経《た》ったころ、音を立てて開いた扉からジョアンがこっそり戻ってきたのだ。

　ブリンナは驚きに目を見開いた。暖炉の消えかかった燃えさしの明かりのなか、照らし出されたレディ・ジョアンは、ブリンナのすり切れたドレスを着て、頭にもブリンナがいつも使っている布を巻いて金色の巻き毛を隠していたのだ。でも、レディ・ジョアンが古ぼけたドレスを脱いでいる間も、ブリンナは黙ったままでいた。自分はレディに質問できる立場にないということは百も承知だからだ。そのうえ、こっそりと衣類を脱いでベッドに潜り込んだ様子から察するに、向こうも何も尋ねられたくないのだろう。だから彼女が戻ってきたのに気づかないふりをして、そのまま目を閉じ、ふたたびうとうとし始めた。

　そうして迎えた今日の朝、サーリー卿が部屋へやってきたときジョアンはまだ眠っていたが、ブリンナはすでに起きて、秘密の計画を続けるべく着替えていた。彼はこの日もブリンナをミサに連れていったが、二人が教会を出ようとしていたとき、またしてもサブリナがさっと現れて、昼食が始まるまでブリンナに〝椅子取りゲーム〟を続けさせた。昼食時にレディ・メントンからヤドリギがもう少し必要だという発表があり、クリスティーナは急遽《きゅうきょ》〝その下でキスをするための木〟を探しに行く有志の若者たちを募ることにした。サーリー卿も含め、招待客のほとんどが名乗りをあげたが、集めたヤドリギを持ち帰るための馬車も一台出ることになり、サブリナはクリスティーナをどうにか言いくるめて、その馬車に自分と〝ジョアン〟を乗せるよう手配を整えた。そういうわけでいま、ブリンナはサブリナと一緒に馬車に閉じ込められ、延々と彼女のいとこに関する文句を聞かされている。

レディでいるのが、これほど退屈なことだったなんて。ブリンナはぼんやりとそう考えながら、馬車の前の馬に乗って進む一団を見つめた。でも少なくともわたしは退屈なだけで、レディ・ギルバートほどみじめな思いをしているわけではない。顔をしかめながら彼女を見つめてみる。

レディ・ギルバートの名前はエレノアという。彼女は前日、ジョアンになりすましたブリンナにそう自己紹介をしようとした。ところがほかの誰に対してもそうするように、サブリナがしゃしゃり出てきてエレノアをさえぎったのだ。ジョアンの名誉を守ろうと必死になっているサブリナに対して、いつもは怒りを覚えたりしないが、そのときはさすがに腹が立った。というのも、エレノアは明らかにその場で居心地の悪さを感じていて、誰か話し相手を必要としていたからだ。

エレノアから彼女の横で馬を走らせている男性へ視線を移し、ブリンナは顔をしかめた。彼――ジェームズ・グレンケアンはエレノアの婚約者であり、彼女にみじめな思いをさせている元凶でもある。グレンケアンは少年時代にメントン家にやってきて以来ずっと、周囲に対して反抗的な態度を取り続けているのだ。それは驚くべきことではないのだろう。メントン家で手厚くもてなされているものの、彼は事実上の人質にほかならない。スコットランドにいる父親を抑えつけておくためにメントン家に身柄を預けられ、教育を受けてきたのだ。残念ながら、彼は婚約者となった不運なレディ・エレノアを、自分と同じくみじめな存在にさせている。

「ねえ、わたしの話を聞いてもいないじゃない！」サブリナは憤慨したように言うと、ブリンナに突然肘鉄をくらわせた。

いきなりおなかを肘で突かれ、驚きのあまり、ブリンナの体は後ろに大きく倒れた。バランスを失い、そのまま馬車後部から外へ放り出される。サブリナが悲鳴をあげるなか、雪で踏み固められた道に背中から倒れた瞬間、衝撃で息ができなくなった。その間も、サブリナが御者に向かって叫ぶ声が聞こえている。「だ、大丈夫よ、心配ないわ！　レディ・ジョアンとわたしはただ……歩こうと決めただけなの。このまま行ってかまわないから」

「ですが――」御者は心配そうに口を開きかけたが、サブリナにさえぎられた。

「さあ、行って。早く」

ようやく少しだけ息ができるようになり、ブリンナはため息をついて、頭をわずかにあげるとあたりの様子を見た。馬に乗って先を行っている者たちは、この騒ぎに気づいていない。御者だけが肩越しに心配そうにこちらを見ていたが、サブリナに急《せ》かされ、しかたなくふたたび馬車を走らせ始めた。サブリナが雪に足を取られながら、重い足取りでこちらへ戻ってくる。刺すようなまなざしだ。

「いったいどういうつもり？　こんな恥をかかせてわたしを殺すつもりなの？　それとも
ジョアンの評判を台無しにしたい？」

「わたしがですか？」ブリンナは驚いて叫んだ。

「ええ、そう、あなたよ。レディは雪の上に転げ落ちたりしないものなの。あなただって
わかるでしょう？」

「でも——」

「言い訳なんて聞きたくない」サブリナは鋭い口調でさえぎると、腰に両手を当てて嫌悪感たっぷりにつぶやいた。「やっぱりね！　しょせん農奴は農奴よ！　さあ、さっさと立ちあがって——」

「レディたち、おけがは？」

次に何を言おうとしていたのかわからないが、サブリナはふいに口を閉ざし、目をまん丸くした。背後から聞こえてきたのは、あろうことかサーリー卿の声だ。二人とも突然の落下に気を取られていたせいで、彼と近侍がこの騒ぎに気づき、わざわざ馬で戻ってきたことに気づきもしなかった。

サブリナは取ってつけたような笑みを浮かべ、体の向きを変えると、馬からおりている二人の男性のほうを向いた。「ええ、すべて問題ないわ。なぜけがなんかしたと思ったの

かしら?」

ブリンナは思わず目玉をぐるりとさせた。サブリナは慌てたように両手で自分のスカートをひっつかんで、両脇へ広げようとしている。そうしてスカートを持ちあげれば、雪に転がったままのブリンナの恥ずかしい姿をこのまま隠し通せると考えているかのようだ。ブリンナがスカートの背後から首を伸ばすと、サーリー卿の顔だけが見えた。片眉をつりあげ、いまにも笑い出しそうなのをこらえるかのように唇を震わせている。

「いや、レディ・ジョアンが雪道に落ちたみたいだったから」

「落ちたですって?」サブリナは心底ぞっとしたような表情になった。まるで〝レディたるもの、馬車から雪道に落ちるほど恥ずかしいことはない〟と言いたげな顔だ。同時に〝たとえそうだとしても、紳士たるもの、それに気づいたり言葉に出したりすべきではない〟とも言いたげだ。

サブリナはドレスにかけた指先を引きつらせると、さらにスカートを強く引っ張って広げ、大きくあえいだ。「いいえ、閣下、何かの間違いだわ。レディ・ジョアンはけっして馬車から落ちたりしません。彼女は優雅さと美しさの権化だから。小鹿のように軽々と動き、しかも白鳥のように優美な女性よ。レディ・ジョアンはまさに――」

「まさにいま、雪の上に横たわっている」サーリーはそっけなく指摘した。

サブリナはそう言われて振り返り、ブリンナを見て驚いたふりをした。「まあ大変!

いったいどうしたの？　きっと御者のせいに違いないわ。さあ、立ってちょうだい」

サブリナは腰をかがめてブリンナの腕をつかみ、無理に引っ張りあげようとしたが、無駄な努力だった。サーリーがブリンナの両脇の下から手を差し込み、体を持ちあげて立たせる。それから、サブリナが広げに広げたドレスのスカートをもとに戻す手助けをすると、体をまっすぐに伸ばしてブリンナに笑みを向けた。「楽になったかな？」

「ええ、とっても楽になったみたい」サブリナはブリンナに答えさせようとせず、すぐに答えた。「本当に助けてくれてありがとう、閣下。レディ・ジョアンはいつもなら――」

「優雅さの権化だ」サーリーは顔をしかめながらつぶやいた。

「ええ、そのとおりよ」サブリナは、サーリーが難しい計算問題を解いた子どもであるかのような笑みを向けた。「それに彼女はダンスも習っているの」

「へえ、そうなんだね？」サーリーは礼儀正しく尋ねると、ブリンナのほうを向いてほほ笑んだ。

「ええ、それだけじゃないわ」サブリナは二人の間に割り込んで、サーリーの視界をさえぎり、ブリンナが見えないようにした。それから、レディ・ジョアンのすばらしい能力についてとうとうと語り始めた。あくまで今回は不幸な事故にすぎなかったのだと、サーリーに思わせたかったのだろう。

「彼女はフランス語にラテン語、ドイツ語が話せるの。それに薬草やお薬全般についてもとても詳しいのよ。几帳面《きちょうめん》だからお屋敷の切り盛りの能力もあるし、ハープとリュートを習っていて――」

「ハープを？」彼はさえぎると体を横に曲げ、サブリナの背後にいるブリンナを見た。

「ええ、そうよ。まるで夢のような調べを奏でるの」サブリナはそう言うと体をずらし、サーリーの視界をふたたびさえぎった。

「本当に？」サーリーは背筋を伸ばすと、ブリンナに笑みを向けた。「だったら今夜のディナーのあと、ぼくらの前で演奏を披露してくれるよう彼女に頼めるかな？　昨夜、ぼくらのために歌おうとしたあの吟遊詩人はひどかった。彼女が演奏してくれたら、いい口直しになるだろう」

「ええ、そうなるわ。そうならないわけがないものね？　本当にあの吟遊詩人はひどかった。ジョアンの演奏のほうが、はるかに喜んでもらえるはずだわ」サブリナは陽気に笑うと、いったん言葉を切って、横目でブリンナを誇らしそうに見つめた。でも、すぐに彼女の顔つきを見て眉をひそめた。

当然だろう。ブリンナは恐怖に駆られ、口をあんぐりと開けたままだったのだ。

「いったいどうし――」ブリンナが恐れの表情を浮かべている理由を突然思い出したサブリナは、目をまん丸くし、たちまちブリンナと同じ恐怖の表情を浮かべた。サーリーのほうへ体の向きを戻すと、頭がどうかしたように、ふいに首を左右に激しく振り出した。

「いいえ、だめ……だめよ！　彼女に演奏は無理。だって彼女は……彼女は……」

　サブリナから鋭い目つきで一瞥《いちべつ》され、ブリンナはため息をつくと、前に進み出てつぶやいた。「つい最近、手を痛めたの。いまはハープをうまく弾けないわ。この休暇が終わるころには治ると思うけれど」

「そうそう」サブリナはほっとしたように息を吐き出すと、サーリーに輝くような笑顔を向けた。だが、これではまるでけがを喜んでいるみたいだと気づいたのだろう。どうにかしかめっ面になると言葉を継いだ。「ええ、本当にひどい事故だったの。かわいそうなジョアン。さぞ痛かったはずだわ。手が使えなくなる危険もあったんだもの」

　サブリナが熱心に語り続けるのを聞き、ブリンナは目玉を回した。その大げさな言葉を聞いて、案の定サーリー卿は体を乗り出し、こちらの手を見おろしている。いち早くレディ・ジョアンの外套《がいとう》の下に隠しておいてよかった。

「ずいぶんひどい事故だったようだね。いったい何があったんだい？」

「何があった？」サブリナは激しくまばたきをすると、しばし完全に無表情になり、やがて絶望の表情を浮かべた。「彼女は……その……ええと……刺繍針《ししゆうばり》で指を刺したのよ！」

勝ち誇ったように言い放つ。

　サーリーが鼻で笑うような音を立てたのに気づき、ブリンナはうめきそうになった。彼は片手を口に当ててどうにか笑いを隠すと、体の向きを変えて激しく咳《せ》き込んだ。それから咳払《せきばら》いを何度か続けると、真顔に戻ってブリンナたちのほうを向いた。

「そう、それは本当に悲劇だったね」そう言い終わるか終わらないかのうちに、彼はまたしても体の向きを変え、さらに数回激しく咳き込んだ。もう一度彼がこちらに向き直ったときには、ブリンナ自身も笑いをこらえるべく下唇を噛《か》んでいた。

なんてばかげた作り話だろう。おかしくてたまらず、頬が上気する。そのときサーリー卿と目が合った。彼が突然はっと息をのんで体をこわばらせたのに気づき、思わずまばたきをする。いったいどうしたのだろう？

サブリナは顔をしかめながらサーリーを一瞥し、短い言葉で彼を安心させようとした。

「話だけだとそう聞こえないかもしれないけれど、本当にひどい刺さり方だったのよ」

サーリーはその言葉を聞いて目をぱちくりさせた。ふいに現実に引き戻された様子だ。きっと、彼はもう一度体の向きを変えて咳き込まずにはいられないだろう――ブリンナはとっさにそう考えたが、彼はどうにか咳払いをこらえて答えた。「わかった。それなら彼女にハープの演奏を頼むのは無理だね。だったら、突き刺した指を激しく動かさなくても済むような気晴らしはどうだろう？　たとえばチェスは？」

サブリナは答えた。「閣下、残念だけれど、チェスもまた問題外だわ。ジョアンは、えっと……チェスをしていると……頭が痛くなるから」彼から驚いたような目で見られ、サブリナは大まじめにうなずいた。「一生懸命考えると、いつも頭痛が始まるの」

これにはブリンナも目を閉じ、低くうなった。どうしてもこらえきれなかったのだ。まったく信じられない！　これでサブリナはジョアンの味方をしているつもりなのだろうか？

「だったら、彼女には何かを考えるなんて絶対に無理なんだね？」サーリーの声には、まぎれもなく面白がるような調子が感じられる。

「ええ、残念ながら」

「なるほど、それは一族の遺伝なのかもしれない」

その言葉を聞き、ブリンナは驚きに目を見開いた。きっといつものサーリー卿なら、そんな失礼なことを口にするはずがない。サブリナをからかっただけで、本気でそう考えているわけではないのだろう。彼の顔をちらりと見ると、ウィンクを返された。そのとき完全に気づかされた。サーリー卿は、サブリナよりもわたしのほうが頭の回転がいいと考えている。やはり先の言葉は、サブリナを皮肉るために口にしただけなのだ。しかも運のいいことに、サブリナが彼の言葉を自分への侮辱と考えていないのは明らかだった。

彼女は悲しげに唇をへの字にすると、しごく深刻な顔でうなずいた。「ええ、考えると頭が痛くなるのは、うちの一族の遺伝に違いないわ」

「ふむ」サーリーは低く答えると、手をひらひらとさせ、道の先を指し示した。ほかの者たちはすでに角を曲がって姿が見えなくなっている。「さあ、みんなに追いつかないと」

サブリナは眉をひそめた。「まあ、大変。彼らはわたしたちをこんな場所に置き去りにしたのね？」

「ああ。だがぼくとぼくの近侍がきみたち二人を馬に乗せたら、すぐに彼らに追いつけるはずだ」サーリーは優しい声で言うと、サブリナの腕を取っていざない、彼の近侍が脇に待機させていた馬たちのほうへ連れていった。ブリンナもゆっくりした足取りであとを追った。その間も、サーリー卿の広くて男らしい背中や、上向いた形のいいお尻、がっちりと筋肉のついた脚に自然と目が行ってしまう。やがて彼はサブリナを手助けして馬に乗せた。

その馬がサーリー卿の馬に違いない。ブリンナはそう考えていた。サブリナも明らかに同じ考えだったようだ。ところがサーリー卿が突然後ろへ下がり、近侍に命じてサブリナの背後に騎乗させたとき、そうでなかったことに気づいた。

サブリナも困ったように大きくあえいでいる。「まあ、でも――」

「レディ・ジョアンとぼくは、きみのすぐあとから追いかけていく」サーリーは明るく言い放ち、サブリナの抗議の言葉をさえぎると、近侍に向かってうなずき、馬の尻を叩《たた》いた。たちまち馬が駆け出し、抵抗しようとしたサブリナを連れて走り去っていく。彼女はいまや金切り声をあげ、両腕を振り回していた。先日、料理人に両脚をつかまれて暴れていたフランス雌鳥《めんどり》そっくりだ。そんな失礼な考えが思い浮かび、ブリンナは下唇を噛んで笑いを噛み殺した。サーリーがこちらを向いたのはちょうどそのときだった。

「さて――」彼は何か言いかけたところで言葉を切った。ブリンナの面白がるような表情を見て、思考が中断されたようだ。

「閣下?」一瞬気まずい雰囲気になり、ブリンナは優しく先をうながした。

「人はよく〝星のような瞳の輝き〟などと言うが、その言葉の本当の意味が今日ようやくわかった。何かを面白がっているとき、きみの瞳は光と笑いに満ち満ちている。きみはそのことに気づいているかい?」

ブリンナは息をのんで、かぶりを振った。これがジョアンの言っていた〝つまらない求愛〟に違いない。でも、これのどこがつまらないというのだろう? サーリー卿の声はもちろん、言葉そのものまでもがこれ以上ないほど優しく、心の奥深くまでしみ渡っていく。

「本当だよ」彼は真摯な口調で告げると手を伸ばし、ブリンナの頬にほつれかかる巻き毛をそっと払った。「それにきみの髪……まるで羽毛のように柔らかい。そして太陽の光に照らされると、さまざまな色合いの金色に輝いて見える。美しいとしか言いようがないよ」

「ええと――」ブリンナは思わずつぶやいたが、小さな声だったせいで、サーリーに聞かれずに済んだ。彼がこちらの唇をじっと見つめているのに気づき、心もとなさに口を閉じて、はっと息をのむ。

「それにきみのその唇……。こうして見つめていると、きみにキスをしたらどんな感じだろうということしか考えられなくなるよ」

「まあ」ブリンナは震える吐息をつき、頬を赤らめた。なんだか息がうまくできない。どんどん呼吸がしづらくなっていく。

「きみが赤面するのも当然だ。ぼくが何を考えているのかわかっているんだね。ぼくの頭のなかは、きみにどうやって口づけるかということでいっぱいなんだ。この唇できみの唇をふさぎ、歯を立てたり下唇を軽く吸ったりして、舌をきみの口のなかに差し入れ――」

「ああ、神様」ブリンナはあえぐと、てのひらで自分を扇《あお》ぎ始めた。身も凍るような真冬だというのに、どういうわけか真夏のような暑さを感じている。サーリー卿のかすれた声や彼が紡ぎ出す言葉のせいで、体に驚くべき変化が生じていた。体のあちこちがうずき、そこからあふれ出した熱が全身の隅々まで行き渡っていく。もしかすると、何かの病気にかかったのかもしれない――彼が顔を近づけてきたのに気づき、胸がこれ以上ないほど苦しくなった。

「ジョアン！　ねえ、ジョアンったら！」

　サーリーとブリンナは突然背筋を伸ばし、声が聞こえたほうを振り向いた。サブリナが決然たる足取りで、二人に近づいてきている。その背後からついてきたサーリーの近侍は主人と目が合うと、申し訳なさそうな表情を浮かべた。

「きみのいとこは本当に粘り強い性格のようだね」サーリーがそっけなくつぶやく。

ブリンナはため息をついた。「ええ。というか、一度骨をくわえたら離さない犬のようでしょう?」

近づいてくると、サブリナは勝ち誇ったように宣言した。「みんな、この角を曲がったところで止まっていたの。目ざす場所には、ヤドリギがたくさん生えすぎているみたい。こうやって話している間も、使用人たちが木にのぼって、絡まったツルを揺り動かしながら悪戦苦闘しているわ。本当に見ものよ」サブリナはブリンナの腕にしっかり腕をかけると、やってきた方向へくるりと向きを変えて進み始めた。「運がよかったわね。あなたはみんなから完全に離されて追いつけず、これからのお楽しみをすべて見逃すことになっていたはずよ。ね、想像するだけでがっかりでしょう?」

「ああ、本当にがっかりだ」サーリーは自分の婚約者がサブリナに連れられて角を曲がるのを見ながら、低くつぶやいた。


「彼は本当に――」

「ええ、もうわかったわ」ジョアンはそっけなくブリンナをさえぎった。「彼は本当にいい人だと言いたいんでしょう? この部屋に戻ってきてから、あなたは少なくとも十回はその話をしてる」

「だって本当にそうなんです」ブリンナは負けじと言い返した。

一時間ほど前、ヤドリギ探しからメントン城へ戻ってくると、サブリナはブリンナを階上へと急き立て、ジョアンと二人きりで話したいから、その間は廊下で待っているようにと言い張った。でも、言われたとおり廊下で立っている最中、〝サブリナは寝室でジョアンに何を話しているのだろう？〟〝もし誰かが通りかかったら、ここに突っ立っていることをどう説明すればいいのだろう？〟という二つの心配に悩まされ続けていた。ありがたいことに誰にも見つからないまま、サブリナがジョアンの寝室からふたたび姿を現すと、身ぶりで部屋へ入るよう示した。

ブリンナが背筋をまっすぐ伸ばして寝室に入ると、ジョアンが暖炉脇の椅子に座っていたため、意を決してつかつかと彼女に歩み寄った。

ほかのみんなと合流してから、かなり長い時間をかけて、これまで自分が知ったことについて考えてみた。ジョアンはサーリー卿との結婚をいやがっているけれど、どう考えても彼女が誤解しているようにしか思えない。誰かがジョアンに間違った情報を与えたのだろう。サーリー卿は〝片田舎に住むまぬけ男〟でも、〝愛の言葉のささやき方も知らない田舎者〟でもない。ほかの紳士たちと同じく、とても礼儀正しくて洗練されている。この状況を正すことこそ、きっとこのわたしに与えられた役割だ。ジョアンにサーリー卿の本当の人となりについて教え、彼の花嫁になるべきだと伝えればいい。それなのに、いくらこちらがそう伝えようとしても、ジョアンは聞く耳を持たない。それでもどうにか本当のことを教えようとして、こうしてがんばっているのだ。

「彼はあなたが言っているような人じゃありません。求愛もぎこちなくなんかないし、彼は――」

「ブリンナ、やめて」ジョアンは収納箱の上にかがみ込み、かき回して何か捜しながらも優しくつけ加えた。「あなたはそんなことを判断する立場にないわ。あなたはそんな判断ができるほど、貴族のなかでたくさんの時間を過ごしたわけじゃないでしょう?」

「それはそうです。でも彼は……ものすごくきれいな話し方をしていました。彼は――」

「彼は敬意を表すのがとてもうまかった、という意味?」ジョアンは尋ね、ブリンナがうなずくのを見て眉をひそめた。「だったら、そう言わないと。レディは〝ものすごくきれいな話し方をしていた〟なんて言わないものよ。それに何度も忠告しているように、もう少しゆっくり話すようにしてちょうだい。それが一番直してほしい悪い癖だわ」

　ブリンナは募る不満にため息をついたが、どうにか気分を落ち着かせ、最初の夜に頭に叩き込まれたジョアンの教えを思い出しながら、声の調子を変えてもう一度口を開いた。

「もちろん、あなたの言うとおりです。そのことについては謝ります。でも、彼は本当にあなたが考えているような人ではありません。彼は敬意を表すのがとてもうまいんです。実際、わたしのことを褒めてくれました。あなたの瞳は星のように輝いているし、あなたの髪は羽毛のように柔らかいし、あなたの唇は――」

「そんなのはどうでもいいことよ。わたしは彼と結婚するつもりがないから」ジョアンはきっぱり言いきると、ため息をついて収納箱の上蓋を閉じ、ブリンナのほうを見た。「サブリナから聞いたわ。あなた、馬車から落ちたそうね」

ブリンナは顔が真っ赤になるのを感じ、重々しいため息をついた。「はい、彼女に押されたせいで――」

「理由はどうだっていいの。わたしが言いたいのは、これからはもう少し気をつけてほしいということよ。あなたはわたしのふりをしているという事実を忘れないで。レディらしく振る舞う必要があると、肝に銘じておいてちょうだい」

「はい、マイ・レディ」

「さあ、だったら早く着替えて、階下に食事をとりに行きなさい」

ブリンナは目を見開いた。「あなたのお食事を先に取ってこなくていいんですか?」

ジョアンは片眉をつりあげた。「そんなことしたら変に見えると思わない? レディがわざわざ使用人のための食事を取りに行くなんて」

「いいえ、わたしは自分のメイド用のドレスに着替えるつもりで――」

「そんな必要ないわ。わたしはすでに食べたから」

ブリンナはその言葉を聞いて混乱した。どうやって食事を済ませたのだろう? ちらりと見ると、レディ・ジョアンは誰も寄せつけないような表情を浮かべている。ここはあえて何も尋ねないほうがいい。ため息をついてかぶりを振り、言葉を継いだ。「だとしても、せめて少しだけでも階下の厨房へ行かないといけません。ときどき姿を見せないと、みんながおかしく思うでしょう」

「大丈夫。彼らは今日すでに、あなたの姿を見たから」ブリンナがその言葉に目をぱちくりさせると、ジョアンは苦笑いをして認めた。「あなたがわたしのふりをしてヤドリギ探しに出かけている間に、この部屋へ誰かが〝ブリンナ〟を捜しに来るといけないと思って、あなたのドレスと髪に巻いていた布を身につけていたの。実際、一人ここへやってきたわ。きっと、あれはアギーだと思う。あなたが教えてくれた見た目にそっくりなおばあさんだったから」

「何かあったんですか？」ブリンナははっと息をのんだ。

ジョアンは肩をすくめた。「何もないわ。彼女は料理人から〝何か食べるものを持っていくついでに、ブリンナの様子を確かめてきてもいい〟と言われたと話していたわ。だからわたしは、〝レディ・ジョアン〟は用事があってこの部屋にいないから、その食事をありがたくいただくことにすると答えたの。厨房の人たちは、今日はもうあなたに会わないだろうと考えているはず。最初彼らに、〝レディ・ジョアンが自分の寝室に侍女を寝させたがっている〟と話させたのはそのせいよ。そうすれば、彼らだって一日に何度もあなたの姿を目にするとは思わないはずだから」

「アギーはあなたがわたしじゃないことに気づかなかったんですか？」ブリンナは信じられない思いで尋ねた。

「もちろんよ」ジョアンは乾いた笑い声をあげた。「貴族のレディが自分から使用人のドレスを身につけているかもしれないなんて疑う人が、どこにいるというの？」

「ええ、いるはずがありません」ブリンナは渋々同意したものの、奇妙な胸の痛みを感じていた。アギーはわたしを自分の娘のように育ててくれた。小さかったわたしが大人の女性へ成長する姿をずっと見てきたのだ。アギーなら、本物のわたしとなりすましの区別がつくはずなのでは？

「だから、ほら」ジョアンは両手を叩いて言った。「着替えをして階下へおりて。さもないと食事の時間に遅れるわよ」

「はい、マイ・レディ」

3

「乗馬ですって？　あの大きな動物の上に乗るの？」ブリンナはまぎれもない恐怖を感じながら、大きな馬をまじまじと見つめた。

　この茶番劇を始めてから四日めを迎えようとしている。でも、そばにサブリナの姿がないのはこれが初めてだ。昨日まではサブリナの指示に従い、招待客たちを極力避けるようにしてきた。それでもサーリー卿《きょう》はいらだった様子で二人のあとからついてきて、ブリンナの背後から少しでも仲よくなろうと精一杯の努力をしてくれていた。実際の話、彼を気の毒に思い始めていたところだ。何しろ、ブリンナに対して少しでも存在を訴えるべく前に出ようとすると、そのたびにサブリナにさえぎられる。サーリー卿は、この求婚が簡単にはいかないと身をもって感じているに違いない。いや、少なくとも、今朝まではそう感じていたはずだ。というのも、サブリナが今日になって寒気と吐き気を訴え、ベッドで安静にせざるを得なくなったせいだ。それは、せっかくのクリスマス休暇だというのに、急病でメントン城へやってこられなくなったレディ・ジョアンの父親と侍女と同じ症状だった。

　思えば、サブリナの体調不良は昨日から始まっていた。いつもならば、ブリンナがほかの招待客たちと会話するのをすばやくさえぎろうとするのに、昨日は普段のブルドッグのようなしつこさが見られなかった。実際、ブリンナは〝ええ、閣下〟という言葉を二度も口にしたほどだ。しかも、ほかの招待客たちとディナーを食べ終えたあと、テーブルから離れる口実もブリンナが伝えることになった。サブリナは目の前に置かれた食べ物を見つめるうちに、みるみるうちに顔色が悪くなり、突然ブリンナの腕をつかんで、あえぎながらこう言ったのだ。〝テーブルから離れなくては……いますぐに！〟

　彼女の切実な声色に気づき、ブリンナは急いで立ちあがると、サブリナに付き添って階上まであがった。それからしばし、サブリナはしびんに胃のなかのものをぶちまけ続け、ようやく胃が空っぽになるとベッドに倒れ込み、弱々しい声でこう宣言した。〝ああ、わたし、きっと死ぬんだわ。もしそうでないなら、このまま死にたい……〟

　今朝になっても、サブリナはいっこうに具合がよくなったように見えなかった。それもそのはず。彼女は昨夜もほとんどの時間、嘔吐《おうと》し続け、本当に何も吐くものがなくなるまでしびんを抱え続けなければならなかったという。よほど体が弱っていたのだろう――ジョアンがその日もブリンナになりすましを続けさせると言い出しても、サブリナは反対しなかった。本当ならば、サブリナとジョアンの二人とも具合が悪くなったと伝えることもできたはずなのに。どのみちサブリナには、ジョアンと激しくやり合う気力も元気もなかったのだ。とにもかくにも、ジョアンは〝もう何十時間もほかの貴族たちと一緒にいるのだから、ブリンナは一人でも大丈夫〟と言い、この計画を続行すると主張した。ブリンナには、〝なるべく何も話さないように〟〝常に頭をまっすぐにし続けるのを忘れずに〟〝サーリー卿と絶対二人きりにならないように〟と注意を与えただけだった。

ブリンナはその注意に真顔でうなずき、体の奥底からわき起こる興奮をどうにか静めようとしながら、ミサへ行こうと迎えに来たサーリーを戸口で迎えたのだ。本音を言えば、サーリー卿と二人だけで――もちろん、メントン家の招待客たちに囲まれながら、許される範囲内でだけれど――一日を過ごせることにひそやかな喜びを感じている。サブリナの具合が悪くて今日は付き添えないと伝えると、サーリーは明らかに嬉《うれ》しそうな表情になった。

彼はとびきり魅力的な笑みを浮かべると、ブリンナの手を自分の腕にかけさせ、いつものようにミサへ連れていこうとした。ところがどうしたことか、これまでの朝と同じように大広間に向かってまっすぐ進む代わりに、サーリーはいまブリンナがいる場所――馬屋に彼女を連れてくると、今朝は〝レディ・ジョアン〟とサブリナを驚かせる計画があると説明した。気分転換のため、今朝はすぐに乗馬に出かけられるよう、前もって彼女たちの馬の手配を整えておいたというのだ。

そういうわけでこの瞬間、ブリンナはこちらを疑わしそうに見ている三頭の馬たちの前で立ち尽くしている。きっとわたしは馬たちのひづめに踏みつけられて死んでしまうだろう。そう考えただけで恐ろしさのあまり、心臓が口から飛び出しそうになっている。けっして大げさに考えているわけではない。すでに鞍《くら》をつけられた馬たちのいずれかに自分が乗れば、必ず起きることだ。サーリー卿は乗馬がいい気分転換になると考えているけれど、その意見には同意しかねる。皿洗いのメイドが、こんな大きな動物たちのそばに近づく機会を得られることはめったにない。ましてや、その動物に乗る機会なんて……。

「何か手違いでもあったでしょうか、マイ・レディ？　これはお嬢様の馬ですよね？」馬屋の少年が心配そうに尋ねてきた。

ブリンナはつばをのんで喉を潤し、作り笑いを浮かべた。「ええ、この子はわたしの馬よ。ただ、思ったんだけれど……ここまでは本当に長い旅だったから、もう少しこの子を休ませてあげたほうがいいんじゃないかしら」

ところがサーリーは馬屋の少年とかすかに笑みを交わし、もっともな理由を口にした。

「きみがここに到着したのは、ぼくが到着した日の前日の午後だと聞いている。もしそうなら、きみの愛馬はすでに四日間も体を休めていたことになる。いまは軽く運動したくてたまらないはずだ」

「それも……そうね」ブリンナは渋々うなずいた。

どうすればいいだろう？　ジョアンが用意してくれた筋書きに、こんな展開は含まれていなかった。でも彼女のことだ。もしこの状況を前もって思い描くことができたら、それに備えて、あの寝室で馬の乗り方をたっぷり調教してくれたに違いない。そう思い至って、ふいにまばたきをした。そうだ、ジョアンなら、こちらがなんとか馬に乗れるようになるための準備をしてくれるはず。

落胆したような笑みを浮かべながら、ブリンナはサーリーと馬屋の少年のほうへ向き直った。ジョアンに教わったように、はっきりした発音を心がけながら言う。「なんて嬉しい驚きでしょう。きっといい気分転換になるに違いないわ。でもサブリナは具合が悪くて、わたしに付き添うことができないの。レディが夫でもない男性と二人きりになるのは、適切とは言えないわ。残念だけれど……」芝居がかった小さなため息をついて締めくくった。

「乗馬はサブリナが付き添えるようになるまで延期しなければいけないわ」

「もちろん、きみの言うとおりだ」彼は考え込むように眉をひそめ、行きつ戻りつし始めた。だがブリンナがほっとしたのもつかの間、突然指をぱちんと鳴らして振り返った。

「そうだ、近侍を一緒に連れていけばいい」

「なんですって？」

「ぼくの近侍、セドリックを連れて出かけよう。彼ならば優秀な付き添い役になる。おい、レディ・サブリナの馬の鞍を外して、セドリックの馬の支度を調えてくれ」彼は馬屋の少年に命じた。

ブリンナは恐怖に大きく目を見開いた。「まあ、でも――」込みあげる恐怖のせいでまともに考えられず、サーリーが馬屋から決然とした足取りで出ていくのを見送ることしかできなかった。

彼の姿が見えなくなると大きくため息をつき、ジョアンのものと思われる馬をじっと見つめた。少年によってサブリナの馬が連れていかれたため、この馬しか考えられない。こういう展開になり、ジョアンの牝馬《ひんば》はずいぶん不機嫌そうに見える。疑わしげにこちらをじっと見つめたままだ。どうしても考えずにはいられない。この生き物は本能的に、目の前にいる人間がジョアンのなりすましだと気づいているのではないだろうか？　牝馬の目を見れば、火を見るよりも明らかだった。

ブリンナは落ち着きなく身じろぎをし、牝馬にささやいた。「わたしは彼女を傷つけたりしたわけじゃない。あなたのレディは生きてぴんぴんしているわ」それでも牝馬がちっとも納得していない様子だったので、思いきり眉をひそめた。「本当よ。それにこれはすべて彼女が言い出したことなの。彼女は――」

「誰に話しかけているんだい？」

背後から聞こえた質問に驚き、肩越しに振り返ると、サーリー卿が戻ってきていた。ああ、彼はなんて背が高いのだろう。あまりに大きすぎて、わたしの肩のはるか上からこちらを見おろしているよう。もし太陽の下、二人並んで立っていたら、彼の影がわたしを日差しから守ってくれるはずだ。いいえ、よりによっていま、どうしてそんな場面を想像しているの？

「わたしの愛馬によ」そう答えながらも、心ここにあらずだった。サーリー卿の体の大きさは、正確にはどれくらいあるのだろう？　きっとわたしの二倍はあるに違いない。

そこまで考えたブリンナは少し息苦しくなり、サーリーがかぶりを振りながら、ついてきた年長の男性と愉快そうに視線を交わしていたのにもほとんど気づかなかった。

「彼が近侍のセドリックだ。ヤドリギ探しのときに一緒だったのを覚えているだろう？」

「ええ。こんにちは、閣下」ブリンナはつぶやくと、ジョアンから教わったマナーを思い出し、深々と優美なお辞儀を始めようとしたが、すぐにサーリーから肘を取られた。

「彼は騎士だ。領主ではない」サーリーは優しく説明した。

「まあ」顔が真っ赤になるのを感じつつ、ブリンナはためらいを覚えた。だったらこの男性にはどう挨拶をすればいいのだろう？　不安だったが、ただ会釈をして笑みを浮かべると、セドリックも優しい笑みを返してきた。

「閣下、お待たせしました。レディ・サブリナの馬を戻し、セドリック様の馬の準備を整えました」馬屋の少年が新たな馬を連れてきて、先の二頭に加わらせた。

「よし、上出来だ。おまえは仕事が速いな」サーリーは感謝するように少年にうなずくと、ブリンナを扉へといざない、馬屋から出た。彼から輝くような笑みを向けられ、ブリンナはどうにか弱々しい笑みを返したものの、背後からセドリックが引き連れてくる三頭の馬にどうしても注意がいってしまう。

「わたし……」サーリーが馬たちの前で立ち止まったとき、ブリンナはめまいを感じ始めた。でも、次に何を言おうとしていたにせよ、続けることはできなかっただろう。振り向いたサーリーから突然腰に手をかけられ、下唇を噛《か》んでいる間に、ジョアンの愛馬へ乗せられたのだ。ひとたび片鞍にブリンナを落ち着かせると、サーリーはその顔に目をとめ、少しだけ眉を持ちあげた。

「レディ・ジョアン、大丈夫か？　顔が真っ青だ」

「大丈夫よ」ブリンナは甲高い声で答えた。

「まさか馬が怖いんじゃないだろうね？」

「ええ、まさか」あえぐように言う。

「そうだな、もちろんそんなことはあるはずがない。きみはこの馬に乗ってここまでやってきたのだから」サーリー卿は自分を納得させるようにうなずくと、咳払《せきばら》いをして続けた。

「でもそうなら、なぜぼくにこんなに必死にしがみついているんだ？」

その質問にブリンナはしばし目をぱちぱちさせ、ふいに自分の両手を見おろした。サーリー卿の金色のチュニックをひっつかんでいる。というか、生地に傷がつくほど爪を立てている。ひとたび彼が体を離したら、間違いなく馬から転落して死ぬだろうとわかっているからだ。でももちろん、レディ・ジョアンならばこんなことをするはずがない。必死にそう自分に言い聞かせ、こわばった笑みを浮かべながら、チュニックから両手を離して生地の表面に滑らせた。「と……とても柔らかい生地ね、閣下。すごく手触りがいいわ」

「ああ」サーリーはいぶかるような表情になると、ブリンナの腰から手を離し、その場を離れようとした。だが、ブリンナが片鞍から滑り落ちそうになったのに気づいて、すぐに彼女の体を受け止める。「すまない。てっきりもう足を固定したのかと思っていた」そうつぶやき、ふたたびブリンナの体を鞍の上に戻した。

ブリンナはあえぎながら、スカートの下で必死に片足を動かして、馬の脇腹を探った。サーリー卿の言う〝足を固定〟するものがどこかにあるはずだ。その固定具が見つかったはいいものの、足よりもやや高い位置にある。レディ・ジョアンはわたしよりも五、六センチ背が低いから、これは彼女にとって完璧な高さなのだ。つまりブリンナにしてみれば、両脚を少し曲げなくてはいけないことになる。そんなぎこちない姿勢のまま、馬の鞍の上に乗っていなければいけないなんて。それでもサーリーから体を離されると、今回はどうにか馬の上でまっすぐ座ろうとした。彼から手渡された手綱を受け取りながら、弱々しい笑みまで浮かべてみせる。

サーリーが体の向きを変えて自分の馬に騎乗する間、ブリンナは両手でしっかりと手綱を握りしめ、絶対にこれを離してはいけないと自分に言い聞かせた。そのあとすぐ、ついうっかり足元の地面をちらりと見てしまった。恐れていたとおり、地面ははるか下に見える。永遠に足が届きそうにないほど、ずっとずっと下に。気が遠くなり、まるで馬から転げ落ちているかのように地面が迫ってくる錯覚に襲われたため、とっさに目をつぶり、鞍の上で体を一ミリも動かさないようにした。呼吸をするのさえためらわれるなか、必死に頭を巡らせる。出発するとき、馬にはどんな合図をするべきなのだろう？　でも心配する必要はなかった。サーリーが自分の馬を歩かせ始めると、近侍セドリックがあとに続き、ブリンナの牝馬も二頭のあとに続いて歩き出したのだ。

先を行く二人は穏やかなペースを保っているが、それでもブリンナにしてみれば、馬の背中でぐらつく体をまっすぐに保つので精一杯だ。中庭を通り過ぎる間も、手綱に必死にしがみついていた。きっとこの調子だと、城門までたどり着けないだろう――そう考えていたのに、驚くべきことにどうにか城門の前に到着し、少しだけ体の力が抜けてきた。しかし橋を渡って、城をぐるりと囲む広大な大地に出たとたん、サーリーは自分の馬を駆け足にした。

ブリンナの牝馬もすぐにそれにならった。たちまち馬の背中で体が飛び跳ね始める。デコボコ道を走る荷馬車に積まれたカブの袋みたいに激しく揺られているせいで、やがて体じゅうの骨が痛み出した。それでもなお、ブリンナは歯を食いしばり、呪文のように〝あともう少しすれば、これもすべて終わるはず〟と自分に言い聞かせ、必死に馬にしがみついた。

サーリー卿と近侍がこちらを振り返ったときには、すでにもう何時間も経《た》っている気がしてしかたがなかった。どうにか硬い笑みを浮かべ、二人に向かって片手をあげる。ああ、これが重大なマナー違反ではありませんように。

しかし、二人がもう一度前を向くか向かないかのうちに、片足が固定具から外れ、馬の脇腹に沿って体全体がずるずると滑り落ち始めた。気づくと馬から振り落とされ、雪が積もった地面に転げ落ちた——少なくとも自分ではそう思っていた。でも運の悪いことに、手綱が片方の手にしっかりと巻きついているせいで、馬の脇腹からぶら下がったまま引きずられている。手綱のせいだとも気づかないまま、すねを引きずられ続け、なすすべもなく恐怖の叫び声をあげた。当然ながら、ブリンナの金切り声で恐れを募らせた牝馬は、さらに速度をあげて必死に走り始めた。


ロイスが肩越しにレディ・ジョアンの様子を確認すると、彼女が手を振っているのが見えたため、ふたたび体をまっすぐに戻した。馬に乗って出かけようと思いついたのは、レディ・ジョアンを一人にしたかったからだ。いとこのフィリップからは、ジョアンが甘やかされて育った鼻持ちならない女だと聞かされていた。だが、これまで自分の目で見た限りでは、彼女はいとこから聞いた話とまるで違う。ほとんどの時間、口を閉ざしているのは事実だが、それは高慢さからというよりはむしろ、人見知りなせいに思える。実際、ほかの招待客たちと一緒にいるジョアンはいつも萎縮している。当然ながら、彼女のいとこであるサブリナはなんの助けにもならない。ジョアンの素顔が知りたくてこちらが彼女に何か尋ねるたびに、ことごとくサブリナがしゃしゃり出てきて、代わりに答えてしまう。常にジョアンとぼくの間に割り込むように立っているのが、どうにもいらだたしい。一度でいいから、ジョアンが本当の姿を見せてくれるといいのだが。

「彼女はあまり乗馬がうまくありません」セドリックに話しかけられ、現実に引き戻されたロイスは無言のままうなずいた。「どのタイミングでわたしは馬を遅らせ、二人きりにすればいいでしょうか？」ロイスが彼を呼びに行ったとき、あらかじめ要望を伝えておいたのだ。

問いかけに答える前に、背後から突然金切り声が聞こえ、二人はまたしても後ろを振り向いた。レディ・ジョアンの牝馬が、二人の脇を猛スピードで駆け抜けていく。あろうことか、女主人を背後に引きずりながら。いまやジョアンは狂ったように足をばたつかせながら泣きわめいていた。

「なんてことだ」

ロイスが疾走する牝馬を見て息をのんだとき、ジョアンはようやくほんの少し正気を取り戻したらしい。片手に巻きついている手綱をどうにかほどいて、全力疾走し続けている馬から解放された。牝馬がそのまま森の奥深くへ駆け去っていくいっぽう、ジョアンは道の脇にある雪深い地面へ放り出され、姿を消した。

「わたしは牝馬《せ》を追います」セドリックは笑いを噛み殺すように喉から声を振り絞ると、自分の馬を急かして森へ向かった。

ロイスはかぶりを振りながら、自分も笑いそうになって下唇を噛み、ジョアンが姿を消した地点へ馬を進めた。牝馬に引きずられた痕跡が雪の地面に延々と続いていたが、ある地点を境にぷっつり途絶えている。馬の歩みを止めてあたりを見回しても、ジョアンの姿はどこにも見当たらない。どこか面白がる気分が純粋な心配に変わり、馬からおりて、彼女の名前を叫びながら雪深い地面を苦労しながら進み始めた。ところが驚いたことに、雪が柔らかすぎて、あっという間に腰の高さまでずぶずぶと体が沈み込んだ。それでも前に進もうとしたとき、何かにつまずきそうになった。レディ・ジョアンだ。慌てて前かがみになり、彼女を覆っている雪をむき出しの両手で振り払って、ふわふわの雪のなかに埋もれていた体を引きあげた。自分の曲げた膝にレディ・ジョアンの頭を休めさせて、声をかける。

「レディ・ジョアン？」閉じたままのまぶたと氷のように青くなった頬に視線を走らせると、ジョアンは片目だけ開け、もう一度閉じると低くうなった。「大丈夫？　傷はないだろうか？」

「傷ついたのはわたしのプライドだけ」ジョアンはつぶやくと両目を開け、顔をしかめてすなおに認めた。「助けてもらうより、恥ずかしさのあまりこのまま死んだほうがまだましだったわ」

ロイスはその言葉にまばたきをすると、ゆっくりと笑みを浮かべて尋ねた。「どこか痛むところは？　骨は折れていない？」


「大丈夫」ブリンナは重々しいため息をついた。「でもスカートのなかに雪が入ったせいで、お尻が氷の塊みたいに冷たいの」

そのとたん、サーリー卿が信じられない言葉を聞いたかのように目を見開いたので、心配でたまらなくなった。きっとレディはヒップを表現するときに〝お尻〟なんて言葉は死んでも使わないものなのだろう。というか、そもそもお尻の話なんてしないのかもしれない。ジョアンからいろいろ教え込まれたけれど、お尻、あるいはそれに相当する体の部分をどう表現するかまでは教わらなかった。ただ彼の反応を見る限り、やはり不適切な言葉を使ったに違いない。気の毒に、サーリー卿はいまにも窒息しそうな顔をしている。

ブリンナは彼の腕のなかで体を起こすと、がっちりした背中に手を回し、気遣うように軽く手で叩《たた》いた。でも次の瞬間、気づけば外套《がいとう》の下のシャツを両手でつかんでいた。彼がいきおいをつけて、雪のなかからブリンナの体を引きあげ、やっとの思いで立ちあがったのだ。サーリーはあらかじめ雪をどけていた小さな空き地に彼女を立たせると、すぐにスカートの雪を払い始めた。その合間もブリンナはあることに気づき、彼の真意をはかりかねていた。

サーリー卿はわたしを見ようとせず、しかも顔を真っ赤にしている。彼は怒っているのだろうか？　それとも、きまり悪さを感じているせい？　どちらか決めかねているうちに、彼は背筋を伸ばし、咳払いをした。

「さあ、これで具合はよくなったかな？」

ブリンナは少しためらったがドレスのスカートを大きく一度揺らし、それから下半身をよじらせて、スカートのなかに入っていた雪を地面に落とした。どうにかスカートがふんわりと垂れるようになると、顔をしかめて肩をすくめた。「着替えをするのが一番みたいだわ」

「そうか」サーリーはため息をついた。ブリンナと二人きりになる計画はここで中断しなければいけないと理解したようだ。「だったらすぐに戻るのが一番だね」

彼はブリンナの腕を取り、自分の馬の前まで連れていった。先に乗ると腰をかがめて、彼女の体をいっきに馬の上に引きあげ、自分の前に座らせる。それからブリンナの腰に片手を巻きつけ、もう片方の手で手綱を握った。

彼の腕にしがみつきながら、ブリンナはなんとか体の力を抜き、もう一度こうして馬に乗らなければいけない事実を頭から追い出そうとした。馬がメントン城のほうに向き、戻り始めようとしたとき、ブリンナは何かを聞きつけた。聞き慣れない物音だ。

「何かしら?」

サーリーは馬を止めると、ブリンナのほうを一瞥《いちべつ》した。さらに周囲を見回したとき、ブリンナがつい先ほど耳にした、くぐもったような物音に気づいた。何者かが早口でしゃべっているように聞こえる。少しためらったあと、サーリーは馬の向きをもう一度メントン城とは反対の方向へ戻し、先へ進むよう急かした。すると、角を曲がったところの雪道の脇に、荷物をいっぱい積んだ馬車が一台停《と》まっていた。最初は誰もいないように見えたが、荷馬車の後部で一人の男が背筋をまっすぐに伸ばしていた。困ったようにかぶりを振りながら、小声でぶつくさこぼしている。

「何か問題でも?」サーリーが声をかけると、男は驚いたように二人を一瞥し、馬車の前へやってきた。

「申し訳ありません、閣下。わたしの荷馬車が邪魔をしましたか?」

「いや、そうじゃない。きみはすれ違う馬車が通れるようにと、じゅうぶんすぎるほど馬車を道の脇に寄せている。立ち往生しているのか?」

「そうなんです」男はため息をついて自分の荷馬車をちらっと見た。「ほかの人たちが通れるよう、じゅうぶんな距離を空けて馬車を停めようとしたら、道の脇へ寄せすぎました。馬車が傾いて滑り落ち、わだちにはまり込んだんです。いまは押しても引いても動きません」

背後でサーリーが身じろぎをするのがわかり、ブリンナが顔をあげたところ、彼の瞳には決然たる色が宿っていた。「マイ・レディ、ここで待っていてほしい。すぐに戻るから」そう言うと、彼は馬からおりた。

ブリンナはためらいながら、彼の愛馬の鞍を握りしめた。体の下で、馬が落ち着きなく身じろぎしている。そろそろと鞍からおりると、荷馬車の近くにいる二人に近づき、声をかけた。「わたしも手伝いましょうか？」

その質問を聞いた男性たちはいっせいに顔をあげ、ブリンナを一瞥した。驚いたように笑みを浮かべながらも、すぐにサーリーが答える。「いいや、レディ・ジョアン、馬車から離れて立っていたほうがいい。すぐにこいつを持ちあげ、道の上に戻すから」

ブリンナは下唇を噛んでうなずき、歩いて荷馬車から離れながら考えた。きっとレディなら、こんな問題に首を突っ込もうとはしないものなのだろう。彼女がじっと立って見守るなか、男性たちは荷馬車を引きあげる手順を決め、作業に取りかかった。サーリーが片方の肩に荷馬車の端を担ぎあげ、男性が先へ進むよう馬たちを誘導している。馬車はほんの少しだけ前に出たが、サーリーが凍った地面に片足を取られたとたん、すぐに深いわだちへ逆戻りしてしまった。サーリーがふたたび体勢を整えている間、ブリンナはもう我慢できなくなった。これ以上自分を抑えられない。やるべき仕事が目の前にあるというのに、助けもせずに傍観しているのには慣れていないのだ。レディらしいふりをするのをあきらめ、早足で前に進むと、二人に力を貸そうとした。

サーリーがすぐに体を起こし、警告するような顔つきになる。「ジョアン、だめだ。あっちで待っていてほしい。これはレディがするような仕事じゃない」

「このお方の言うとおりです、マイ・レディ。お申し出には感謝しますが、ご遠慮いただいたほうがいいかと……。けがをされるかもしれません」

ブリンナはあきれたように目玉をぐるりとさせた。この二十年、厨房《ちゅうぼう》で重たい深鍋や大樽《おおだる》を運んでいたせいで、腕力には自信がある。もちろん、この二人はそんなことなど知るよしもない。それにこちらから教えるわけにもいかない。だから顎をぐっとあげて、こうつぶやくだけにした。「大丈夫。わたしは見た目よりも強いの。それにわたしなんて大した力になれないかもしれないけれど、あなたたちにはいま、わずかな助けでも必要なように思えるから」止められる前に、すばやく肩を荷馬車の下に滑り込ませると、片眉をつりあげて二人を見た。「さあ、用意はいい？　一、二の三で持ちあげましょう」

男性二人はちらっと目を見交わすと肩をすくめ、説得をあきらめた。そして自分たちも所定の位置につくと、ブリンナのかけ声とともに荷馬車をわだちから引きあげようとした。

ブリンナは氷が張った地面にかかとをめり込ませ、全身の体重をかけて馬車を前へ押し出した。たちまち感じたのは、ここ数日間だらだらと過ごして、緩みきった筋肉が引き絞られていくような感覚だ。男性たちと一緒にうなり声をあげているうちに、とうとう荷馬車が前へ進み始めた。最初はほんの数センチだったが、やがてもう数センチ、さらに数センチという具合に、ゆっくりとだが着実に進み、ついにはもとの道に戻った。荷馬車がわだちから抜け出したとき、はずみでブリンナは地面につんのめりそうになったが、手を伸ばしたサーリーがとっさに腕をつかんでくれたおかげでことなきを得た。

「やった！」ブリンナは歓声をあげ、サーリーににっこりほほ笑むと、早足で戻ってきた荷馬車の御者のほうを向いた。

「本当にありがとうございます、閣下。そしてお嬢様も」彼は感激したように感謝の言葉を口にした。「わたし一人だけだったら、すっかり途方に暮れていたでしょう」

「どういたしまして」サーリーが答えた。「これから城へ向かう道では、必ずまんなかを走るようにするんだぞ」

「肝に銘じておきます、閣下」男性は帽子を取ると、二人に向かってすばやくお辞儀をして、馬のひづめを響かせながら立ち去った。

荷馬車が道の角を曲がって姿を消すのを見送りながら、ブリンナは体をまっすぐにして言った。「なんだか……とっても楽しかったわ」

「楽しい？」サーリーが疑うようなまなざしになる。

「ええと……楽しいという気持ちとは少し違うかもしれない」ブリンナは不安を感じながら認めた。「でも仕事がうまくいくと、満足感のようなものを感じるの」

彼は真顔でうなずいたが、ブリンナに視線を移して顔をしかめた。「ドレスが台無しだ」

ブリンナは無関心な目で自分の体を見おろした。でもこうして見てみると、ドレスはぐっしょりと濡《ぬ》れているうえに、いまではあちこちに泥はねまでついている。「ただの泥だわ。洗えば汚れも落とせるでしょう」そう軽く請け合うと、サーリーに視線を戻した。彼は両眉を思いきりつりあげている。

「きみは本当に驚くべき女性だね、レディ・ジョアン。馬から転落して全身雪まみれになっても泣き出したりしなかった。ドレスが台無しになって髪もめちゃくちゃになったのに、文句一つ言わず、馬たちに八つ当たりすることもない。どうにか自分の足で立ちあがり、自分の手でドレスについた雪を払い落としてようやく、〝着替えをするのが一番みたい〟と言ったんだ」

「いいえ、わたしを立ちあがらせてくれたのはあなたよ」

ブリンナがからかうように言うと、サーリーは笑みを浮かべた。「そのあと雪道で立ち往生している馬車に出くわし、ぼくが持ち主を助けるために馬を止めても、きみは泣き言一つ言わなかった。本当は一刻も早く城へ戻って、着替えをして、暖かな暖炉の前でゆっくりしたかったはずだろうに。そのうえ、きみは相手に文字どおり肩を貸して、荷馬車を引きあげる手助けまでしたんだ」

「そうね」ブリンナは心のなかでこうつぶやいた――わたしのそういう行動は、さぞ高貴なレディらしからぬものだったに違いない。「ほとんどのレディはそんな振る舞いをしないはずだわ。そんな……おてんばなまねは」

〝おてんば〟という言葉は恐る恐る口にした。幼いころ、アギーからよく〝おてんばさん〟と呼ばれていたけれど、本当は〝おてんば〟がどういう意味なのかよくわからないからだ。

「おてんばだって?」サーリーが笑いながら低い声で言った。やはり、これは使うべきではない言葉だったのだ。そうブリンナが確信したとき、彼はつけ加えた。「ちっともおてんばな振る舞いなどではない。むしろ自分よりも他人のことを考えた、思いやりのある振る舞いだ。鼻持ちならない小娘だという噂《うわさ》とは正反対の態度だよ」

「誰がそんなことを?」ブリンナは強い調子で尋ねたが、すぐに思い出した。もちろん、サーリー卿が話しているのはわたし自身ではなく、レディ・ジョアンのことだ。

「ぼくのいとこのフィリップ・ラッドファーンだ」ブリンナがあいまいな表情になるのを見て、彼は言葉を継いだ。「数週間前にレイセム家を訪問しただろう?」

「え……ええ、もちろん覚えているわ」

「きっとフィリップは、内気であまりしゃべらないきみを見て、お高くとまっていると誤解したんだと思う。それに……甘やかされている、ともね。実際フィリップからは、きみが手に負えない厄介な女性だと言われていたんだ」

「本当に？　それなのに、どうしてあなたはメントン城にやってきたの？」ブリンナは興味を引かれて尋ねたが、ふいにあることを思いつき、目を見開きながら続けた。「もしかして婚約を破棄するためにここへ？」

もしそうなら、それほど好都合なことはない。彼が婚約解消のためにここへやってきたとすれば、これまでのわたしの数々の失態が、そう言い出す機会を彼から奪っていたのかも……。

「いや、違うんだ。ぼくには婚約破棄が許されていない。ぼくの領民たちの運命は、きみの持参金にかかっているから」彼はふいに口をつぐみ、後悔するように目を見開いた。

「ああ、ぼくが言いたいのは――」

「いいの」しだいに彼が罪悪感に駆られた顔に変わるのを見て、ブリンナは慰めようと答えた。「あなたが持参金を必要としていることはもう知っているもの」

サーリー卿は大きなため息をついた。ちっとも慰められた感じには見えない。「ああ、その持参金がないと、次の春、領民たちにじゅうぶんな給金を支払えなくなりそうなんだ」

「だったらあなたは、彼らが必要としているお金を支払うために、自分にできる精一杯のことをしようとしているの？　あなた自身の希望を後回しにして？」

「ああ……」サーリーはブリンナの腕を取ると、自分の馬へといざなった。「それがぼくら貴族の責任というものだろう？　領民たちを気にかけ、できる限りの努力をして、彼らの欲求を満たしてやることが」

「貴族のなかには、そんなふうに考えない人もいるわ」ブリンナは優しい声で指摘した。

「そうだね、なかには、領民たちに虫けら程度の敬意しか払おうとしない貴族もいる」彼は顔をしかめた。

「でもあなたは違う」

サーリーはブリンナがきっぱりと言いきったのを聞いて驚いたようだった。ブリンナは肩をすくめて続けた。「だって貴族のなかで、わざわざ貧しい農民に助けの手を差しのべる人はめったにいないもの」

彼は苦笑した。「たしかに」

「でも、わたしが聞いた話によれば、あなたはほかの貴族たちとは本当に違うみたいね。先代が領地の管理を怠ったせいで生み出した損害を、自分の手でなんとか穴埋めしようとしているんでしょう？」

サーリーは答えようとしなかったが、顔をしかめた。

ブリンナは続けた。「それに、あなたはとても働き者だという話も聞いたわ。使用人たちと一緒に働くのもいとわずに、自ら領地を立て直そうとしているのよね？」

サーリーは身構えるような顔つきになったが、それでもうなずいた。「ぼくは自分がやるべきことをやっている。懸命に仕事することを恥じてなんかいない」少したためらったが、ふたたび口を開いた。「夫が使用人たちと一緒に仕事をすることに戸惑いを覚えるレディがいるのは知っている。だが――」

「とても立派なことだと思うわ」ブリンナはサーリーをさえぎった。彼の顔に浮かんでいる気遣わしげな表情を取り払ってあげたい。傍目《はため》にもわかるほどこわばっていたサーリーの全身からようやく力が抜けたのを見たとき、本物のジョアンは彼が仕事をしているのを苦々しく思っていたことを思い出して、突然心配になった。しかし、その心配を募らせる間もなく、向き直ったサーリーから両手を取られた。

「ぼくにはあの持参金が必要だ。ぼくの領民たちのために、どうしても必要なんだ。それに正直に言えば、たとえきみがおばあさんでも、少女でも、とにかく結婚しようと考えていた――領民たちが食べるものに困らず、安心して暮らしていくために」その言葉を聞いたブリンナが目を見開くのを見て、顔をしかめたものの、彼は続けた。「だがきみは普通のレディとはまるで違う。きみは自分の持てるものを惜しみなく与えようとする女性だ。まわりに助けを求めている人たちがいれば、どんなものであれ、彼らが必要としていることをして役立とうとする。実際、持参金うんぬんは関係なく、きみのことがもっと知りたいんだ。本気だよ。それに、きみのようなレディを妻に迎えられたら、ぼく自身も領民たちもこれほど幸せなことはないと考え始めている。ジョアン、ぼくたちはきっと一緒にうまくやっていけるだろう」

ジョアン。その名前を聞いた瞬間、鋭い切っ先で胸を刺されたような衝撃を覚えた。わたし自身、彼となら二人一緒にうまくやっていけるだろうと思い始めていたのだ。でも残念ながら、サーリー卿が結婚しようとしている相手はわたしではない――そこまで考えたところで思考は停止した。突然彼が顔を近づけてきて、低い位置にある冬の太陽の日差しをさえぎり、唇を重ね合わせてきたからだ。

熱い。ブリンナは最初にそう感じた。身を切るような寒空の下、自分の唇はひどく冷たくて、寒さにこわばってさえいるのに、サーリー卿の唇は温かく柔らかい。唇を横に滑らせながら巧みなキスを繰り返され、ふと気づくと、ため息とともに口を開き、彼の舌を迎え入れていた。サーリー卿はわたしの味わいをめいっぱい堪能しようとしている。

このキスがあっという間に終わるのか、何時間も続くのか、いまの自分には知るよしもない。こうして唇と舌を重ね合わせ、その感触を楽しんでいると、時間なんてなんの意味もないものに思えてくる。ぴりっとした麝香《じゃこう》のような、サーリー卿の香りに溺れてしまいそうだ。できることなら、このキスを永遠に続けていたい。だから彼がキスを終えたときは、思わず大きなため息をついてしまったほどだった。ようやく目を開けると、サーリー卿は冷たい指先を頰に滑らせながら、やや面白がるような表情でこちらを見つめていた。

「きみはぼくが思っていた女性とはまるで違う。本当のきみは、咲きたてのバラのように愛らしくて、甘やかな香りがする。それに何より、きみは自分よりもほかの人のことを大事にする。きみのようなレディとの結婚はもちろん、そういうレディに出会えるとさえ、まったく思いもしていなかったんだ」

　サーリーはふたたび腕のなかにブリンナを引き寄せ、もう一度熱っぽい口づけをした。ブリンナの呼吸を奪い、くらくらとさせるようなキス。ブリンナは彼の服を弱々しくつかむことしかできなかった。

　やがてサーリーは唇を離し、にっこり笑った。「そろそろ戻ったほうがいい。そうしないと、みんな、ぼくたちに何があったのかと不思議に思うだろう」

「ええ」ブリンナは消え入るような声で答え、サーリーから差し出された手をすなおに取って、彼にいざなわれて馬のほうへ戻り始めた。いまはただひたすら、地の果てまでも彼についていきたい気分だった。

「なんてこと！」

　ブリンナが寝室の扉を閉め、声のするほうを振り返ると、ジョアンが暖炉脇の椅子から立ちあがって駆け寄ってきた。ブリンナの服を身につけている。ジョアンが寝室にいたのはやや意外だった。普段の彼女は、夜遅くなるまでここに戻ってこないからだ。しかも、泥棒のようにこっそりと寝室へ忍び込み、何も話さないままベッドへ入って、翌朝になると何事もなかったかのように振る舞っている。きっと、今日はいとこがめずらしくこの部屋にいたからだろう。具合が悪いサブリナを気にして、ジョアンは一日この部屋から離れなかったのかもしれない。いっぽうで、今日ジョアンがここから出ていかなかったのは、普段何をしているのかサブリナに知られたくなかった可能性も考えられる。どうやらレディ・ジョアンは何か秘密を抱えているようだ。

「その格好、どうしたの?」ジョアンは大声で叫ぶと眉をひそめ、びしょ濡れになった自分のドレスを見つめた。「全身ずぶ濡れじゃないの。彼にいったい何をされたの?」

「彼は何もしていません」ブリンナはすぐにジョアンを安心させた。「わたしがあなたの馬から落っこちて、そのせいで――」

「わたしの馬から落ちたですって?」ジョアンは金切り声をあげ、ブリンナをさえぎると、不安げに尋ねた。「あなた、乗馬なんかできないでしょう?」

「はい。だから落っこちたんです」ブリンナはそっけなく答えると、ベッドの足元にある収納箱のほうへ歩いた。

事情を理解するのに一瞬かかったが、ジョアンは突然すっと目を細めた。「まさか、彼と二人きりで外出したわけじゃないわよね？」

「もちろんそんなことはしていません。彼の近侍が付き添ってくれました」ブリンナはそう答えながら収納箱に並んだドレスをより分け、一枚のドレスを手に取るとまっすぐに伸ばし、不機嫌もあらわにジョアンのほうを振り返った。「もうそろそろ、あなたがあなた自身に戻るべきだと思います」

ジョアンは目をぱちくりさせた。「いったいなんのために？」

「それは……」ブリンナは顔を背け、濡れたドレスを脱ぎ始めた。「あなたは結婚なさるんです。本当の彼を知る必要があります」

ジョアンは顔をしかめた。「そんなこと、ありえない。わたしは彼とは結婚しないつもりよ。あんな田舎者と結婚するくらいなら、修道院へ行くわ」

「彼は田舎者ではありません」ブリンナはドレスをベッドの上に脱ぎ捨て、歯を食いしばりながら抗議すると、顔をしかめてジョアンを見つめた。「彼はとてもすばらしい男性です。あの人と結婚するのはいいことだと思います」

ブリンナの不機嫌そうな表情と態度を目の当たりにして、ジョアンは目を見開き、さらに驚いたように目を丸くした。「あなた……彼のことが好きなのね」

「違います」ブリンナはぴしゃりと答えた。

「いいえ、そうに決まってる」ジョアンは面白がるように言い張ると、頭を傾け、ブリンナに優しい目を向けた。「だってここへ入ってきたとき、あなたの顔はピンク色に染まっていたし、どこか夢見るような表情を浮かべていたわ。ねえ、あなたは彼に恋をしているんでしょう？」

ブリンナは顔を背けた。本当は、頭のなかがサーリー卿でいっぱいだ。彼のがっちりした体を押しつけられた瞬間や、唇を重ねたときの記憶を思い返さずにはいられない。そう、わたしはこの部屋へ戻ってきたとき、夢見るような表情をしていたに違いない。実際ジョアンに叫ばれるまで夢見心地で、彼女の存在にも気づかなかったのだ。それに認めざるを得ない。わたしはサーリー卿になすすべもなく惹《ひ》かれている。惹かれないはずがない。だって彼は罪深いほどハンサムで、年代物のスコッチウィスキーのように豊かで深い声色の持ち主だ。しかも、彼のキスの巧みさときたら！　さらに悪いことに、サーリー卿は善良な男性なのだ。もちろん、彼がどんな人なのかは前もって聞かされていた。ただしそれは、ジョアンとサブリナが彼の欠点について勝手にあれこれ言っていただけ――こちらにしてみれば、彼女たちが口にしていた事柄が欠点には思えなかったけれど。領民を助けつつ一緒に仕事に励んでいるという事実は、サーリー卿が彼らの生活を少しでもよくしたいと考えているいい証拠だ。実際、彼は自分のことよりも領民たちのことを優先させている。結婚に関してさえも、その姿勢を崩そうとしていない。まさに尊敬に値する男性だ。

それ以外にも、サーリー卿はわたしにいつも優しい態度を心がけてくれている。けっして〝マナーを知らない田舎者〟でも〝片田舎に住むまぬけ男〟でもない。少なくともわたしには、そんなふうには思えない。だって、サーリー卿はわたしを大切に扱ってくれている。クリスマスの朝以来ずっと、ミサのときにもそれ以外のときにもわたしのそばにいてくれている。サブリナからあれこれ干渉されているにもかかわらず、いつも彼に守られているという安心感があった。しかも森でキスされたとき、こちらが少なからず反応してしまったのに、サーリー卿はつけ込もうとしなかった。つけ込もうと思えば、そうできたはずなのに。わたしはドレスのスカートを持ちあげることまで許したけれど、彼はたった数回のキスしかしようとしなかったのだ。というか、そもそも彼が、あの場でわたしにつけ込めることに気づいていたかどうかも疑わしい。でもともかく、彼がその事実を自分のいいように利用しなかったことに変わりはない。

そう、サーリー卿は本当に善良な男性だ。いますぐにでも、この心のすべてをかけて彼を愛することができるだろう。けれど、もしサーリー卿にわたしの心を与えれば、永遠に失うことになってしまう。彼はジョアンの婚約者だから。どうしても彼女と結婚する必要があるから。結婚しないと、彼の領民が喉から手が出るほど必要としているジョアンの持参金を失うことになるから。

彼がそんな事態を許すはずがない。わたしには痛いほどそれがわかる。サーリー卿は絶対に、義務を果たさないままほったらかしにするような人ではない。昔から知っている間柄ではないけれど、サーリー卿が自分の責任を真摯に受け止めている男性だというのはすでにじゅうぶんわかっている。彼の領民がジョアンの持参金を必要としている以上、サーリー卿は目的達成のために結婚するだろう。つまり、わたしには、サーリー卿を自分のものにする希望のかけらもないということだ。もはやこの茶番劇を続けることなんてできない。自分の心を犠牲にする危険は冒せない。悠々自適の余生を送るアギーの姿を見たいのは山々だけれど、もうこれ以上こんなことを続けるつもりはなかった。一刻も早くこんな計画はあきらめ、この結婚を受け入れるようジョアンを説得しなければ。そのためにはまず、サーリー卿がマナーも知らない無骨な田舎者ではないという事実を、ジョアンに認めさせる必要がある。誰かが彼女に吹き込んだに違いない、彼の間違った印象を消し去らなければ。

「サーリー卿がとんでもない田舎者だとあなたに教え込んだのは誰なんです?」ブリンナがきっぱりした口調で尋ねると、ジョアンは突然不安げな表情になった。

「誰かって?」ジョアンはぼんやりと繰り返すと、肩をすくめた。「サブリナよ。彼女はここへやってくる旅の途中、わたしのためにいろいろな人に質問をして、彼についての情報を集めてくれたんだもの」

ブリンナは疑うように目を細めた。「でもわたしがあなたの侍女になったあの日、彼女はサーリー卿が田舎者だとは一言も口にしていませんでした。ただ、彼が少しでも現状をよくするために一生懸命働いていると言っただけだったのでは？」

　ジョアンは肩をすくめ、視線をそらした。「だったら、ほかの誰かがそう言ったのね」

「それがフィリップ・ラッドファーン卿である可能性はありますか？」ブリンナは言葉を選びながら尋ねた。ジョアンがぎょっとし、罪悪感と驚きの入り混じった表情で目を見開くのを見て、心ひそかに勝利感を覚えずにはいられない。「やっぱり彼なんですね？　彼はあなたたち二人にわざと間違った印象を植えつけようとしています。レイセム家を訪ねたときには、あなたにサーリー卿がマナーもわきまえない田舎者だと吹き込みました。いっぽうでサーリー卿には、あなたのことを――」

　ブリンナが突然口をつぐむと、ジョアンはまなざしを険しくした。「わたしのことを、彼にどう話したの？」

「いえ、それが……」今度目をそらすのはブリンナのほうだった。「よく思い出せません」

「嘘おっしゃい。彼はなんと言ったの？」

　一瞬ためらったが、ブリンナは心を決めた。ここはアギーの教えに従おう。そう、アギーはいつもこう言っている。〝すごく困った立場に立たされて、どうしたらいいのか、何を言えばいいのかわからなくなった場合、一番いいのは正直な態度を取ることだよ〟

「彼はサーリー卿に、あなたが甘やかされて育った鼻持ちならない娘だと話したそうです」

「なんですって？」ジョアンは一瞬血の気をなくし、真っ青な顔になったが、やがて激しい怒りに顔を真っ赤にした。「どうしてそんな――」そこで突然ブリンナのほうを向き、扉に向かい始めた。「早く着替えて階下へ戻って。それと、今後は二度と乗馬をしないこと。サーリー卿と二人きりになるのもだめよ。彼の近侍はどう考えても付き添い役として適切ではないわ」そう言うと、部屋から足早に出ていき、扉をかちりと閉めた。

4

「さっきよりも上達した気がする」

「そんな」ブリンナはサーリー卿《きょう》の体に両手でしがみついたまま、乾いた笑い声をあげた。

いまは細く鋭い刃がついた靴を履いて、転ばないようにと腰を支えてくれているサーリー卿と一緒に、凍った湖の上をそろそろと歩いているところだ。サーリー卿からぜひ一度試すべきだと言われた鋭い刃のついた靴は〝スケート靴〟、そしてこれは〝スケート〟という競技らしい。なんでもサーリー卿は、北欧諸国を旅している間に、このスケートなる運動方法を学んだという。ブリンナに言わせれば、これほど愚かしいスポーツはなかったけれど。サーリー卿が紐《ひも》を手際よく結んでくれた革製のブーツは柔らかいが、ひどく尖《とが》った刃がついている。こんな靴を履いて、凍った湖面で体のバランスを取ろうとするなんて。どう考えてもすぐに転倒し、骨を折るのがおちだ。

あの乗馬から戻ってきた日以来、サーリー卿から、一緒にスケートをやってみようと熱心に誘われてきた。今日まではどうしてもその気になれなかったが、こうして試すことに決めたのは、ひとえにサーリー卿を喜ばせてあげたかったからだ。気づくと最近、彼を喜ばせてあげたい一心で何かをすることがどんどん増えている。我ながら自分が心配になるが、いまは深く考えないようにした。

「彼の言うとおり、あなたはうまくなってるわ！」そう叫んだのは、凍った湖面の脇に立って二人を見ているサブリナだ。二人が通り過ぎたとき、先のサーリー卿の言葉が聞こえたのだろう。彼女は明るく大きな声で言った。「少なくとももう叫び続けていないもの」

冷やかされても、ブリンナは屈託なく笑い声をあげた。ここ数日、サブリナは前よりもずっと肩の力を抜いた気がする。病気はすぐに治り、あの乗馬の翌日からすぐに付き添い役として復帰したが、それまでとは違う態度を見せるようになった。もちろんブリンナから離れようとせず、どんな場所へもついてくるが、もはやほかの人たちと談笑するのを必死に止めようとはしない。〝ほかの人たち〟のなかにはサーリー卿も含まれている。散歩しているときも、ちょっと座っておしゃべりをするときも、以前のように彼とブリンナの間に割り込んで邪魔しようともしない。きっと自分が病床に伏せっていた丸一日、すでにサーリー卿とブリンナが二人きりで過ごしたことを考慮し、もう問題は起こらないと考えたのだろう。

「少し前から体が震え始めたね」サーリー卿が耳元でささやいた。「ここにやってきてからかなり時間が経《た》っている。そろそろ城へ戻って体を温めた方がいいだろう」

「ええ」ブリンナは彼にいざなわれ、サブリナがいる方向へ体の向きを変えた。「どのみち、もうすぐディナーの時間だわ」

城へ戻ると聞き、サブリナは安堵《あんど》した様子だった。いくら説得しようとしても、サブリナは〝あんなに鋭い刃がついた靴〟は無理だと言い張り、湖面の脇に立って、ブリンナがぎくしゃくした滑稽な動きでさんざん苦労している姿をじっと見守っていた。それはそれで面白かったはずだろうが、さほど元気がないのは、やはりサブリナも体が冷えて、早く城に戻って体を温めたいと考えているせいだろう。彼女は二人がスケート靴を脱ぐのを辛抱強く待ち、ともに城へ戻る間も、〝レディ・ジョアン〟が氷の上であたふたしていた様子をからかっていた。

城へ戻ると、思った以上にディナーの時間に遅れてしまったようだった。ブリンナとサーリー、サブリナが大広間に足を踏み入れると、すでにほかの者たちはテーブルに着いていたのだ。それまで、その日のブリンナの有様について笑い合っていた三人だが、遅刻したことにいやおうなく気づかされ、ふいに口をつぐんだ。といっても、すでに着席していたほかの人びとは、三人が入ってきたことにも気づかなかっただろう。大広間は興奮したような話し声や笑い声にあふれていた。三人が到着したのに気づいたのは、レディ・メントンだけのようだった。

申し訳なさそうな視線を女主人に送り、三人は早足で一番手近にあった空席に腰をおろして、どうにか体を割り込ませた。つまり、一段低いテーブルを囲んでいる騎士や村人たちと一緒に座ることになったのだ。でもこの状況ならば、それはしかたがないことだろう。おまけに、奥まった場所にある一段高いテーブルはすでにいっぱいのように見えた。

「何かのお祝いの席みたいね」厨房《ちゅうぼう》の扉が開き、六人の使用人の女性たちがぞろぞろと出てくるのを見て、ブリンナは低くささやいた。六人とも、黄金色をしたガチョウの丸焼きのトレイを持っている。

「ええ」サブリナは驚いた様子で同意した。「今朝、レディ・メントンはそんなことは何も言っていなかったはずなのに――」

サブリナが突然言葉を切って大きくあえいだため、ブリンナは彼女を一瞥《いちべつ》した。緊張に引きつったサブリナの顔が、みるみるうちに青ざめていく。ブリンナは眉をひそめ、彼女の片手を優しく叩《たた》いた。「どうかしたの？　また具合が悪くなりそう？」

サブリナはブリンナのほうを向き、口を開いた。だが言葉が出てこない。

「レディ・ジョアン？」サーリー卿から腕に軽く触れられ、ブリンナは視線を彼に移した。

「え？」

「あれはきみのお父上では？」

「父？」ぼんやりと答え、彼から指し示された主賓席のほうを見てみる。

そこに座っている人たちをざっと眺めたとき、なぜ自分たち三人がいないのにテーブルが満席なのかがわかった。メントン卿と、彼の息子ウィリアム、さらには、メントン卿より年配の男性が着席しているからだ。ブリンナは年配の男性の様子を観察してみた。こめかみに白いものが見えているが美しい金髪の持ち主で、がっちりとした体格をしており、明るい笑顔のハンサムな男性だ。どこで出会っても、あの男性が何者かはすぐにわかる。エドモンド・レイセム卿。メントン卿の親友であり、メントン城にもひんぱんにやってくる。彼こそレディ・ジョアンの父親にほかならない。

ブリンナの視線はふいにレディ・メントンに引き寄せられた。彼女は前かがみになって、夫に何かささやいている。するとそのあと、メントン卿とレイセム卿が反対側にいるブリンナをちらりと見た。その一瞬、全身が凍りついた。まるでべたべたしたシロップのなかに飛び込んだ虫のように、座席の上で少しも動くことができない。込みあげる恐怖で心臓が波打ち、呼吸がどんどん速く浅くなっていく。もしレイセム卿が立ちあがり、ここへやってきたらどうしよう？　目の前にいるのが娘ではないと、きっとばれてしまう。そうすれば、ここにいる全員になりすましを知られることになる。でもレイセム卿は立ちあがろうとせず、こちらにわずかに笑みを向け、うなずいただけだった。

脇からサブリナに肘で小突かれ、なんとか作り笑いを浮かべてうなずき返した。笑顔に見えていればいいのだけれど。

「ぼくらのほうからお父上に挨拶しに行くべきだろう」サーリーがそうつぶやき、立ちあがりそうになったが、ブリンナはすぐに彼の腕に手をかけた。

「いいえ、だめよ！　わたし――せっかくレディ・メントンが用意してくださったご馳走《ちそう》を味わう時間を台無しにしたくないわ。父への挨拶なら、あとでたっぷり時間があるはずよ」

サーリーはためらったが、渋々椅子に落ち着くと、苦笑いをした。「仰せのままに、マイ・レディ。これでこのご馳走の理由がわかったね。レディ・メントンは、きみのお父上に歓迎の意を表したかったんだ」

「ええ」ブリンナは上の空でつぶやき、主賓席から視線を引きはがすと、サブリナのほうを向いた。

「ああ、わたしたち、どうすればいいの？」こちらが口を開く前に、サブリナから慌てたように言われ、ブリンナの心は沈んだ。サブリナはあてになりそうにない。

「きみたち、食べないのかい？」

ブリンナは硬い笑みを浮かべ、尋ねてきたサーリーのほうに向き直った。「もちろん、わたしたちもいただくわ」小声で答えるとサブリナに一瞥をくれ、食べるよううながした。

サブリナはうなずくと料理を食べ始めた。だが眉間にしわを寄せたまま体をこわばらせ、落ち着かない様子で主賓席をちらちら見ている。ブリンナはそんな彼女の様子に気づいていたが、自分では絶対に主賓席のほうを見ないようにしていた。うつむいた姿勢を続け、食べている料理から目を離そうとせず、座席でゆっくりと体を小さく丸める。

それはブリンナにとって、いままで食べたなかで最も苦しい食事となった。ジョアンになりすました最初のディナーよりもつらい。何を食べているのかさえわからない。口に入れても、砂を噛《か》んでいるような味しかしなかった。その合間も、心のなかでは自分の尻尾を追いかける犬のように、同じ考えが堂々巡りしている。どうやってこの混乱した状況から抜け出せばいいのだろう？　レイセム卿との顔合わせを避けるために、食事のあとすぐに階上へ行くための言い訳をひねり出さなければ。それなのに、ふと気づくとまったく別のことを考えていた。わたしのレディ・ジョアンとしての日々も、今日でもうおしまいだ。せめてあと二、三日はサーリー卿の熱っぽい注目を浴びていられると思っていたのに。彼のそばにいられるのは、いまこの瞬間が最後になる。せめて――

ブリンナは切ない物思いを振り払った。あれこれ考えていてもしかたがない。どう考えても、サーリー卿がわたしのものになる日は来ないのだ。彼は貴族で、わたしはただの皿洗いメイド。しかもサーリー卿は、ジョアンの多額な持参金を必要としている。わたしには、いまレディ・ジョアンが身につけているすり切れたドレスしかないというのに。それでもクリスマスの日、サーリー卿は神様からの贈り物のようにわたしの前に現れ、人生を明るく照らし、いままで一度も味わったことがないような体験をさせてくれた。それだけに、いまは心がぽっきりと折れてしまったかのよう。しょせんサーリー卿はほかの女性のための贈り物で、自分はもう彼と会い続けることができないと思い知らされたのだから。

「食事は済んだかな？」サーリーは最後のエールを飲み干すとブリンナに尋ねた。

ディナーはすでに終わりつつある。ブリンナたちの周囲でも、低いテーブルに座っている者たちの何人かが立ちあがり、雑用に戻ったり、あるいは、これから始まる吟遊詩人の歌にゆったり耳を傾けようとくつろげる場所を探したりしていた。きっと彼らはすぐに、吟遊詩人の一人よがりのへたな歌が拷問以外の何ものでもないと気づくことになるだろう。わざと食事の時間を引き延ばしていたブリンナでさえ、サーリー卿に取ってもらった料理をすでに食べ終えている――何を食べたかはさっぱり思い出せないけれど。

そのとき、サーリーが口を開いた。「さあ、そろそろきみのお父上に挨拶しに行こうか？」

「わたし……その……」

「そうとも、挨拶しに行くべきだ」ブリンナが口ごもったのを勘違いした様子でサーリーはそう答えると、立ちあがって彼女の腕を取った。

ブリンナは無言のまま、しかたなく彼のあとをついて主賓席に向かい始めた。エールを片手に、座っておしゃべりを楽しんでいる招待客たちの合間を縫うように進んでいく。その間もいらだちながら、どうにかして逃げる方法を考え出そうとしていた。運がよかったのは、いまやほかのおおぜいの客たちがテーブルから立ちあがり始め、列をなしていることだ。サーリーとブリンナも列に並んで、人ごみをかきわけながらゆっくりと前に進まざるを得なくなる。そのときサーリーから手を離されたブリンナは、彼のあとを数歩追いかけたものの突然体の向きを変え、階段のほうへまっすぐ進み始めた。

なんとしても階上にあるジョアンの寝室へたどり着く必要がある。彼女と話をしなければ。とはいえ、いままでジョアンはこの時間に寝室にいたためしがない。というか、もはや自分自身の寝室で眠ってさえいない。最近では、ブリンナがサーリー卿と一緒にミサへ出かけるとすぐに寝室から出て、夜が明けるまで戻ってこないという暮らしが当たり前になっている。それが始まったのは、ちょうどブリンナがジョアンに〝サーリー卿のいとこフィリップが、あなたの悪口を吹き込んでいる〟という話をした日からだ。あの話を聞いたジョアンは怒ったように寝室から飛び出していき、一晩じゅう戻ってこなかった。ようやく戻ってきたのは翌朝、サーリー卿がミサのためにブリンナを迎えにやってくる直前だったのだ。レディ・ジョアンが夜な夜な出歩いている事実に、心配は募るいっぽうだ。でも、ジョアン自身は上機嫌で寝室へ戻ってくるし、満足げに顔を輝かせさえしながら、この茶番劇を続けるべきだと言い張っている。そんなジョアンの姿を見るたびに、サーリー卿にとってよくないことが起きようとしているのではという疑念に襲われた。

でもいまは、一縷《いちる》の望みを抱いて階上へと向かっている。ジョアンが普段どこで過ごしていようと、自分の父親が到着したと聞けば寝室へ戻ってくるはずだ。これでようやくジョアンも、貴族の一員としての本来の役割に戻る気になってくれるだろう。

ロイスは高座にのぼり、レイセム卿の背後から近づいた。礼儀正しい笑みを浮かべながら彼の肩を叩き、振り向いたレイセム卿と目を合わせる。

「やあ、ロイス。久しぶりだな」レイセム卿がすぐに立ちあがると、メントン卿とその息子ウィリアムもそれにならった。「きみがメントン卿や彼の家族と一緒にクリスマスを楽しめていたらいいんだが。最初からきみと一緒にここにいられなくて本当にすまなかった。だがはやりの風邪で、熱や寒気にやられてね」

「ひどく具合が悪かったと聞いています。いまはもう大丈夫なんですか?」

「ああ。完全に体力が回復するには、あと一日か二日かかりそうだが、もう平気だ」

「それは何よりです。お嬢さんとぼくは――」ロイスは話しながら体をやや傾け、背後にいるジョアンのほうを向いたが、口をつぐんだ。驚いたことに、ジョアンの姿がどこにも見えない。「いったい彼女はどこへ――?」目をぱちぱちさせながら困惑したように口を開くと、レイセム卿から肩を叩かれ、苦笑いをされた。

「きみと一緒にここまでやってくる間に、人ごみにまぎれてどこかへ姿を消したんだ」レイセム卿は皮肉っぽい口調で言い、二人がここへやってくるのを見ていたことを明かした。

ロイスはそれを聞いてさらに目を見開いた。「いったいなぜ彼女は――？」

レイセム卿は肩をすくめた。「最後に会ったとき、娘はわたしに反抗的な態度を取っていたんだ。どうやら、わたしはやり方を間違えたらしい。旅の途中で宮殿を訪れるまで、きみとの婚約について一度も話したことがなくてね。突然聞かされたせいであの子はひどく驚き、そんな大事な話をいままでしないなんてとわたしを非難したんだ」

「そうですか」ロイスは考え込むようにつぶやいた。

「それで、あの子はきみに厄介をかけていないだろうか？　もしそうなら申し訳ない」

ロイスはすぐにレイセム卿を安心させた。「いいえ、そんなことはありません。彼女は一緒にいてとても楽しい女性です。というか、どちらかというと、最初はレディ・サブリナに困っていました。最初の数日間、彼女はぼくがお嬢さんと話すことさえ許そうとしなかったんです」

レイセム卿はその言葉を聞いて両眉をつりあげたが、すぐに肩をすくめた。「サブリナはやるべき仕事を与えると、熱心になりすぎるたちなんだ」苦笑いをして、まだテーブルの席に座っているサブリナのほうを見た。「実は、これから彼女に話さなければいけないことがあってね。彼女の父親はこの休暇中もずっと宮殿にいて、娘のために結婚の話を整えたんだ。彼はお見合いの準備をさせるためにサブリナを連れ戻そうと、今回わたしと一緒に家臣の男たちを数人ここへ送り込んできている。もしよければ、失礼してもいいかな？」

「もちろんです」ロイスは脇へどいてレイセム卿が立ち去るのを見送った。ウィリアム・メントンに簡単な挨拶をし、メントン夫妻に今夜のご馳走の礼を述べたあと、ジョアンを捜すべく体の向きを変え、大広間を見回した。そのとき、階段の上に姿を消す彼女がちらりとだけ見えたため中座を断ると、急いであとを追いかけた。


ブリンナは扉を開け、ジョアンの寝室へ入った。でもすぐに誰かの手で胸を押され、廊下へ戻された。ジョアンだ。

「ちょっと確認しなければいけないことがあるの」ジョアンは楽しそうな声で言うと、自分も寝室から廊下へ出た。

「いったい――？」ジョアンが寝室の扉を閉めるのを見て、ブリンナはますます混乱した。だがジョアンは手をひらひらさせてブリンナをさえぎると、すばやく廊下に視線を走らせ、階段近くの物陰にブリンナを引っ張っていった。その間も、階下に集まっている人たちからかたときも目を離そうとはしない。

「今日、お父様が到着したわ」ジョアンは言った。

「はい、知っています。だからこうやって階上《うえ》へあがってきたんです。あなたのお父様を避けるために」

ジョアンはうなずいたが、眉をひそめたまま額を指先でこすった。「おかげで事態が複雑になってしまったわ」

「複雑？」ブリンナは目を丸くしてジョアンを見つめたが、ジョアンはそのことにも気づいていない。

「ええ、父と一緒にわたしの侍女もやってきたの。いまわたしたちの寝室で話していた相手よ」

「あなたの寝室です」ブリンナはきっぱりと言った。「それにわたしにしてみれば、事態はちっとも複雑になんかなっていません。もう計画はおしまいです。あなたは本当の自分に戻らなければいけません。どのみち、それが一番なんです」

　その提案に納得した様子は見せず、ジョアンはかたくなに首を振った。「いいえ、そんなの無理よ。わたしはどうしても――」突然我に返ったように無表情になると、先ほどより冷静な口調でつけ加えた。「いま計画を終わらせる必要はないわ。侍女には、〝まだ病みあがりだし、ここまでの旅で疲れているはずだから、もう少しわたしの寝室で休んでいなさい〟と命じたの。あなたはここの厨房に戻る必要がないし、わたしの侍女も計画を邪魔しない。だから、このままわたしたちの計画を続けることができるわ」

「でもあなたのお父様はどうするんです？」

「いけない、サーリー卿があがってくる」

ジョアンの心配そうな声に、ブリンナは階段を見おろした。たしかに彼がこちらへ向かって階段をのぼってきている！　一瞬心臓が止まりそうになり、ジョアンを見つめた。いまは、二人ともレディ・ジョアンの格好をしているのだ。一緒にいるところを見られるわけにはいかない。「どうすれば――」

ジョアンはいきなりブリンナの体をぐいっと階段へ押し出した。「彼を追い払って。わたしたちが一緒にいるところを、彼に見せてはだめ」

「でもあなたのお父様が――」ブリンナはうろたえながら、ジョアンに抗《あらが》おうとした。

「彼を追い返して！　ほら、早く」

ジョアンがさらに力を込めてブリンナを押し出そうとする。あわや階段から転げ落ちそうになったものの、最後の最後でようやく踏みとどまり、ブリンナはジョアンが隠れている物陰をにらみつけると、早足で階段をおり始めた。

「いったいどこに行っていたんだい？」サーリーは開口一番そう尋ねた。「一瞬前まできみは後ろにいたのに、振り返ったら姿がなかった」

「それは……わたしが……部屋に戻って侍女を出迎えていたからよ」なんとも不器用な嘘だ。サーリー卿が疑わしげに片眉をつりあげているのも当然だった。

「実の父親を出迎える前にかい？」

「わたしが宮殿に残してきたとき、彼女は本当に具合が悪かったから」

「きみのお父上だって同じだ」彼はそっけなく指摘した。

ブリンナは顔をしかめ、口を開いた。「ええ、だけど――」

「お父上から聞いたよ。前もってぼくらの婚約の話を教えられなかったから、かなり怒っていたそうだね」サーリーがさえぎってくれたおかげで、ブリンナはつじつまの合わないことをうっかり口走らずに済んだ。

「ええ、そうよ……」

「たしかに、お父上はきみにもう少し詳しい話を聞かせておくべきだったかもしれない。だが、そのせいできみとの間がうまくいかなくなったことを後悔している様子だった」

「そうね――」

「おまけに、きみはそれほどいやがってはいないんだろう？　つまり、ぼくとの結婚を」

「もちろん、いやがってなんかいないわ」ブリンナはすぐに答えた。

「だったらマナーにのっとって、お父上に挨拶をしに行くべきだ。いまはどこにいるんだろう？」サーリーは階段のちょうどまんなかで立ち止まって階下を見おろし、エドモンド・レイセムの姿を見つけた。サブリナと話をしている。「ほら、あそこにいた。まだきみのいとこと一緒だ。お父上はサブリナの父親からのメッセージを伝えているんだろう」

少しためらい、彼は背後にいるブリンナをちらっと見ると、苦笑いを浮かべた。「サブリナとの話が終わるまで、二人きりにしておこう。待っている間、何か飲み物でも飲むかい？」

「ええ」ブリンナは小さな声で答えると、彼のあとから階段をおり始めた。でも一番下へたどり着いたとき、騎士と厨房の娘がこっそり外へ抜け出す姿を見て、あることがひらめいた。突然足を止めてサーリーの手を引っ張る。「やっぱり、飲まないことにしたわ」

彼が驚いたように振り向く。

ブリンナはサーリーからレイセム卿へ視線を移した。いまやサブリナとの話を終え、こちらを見ている。自分でも、顔から血の気が引いていくのがわかった。「わたし……新鮮な空気が吸いたいの」

サーリーは心配そうに眉をひそめると、ブリンナの体に両腕を軽く巻きつけてきた。

「大丈夫か？　顔が真っ青だ」

ブリンナは近づいてきているレイセム卿から視線を引きはがし、サーリーに意識を集中させて、はっきりと答えた。「いいえ。大丈夫じゃない。熱気のせいよ。すぐに新鮮な空気を吸わなければ、絶対に気を失うわ」

言うべきことはすべて言った。もう時間がない。サーリー卿の肩越しにもう一度ちらりと確認したところ、レイセム卿は人ごみを縫うように確実に近づいてきている。そのとき、サーリー卿が急に体の向きを変え、ブリンナを急《せ》かすように進み始めると、扉から外へ出た。

「気分はよくなったかな？」背後で扉が閉まると、彼は心配そうに尋ねた。

寒い。冬の夜の寒風にさらされ、ブリンナは本能的に両腕で自分を抱きしめながら、中庭を見回した。レイセム卿には、わたしたち二人がどこへ向かったかはっきりと見えていたはずだ。あとを追ってくるのではないだろうか？　こんなところにいたら、出てきたレイセム卿にすぐ見つけられてしまうだろう。どう考えても、ここに突っ立っているのが得策とは思えない。

「馬屋がいいわ」頭を巡らせながらブリンナは言った。馬屋なら、レイセム卿も捜しに来ないのでは？　もしこれほど切羽つまった状況でなければ、絶対に姿を隠すために選びたくない場所だけれど。

「馬屋？」

「なんてすばらしい考えなの」まるでサーリーが言い出したかのように、ブリンナは彼に満面の笑みを向けた。「馬屋ほど居心地よく、快適に過ごせる場所はないもの」彼の腕を取って、外階段をおりようとする。ところがサーリーは何世紀も大地に根を張った老木であるかのように、微動だにしない。体重が軽すぎるブリンナにとって、力強い体躯《たいく》の彼はあまりに重すぎた。「閣下？　一緒に馬屋に来てくれないの？　あそこなら暖かいはずよ」おだてるように言いながら、彼の腕を引っ張った。

大きなため息を一つつくと、サーリーは階段をおり始めた。「きみはさっき、城のなかが暑すぎるから外へ出ないと気絶しそうだ、と言っていたはずだ。それなのにいまは、外が寒いから馬屋へ行きたいって？」

「そうよ、お城のなかは暑すぎたし、外は夜風が冷たすぎるの。馬屋ならちょうどいいはずよ」ブリンナは急かすように、ふたたび彼の腕を引っ張った。「もう少し早く歩けない？」

「きみはついさっき、気を失いそうだったはずなのに」

「ええ、でも運動すれば気分もよくなるから」

聞こえないようにののしり言葉をつぶやくと、サーリーは少し歩調を速め、ブリンナのあとから中庭を横切った。いまやブリンナは馬屋めがけて小走りになっている。

とうとう馬屋にたどり着くと、サーリーは不満げに言った。「これがいい考えだとは思えない」

ブリンナは何も答えず、馬屋の扉を開いてなかへ滑り込んだ。サーリー卿が続いて入ったとき、振り返って彼の背後の様子を確認すると、先ほどまでいた外階段の途中に人影のようなものが見えた。レイセム卿かもしれない。あの階段から、わたしたちが馬屋に入るのを見ていたのかも。一瞬心臓が大きく跳ねた。サーリー卿が馬屋の扉を閉める間に、体の向きを変え、必死に馬屋のなかに目を走らせる。ジョアンの父親が追いかけてきた場合に備えて、どこか隠れる場所はないだろうか？　ずらりと並んだ馬房の列に沿って、さらに奥へと進み始めた。

「何をしているんだ？」サーリーは興味を引かれたように尋ねると、ブリンナのあとからついてきて、とうとう一番奥の馬房へたどり着いた。

「愛馬の様子を確認したくて」真っ赤な嘘だ。

「きみの馬の馬房は扉のすぐ近くだ」彼はそっけなく指摘した。

それを聞いたブリンナは目をまん丸くし、必死に頭を巡らせた。何か別のことをして、サーリー卿の気をそらさなければ。その一心で突然体の向きを変えると、彼のチュニックを引っ張って引き寄せ、爪先立ってその唇にキスをした。それしか思いつけなかったのだ。思えば、サーリー卿からキスをされると、いつだって頭がぼうっとして気もそぞろになり、彼のあとならどこへでもついていきたい気分になる。このキスもサーリー卿に同じ効果をもたらし、彼が質問をやめてくれますように……。

しかし、前に交わした口づけは荒々しくて情熱的だったのに、今回のキスにはそのどちらも感じられない。こちらが一方的にキスしていて、サーリー卿がまるで応えようとしないせいだ。しょせん無駄な努力にすぎなかったのだろう。そう考えて体を引こうとすると、突然彼は体の力を抜いて、反応を返してきた。

ブリンナはほっとしながら体を預け、両腕を彼の首に巻きつけた。このまま猫のように背をそらして、思いきり彼に体をこすりつけたい――そんな奇妙な衝動が生まれている。

それなのに彼は体を引き、ものといたげな瞳でこちらを見つめた。

「気分はどう?」

「いい気持ちよ」ブリンナは甘い声で答えると、小さなため息をついて頭を彼の胸に埋《うず》めた。しかし、次の彼の言葉にすぐ体がこわばった。

「ならば、すぐに引き返すべきだ」

募る不安に大きく息をのむ。

「二人きりでこんな場所にいてはいけない。どう考えても適切なこととは言えないよ、ジョアン」

〝ジョアン〟――ブリンナは無言のまま、彼をじっと見つめた。そう、彼はジョアンのものだ。だけど、いまだけは、彼がわたしのものであるというふりをしたい。ジョアンは気にしないだろう。彼女はロイスを求めてなんかいない。でも、わたしは違う。たった一晩でもいい。ロイスをこの手でしっかり抱きしめたい。その思い出さえあれば、これからの残りの日々をどうにか過ごせるだろう。いつかささやかな小屋で、家事仕事をしながら。

「ジョアン?」

「わたし、不適切なことをしたいみたい」ブリンナがかすれ声でささやくと、サーリーは信じられないという様子で目を見開いた。しばし無言のまま、二人でその場に立ち尽くす。

そしてサーリーは突然低くうめくと、腕のなかへふたたびブリンナを引き戻し、キスを始めた。

　ほとばしるような情熱が感じられる口づけに、へなへなとくずおれそうになる。今回、ロイスはもはや自分を抑えようとしていない。何ものも彼を引きとめられない。ロイスはこのキスを通じて、持てる情熱のすべてをわたしに与えてくれようとしている。両手をドレス越しに胸にかけられた瞬間、ブリンナはすべてを忘れた。

　サーリーはブリンナの背中を馬房に押し当てるとキスをやめ、ドレスの紐をほどき始めた。たちまち襟元が開かれ、シフトドレスを引きおろされ、胸をむき出しにされ、大きくあえがずにはいられない。胸の頂に冬の冷たい夜気を感じたが、すぐに温かな両手で胸のふくらみを包み込まれた。彼は喉の奥からうなるような声を絞り出すとブリンナの胸を持ちあげ、両方の親指ですでに固くなっている胸の頂を刺激し、またしても唇に荒々しいキスを始めた。今度は喉元へキスの雨を降らせたかと思うと、鎖骨をたどり、つんと尖った片方の胸の頂にいきなりしゃぶりついた。

　ブリンナは体をぶるりと震わせ、サーリーの髪に両手を差し入れた。彼の顔を引きあげ、激しくキスをする。今回は彼をまねて自分から舌を口に差し入れ、しばし口づけを堪能した。両手を彼の頭から離してチュニックの下に潜り込ませると、指先をそろそろと筋肉質な体へ滑らせ始めた。両手を思いきり広げて、引きしまったおなかから肋骨《ろっこつ》、胸板の感触を思う存分楽しもうとする。

頭のどこかで、左足のほうからひんやりとした風が這《は》いのぼってくるのを感じていた。でも、それがどういう状況なのかようやく気づいたのは、むき出しの手の感触をヒップに直接感じた瞬間だった。驚きの声をあげる前に、サーリーは片手をブリンナの脚の間に滑らせ、腿の内側を優しく撫《な》で始めた。脚の間にある秘められた部分を彼の手ですっぽり覆われ、なすすべもなくあえぎ、腕のなかで体を弓なりにする。その刹那、サーリーは指を一本、ブリンナの襞《ひだ》の間に滑り込ませて潤い具合を確認すると、すぐに自分の膝を割り込ませ、両脚を大きく開かせた。

どこかから弱々しい泣き声が聞こえている。それが自分の声だと気づいた瞬間、ブリンナはふいに気恥ずかしくなり、彼の肩に頭をもたせかけた。チュニックの下から両手を引き抜いたものの、次にどうすればいいのかよくわからない。すると彼から片方の手を取られ、ズボンの前部分まで引き下げられた。てのひらから伝わってくるのは、硬くてしっかりとした感触だ。体をこわばらせ恐る恐る彼を見ると、その怯《おび》えを感じ取ったのだろう、サーリーはブリンナの脚の間に手を置いたまま、動きを止めた。突然彼の目にためらいの色が宿ったのに気づき、ブリンナは激しく後悔した。ふいに弱気になった自分を蹴飛ばしてやりたい。

「きみは怖がっている。ここでやめるべきだ。そして——」サーリーは何か言いかけたが、衝撃にはっと息をのんだ。ブリンナが突然片手をズボンのなかへ滑らせ、下腹部の肌に直接触れたせいだ。

「干し草のほうへ移りましょう」ブリンナはかすれ声で言うと、うながすように指先に力を込め、サーリー自身を軽く握った。

欲望の波にためらいを押し流され、サーリーはブリンナの太ももの後ろに手を回し、彼女の体を持ちあげた。ブリンナが両脚を彼の腰に巻きつけ、落ちないように足首をしっかりと固定する。サーリーはその姿勢のまま、馬屋の一番奥にいくつか並べられた干し草の山へと彼女を連れていき、その一つに座らせた。二人の目線がちょうど同じ高さになる。サーリーはドレスに手をかけ、さらに下へおろした。その間にブリンナは両脚を彼の腰から離し、自分が座った干し草の山の前に垂らした。ドレスの生地が腰回りまでずり落ちるのも気にせず、体をそらして頭をのけぞらせ、うずいている胸を持ちあげてみせる。

サーリーはすぐ期待に応えてくれた。両手と口を巧みに使って、胸の頂を愛撫《あいぶ》したり、焦《じ》らしたり、なめたり、軽く噛んだり、しゃぶりついたりし、ブリンナの欲望を容赦なくあおっていく。彼が欲しくてたまらず声をあげると、サーリーはふたたびスカートの裾を持ちあげ、その下に両手を滑らせて足首をつかんだ。ふくらはぎから太ももへと両手を這いのぼらせ、スカートを大きくめくりあげて、さらに脚を開くよううながす。ブリンナは大胆な愛撫になすすべもなく興奮をかき立てられ、思わず大声であえぎそうになったが、サーリーが唇でふさいでくれた。無骨な両手が秘められた部分に押し当てられ、彼の下唇を強く吸わずにいられない。サーリーは優しくてのひらを動かすと、試すように襞のなかへ指を一本差し入れた。新たな快感に貫かれたブリンナが背中をそらし、両手でサーリーの両肩を強くつかむ。

そのとき襞の間から指を引き抜かれ、ブリンナは唇を引きはがして、頭を左右に振りながらあえいだ。ふたたびズボンに手を滑り込ませ、やや手荒にサーリー自身をつかむ。

どうしてもこの気持ちを伝えたい――いまわたしが何を求めているかを。彼の肩に歯を立てながら、叫び声をどうにかこらえようとする。すると突然、指のまわりをきつく締めつけていた布地がなくなったのに気づいた。ズボンの前部分が緩められ、解放された欲望の証《あかし》がそそり立っている。ブリンナは見入られたかのように根元から先端までゆっくりと手を滑らせ、干し草の上で体をずらして、サーリー自身の先端に自分の欲望の芯を合わせた。

その情熱にサーリーはついに降参し、自分も体をブリンナのほうへ近づけた。欲望の証にかけられていた手をそっと振り払い、いよいよ次の段階へと進もうとする。ブリンナは脚の間の感じやすい部分に、屹立《きつりつ》したサーリー自身の先端が押し当てられるのを感じた。先ほどてのひらでしてくれたのと同じ優しい愛撫に、思わず体をよじらせたが、サーリーはまだそれを差し入れようとはしない。からかうように、焦らすように、彼自身の先端で欲望の芯を容赦なく刺激され続け、頭がどうにかなりそうだ。そのとき突然、体の奥底で張りつめていた緊張の糸がぷっつりと切れた。初めての感覚に驚き、悲鳴をあげながら、体をさらにのけぞらせて両脚を彼の腰にきつく巻きつける。

サーリーは唇でブリンナの唇をふさぎつつ、そのタイミングを狙って、いっきに欲望の証を差し入れてきた。たちまち貫くような鋭い痛みが走り、ブリンナは体をこわばらせたが、すぐに痛みが消えたため体の力を抜いた。それなのに、サーリーが欲望の証を引き抜き始めたため、彼のヒップに手をかけながら必死に引きとめようとした。

「だめよ」あえぎながら抗議すると、ふたたび完全に満たされ、今度は驚きに目を大きく見開いた。甘い吐息をついて、無意識のうちに体をそらせ、彼に笑みを返そうとする。でもうまくいったかどうかわからない。またしても体のなかで何かが弾《はじ》けそうなのだ。「ロイス……お願い」

「わかった」サーリーは低く答えると、両手をブリンナのヒップの下に滑らせ、彼女の体をさらに浮かせて、より激しく突き入った。繰り返し、何度も。

「ジョアン？」

ブリンナは目を開けてため息をついた。甘いひとときがこれほど早く過ぎ去るなんて、残念でたまらない。二人は先ほど愛の行為を終えたところだ。こちらからうながした、熱く激しい睦《むつ》み合い。彼は勝利のおたけびをあげながら、この体の奥底へ種を蒔《ま》いてくれた。

そのおたけびの激しさに、馬房にいる馬たちが落ち着きなく身動きをし、不安そうにいななくほどだった。すぐそのあとにブリンナも悦《よろこ》びの頂点に達した。全身を小刻みに震わせながら、あまりの快感に叫び声をあげないよう、彼のチュニックを強く噛まなければならなかった。やがてサーリーはブリンナの体の上にくずおれ、強く抱きしめた。抱きしめ返しながら、これですべて終わりなのだとブリンナが考えたそのとき、彼がある名前を口にしたせいで、完全に現実へ引き戻されたのだ。そう、〝ジョアン〟という名前を。

「ジョアン?」背筋を伸ばし、サーリーが笑みを浮かべてブリンナを見おろしていた。思いやりと不安が入り混じったような優しい笑みだ。「大丈夫か? 痛くなかった——」

「ジョアン?」

暗闇のなか、二人は同時に体をこわばらせた。外から別の男性の声が聞こえたのだ。

ブリンナは不安に駆られながら、サーリーの肩越しに馬屋の扉を見た。サーリー自身も同じ方向を振り返っている。そのとき馬屋の扉が開き、誰かが入ってきた。二人がいる方向へ向かって、薄暗い通路をまっすぐ歩いてやってくる。サーリーは悪態をつくとブリンナの体を離し、急いでスカートをもとに戻した。それからズボンを手早く身につけ、体の向きを変えると、背後にブリンナを隠すように立ちあがり、近づいてきた男のほうに向き直った。

「そこにいるのは誰だ?」サーリーが張りつめた声で尋ね、剣に手をかける。

「エドモンド・レイセムだ」

サーリーが大きく息を吐き出した。ブリンナは胸元でジョアンのドレスを抱きしめながら下唇を噛み、彼の背後に隠れられるよう頭を下げる。近づいてくる足音が途切れ、緊張の一瞬が過ぎると、レイセム卿が足元の干し草を踏みしめ、重々しいため息をつくのが聞こえた。

「きみたちが大広間に戻ってくるのが遅すぎるように思えて、様子を見に来たんだ」レイセム卿は皮肉っぽくつけ加えた。「むしろ時間が足りなかったようだが」

「申し訳ありません、閣下」サーリーは緊張した声だ。「ぼくは――」

「謝る必要はない。わたしだって昔は若かったんだ。それに、こうなって少しほっとしている。少なくとも、自分が娘に結婚を無理じいしたという罪の意識を感じなくていいとわかったからな」

ブリンナが息を殺して見つめるなか、サーリーは体の力を抜いて、握りしめていた両手を広げた。

そのとき、レイセム卿が咳払《せきばら》いをし、低い声で言った。「ただし、結婚の日付は少し早めたほうがいい」

「はい、もちろんです」サーリーはすぐに同意した。「明日ではどうでしょうか？」

「なんとまた、熱心なことだ」レイセム卿は笑い声をあげた。「メントン卿に話してみるが、さすがに明日は無理だと思う。明日は無礼講の王《ロード・オブ・ミスルール》が偽王として振る舞う〝愚者の饗《きょう》宴《えん》〟の日だからな。いろいろ手配をしたら、すぐにきみに知らせる」

「仰せのままに、閣下」

答えたサーリーの声に笑みが混じっているのを、ブリンナは聞き取った。彼はこの展開を喜んでいるのだろう。そう考え、ふいに心が沈み込む。サーリーが結婚しようとしている相手は、わたしではないのだ。

「二人とも心を落ち着けて大広間へ戻ったほうがいい。ほかの誰かに、きみたちのこんな姿を見られたくないからな」

「はい、閣下」

「よし」レイセム卿は衣《きぬ》ずれの音を立てて立ち去ろうとしたが、ふと足を止めた。「ジョアン、明日の朝、ミサのあとにおまえと話したい……いいね？」

「はい」ブリンナは小さな声で答えた。娘と声が違うと気づかれるのではないかと、怖くてたまらなかった。でも彼は何も気づかず、おやすみの挨拶をすると、その場から立ち去った。

レイセム卿が立ち去るとすぐに、サーリーはブリンナのほうを向き、ジョアンのドレスを着る手助けをし始めた。その間もいかにも嬉《うれ》しそうな様子で、本当によかったと興奮したように話し続けている。〝持参金を早く手にできれば、領民たちも助かる〟とも口にした。〝ぼくらは結婚式の翌日にここを離れることになるだろう。サーリー領へ戻る途中にこれも買いたいし、あれも修理したいし、何より毎晩ベッドの時間を楽しみたい〟とも。熱に浮かされたように話し続ける彼の言葉に耳を傾けながら、ブリンナは精一杯笑みを浮かべ、うなずき、本当は心が折れてしまっている事実をひた隠そうとした。

5

「ほら、これを着て」

ジョアンが寝室の扉をばたんと閉めて入ってきたため、ベッドを整えていたブリンナは振り返った。「マイ・レディ？」

「これを着て」ジョアンは有無をも言わさぬ口調で繰り返しながら、自分のドレスを脱ぎ始めた。「あなたのドレスをわたしによこして」

「でも――」

「ブリンナ、早くして。時間がないの」

ジョアンの命じるような口調を聞いて、ブリンナはすぐにドレスを脱ぎ始めたが、すぐにその手を止めた。「いいえ。わたしたち、もうこんなことは続けられません。わたしが続けられないんです。あなたのお父様がここにいらしている以上――」

「今日、みんなは愚者の饗宴《きょうえん》の準備でおおわらわよ。一日じゅう、大混乱が続くに違いないわ。それに父はわたしの――あなたの邪魔をしたりしないはず。今日一日メントン卿《きょう》と大酒を飲んで、派手に騒ぐに決まってる。父のことは簡単に避けられるはずだわ」

ブリンナはかたくなに首を振った。「いいえ、わたしにはもうこんなことは続けられません」

「続けなければいけないの」ジョアンは甲高い声で叫ぶと、ブリンナの手をひっつかみ、強く握りしめた。「これが最後だから」

「でも――」

「こうなったのはあなたのせいよ」ジョアンは我慢ならないと言いたげに非難した。

ブリンナは驚きに目を見開いた。「わたしのせい？」

「そうよ。もしあなたが馬屋にロイスを引きずり込んで、自分を安売りしたりしなければ――」ジョアンは口をつぐみ、ため息をついた。

「どうしてそれを知っているんです？」罪悪感に押しつぶされそうになりながら、ブリンナは尋ねた。

「なぜ父がわたしを呼び出したと思うの？」ジョアンは顔をしかめると、不愉快そうに下唇を噛《か》んだ。「結婚式は明日になったわ。だからあれほど警告した――」またしても口を閉ざしてしかめっ面をすると、行きつ戻りつしながら言う。「お願い、これが最後だから。あなたのことはばれないわ。わたしが保証する。今日が大騒ぎになるのは、あなただってわかっているでしょう？」

「でも……ミサは違うはずです」

　ブリンナが弱気になったのを感じ取り、ジョアンはさらに強く出た。「ミサには遅れて行けばいい。父は正面の席でメントン卿夫妻と一緒に座っているはず。遅れて行けば、あなたとロイスは教会の後ろの席に座ることになるから大丈夫。ただし、ミサが終わったらいつまでもロイスと一緒に教会に残らないこと。それだけ守れたらうまくいくわ」

　ブリンナはため息をついてうなずくと、ふたたびドレスを脱ぎ始めた。自分でも不思議だ。こんなにためらっているのに、どうしてジョアンの頼みを聞き入れたのだろう？　それは、わたし自身がそうしたいと考えているからだ。少しでもいいから、ロイスと一緒の時間を過ごしたい。


「あら、よかった」

　寝室の扉を閉めたとたん、ブリンナはその声に驚いて振り向いた。ジョアンが早足で駆け寄ってきている。まさか彼女が夜のこの時間に寝室へ戻っているなんて。てっきり、この部屋からできるだけ遠く離れた場所で、最後の自由な時間を楽しんでいるのだろうと考えていたのだ。というか、そうでありますようにと望んでいた。そうすればこちらもめまぐるしい一日を終えて、ようやく静けさと穏やかさに包まれたひとときを過ごせたはずなのに。

ジョアンの指示に従い、ブリンナはこの日の朝、ミサに誘いに来たサーリーを廊下で待たせ続けた。ジョアンと一緒にこの寝室で行きつ戻りつを繰り返しながら、時間が経《た》つのをいらいらしながら待っていたのだ。ようやくジョアンから〝もうこの時間ならば、ミサに行っても父とははるか離れた席にしか座れないだろうし、なりすましを気づかれる可能性もない〟と言われ、寝室をあとにした。ジョアンの読みはぴたりと当たった。教会へ入ると、ミサはすでに始まっていて、ブリンナはサーリーに急《せ》かされるように手近な空席に座ることになった。〝父親〟からはるか遠く離れた席で、ミサの間二人は無言のまま静かに座っていた。

ミサが終わると、サーリーはほかの招待客たちを待って一緒に大広間へ戻ろうとしたが、ブリンナはすぐに教会から立ち去ろうとした。エスコート役もないまま、彼女を一人で帰らせることはできないため、いきおいサーリーもブリンナのあとをついてこざるを得なくなった。教会から一歩出ると、ブリンナは感じよく謝罪の言葉を述べ、どうしても外の空気が吸いたかったのだと意味ありげな笑みを浮かべた。その笑みを見て昨夜の甘い記憶がよみがえったのだろう、サーリーも瞳を輝かせた。そのあとすぐ、ちょうど人目を避けられる小さな奥まった場所《アルコーブ》を見つけ、いつの間にか二人は夢中でキスをしていた。

今日はそんな具合に過ぎていった。一日の半分をレイセム卿を巧みにかわしつつ、もう半分を愛する人の腕のなかで過ごしたのだ。ある意味、彼の腕のなかが一番手軽な隠れ場所だったと言っていい。唯一ほっとできたのは、祝宴の間だけだった。ブリンナもほかの人たちと一緒に、普段は厨房《ちゅうぼう》で串をぐるぐる回している少年が偽王に任命される〝愚者の饗宴〟を祝い、メントン卿夫妻や年若い招待客たちの多くが、使用人たちの給仕を手伝って楽しんだ。伝統に従い、この祝宴の最中は普段の役割が逆転する。レイセム卿や年配の招待客たちはといえば、吟遊詩人役をこなして祝いの音楽を奏でていた。

しかし愚者の饗宴が終わると、ブリンナはふたたびレイセム卿を避け、さらに多くの時間を薄暗い物陰やアルコーブで過ごした。お酒の酔いと募る欲望のせいで、どんどん頭がぼうっとしていく。サーリーはといえば、祝宴にも欲望にもまったく影響されていない様子だ。最後にレイセム卿をかわすために彼を階段の上へ引きずっていったときなど、薄暗がりのなか、あわやブリンナと一つになりかけたが、どうにか自分を取り戻し、情熱的な抱擁から身を引いたのだ。そしてやや乱れた呼吸でこう提案した。〝二人とも、今夜はもう休んだほうがいい。早く休むほど、それだけ早く結婚式の日がやってくるから〟

そこでブリンナは物思いから我に返った。

「あなたが戻ってきてくれて嬉《うれ》しいわ」目の前のジョアンは両手を折り重ね、笑みを浮かべている。「あなたにありがとうとさようならの挨拶もしないで、ここから出ていくのは忍びなかったから」

「出ていく？」ブリンナはあぜんとしながら繰り返した。

「ええ。わたしはここから出ていくわ。フィリップと結婚するために駆け落ちするの」

「フィリップ？」ああ、わたしは思った以上に酔っ払っているに違いない。

「フィリップ・ラッドファーン。サーリー卿のいとこよ」ジョアンは面白がるように続けた。「彼がレイセムを訪ねてきたのをきっかけに、わたしたち、愛し合うようになったの。フィリップは求愛するためにわたしをここまで追いかけてきて、いままで村に滞在していたのよ」

「でも彼は、あなたのことを甘やかされた小娘だとサーリー卿に告げ口した張本人です」

ブリンナは困惑しながら指摘した。

「ええ。そうすれば、向こうはわたしとの婚約を破棄するだろうと考えていたの。でも結局、サーリー卿は婚約をあきらめようとはしなかった。彼自身のためにね」

「ええ」ブリンナは低く答えたものの、すぐ首を振った。そんな答えだけではまったく納得できない。「駆け落ちをすると言っていましたね？」

「そう、結婚するためよ。フィリップがいまからわたしを迎えに来るの」

「でも、そんなことは許されません。あなたは明日の朝、サーリー卿と結婚しなければいけないんです」

「そうね。でもそのときには、わたしはもうここにはいない」

「絶対にだめです。だって彼は――」

「ええ、わかっているわ」ジョアンは目玉をぐるりと回すと窓辺に移り、眼下に広がる暗い中庭を見おろした。「彼はとてもいい人だと言いたいんでしょう？　もしそんなに彼のことが好きなら、あなたが結婚したらどう？　彼は妻を探しているけれど、わたしはもう関係ないんだもの。わたしはフィリップのほうが好みだし、彼とはとてもよくわかり合える仲なのよ。二人とも、時代に取り残された領地でつまらない日々を過ごしたくないと考えているし、わたしと同じようにフィリップも華やかな宮殿での暮らしに憧れているの」

「あなたのお父様のことはどうするんです？」

ジョアンは顔をしかめた。「父は烈火のごとく怒るでしょうね。持参金さえ与えないかもしれない。でもフィリップはそんなことを気にしていないの。彼はわたしを心から愛してくれている。持参金があってもなくても――」そこで突然言葉を切り、笑みを浮かべた。「ほら、彼だわ。わたしの分も馬を用意してやってきてくれたの。もう行かなくちゃ」

体の向きを変えて窓辺から離れると、ジョアンは身につけていた外套《がいとう》のフードをかぶり、戸口へ急いだ。そこでふと足を止めると、ちらりと振り返る。「約束した残りの硬貨は収納箱のなかに入れてあるわ。いろいろとありがとう、ブリンナ」

引きとめる間もなく、ジョアンは寝室から出ていった。扉が閉められた瞬間、ブリンナは大きなため息をつき、ベッドに座り込んだ。

何もかもめちゃくちゃだ。ジョアンはラッドファーン卿と駆け落ちしようとしている。

ロイスの今後の計画は丸潰れになるだろう。領民たちの暮らしをよくしたいという望みが完全に絶たれることになる。そして、それはわたしのせいなのだ。ロイスの計画を台無しにしたのは、このわたし。もしわたしがジョアンのふりなんてしなければ、ジョアンはここに残って、ロイスと一緒のときを過ごし、そのまま――

ああ、どうしよう？　わたしはロイスになんてことをしてしまったの？

「ジョアン！」そのとき、寝室にサブリナが駆け込んできて、後ろ手に扉を閉めるとため息をついた。「ねえ、外ではどんちゃん騒ぎが続いているわ。みんな飲みすぎてるうえに、わたし、たしかにブリンナを見たの。お城からこっそり抜け出して――」サブリナは顔を近づけてきて、途方に暮れたブリンナの瞳の色を確認した。「あなたはブリンナね？」

無言のままうなずいた。

「だったら、お城から抜け出していたのはジョアンだったの？」

「ええ」ブリンナはため息をついた。「彼女はフィリップ・ラッドファーンと駆け落ちしてしまったんです」

サブリナは金切り声をあげた。「やっぱり！　あの男は本当に厄介だと思っていたのよ！」

ブリンナは驚きに目を見開いた。「フィリップ・ラッドファーンがですか？」

「そうよ。彼はレイセムでジョアンを追いかけ回してた。子犬みたいに彼女のあとをついて回って、離れようとしなかったの。ヘンリー王の宮殿がどれほどすばらしいか、ことあるごとに吹き込んでいたわ。ジョアンの頭がそれ以外何も考えられなくなるくらいにね」

サブリナは嫌悪感たっぷりにかぶりを振り、ブリンナが座っているベッドの隣にどさりと座り込んだ。「フィリップはわたしたちのあとを追ってここまでついてきたのね」

「ええ、そのようです」

「そしてジョアンは毎日、フィリップに会うためにここを抜け出していた。わたしをあなたに付き添わせたがったのも、それで納得がいく。そうすれば付き添い役なしで自由に飛び回れるもの。そうやって逢瀬《おうせ》を重ねて、あの二人が何をしていたかは神のみぞ知るだわ。きっと二人は――あら、大変！」ジョアンがいなくなったことの意味を理解したかのように、サブリナは突然、恐怖の表情を浮かべた。「わたしたち、これからどうすればいいの？　エドモンドおじ様がこのことを知ったら、激怒するはずよ」

「間違いなく」ブリンナは同意しながら頭を巡らせた。レイセム卿は激怒すると同時に、いぶかしく思うに違いない。昨夜、馬屋でサーリー卿と一緒にいたのは娘ではなかったのかと。あんなことがあったあとに、娘がラッドファーンと駆け落ちしたと考えたら、怒りの火に油が注がれるようなものだ。ロイスも混乱し、激しい怒りを覚えるだろう。

「ああ、神様」サブリナは突然立ちあがり、寝室の扉へ向かった。「わたし、やっぱりここから出ていくわ」

「出ていく？」ブリンナは心配のあまり、立ちあがった。「どういう意味です？」

「父がエドモンドおじ様に頼んで、うちの家臣たちをここへ引き連れてきているの。結婚の準備で戻らなければいけないわたしを警護させるためよ。わたしは、せめて二人の結婚式に出席してから帰りたいと言ったの。でも、こうなった以上……」扉の前で立ち止まり、かぶりを振った。「明日の朝一番に、ここを発《た》ちたいと言うわ。エドモンドおじ様にこのことを知られる瞬間、その場にいたくないから。おじ様は、ジョアンに協力したわたしを厳しく罰するに違いないもの。おじ様にばれる前に、できるだけここから離れた場所にいたいの」

「でも、わたしたちからみなさんに話すべきなのでは？　どうして話さないんです？　きっと彼らは心配を募らせて――」

「心配を募らせる？　ねえ、あなた、いったい何を考えているの？　そんな心配なんて忘れて、あなた自身のことを考えて」

ブリンナは驚いたようにまばたきをした。「わたしには何も心配することなんてありません。ただの使用人ですから」

「ここ二週間近く、貴族になりすましてうろうろしていたのは誰だと思っているの？」サブリナはずばりと指摘したあと、すぐに唇を噛んだ。「ああ、しまった。あなたにもっと早くあのことを伝えておくべきだったのに」

「あのこと?」ブリンナは警戒するような口調で尋ねた。

サブリナはかぶりを振った。「ここでの最初の夜、ジョアンがこの部屋であなたにレディになるためのレッスンをしている間、わたしはクリスティーナとおしゃべりしていたの。そのときたまたま彼女から、近くに住む鍛冶屋が今年の夏の終わり、メントン卿になりすました罪で捕まったと聞かされたのよ。なんでもその鍛冶屋はメントン卿から新しい鎖《くさり》帷子《かたびら》を作るよう依頼され、予定よりも早くできあがったのに、それをすぐにメントン卿に届けず、自分が身につけたあげくに彼になりすましてあたりを歩き回ったんですって。鍛冶屋は捕まって、その鎖帷子を着せられたまま生き埋めにされたそうよ。そんなに鎖帷子が気に入ったのなら、永遠に着ていればいいと言われてね」

ブリンナはその話を聞いて血の気が引き、顔をしかめたが、すぐにかぶりを振った。

「でも、それとこれとは違います。だって、わたしになりすましを命じたのはレディ・ジョアン本人です。レディ・ジョアンは、これは単なるいたずらみたいなものだから問題にはならないと言っていました。それに彼女は――」

「その話をしてくれるはずだった彼女はもうここにいない。そうでしょう? それにこんな状況になって、単なるいたずらではすまないことがはっきりわかったはずよ。少なくとも、エドモンドおじ様とサーリー卿はいたずらだとは思わないはずだわ」ブリンナがしだいに恐怖に顔をこわばらせるのを見て、サブリナはうなずいてみせた。「いまからわたしが言うことをよく聞いて。顔と髪の毛をすすで汚して、前に着ていたメイド用のドレスと頭に巻く布を身につけたら、扉の脇にある侍女用の寝床に入って明日の朝まで眠ったふりをして。明日の朝、彼らがジョアンを捜しに来たら、昨夜彼女はこの寝室に戻ってこなかったし、いまどこにいるかもわからないと答えて、すぐにここから離れるの。わたしは父の家臣に、今夜ここを出発できないか尋ねてみるわ」

サブリナが扉から出ていくや否や、ブリンナはさっそく行動に取りかかった。収納箱を引っかき回して、すり切れて古ぼけたメイド用のドレスと髪をまとめていた布を捜し始める。だがすぐに恐ろしい事実を思い出し、その場にがっくりと膝を突いた。先ほどジョアンが出ていったときに、メイド用のドレスと髪をまとめる布を身につけていたことを思い出したのだ。そのとき、ふたたび寝室の扉が開いた。

「まあ、もうお戻りだったんですね」部屋に入ってきたのは年老いた女性だった。収納箱の脇にいたブリンナを見て、がっかりしたようにつぶやく。「お嬢様が外出なさっている間に、ベッドの支度をしようと思っていたのに」ブリンナが喉から絞り出すような声を出すと、彼女は優しい笑みを浮かべた。「でも、すっかり体の具合がよくなるまで休んだほうがいいとお嬢様が言ってくださったおかげで、本当によくなりました。もうじゅうぶんに仕事をこなせます。そのうえ、結婚式の前夜に、若くて経験の浅い皿洗いメイドなんぞにお嬢様を任せるわけにはいきません」

ブリンナはにわかに恐ろしくなって息をのんだ。目の前にいるこの年配の女性は、ジョアンの侍女に違いない。いつなんどき、この侍女がわたしに近づいてきて、瞳の色や顔の造作のわずかな違いに気づいて叫び声をあげてもおかしくないのだ。

でも、実際にはそんな事態は起こらなかった。むしろ、驚きに目を見開いたのはブリンナのほうだ。近くにやってきた侍女の両目に雲のようなものがかかっている。おそらくこの侍女はほとんど目が見えないのだろう。とりあえず助かったことに安堵《あんど》しながら、よけいなことはしゃべらないようにしなければと自分を戒める。明日の朝までに、この窮地から脱する方法を探し出さなければならない。そうしなければ、待っているのは墓地の奥深くに生き埋めにされる未来だ。

サーリーとレイセム卿の間で、ブリンナは無言のまま立っていた。目の色と膝の震えを隠すために、頭を深々と下げている。膝が震えている原因は、自分でもよくわからない。この二人の男性に、いつ別人だと気づかれるかわからない恐怖のせいだろうか？ それとも牧師が短い朝のミサを行っている間じゅう、レイセム卿になりすましだと気づかれないよう、少しでも小柄に見せるため腰をかがめ続けているせいだろうか？

いまこうしてこの場所に自分がいるのは、気まぐれな運命のせいとしか言いようがない。逃げ出そうとするたび運命に邪魔をされて、結局逃げ出せなくなった。まず、仕事着であるメイド用ドレスが、ジョアンによって持ち去られていた。そして、扉の脇にある侍女用の寝床につく前に、本物の侍女が突然部屋へ入ってきて、もう寝室から出られなくなったのだ。あれから一晩じゅう、まんじりともせずに寝返りを繰り返しながら、この大混乱から抜け出す方法をあれこれ考えようとした。それなのに、結局思いついたのはたった一つ。できるだけすみやかに寝室からこっそり抜け出し、アギーを見つけて使用人らしく見える衣服を用意してもらい、あとはサブリナに言われたとおりに過ごすやり方だけだった。

でも運命は、そうするチャンスさえ与えてくれなかった。ジョアンの侍女が朝起きるなり、身の回りの世話をあれこれと焼き始めたと思ったら、寝室の扉が開いて、レディ・メントンと女性使用人の一群が入ってきた。そのなかにアギーがいたため、どうにかして彼女と言葉を交わそうとしたのだが、入浴から着替え、花嫁としての身支度を調える間も、アギーはこちらの正体に気づいてくれなかった。産湯に浸《つ》からせてからいままで、手塩にかけて育ててくれたはずなのに。

結局、それが思い違いだったと気づかされたのは、サーリーが寝室へやってくる直前だった。浴槽が運び去られ、レディ・メントンとほかの女性使用人たちが寝室から出ていくときに、アギーが突然前に進み出て、ブリンナの首に銀のネックレスをかけたのだ。

「あなたのネックレスです、マイ・レディ。これをしないで結婚することはできません」

そう言うと、低い声でつけ加えたのだ。「あなたのお母様のです」

ブリンナは首にかけられた幸運《アミュレット》のお守りを掲げ、目を大きく見開いた。物心ついたころからずっと、アギーが首にかけているのを見てきたネックレスだ。

「すべてうまくいきます」

アギーから優しくささやかれ、ブリンナは息をのんだ。「知っていたのね！」

アギーは警告するように鋭い一瞥《いちべつ》をくれると、収納箱のなかをひっくり返している最中の侍女を身ぶりで指し示した。声をひそめてブリンナをたしなめる。「最初から知ってたよ。もう一人のレディに会ったときに、わたしが気づかなかったとでも思うのかい？」

「でもわたし、どうすればいいの？」

「おまえは彼を愛しているんだろう？」ブリンナの瞳に浮かんだ答えを見て、アギーはにっこりとほほ笑んだ。「だったら彼と結婚するんだ」

「だけど——」

「ほら、ここにありました」ジョアンの侍女がベールを手に近づいてきたため、アギーは励ますような笑みをブリンナに向け、すぐに部屋から出ていった。侍女からベールをかぶせてもらったところにロイスが現れ、いつものように二人で朝のミサへ向かい始めたのだ。思えば、この愚かしい茶番劇を始めて以来、毎日こうして彼にいざなわれて同じ道をたどってきた。ただし、今朝はこれまでと一点だけ違うことがある。自分が確実に死に向かって歩いていると、はっきりわかっている点だ。

結婚式が執り行われるため、今朝のミサは開始時刻が遅くなり、しかも時間が短縮された。牧師が説教を終えて、いよいよ結婚式へ移ろうとしているいまも、ブリンナは思い悩んでいる。

わたしはどうすればいいのだろう？　いいえ、すべきことはわかっている。顔の半分を隠しているベールを投げ捨てて、結婚式がこれ以上進んでしまう前に、自分が本当は何者なのかを大声で叫ぶべきなのだ。でも残念ながら、あまりに恐ろしくてそんなことはできそうにない。たしかにロイスを愛しているけれど、殺されるのはいやだ。哀れな鍛冶屋が領主になりすましたせいでどんなふうに命を奪われたか考えれば考えるほど、生への執着がどんどんわいてくる。

「汝《なんじ》、ジョアン・ジーン・レイセムは、ロイスを生涯の伴侶として……」

牧師の声がふいに遠ざかり、額に汗が噴き出すのを感じた。喉元へ込みあげてきた苦いものをどうにかのみくだす。

「愛し、敬い、従い……」

愛。ブリンナはぼんやりとその言葉について考えた。わたしはロイスを愛している。それに彼もわたしを愛してくれていると思う。でも彼の愛情はいつまで続くだろう？　ひとたびわたしにだまされていたと気づいたら、ロイスはわたしを忌み嫌うようになるはずだ。そうならないわけがない。だって、わたしはロイスから〝ジョアンと結婚する〟という選択肢を奪い、彼をあざむいて皿洗いメイドと結婚させようとしているのだから。

「マイ・レディ?」

ブリンナはまばたきをして牧師を見つめ、あたりが沈黙に包まれているのに突然気づいた。この場にいる誰もが、わたしの返事を待っているのだ。ロイスのほうをちらりと見て、様子を確認してみる。彼の顔つきには複雑な感情が入り混じっていた。妻になろうとしている女性に対する敬意と愛情。いっぽうで、その女性の返事をいまかいまかと待っている不安も垣間見《かいまみ》える。ブリンナは息をのみ込み、言うべき答えを口にしようとした。〝誓います〟と言えばいいのだ。いまここで〝はい、誓います〟と――

「いいえ、誓えません」

「なんだと?」

レイセム卿が憤慨したように叫んだが、ブリンナにはほとんど聞こえなかった。サーリーが呆然《ぼうぜん》とした表情を浮かべ、彼女を見たせいだ。かぶりを振りながら、うつむくのをやめ、背筋をまっすぐに伸ばして立ちあがった。自分でも混乱している。こんなことをするなんて、きっと頭がおかしくなったのだろう。

「誓うことはできません」

「ジョアン?」サーリーは混乱したような、苦しげな表情を浮かべていた。その顔を目の当たりにして、ブリンナの心は引き裂かれそうだった。

「あなたは自分の領民たちのために持参金を必要としています。わたしは、そんなあなたと結婚できないのです。あなたは絶対にわたしを許してくれないでしょう。こんなしうちをした女を許すべきではありません」

サーリーは困惑したようにかぶりを振った。「いったい何を言っているんだ?」

「わたしはジョアンではありません」

一瞬黙り込んだあと、サーリーは信じられないと言いたげに笑い出した。「またそんな冗談を!」

「冗談ではありません。わたしはジョアン・レイセムではないんです」ブリンナは強い口調で答えた。心臓が口から飛び出しそうになるのを感じながら、頭からベールを取り払う。誰もが、いったいどうなっているんだと混乱し、固唾をのんで事のなりゆきを見守るなか、ブリンナは振り返ってレイセム卿のほうへ顔を向けた。「わたしはただの皿洗いメイドにすぎません。病気で来られない侍女の代わりにと、レディ・ジョアンのお世話をすることになったんです。レディ・ジョアンの寝室へ行くと、彼女はご自分とわたしがそっくりなことに気づき、自分になりすましてサーリー卿の求愛を受けるようにと命じました」絶望とあきらめの表情を浮かべ、弱々しい声でそう締めくくった。

「何を言っているんだ、ジョアン」レイセム卿はブリンナのほうを見て、驚いた様子で体をこわばらせた。目の前にいる〝娘〟の背が突然数センチも伸びたことに気づいたのだ。

眉をひそめ、かぶりを振ると、彼は厳しい目でブリンナの目を見つめた。「ジョアン、わたしは――なんてことだ、目の色が」

サーリーは眉をひそめ、瞳に激しい懊悩《おうのう》をあらわにすると、低い声で尋ねた。「閣下？」

「娘の目は緑色なんだ」レイセム卿は茫然自失《ぼうぜんじしつ》の体で答えた。

「いいえ、閣下」サーリーは眉をひそめてレイセム卿を見つめると、隣にいる女性の愛らしい灰色の瞳を見つめた。いまや、その灰色の瞳には涙がいっぱいたまっている。まるで彼を失うことを恐れるかのように。「彼女の瞳はあなたと同じ灰色です」

「わたしは灰色だが……娘の瞳は緑色なんだ」

サーリーはまばたきをし、ぞっとした様子でかぶりを振った。「この女性はあなたの娘ではないと？」

「ああ」レイセム卿は放心したように答えると、ブリンナの顔にゆっくりと視線を走らせ、ほんのわずかな違いを見て取り、驚いたような表情を浮かべた。だがそこで目の前にある問題について思い出し、ブリンナに尋ねた。「そこの娘――なんという名前なんだ？」

「ブリンナです」消え入りそうな声で答える。

「ではブリンナ、おまえに尋ねる。ジョアンがここに到着した日から、娘になりすましていたと言ったな？」

「はい」ブリンナは正直に認めた。顔から火が出そうだ。

「あの馬屋でもか？」

　顔が真っ赤になるのを感じながらも、ブリンナはうなずいた。隣でサーリーが激しいののしり言葉を口にするのを聞き、思わず顔をしかめる。

「ならばいま、わたしの娘はどこにいるんだ？」サーリーを無視してレイセム卿は尋ねた。

「お嬢様は昨夜、フィリップ・ラッドファーンと結婚するためにここから逃げ出しました」ブリンナは小さな声でつぶやくと、サーリーの反応を見てみた。彼の顔がみるみるうちに真っ青になっていくのを目の当たりにし、胸がつぶれそうになった。〝領民たちの暮らしを少しでもよくしたい〟という希望が永遠についえたのを思い知らされたせいだろう。罪悪感に耐えられなくなったブリンナは顔を背けたが、突然サーリーから腕を強く引っ張られ、ふたたび彼のほうを向かされた。

「きみはずっと彼女の計画を知っていたんだな？　そのうえで彼女を手伝っていたんだろう？」サーリーの非難の言葉には、困惑と傷心が感じられる。

　ブリンナは唇を噛んで、首を振った。「たしかにわたしはレディ・ジョアンに協力しました。でも、彼女の計画は知らなかったんです。つまり、レディ・ジョアンがあなたとの結婚を望まず、結婚しなくて済む方法を探していたのは聞いていました。でも、彼女がどんなふうに具体的に計画を立てていたかは知らなかったんです。それに……レディ・ジョアンを手助けすることに同意したときは、あなたがどんな人なのか、まったく知りませんでした。知っていたらよかったのに。ただ彼女から、びっくりするような額の報酬をあげると言われ、そのお金があれば、アギーに快適な暮らしをさせられると考えて――」そこでブリンナは、サーリーが軽蔑しきったような表情を浮かべているのに気づいた。ここで何を言ってもいっさい助けにもならないことも。無意識のうちに、母の形見のアミュレットを握りしめ、ささやいていた。「本当にごめんなさい」

「いいか、よく聞くんだ、娘」レイセム卿はいらだったように口を開いたが、ブリンナが握りしめているアミュレットに目をとめたとたん、口をつぐんだ。体をこわばらせ、声を震わせながら、そのアミュレットをつかもうと震える手を伸ばす。「これをどこで見つけた?」

ブリンナはさらなる不安に襲われ、息をのんだ。次は、盗人《ぬすびと》呼ばわりされるのではないだろうか?

「これは……わたしの母のものです」アギーから首にかけられたときに聞いた言葉を思い出し、どうにか答えた。アギーが実の母親ではないことは、物心ついたころから知っている。でも、アギーがその話題について語りたがらないのに気づいて以来、自分からは一度も尋ねないようにしていた。

「おまえの母親の?」レイセム卿は真っ青になると、一瞬呆然とブリンナを見つめ、ふたたび尋ねた。「彼女の名前は?」

「知りません」

「いや、知っているはずだ。知っていて当然だろう！」レイセム卿はいらだったようにブリンナの体を小さく揺さぶった。「彼女の名前はなんという？」

「その娘は知りません」

その場にいる誰もが、声のしたほうを振り返った。教会の扉の前に立ちはだかっていたのはアギーだ。怒りに唇を引き結び、老体に鞭打《むちう》ってゆっくりと前に進みながら、人々をかきわけてブリンナたちのほうへやってきた。

「その娘の話は真実です。彼女は母親の名前を知りません。わたしがその娘に教えなかったからです。教えたって、いいことなんか一つもないですから。そうでしょう？」

「アギー？」ブリンナは不安に襲われながらアギーのそばへ歩み寄った。

「本当にすまないね、ブリンナ。いままで何も教えてあげなくて。本当のことを教えたら、おまえが怒りを抱え、ねじまがった心の大人に育つんじゃないかと怖かったんだ。だけどいまこそ、おまえに話すべきだと思う」アギーは体の向きを変え、レイセム卿をにらみつけた。「この娘の母親は、高貴な生まれの立派なレディでした。あらゆる意味で正真正銘のレディだったんです。いまから二十一年前、彼女はある村にやってきました。いまのブリンナみたいに若くて美しかった。二人の違いは一つだけ——その女性の瞳が緑色だったことです」

アギーはちらっとブリンナの瞳を見て、同じく青みがかった灰色のレイセム卿の瞳へ視線を移すと、話を続けた。「村へ到着したレディが最初に出会ったのが、このわたしでした。彼女はわたしに、小さな家を買ってそこでお店を始めたいと打ち明けました。そのころ、わたしは夫を亡くしたばかりで子どもはいませんでした。夫が生きていたときは一緒に酒場を経営していたのですが、女手一つで切り盛りするには広すぎる店だったため、そのレディにわたしたち夫婦の店を売ることにしたんです。彼女から、その店に残って一緒に働いてくれないかと尋ねられ、そうすることにしました。

時間が経つにつれ、その美しくて可憐《かれん》なレディとわたしは親しくなっていきました。彼女はわたしに身の上話をするようになり、自分は南部に暮らす由緒正しい家柄の領主夫婦のもとに生まれた、二人姉妹のうちの姉だと教えてくれました。その後、北部に暮らす領主夫婦に預けられ、大切に育てられたそうです。そして十八歳になったとき、親代わりとなっていた領主夫婦のご子息が結婚することになりました。そのご子息は騎士として手柄を立てた立派な方で、結婚する三カ月前に故郷の地に戻ってきたのです」

アギーは意味ありげな目でメントン卿を一瞥した。自分の話だと気づいたメントン卿が驚きに目を見開くのを見てうなずくと、ふたたびレイセム卿に視線を戻す。「そのご子息は、故郷に一人の男友だちを連れてやってきました。その男友だちこそ、わたしの友人であるレディの人生を大きく変える運命の人であり、そのあと彼女をたった一人で村にやってこさせた原因を作った男性だったのです。彼女はすぐにその男性に恋をしました。男性も彼女を愛している、だから結婚したいと言い、若かった彼女はその言葉をすっかり信じてしまったのです」

アギーが吐き捨てるように言うのを聞き、レイセム卿は困惑しながらも顔をしかめた。

「二人は愛し合うようになりました。でも男性は、友人の結婚式の直前に、故郷へ戻らなければいけなくなったのです。父親が亡くなり、荘園領主《しょうえん》としての役割を引き継ぐためでした。でも出発前に、彼はまたしてもそのレディに変わらぬ愛を伝え、それをプレゼントしたのです」アギーはブリンナの首にかけられたアミュレットを指さして眉をひそめた。「必ず戻ってくると、彼はレディに誓いました。でもその二週間後、レディの故郷から使いの者が、彼女を連れ戻しにやってきたのです。愛《いと》しい男性を待っていたかったレディは泣く泣く戻っていきましたが、故郷で両親から結婚の話をまとめたと言われてしまいます。もちろん、自分にはほかに好きな人がいるからと断ったのですが、彼女の両親はいっこうに聞く耳を持ちません。彼らは、結婚とは愛情のためでなく、さらに高い地位を得るためにするものだと考えていたのでしょう。でも、そのときレディは自分が妊娠していることに気づき、正直に話せば、両親も結婚を白紙に戻して、自分を愛する男性のもとへ送り返してくれるはずだと考えました。でも実際のところ、彼らはレディが結婚する日をさらに早めただけでした。夫となるはずの男性に、生まれてくる赤ん坊を自分の子だと思わせるためです。そのことを知ったレディは、自分の宝石類と持参金の一部である硬貨をかき集め、屋敷から逃げ出し、ここの村へやってきました。〝愛する人〟が約束どおりに戻ってきてくれると心から信じていたからです。

そのレディがここの村にやってきたのは、もしレディ・メントンに……そうです、閣下、あなたのお母様です――」アギーはメントン卿をちらりと見て説明を続けた。「――知られたら、故郷へ送り返されるだろうとわかっていたからです。村に姿を隠していれば、愛しい男性が戻ってきてくれた場合、お城にいる人たちから教えられなくても、風の便りでわかるだろうと考えたのです。だからレディは日に日に大きくなるおなかを抱えながら仕事をし、愛しい男性を待ち続けました。

でもいくら時間が経っても、彼女の恋人は戻ってきません。わたしは怪しみ始めましたが、そのレディはまったく疑わず、明るく笑いながらこう言ったのです。〝まあ、アギーったらばかなことを言わないで。彼はわたしを愛してくれている。だからきっと戻ってきてくれるはずよ〟」

そこでアギーは、レイセム卿をさらに強くにらみつけた。この話がどんな結末を迎えるのかなんとなくわかり、ブリンナは落ち着かない気分になった。

「もちろん、彼は戻ってきませんでした。でもそのレディは亡くなるその日まで、彼のことを信じ続けていたのです。ええ、それはブリンナが生まれた日でした。その日、彼女は毎日そうしていたように、彼が戻ってきたという話を聞けないかと村の市場に歩いて出かけていきました。でも戻ってきたときは、真っ青な顔をして泣きながら、おなかを押さえていたんです。陣痛でした。一カ月も早く陣痛が来たのは、彼女が何かに激しい怒りを覚えた衝撃で、赤ん坊が外へ出ざるを得ない状態に陥ったせいでした。実際、生まれてきた赤ん坊は本当に小さかった。きっとこの赤ん坊は一晩ももたないだろうと考えたほどです」アギーは脇へ立つ、背の高くていかにも健康そうなブリンナに愛情たっぷりの笑みを向けた。「でも、おまえはどうにか生き延びた。生き延びることができなかったのは、おまえの母親のほうだったんだ。出血がひどくて、わたしには手の施しようがなかった。彼女はおまえを両腕に抱いて、ブリンナという名前をつけた。おまえとわたしに〝高貴な、という意味の名前なのよ〟と語りかけながらね。そして息を引き取る間際、レディはわたしに、何に衝撃を受けたせいでこれほど早く陣痛が来たのか教えてくれたんだ。あの日村に行った彼女は、とうとう愛しい男性が戻ってきたという噂話《うわさばなし》を耳にした。彼は若きレイセム卿として、その日の朝早くにちょうど村に到着したばかりだった……結婚したばかりの花嫁を連れてね。花嫁はあろうことか、彼女自身の妹だったんだ」アギーはレイセム卿を厳しい目で見すえた。「ブリンナの母親は、サラ・マーガレット・アサートン。ルイーズ・メイ・アサートン・レイセムのお姉様です」

ブリンナははっと息をのみ、サーリーの脇へ立つレイセム卿を見つめた。最初は気づかなかったが、よく見るとレイセム卿ははらはらと涙を流している。

「彼女は……死んだと聞かされたんだ」レイセム卿は低くつぶやくと、懇願するような目でブリンナを見つめた。「メントン卿は、わたしがきみの母親を心から愛していたのを知っていた。だから故郷へ戻っていたわたしに、サラが両親から呼び戻されたと知らせてくれたんだ。わたしはすぐに故郷を発ち、アサートン家へ向かおうとした。だが、身辺の整理をしているうちに冬が始まり、身動きが取れなくなったんだ。やがて春の雪解けの季節を迎えると、すぐに南部を目ざし、アサートン家へたどり着いた。ところがそこで、サラは死んだと聞かされたんだ。彼女の両親はわたしに、姉の代わりに妹のルイーズと結婚してほしいと申し出た。当時のわたしはすでに領主になっていたし、できるだけ早く後継ぎをもうける必要があった。それに彼女は……サラそっくりだった。だから彼女をサラだと思えばいいと、なんとか自分に言い聞かせて……」彼の声は尻すぼみになった。「もちろん、そんな結婚生活がうまくいくはずない。結局、わたしはルイーズにみじめな思いをさせただけだった。サラは笑い声と喜びに満ちあふれ、人生そのものを愛している女性だった。ルイーズは内気で常にふさぎ込んでいて、妻を見るたびに、わたしは自分が失ったものの大きさを思い知らされる羽目になったんだ。しまいには、妻のそばにいるのも、妻の姿を見るのさえ耐えられなくなった。苦い記憶を思い出さないために、宮殿での仕事にかまけて、レイセムの地を避けるようになった」

レイセム卿はブリンナの両手を取り、その苦しげなまなざしをしっかりと受け止めた。「わたしはきみの母親を心から愛していた。わたしの人生にとって、彼女は一筋のまばゆい光だったんだ。もし過去を変えられるのならば、どんなことだってしたい。だがいまのわたしにできるのは、目の前の問題を解決することだけだ。どうか、きみをわたしの娘として認めさせてくれ」そこで言葉を切ると、サーリーに視線を移し、ブリンナの両手を握りしめながら尋ねた。「きみは彼を愛しているのか？」

「はい」ブリンナは震える声で答え、目を伏せた。

レイセム卿はうなずくと、サーリーのほうを向いた。「きみはわたしの娘を愛しているか？」

サーリーはためらったものの、硬い口調で答えた。「いったい誰があなたの娘なのか、ぼくにはわかりません」荒々しくブリンナを示す。「この女性が、あなたの娘ジョアンだと思っていたんです。しかしいま、彼女は皿洗いのメイドで、あなたの非嫡出子であると知りました。しかも彼女がジョアンになりすましたせいで、本物のジョアンはぼくのいとこと駆け落ちした。もはやぼくがジョアンと結婚することはありません。ぼくの領民たちが必要としている持参金を得ることもない。ぼくは――」

ブリンナが悲痛な泣き声をあげ、背中を向けて教会から走り出ていくのを見て、サーリーは非難の言葉を切った。

レイセム卿は自分の娘が教会から出ていく姿を見送ると、決然とした表情でサーリーに向き直り、背筋を伸ばして肩を怒らせた。「彼女がついていた嘘に対する怒りはひとまず忘れて、自分の正直な気持ちを考えるんだ。きみはブリンナを愛しているのか？」

サーリーは考える間もなく答えた。「はい、ぼくはあの娘を愛しています。彼女がジョアンだろうとブリンナだろうと、レディだろうと皿洗いメイドだろうと関係ありません。彼女の存在そのものを愛しているんです。でも、重要なのはそこではありません。ぼくにとって重要なのは、領民たちがぼくに頼っているという事実です。ぼくには彼らの暮らしを守る義務があります。だから……巨額の持参金を用意できる女性と結婚しなければいけません」彼はため息をつき、背筋を伸ばした。「もしよければ、これで失礼します。このままでは領民に対する義務を果たせないとわかったし、少なくとも――」

「持参金はきみのものだ」サーリーが驚いた表情になるのを見て、レイセム卿はうなずいた。「わたしたちは契約を交わしているからな。ジョアンが一方的にその契約を破った以上、当然あの持参金は違約金としてきみのものになる。だから、きみはもう持参金目当てに結婚をする必要はない。自分の望みどおりの相手と結婚できるんだ。もしブリンナを愛しているなら、わたしも喜んできみを義理の息子として迎えよう」

サーリーはまばたきをしていたが、レイセム卿の言葉の意味を理解したとたん、彼の両方の手首をつかんだ。「ここで待っていてください、父上。ぼくたちはすぐに戻ります」

そう言い残し、体の向きを変えてブリンナのあとを追った。

レイセム卿は教会から出ていくサーリーを見送り、ため息をつくと、親友メントン卿とその妻に笑みを向けた。

メントン卿が口を開く。「わたしは知らなかったんだ」レディ・メントンが前に進み出てレイセム卿の手をきつく握りしめるのを見て、ふたたび続ける。「サラがこの村にいると気づいていたら、すぐにきみに使いの者を送ったんだが。それに、もしサラがこの地で娘を産んだと知っていたら――」

「ああ、わかっている」レイセム卿は静かにさえぎると、片眉をつりあげ、友人夫妻の娘クリスティーナを見た。クリスティーナはサーリーが走り去ってからずっと、困惑したようにかぶりを振り続けている。レイセム卿は彼女に尋ねた。「いったいどうした？」

「いいえ、なんでもないの」クリスティーナは小さな笑い声を立てた。「ただ、もしブリンナが閣下の娘なら、彼女も半分ノルマンディーの血を引いていたことになる。結局、三人とも正真正銘のフランス雌鳥《めんどり》だったんだなと思って」両親とレイセム卿からきょとんとした顔で見つめられ、クリスティーナは続きを言いかけた。あの日、サブリナとブリンナ、ジョアンがいっせいに頭をもたげたのを見て、〝三羽のフランス雌鳥みたい〟と感想をもらしたときのことを説明しようとしたのだ。でも結局かぶりを振って、小声でつぶやくにとどめた。「気にしないで。大したことじゃないから」

教会から走り出たロイスは、ちょうどブリンナが馬屋に姿を消すところを目撃した。あとを追って馬屋に入ると、ブリンナは干し草の山にひざまずき、すすり泣いていた。二人で愛し合ったあの場所だ。ロイスは息をのみ、背後から静かに近づくと、彼女の隣にひざまずいた。「ジョアー——ブリンナ」

彼女はすすり泣きをやめ、声のしたほうを向いた。ロイスを見て目をまん丸くすると、慌てて立ちあがり、顔を背けて涙を拭う。「何かご用でしょうか、閣下？　体を洗うお湯が必要ですか、それとも——」そのあとは続けられなかった。ロイスから体の向きを変えられ、真正面から向き合わされたからだ。

「ぼくに必要なのはきみだ」ロイスは優しい声で告げた。「もしきみがまだぼくを必要としてくれているなら」

ブリンナは顔をくしゃくしゃにすると、つらそうにかぶりを振った。涙が幾筋もこぼれ落ちていく。「そんな冗談を言うなんて残酷すぎます、閣下」

「ぼくは冗談を言っているんじゃない」

「だって、あなたは持参金を用意できる女性と結婚する必要があるんですもの。あなたの領民たちがこの冬を越せるかどうかは、その持参金にかかっているんです。それにわたしは——」ブリンナは突然言葉を切ると体を折り曲げ、スカートの襞《ひだ》に手を突っ込むと、腰に結びつけていた小さな袋を取り出した。ロイスに向けてその袋を差し出すと、硬貨が触れ合う音がした。「これをどうぞ。大した金額ではないし、こんな金額でジョアンを失ったあなたに償いができるとは思わないけれど、たくさんの持参金がある花嫁を新しく見つける手助けくらいには――」

「あの持参金はもうぼくのものだ」ロイスは差し出された手を脇へ払うと、ブリンナを強く引き寄せた。「だからぼくがいま探すべきは花嫁だけなんだ」

「よ……よくわからないわ」ロイスの腕のなかに抱きしめられ、ブリンナはつっかえながら言った。

「ジョアンが結婚の契約を破った以上、たとえ結婚しなくても、彼女の持参金はぼくのものになる。自分の領民たちを救うというぼくの責任は果たせたんだ。だからぼくはいま、自分が本当にそうしたいと願う相手と晴れて結婚できるようになったんだよ」ロイスはブリンナの耳元にささやくと、貝のような美しい形の耳たぶにキスをした。

「ほ……本当に？」ブリンナがかすれ声で尋ねる。

「ああ。そしてぼくが結婚したい相手は、きみしかいない」

「ああ、ロイス」ブリンナは半分すすり泣きながら、顔を彼の首元に埋《うず》めた。「あなたにはこれまで教えなかったけれど……本当はわたし、ある一つの贈り物を望んで、夢見て、神様に祈りを捧《ささ》げていたの。その贈り物さえわたしに与えてくだされば、あとはもう何もいりませんからって」

「その贈り物って?」ロイスは不安げに尋ね、腰をかがめてブリンナの顔をのぞき込んだ。

「あなたよ。あなたはクリスマスの日にわたしの前に現れた。わたしにとっては、これ以上ないほどすばらしいクリスマスの贈り物だったの」そう答えて突然笑い声をあげ、幸せに顔を輝かせた。「しかも、その贈り物はこれからもずっとわたしのものなのね」

「ああ、そうだよ、愛しい人。これからもずっと」

The Fairy Godmother

純白の魔法にかけられて

おもな登場人物

オデル――――荘園領主の娘
ティルディ――――オデルの名づけ親
サスタン卿（ミシェル）――――近隣に住む荘園領主
イードセル――――サスタン卿の従者

1

一三二四年

イングランド　ロズワルド城

石棺の蓋が低く耳障りな音とともに閉められ、あたりに一瞬沈黙が落ちたあと、参列者全員がその場から立ち去り始めた。それぞれが日々の生活へ、自分たちの人生へと戻っていくのだ。彼らが立ち去るのを見送るオデルは、悄然《しょうぜん》としながら考えていた。

なんだか不思議。彼らの領主であり主人でもあった、わたしの父ロズワルド卿《きょう》が亡くなっても、ほかの人たちにはやるべきことがある。わたしとは違って、彼らの人生はまだ続いていくのだ。父が亡くなる以前となんら変わりなく。

牧師から肩を軽く叩《たた》かれ、オデルは彼に硬い笑みを向けた。ほかの者たちのあとを追うように、牧師も建物から出ていった。しばし悲しみと向き合えるよう、わたしを一人きりにしてくれたのだ。思いやりのある振る舞いに、悲しみなどまるで感じていない自分が恥ずかしく思える。いま感じているのは、心が空っぽになったような虚《むな》しさだけ。次にすべきことがなくなった、喪失感に似た感情だ。

これまでずっと、父ロズワルドの勝手な欲求と願望に振り回されてきた。命令を下す父がいなくなり、わたしはこれから何をすればいいのだろう？　手がかりさえ思いつかない。しばしその場に立ち尽くし、目の前にある石棺を見つめて涙があふれてくるのを待ったが、目は乾いたままだ。

それでもそこに立っていると、扉がふたたび開かれた。身も凍るような冬の風が吹き込み、黒いベールを揺らしたが、ベールの下に隠された目からはまだ涙の一滴も流れてこない。きっと牧師が戻ってきたのだろう。わざわざ振り返りもしなかったので、背後から女性の声が聞こえた瞬間、驚きのあまり飛びあがりそうになった。

「さあさあ、着きましたよ。いつものように遅刻だけど、姿を現さないよりは遅れるほうがまだましよね。それがわたしの持論なの」甲高い澄みきった声が、石造りの小さな建物内に鐘の音のように響きわたった。

オデルは顔を覆っていた黒いベールを持ちあげると、扉のほうを振り向いた。丸々と太った小柄な白髪のレディが、重たい体を引きずるようにこちらに向かってきている。しかも彼女が身につけているのは、オデルがこれまで見たなかでも最もけばけばしいピンク色をした安っぽい服だった。自信を持って言える――この老婦人と会うのは今日が初めてだ。でも先ほど彼女の言葉は、そうでないように聞こえた。そのうえ、いまや彼女からしっかりと抱きしめられている。ピンク色のシルクと香水のにおいに包まれながら、目を大きく見開き、体を硬くしたまま抱擁されるしかない。こんなにしっかり抱きしめてくるなんて、このレディが見知らぬ他人ではない証拠だ。でも、誰なのかどうしても思い出せない。頭がまるで働かない。

「おやおや、ごめんなさいね。あなた一人にすべてやらせてしまって。これでも、できるだけ早く駆けつけたつもりだったんだけど。でもどんなに急いでも、いつだって間に合ったためしがないのよ」体を離すと、レディは一歩下がって、オデルの父が眠る石棺の上の彫像を見おろし、嫌悪感たっぷりにあざ笑った。「この彫刻、ちょっと冷たい感じがしない？　でもロズワルドは冷たい男だったものね。あんなに怒りっぽい野蛮人は、後にも先にもお目にかかったことがなかったわ」

　あまりに失礼な言葉にオデルが息をのむ。

レディは両眉を少しだけつりあげた。「もちろん、あなただって異議を唱える気はないでしょう？」

「でも……ロズワルド卿はわたしの父親です。しかも亡くなったんですよ」そう答えるのがやっとだった。父はたしかに〝怒りっぽい野蛮人〟だった。でも自分の父親をそんなふうに悪く言うくらいなら、自分の舌を噛《か》んだほうがいい。

「ふうん」レディは片方の口角だけを持ちあげた。「死者の悪口を言ってはいけないという古い言い伝えを信じているようね？　まあ、それはとってもいいことだけど。わたし自身、人がその人生においてどれだけ称賛されたり非難されたりするかは、彼らの行動によって決まると考えているの。どれだけ舌打ちされて嫌われるかもね。あなたの父親はこうして永眠したけど、人として最大級の非難に値する男だったわ。あなたの母親に対する仕打ちだけでも、何百年非難し続けてもまだ足りないとわたしは考えてる。まして、この男があなたに対してしたことを考えたら……」

オデルは目を見開き、顔を輝かせた。「あなたはわたしの母をご存じなんですか？」

「ご存じなんですか、ですって？」正体不明の小柄なレディは頬を緩めた。「もちろんよ。わたしたちは親友だったの。これ以上ないくらい仲がよかったわ。あなたのおじい様が彼女を無理やり、あなたの父親と結婚させるまではね。本当に悲劇そのものだったわ」レディは部屋に置かれた二番めの石棺の前へ移ると、上に刻まれた美しい女性の彫像を悲しげな目で見おろした。

「リリスは本当に愛らしい女性だった。こんなに冷たい石でも、その事実は隠せない」彼女はつぶやくと、オデルをちらっと見た。「当然ながら、二人は全然お似合いの夫婦じゃなかったわ。あなたの母親は若くて、美しくて、明るかったけど、あなたの父親は年老いて皮肉っぽかったから。彼はすでに一つの家族を失っていた――だからリリスと彼女が産むはずの子どもたちを手放さないために、なんとしても自分の言いなりにして頭から押さえつけようとしたのね」

レディは視線を石像に戻してため息をつくと、大理石の頬を悲しげに撫《な》でた。「結婚して一年が経《た》つころには、彼はリリスの喜びも若さもすべて奪い去っていた。あなたが五歳のときにリリスは亡くなったけど、あれは形式的な死にすぎなかった。その前から、リリスは死んだも同然の人生を送っていたんだもの」

オデルは母の石像を見おろし、その日、初めて本物の悲しみを感じたような気がした。でも、老婦人の次の言葉を聞き、その悲しみの感情はいっきにどこかへ消え去った。

「あなたはとてもよく似ているわ。あなたのお母様に、という意味よ。これなら簡単かもしれない」

「簡単？　何がですか？」オデルは混乱して尋ねたが、レディはいっさい答えようとせず、突然眉をひそめた。オデルの肌の青白さや、ぶかぶかのドレスの下の細い体つきをじっと見つめている。オデルも、自分の顔立ちが母親に似ていることは知っている。でもいかんせん、いまは心労のせいで痩せこけ、目の下にはくまができている。しかも、髪を覆っているベールのようにどす黒い色のくまだ。

そのとき、レディからいきなりベールをはぎ取られた。この年齢にしては、驚くほどすばやい動きだ。はぎ取られたはずみで髪からピンが何本か抜け落ち、両肩のまわりに艶のない巻き毛が垂れさがった。

本来なら輝くような赤茶色の巻き毛が、張りも艶も失っているのを目の当たりにして、レディは心配そうに唇をすぼめた。「彼はあなたからもいきいきとした人生を奪い取ろうとしていたのね？」

ぶしつけな質問をされ、オデルは目を見開き、思わず尋ねた。「あなたはいったい誰なんですか？」

レディは目をぱちくりさせた。「誰って、わたしが？　あらいやだ、わたしとしたことが、自己紹介をしていなかった？　さっきからあなたが、頭のおかしな人を見るような目つきになってるのも当然よね。わたしが何者なのか、手がかりさえつかめていなかったんだもの。わたしはティルディ」

「ティルディ？」オデルは眉をひそめた。その名前はどこかで聞いたことがあるような気がする。

「あなたの名づけ親」

オデルはさらに大きく目を見開いた。「名づけ親？」

「お母様は〝マチルダおばさん〟と呼んでいたかもしれないけど、ティルディって呼んで。マチルダという名前はどうも苦手なの。体が大きくて歯が出ている馬みたいな名前じゃない？」

「ティルディ」オデルはつぶやくと、彼女の言葉をすなおに信じようとした。でもそこで眉をひそめ、いぶかしむように小柄な老婦人を見つめた。たしかマチルダは母リリスのいとこだ――リリスの両親によって引き取られ、育てられた、気の毒な孤児だった。少女二人は本当の姉妹のように仲むつまじく、一番の親友となったのだ。

でも父は、妻リリスに友だちづき合いを許そうとしなかった。〝妻たるもの、自分の夫と子どもたちだけに関心と愛情を注ぐべきだ〟という信条の持ち主だったせいだ。父は結婚後すぐ妻に無理やり、マチルダ――いや、本人の希望に合わせればティルディ――との関係をいっさい絶つように迫った。それでも、〝どうしても一番の親友を我が子の名づけ親にしたい〟という妻たっての願いまであきらめさせることはできなかったのだ。

ところが不幸なことに、それから間もなくしてマチルダは愛馬から転落し、首の骨を折って……。

衝撃に目を丸くしながら、オデルは老婦人に向き直った。「でもあなたは亡くなったはずよ！」

「あら、そう？」ティルディはちっとも動じる様子がない。「どこでそんな話を聞いたの？」

「あれはたしか……」オデルは体の向きを変えて、身ぶりで父親の石像を示した。でも老婦人が脇で舌打ちするのを聞き、はっとしてティルディを鋭く見た。

「ええ、人は誰しも過ちをおかすものなのよ。そうでしょう？」

オデルは不安に襲われながら考えた。彼女が言おうとしている〝過ち〟とは、正確にはなんのことなのだろう？　彼女は、父が嘘をついたとほのめかしているのだろうか？　こうして目の前に張本人が立っている以上、きっとそうだ。ティルディはちっとも死んでいるようには見えない。

「あなたにはわたしにちなんだ名前をつけたのよ。知っていた？」ティルディは明るく尋ねた。

オデルは物思いから現実に引き戻され、まばたきをした。「そうなんですか？　でもあなたの名前は――」

「マチルダ・オデルよ」ティルディはすぐに答えると、愛《いと》おしげな表情を浮かべ、オデルの頬にほつれかかる髪を払った。「それにわたしは、あなたのおばさんになることを心から楽しみにしていたの。でも、あの落馬事故が起きたせいで――」

「落馬事故？」オデルは眉をひそめた。

「ええ。わたしのこの世での人生を終わらせた事故よ」ティルディは憤懣《ふんまん》やるかたない様子で答えた。

「つまり、その落馬事故であなたは本当に亡くなったということ？」オデルは甲高い声で叫んだ。

「ええ。人生の一番いいときにね」ティルディは力なく言うとため息をついたが、すぐに背筋をしゃんと伸ばした。「悲しいかな、それが人生というものよ。とにかく名づけ親として、ここ何年もあなたのことを見守ってきたわ。ただし、ずっと口出しすることが許されなかったの。ブラスターから、そんなことをしては——」

「ブラスターって？」オデルはすばやくティルディをさえぎり、扉のほうを一瞥《いちべつ》した。いまいる場所からはさほど離れていない。この頭がどうかした女性の気を少しでもそらすことができれば、あの扉から逃げ出せるかも——

「ああ、彼はわたしの監督者なの」オデルが視線を戻すと、ティルディは何かを探すように床をじっと見つめている。「彼はこの近くにいるはずよ。きっとまっすぐお城に行ったのね。ほら、寒いのが大嫌いだから」

「そうなんですね」オデルは慎重に答えると、さりげなく扉に一歩近づいた。

ティルディはしかめっ面をした。「彼は一年のこの時期、地上におりてくるのを特にいやがるの。だけどあなたの場合、かなり危機的な状況だから」

「ええ」オデルは同意し、もう一歩扉に近づいた。

「だから彼を納得させられたの、ありがたいことにね」

「納得させたって、何を？」さらにもう一歩近づく。

「父親のひどい態度のせいで、あなたは愛を恐れている。いま誰かが真剣に介入しなければ、あの父親の狙いどおり、あなたはこのまま一人ぼっちのひねくれた人間になるだろうってことをよ。まさに父親と同じようにね」ティルディは辛抱強く説明を続けていたが、ふいに輝かんばかりの笑顔を見せた。「でもこれからは、すべてがうまくいくようになる。だってわたしがこうしてここへやってきたんだもの。あなたが幸せになる姿を見るために、特別に送り込まれてきたのよ」

オデルは足を止め、驚いてティルディを見つめた。「もしかして、あなたはわたしの守護天使のような存在なの?」

「それがね」ティルディは顔をしかめた。「まだ正式に天使にはなっていないの。天使には杖《つえ》も妖精の粉も必要ないのよ」

「杖と妖精の粉ですって?」オデルはさらに目をむいた。

「そうなの。いまのわたしは、妖精の力を持つ名づけ親ってところね。奇跡を起こすためには、まだそういう手助けが必要なの」ティルディはがっかりしたように認めたが、すぐに明るい表情に変わった。「でも受け持ちの五十人の手助けに成功したら、いまの立場を卒業して、晴れて天使になれるのよ」

「それで、わたしは五十人のうちの何番めなの?」この女性は完全に頭がどうかしている。そうわかってはいるものの、興味を引かれ、オデルは尋ねた。

ティルディは顔をしかめ、渋々答えた。「あなたが初めてよ。いままでずっと訓練を積んでいたから」

「そんなことだろうと思った」オデルは小声でつぶやいた。

「でも怖がらないで。わたしはトップの……トップに近い成績で訓練を修了したのよ。とにかく落第はしなかったから」ティルディはため息をつくと、オデルの手を取り、扉のほうへ向かい始めた。先ほどからずっと、オデルが隙あらば逃げ出そうとしていた扉だ。

「まあ、気にすることはないわ。すべてうまくいくから。でもね、そのためにはやらなければいけないことが山ほどあるの」

「やらなければいけないこと……?」オデルが不安げに尋ねるのと同時に、彼女の〝守護者〟は建物の扉を開いた。とたんにまぶしい太陽の光が差し込み、頭をすっきりさせる冬の寒風が吹きつけてきた。

「わたしが地上にやってきたのは、あなたに夫を見つけるためなの」

オデルは足を止め、体をこわばらせた。それこそ、自分が一番期待していないことであり、一番望んでいないことでもある。「わたし、夫なんて必要ないわ」

「いいえ、もちろん必要よ。絶対に。一人では子どもを作ることができない。そのためには男性が必要なの」

オデルは一瞬頬を染めたが、すぐ顔面蒼白《そうはく》になった。「でも、わたしは子どもを作ろうなんて思っていないわ」

「もちろん、思っているわよ。聖書も〝産めよ、増えよ〟と言っているし。ええ、そうですとも、あなたもそうするべきだわ」

「でも、わたしは婚約さえしていないし、それに――」

「知ってますとも。あなたの父親の怠慢のせいよね。そういうところも本当に勝手でぞっとする。あなたを自分に縛り続けておくなんて。ロズワルドはあなたの何から何までひとりじめしたがっていたけど、今後はその現状をきちんと正さなければ。あなたを婚約させて、すぐに結婚させるわ」

「だけど――」

「あなたと議論するつもりはないわ。あなたの父親は死ぬその日まで、あなたに自分のそばにいろと命じ続けたけど、もう彼はいない。そしていま、あなたの今後に気を配るのがわたしの仕事なの。わたし自身、天使に昇格したいし、背中に翼を生やしたいわ。あなたのほかにたった四十九人助ければ、天使という肩書きが手に入るんだもの」ティルディは決然たる瞳でオデルを見た。「ただし、この仕事には期限みたいなものがあるの。わたしはクリスマスまでにあなたを幸せにして、結婚させないといけないわ」

オデルはぎこちなく尋ねた。「それはどっち？」

ティルディは目をぱちくりさせた。「どっちって、何が？」

「それはわたしを幸せにするまでの期限？　それとも結婚させるまでの期限？」オデルはうなるように尋ねたが、ふいに体の向きを変え、中庭を横切り始めた。どういうわけか、胸がどきどきしている。こんなふうになるのは、もう何年も前に父が声を荒らげ、手をあげたとき以来だ。ただ今回は、あのときとは違う。いま感じているのは恐怖ではない。激しい怒りだ。

この二十五年というもの、ずっと父に支配されながら生きてきた。どんな願いや望みを抱いても、父にけなされるか、邪魔されるかのどちらかだった。また別の男性に支配されるつもりはさらさらない。

「でも……ねえ、ちょっと！」ティルディはあとを追ってきた。明らかに心配している様子だ。「どんな女の子も結婚を望むものよ。夫と子ども、温かい家庭を必要としている」

「わたしは〝どんな女の子〟にも当てはまらない例外なの」ぴしゃりと答えたときに、突然思い出した。そうだ、この女性は頭がおかしいのだ。恐れることなんて何もない。せっかく手にした自由を失うのではないかと心配する必要もない。オデルはそう考えて、足を止めた。

自由。わたしは自由なのだ。唇から小さな笑い声をもらし、ふたたび歩き出す。どんどん歩調を速めて、城へと通じる階段を急ぎ足でのぼり始めた。もう何ものにも縛られることはない！　いますぐに城のなかへ入って、暖炉のそばで好きなだけゆっくりくつろぐこともできる。ああしろ、こうしろと怒鳴りつけてくる父はもういない。これからは自分のやりたいことを好きなだけ楽しめるのだ。

「おやまあ！」

ティルディの驚いたような叫び声が聞こえてきて、城のなかへ入るとすぐ、オデルは立ち止まった。なぜティルディが叫びをあげたのか、その理由は考えるまでもない。ロズワルド城のせいだ。

目の前に広がる大広間を一瞥したとたん、つい先ほどまでのわくわくした気持ちがいっきに消え去った。ありとあらゆる場所に父の存在が感じられる。本当は死んでいないのではないかと疑うくらいに、どこもかしこも父の気配が染み込んでいた。オデルはあたりを見回し、ため息をついた。「ぞっとするほど憂鬱な部屋でしょう?」

「そうね」ティルディは真顔でうなずいた。

「父は太陽の光が大嫌いだったの」薄暗い室内に目が慣れるのを待ちながら、オデルはみじめな気分でつぶやいた。「父はいつだって射撃孔を皮でふさぐよう命じたわ。どんな季節であっても。それに――」

「ここには椅子が一脚しかない」オデルがその事実に気づいていないかのように、ティルディはきっぱりと指摘した。

「ええ」オデルはさらにみじめな気分で答えた。巨大な大広間にあるのは、暖炉脇にある父専用の大きな椅子一脚だけだ。父は常に、食事どきに使用する架台式テーブルや長椅子は、きちんと折りたたんで壁に立てかけておくようにと言い張っていた。〝怠け者が座ってうだうだしないように〟という理由からだ。

「床にいぐさの絨毯《じゅうたん》さえ敷いてないじゃないの」ティルディは驚いたようにつけ加えた。

「父は、〝あんなものは、使用人たちが毎日の床磨きをさぼるために考え出されたくだらないものだ〟と言っていたから」

「でもここは石造りだから、絨毯がなければ寒すぎるわ。いまだって内履きから寒さがしんしんと伝わってきているもの」

「ええ。わたし自身、こんなに大きな広間でなければいいのにといつも願っていたの」嘆くように言うと、オデルはティルディをちらっと見た。「もし本当にわたしを幸せにしたいなら、なんの役にも立たないのにえらぶっている夫ではなくて、いぐさの絨毯をたくさんくれない？」

「あら、それは名案ね」ティルディは一も二もなく同意すると、手首に下げていたピンク色の小袋を開け、片手をなかへ滑らせたかと思ったらすぐに引き抜き、てのひらを閉じたまま自分の顔の前に掲げた。それから何かもごもごと唱えると、指を一本ずつ開き、てのひらを一回ぐるりと回転させ、息を吹きかけた。てのひらにきらきら光る粉が現れる。

オデルは息をのみ、口をあんぐりと開けて、固唾をのんで見守った。ティルディは体を少し回転させ、オデルと向き合うようにした。次の瞬間、オデルは自分がきらきら光る小さな雲のようなものに囲まれ、その中心にいることに気づいた。仰天してまた息をのみ、慌てて目と口を閉じて、雲のなかから抜け出すべくあとずさろうとする。でも時すでに遅し。すでにかなりの量の粉を吸い込んでいたせいで、咳《せき》とくしゃみが止まらなくなった。

「まあ大変！」ティルディはオデルに駆け寄ると、背中を軽く叩き始めた。「ごめんなさいね。あなたの顔めがけて粉を吹きかけるつもりはなかったのよ。本当に悪かったわ」

咳とくしゃみの発作がようやくおさまると、オデルはむせながら体をゆっくり起こした。

「いったい……何をしたの？」

「さっきも説明したでしょう？　奇跡を起こすとき、天使なら粉は必要ないけど、わたしの場合はまだどうしても――」

「嘘でしょう？」

「どうかしたの？」オデルの叫びに、ティルディは体の向きを変えて室内を見回すと、顔をしかめた。「ちょっと多すぎたかしら？　きっともう少し妖精の粉を少なくするべきだったのね」

「妖精の粉……」オデルはぼんやりと繰り返し、目の前の光景に息をのんだ。信じられない。大広間の床一面に、清潔ないぐさの絨毯が敷きつめられている。壁も汚れが消えて真っ白になり、そのまぶしい白さが目に痛いほどだ。しかも、壁には大ぶりなタペストリーが数枚飾られている。これまで見たことがないような美しいつづれ織りだ。オデルはしばしそのタペストリーを惚《ほ》れ惚《ぼ》れと眺めたあと、部屋全体を見回してみた。

暖炉のそばに一脚しかなかった椅子は、もはやどこにも見当たらない。だが、大広間全体に家具がずらりと並んでいる。暖炉を囲むように巨大な手彫りの椅子が並べられており、どの椅子も詰め物がふかふかでいかにも座り心地がよさそうだ。壁に立てかけられていた架台式テーブルと椅子はすべてきちんと設置され、どのテーブルにも長い純白の布がかけられていた。一番上段にある長椅子の中央には、上品で優美なクッションが二つ置かれている。オデルとティルディの席なのは明らかだ。

「信じられない」オデルは大きく息を吸うと、ティルディに向き直り、非難するように言った。「あなたは魔法を使えるじゃない！」

ティルディはため息をついた。「ええ、そうよ。魔法を使えないなんて言ったからしら？　手助けのために妖精の粉が必要だとは言ったけど――あら、そこにいたのね、ブラスター」前かがみになり、背後にある開かれた扉から入ってきた猫を抱えあげた。

「ブラスター？」先のティルディの言葉を思い出し、オデルが両眉をつりあげる。「あなたの監督者は猫なの？」

「ええ、いまのところはね」

「いまのところは？」オデルはすっかり混乱した頭で振り返ると、もう一度室内を見回し、低くうめいて目を閉じた。なんだかくらくらする。「こんなこと、ありえない」

「気を失いそうなの？」ティルディは尋ねると、猫を床に落とし、片腕でオデルの体を支えた。「深呼吸をなさい。ゆっくり息を吸い込むの」

言われたとおりに数回深く息を吸い込むと、オデルは胸の苦しさが和らぐのを感じた。先ほどまで感じていた耳鳴りも消え始めている。

「少しは気分がよくなった?」ティルディはいかにも心配そうな様子だ。

オデルは力なくうなずいた。「ええ、だけど――」

「だけど?」

「もとに戻してもらわないと」

ティルディは顔をしかめた。「気に入らなかったかしら? なるべく――」

オデルは首を振り、目を見開いて室内を見回した。「気に入ったわ、すごく気に入った。でも、使用人たちがどう思う?」

「あら、平気よ」ティルディは笑い声をあげると、杖でゆっくりと弧を描いた。「ほら! これで彼らも、わたしの使用人のしわざだと思うはず」そこで動きを止め、眉をひそめると、足元にいる猫を見おろした。「ブラスター」

一瞬のうちに猫が消え、同じ場所に一人の男が立っていた。背が高くて痩せていて、黒い仕事着を身につけている。彼はオデルに向かって黒い口髭《くちひげ》をくねくねと動かしてみせると、髪に片手を差し入れた。髪の色は、先ほどの猫と同じ黒だ。

「そんな……嘘」オデルはゆっくりとあとずさり、頭を振った。

「ほらね、これで完璧」ティルディは明るい声で言った。「オデル、紹介するわね。こちらはわたしの下男のブラスター。ブラスター、こちらはわたしの名づけ子のオデルなの」

「下男だって？」

男の声にはややいらだちが表れていたが、必死に頭を振り続けていたオデルはそのことに気づかず、放心状態のまま繰り返した。「嘘よ」

一瞬ティルディはしかめっ面になったが、すぐに口を開いた。「なるほど、彼が一人だけでこれを全部やりとげられるはずがない、と言いたいのね？」彼女はくるりと背を向けて扉のほうへ向かい、中庭全体に目を走らせると、すぐに満足げな笑みを浮かべ、片手を口に当てて声をあげ始めた。クワックワッという、この世のものとは思えない叫びだ。

「今度は何をするつもり？」オデルは甲高い声で叫ぶと、早足でティルディに駆け寄った。

「あなたの声、まるで――」口をつぐみ、慌てて扉から離れた。家畜小屋で飼育されているカモが六羽、よたよたとした足取りで一列になって、城の扉から入ってくる。「――カモそっくりだわ」驚きとともに言葉を締めくくると、眉をひそめて両目を閉じた。顔の前で、ティルディがまたしてもあのきらきらした粉をまき散らしたのだ。

その瞬間に何が起きていたのかはわからないが、オデルがふたたび目を開けると、先ほどまでカモがいた場所に六人の女たちが立っていた。年齢も体型もまちまちだが、全員があのカモたちと同じ、暗い茶色のドレスを身につけている。カモの姿はどこにも見当たらない。

「なんてこと」オデルはうめくと、恐ろしさのあまり、額に手を当てた。脳裏をさまざまな考えがよぎっては消えていく。

「あなた、横になったほうがいいかもしれないわね。顔が真っ青よ」

「いいえ、わたしは……」オデルはどうにか手をおろして目を開けた。でも、美しい室内装飾や調度品、六人のメイド、そして背が高くて黒髪のブラスターは消えていない。ふたたび目を閉じてぽつりとつぶやく。「やっぱり休んだほうがいいかもしれない」

「ええ、わたしもそう思うわ」ティルディは優しい声で言うと、オデルの腕を取って階段へといざない、階上へあがり始めた。「ちょっとした昼寝は体にいいものよ。夕食の時間になったら起こすわね。あの父親のことだから、どうせ病気になってからずっと、あなたを自分のベッド脇で寝起きさせていたんでしょう? さぞ疲れているに違いないわ。少しの昼寝とおいしい食事で、すべてがうまくいくようになるから」

そのとき、オデルはふと思いついた。いまロズワルド城のなかで起きている、この奇妙な現象を説明する方法が一つだけある。幻覚だ。「ちょっと疲れがたまっているのね。少し休んで何か食べれば、すべて元どおりになるはずだわ」

「わたしは元どおりにならないよう願っているけど」ティルディは少し皮肉を込めてつぶやくと、オデルが入れるように彼女の寝室の扉を開けた。

「どうしてここがわたしの寝室だとわかったの?」興味を引かれて尋ねたものの、室内に一歩足を踏み入れながら、ある疑いがむくむくと頭をもたげてきた。そして、前に広がった光景を目の当たりにして、すばやく寝室に背を向けた。

「いったいどうしたの?」ティルディは警戒するように尋ね、オデルの背後から寝室をのぞき込んだが、すぐに納得したような表情になった。

室内にはいかにも寝心地のよさそうな巨大なベッドが一台、暖炉脇には詰め物たっぷりの椅子が数脚、ベッド脇にはみずみずしいバラ色のカーテンがかけられていたのだ。暖かくて居心地がよさそうな寝室だ。今朝オデルがここから出たときとは様子が完全に違っている。父ロズワルドは守銭奴で、娘の寝室にもほとんど金をかけようとしなかったのだ。

「ずいぶん妖精の粉を使ったけど、これでもう手をかける必要はないでしょう。それとも、あなたはこの新しい寝室が気に入らないの?」

まだ目をしっかりと閉じたまま、オデルは小声で同じ言葉を繰り返し、なんとか自分に言い聞かせようとした。「これは現実じゃない……こんなことが起きるはずがない」

「ほらほら」ティルディはつぶやくと、オデルの体の向きをもとに戻し、まっすぐベッドへ連れていった。「あなたに必要なのは少しの休息よ」

「これは現実じゃない」オデルはぼそぼそと繰り返すと、ティルディの助けを借りてベッドのなかへ倒れ込んだ。「こんなこと、起きるはずがないの」

2

結局、何も問題は起きなかった。

オデルは模様替えされた大広間を見回し、首を振った。ティルディがここへやってきて以来、かぶりを振ってばかりいる。これで少なくとも何百回めかになるだろう。あれから昼寝をしたが、目覚めても事態はもとには戻っておらず、その状態のまま、すでに一日が過ぎている。それなのに壁はしみ一つない純白のままだし、輝くタペストリーもほこりとは無縁だ。床にはいぐさの絨毯《じゅうたん》が敷きつめられ、部屋の隅々にはくつろぐための家具がしつらえられたまま。さらに驚くべきなのは、その家具がいま、たくさんの人によって使われていることだ。昼食は使用人や兵士たちだけでテーブルを囲むのが常だが、いまは招待客までいる。主賓用テーブルの両脇には、少なくとも二十五人ほどの男性がずらりと並んで着席していた。彼らのうちの半数は、昨夜の夕食前――ちょうどオデルが昼寝をしていた時間――にこの城へ到着した。全員がお金持ちで独身の若い領主ばかりだ。以降、残り半数の男性たちもまるで招待されていたかのように意気揚々とロズワルド城に馬で乗りつけてきた。

ティルディは彼らのことを〝求婚者たち〟と呼んでいるが、オデルは心ひそかに彼らを〝招かれざる客〟と呼んでいる。オデルは結婚する気などさらさらなかった。最悪なのは、彼らから歯の浮くようなお世辞を言われ、居心地の悪さを感じることだ。いくら新品の美しいドレス——目覚めたとき、寝室の収納箱のなかに山のように収納されていたうちの一枚——を褒めそやされても、居心地の悪さはいっこうに和らがない。そもそも他人がそばにいる状態に慣れていないのだ。ずっと長いこと、父親やその使用人たちとしか過ごしてこなかったせいで、めかし込んだハンサムな訪問者たちを前にしても何を話したらいいのかわからない。

「ねえ、大丈夫？　なんだか顔が赤いわ」ティルディが前かがみになってささやいた。

オデルは椅子の上で身じろぎをし、落ち着かない気分でため息をついた。「少し暑いだけよ」本当のことだ。眉をややひそめながら、外に通じる扉を一瞥《いちべつ》し、つけ加える。「食事が終わったら、少しの間散歩に出てくるわ」

「それはいい考えね」ティルディは明るく答えた。必要以上に嬉《うれ》しそうな声だ。オデルがいぶかしく思ったとき、案の定ティルディはすぐにつけ加えた。「ブロウネル卿《きょう》、それかトレントン卿が喜んであなたの散歩のおともをすると思うわ」

オデルはうんざりして答えた。「あの人たちをわたしに押しつけようとするのはやめて。

彼らにはなんの興味もないから」

〝おやつはだめ〟と言われた子どものように、ティルディはがっくりとうつむいた。その姿にオデルはたちまち罪悪感を覚えてため息をついたが、前言を撤回しようとはしなかった。結婚に少しも興味が持てないのは本当なのだからしかたがないのだ。ティルディにもその事実をなるべく早く受け入れてほしい。


「閣下、この先にロズワルド城があります」

ミシェルはまばたきをして目に降りかかる雪片を払うと、イードセルの言葉を聞いてちらりと上を見た。目を細め、木々の先にそびえ立つ城の様子を確認する。ロズワルド城ならば文句はない。馬たちはくたびれきっているし、どこかで休ませる必要があるだろう。まだ正午を過ぎたばかりだし、故郷へ戻る旅の最終行程を始めたのはわずか数時間前だというのに、馬たちが明らかに疲れを見せ始めている。予期せぬ事態だ。普段から馬には無理をさせないようにしている。明日の朝まで、この地で休ませたほうがいいだろう。

「そうだな、イードセル」ミシェルは答えながら、どこか嬉しそうなイードセルの様子を見て、少し愉快な気分になった。無理もない。この二週間というもの、ずっと単調な雪景色を眺めながら、英国をとぼとぼと横断してきたのだ。本来なら秋の初めにイードセルを迎えに行くべきだったのだが、ちょうどそのころは、今年の夏に相続した貧しい領地サスタンで多忙をきわめ、新たに従者になった少年について考える時間さえ持てなかったのだ。ましてや、イングランド南部まではるばる彼を迎えに行く時間の余裕などあるはずもない。もしイードセルの父親が友人でなければ、彼から息子を教育してやってほしいと頼まれても断って――

「ぼくたちが泊まれる部屋があると思いますか？」

「どうかな。ロズワルド卿には一度も会ったことがないが、彼は客をもてなすことがほとんどないという話を聞いたことがある」ミシェルは顔をしかめて思い出そうとした。そのほかにロズワルド卿について聞いた噂《うわさ》はなかっただろうか？

隣の領地に暮らすロズワルド卿が裕福だという事実は知っている。だが、たとえ知らなかったとしても、ロズワルド城の正門をくぐったらすぐそれに気づいただろう。城の中庭を駆け回っている子どもたちの頬は丸々としていて血色がいい。それに、彼らが飼育している動物たちもだ。貧しい城主の場合、配下にある村では動物たちを飼う余裕がない。飼っているとしても、痩せこけたみすぼらしい姿をしているものだ。だが、この中庭にいる動物たちはたっぷり肉がついて毛並みもいい。

あたりに物音が響き、ミシェルは城の外階段に視線を移した。外套《がいとう》を着込んだ一人の女が大広間から出てきたところだ。女は扉を閉めると、こちらを向いた。毛皮で縁取られたフードで顔は隠されているが、一歩進むごとに、外套の下から緋色《ひいろ》のドレスがちらちらと見えている。雪が積もっているにもかかわらず、彼女は軽快な足取りで階段をおりてきた。

　この女性はロズワルド卿の妻なのだろうか？　それとも娘か？　いや、単なる招待客かもしれない。ミシェルは階段の下で自分の馬を止めながら考えた。その答えを知るべく馬からおり、彼女のほうへ近づいていく。

「失礼、マイ・レディ」ミシェルは礼儀正しく話しかけた。ところが女性は彼を一蹴するかのようにぞんざいに手をひらひらさせ、回り込んで通り過ぎようとした。

「馬は使用人に任せてなかへ入って」こちらをちらりとも見ないまま、女性はそう指示した。「ブラスターがあなたたちを部屋まで案内するから」

「わかった」ミシェルは体の向きを変え、足早に通り過ぎる女性のほうを見た。自分でも困惑顔になっているのがわかる。だが彼女はわざわざ振り返ってこちらを見るつもりもないらしい。「きみは――」

「ええ、閣下、わたしはレディ・ロズワルドよ。あとで喜んでご挨拶するわ。とりあえずいまは、ブラスターがあなたたちの面倒を見るから」

「ありがとう。だがきみは、わたしをほかの誰かと間違っているようだ。わたしは――」

「ええ、わかっているわ、閣下」彼女はまたしてもさえぎった。ため息をつき、足を止めて振り返ると、ようやくミシェルに向き合う。ただ彼に見えたのは、外套のフードの下、不機嫌そうにねじ曲げられた唇だけだ。「この城のなかには、あなたのような人たちが二十人以上もいるの。それに、間違いなくあなたも彼らと同じように、このあたり一帯で自分が一番お金持ちでハンサムだとわたしに訴えるつもりなんでしょう。そして、次はこう言い出すの。〝きみほど美しくてとびきり魅力的な人はいない。誓ってもいい。きみがほほ笑みかけてくれさえすれば、わたしはどんなにむごくて恐ろしい死でも喜んで受け入れよう〟」最後の芝居がかった部分は、うんざりしたような言い方だった。

ミシェルは目をぱちくりとさせ、かぶりを振ると、面白がるように唇を持ちあげた。

「村の豚飼いと比べたら、わたしの言葉もそんなふうに気取って聞こえるに違いない。ただし正直に言えば、わたしは今日死ぬつもりはない――たとえきみの笑みがどれほど美しくても」

女性はしばらくその場に立ち尽くし、それからフードを持ちあげて、ミシェルのことをまじまじと見つめた。目を見開いた様子から察するに、初めて彼のことを真剣に見たようだ。ミシェルにとっても、この女性をちゃんと見る初めての機会が与えられたことになる。

彼女の髪は濃い茶色で、ところどころに鮮やかな赤が交じっている。肌は透きとおるように白くて滑らかで、鼻筋はまっすぐ通っており、瞳は美しい青色、唇は薄すぎず分厚すぎずちょうどいい厚みだ。たしかにずっと見ていたいと思わせる女性だが、そのほほ笑みのためなら死んでもいいと思うほど圧倒的な魅力は感じられない。少なくとも、ミシェルにとってはそうだ。

これまでやるべき仕事がありすぎて、女性に対する欲求に煩わされる暇さえなかった。いまはサスタンの領地を立て直すのが先だ。女性とつき合うことで重荷を増やすつもりはない。ひとたび領地がいい方向に向かったら、世継ぎをもうけるため、妻をめとらなければならないだろう。だが本音を言えば、そういう行為を楽しみにしているわけではない。経験上、妻というものが、もらう価値がある存在とは思えない。むしろ、悩みの種を生み出すことのほうが多い。自分の母を見ていれば一目瞭然だ。母は高価なドレスや燦然《さんぜん》と輝く宝石類を矢継ぎ早に要求して、結局父を墓場に送ることになった。父は戦場で命を落としたのだが、そもそも妻の要求に応えるのが面倒だからという理由でその戦いに臨んでいたのだ。甘やかされ、要求ばかりする妻は絶対にごめんだ。

この男性の無関心な態度にいらだった自分に驚きつつ、オデルはフードをあげて彼を見つめた。最初に外へ出て声をかけられたときは、この男性もまたティルディが招待した求婚者の一人にすぎないのだろうと考えていた。その日も一日じゅう、彼らは次から次へと城へ到着していたからだ。

金髪の男性がいれば、黒髪の男性もいる。背が高い男性がいれば、そうでもない男性も。彼らはクジャクの赤ちゃんのように、列をなしてロズワルド城に次々と入り込んできた。どの男性も独身で、とびきりハンサムで、少なくともある程度の資産を持っている。

でも、目の前にいるこの男性は違う。背が高くてがっちりしてはいるが、黒い長髪に縁取られた厳しい顔つきは、ハンサムとは言いがたい。顔以外の部分にも視線を走らせてみる。身につけている服は清潔だし、いい仕立てではあるが、明らかにくたびれて見える。ほかの求婚者たちに比べると、この男性はどう見ても裕福そうではない。それでもなお、その瞳に宿る、何かを面白がるような輝きのせいで、彼はひどく魅力的に見えた。

オデルはなんとか礼儀正しい笑みを浮かべると、口を開いた。「申し訳ありません、閣下。わたしは何か勘違いをしていたようです。もう一度お名前を聞かせてくださいますか？」

「サスタン卿だ。爵位はまだ受け継いだばかりだが」

「まあ」その名前を聞いてすぐに、オデルは真顔になった。「あなたのおじ様が亡くなったのは、本当に残念だったわ。彼はときどき、わたしの父を訪ねてくれていたの。とても感じのいい方だったのに」

「ということは、きみはロズワルド卿のお嬢さんなのか？」

「ええ」

彼は短くうなずくと、馬からおりて背後にやってきた少年を身ぶりで示した。「わたしはここにいるイードセルを連れて、領地へ戻る旅の途中なんだ。サスタンまであと数時間なのはわかっているし、寒いなかこんなふうにきみを引きとめておきたくもないんだが、馬たちが疲れきっていて、こんな悪天候のなかで無理をさせるのが忍びなくてね。きみのお父上は、わたしたちを今夜一晩ここに泊めてくれるだろうか？」

「父は数日前に亡くなったの」オデルは城門を一瞥しながら、とりあえずそう答えた。空き部屋はあっただろうか？　いや、あるとは思えない。次々やってきた洒落者《しゃれもの》たちのせいで、城はもう尖塔《せんとう》までいっぱいのはずだ。それに――

「それはお気の毒に」その言葉を聞いてオデルは現実に引き戻されたが、一瞬何を言われているのかわからず、尋ねるようにサスタン卿を見つめた。彼がつけ加える。「お父上を亡くしたばかりなんだね」

「ええ、そうなの。お気遣いをありがとう」オデルは視線をそらした。父を失っても悲しみのかけらさえ感じられないことに、まだ罪の意識を覚えてしまう。たとえ人生の大半において、使用人と同等の扱いしか受けたことがない父親であったとしても。

少し離れた場所で、馬屋の少年トミーが我慢強く待っているのに気づき、手をひらひらさせて呼び寄せた。「さあトミー、閣下の馬たちの世話をしてちょうだい」指示を与えると、身ぶりであとをついてくるようサスタン卿に示し、城へ通じる階段をのぼり始めた。

彼がちゃんとついてきているか、わざわざ振り向いて確かめようとはしなかった。階段をのぼるサスタン卿の足音が背後から聞こえている。彼は猫のようにひっそりと爪先立って歩く男性ではない。背後から聞こえてくる重々しい足音を聞きながら、彼を城のなかへ案内した。

一歩足を踏み入れたとたん大広間の喧騒《けんそう》と熱気が伝わってきて、それでオデルは思い出した。先ほど外に出たのは、ほんのわずかな時間でいいから、求婚者たちから逃れたいと考えたからだった。男たちの耳障りな笑い声や交わされる冗談に、顔をしかめずにはいられない。ため息をついてあたりを見回してみる。ティルディはどこにいるのだろう？　ブラスターは？

二人の姿はすぐに見つけられた。洒落た服を着てめかし込んだ、大木のように背が高い男たちがうようよしているなかで、背が低くて丸々としたティルディの姿はいやでも目立つ。しかも、またしてもけばけばしいピンク色のドレスを着ているせいで、灰色の巨大ネズミたちの群れに一匹だけまぎれ込んだ、ずんぐりしたピンク色のネズミみたいだ。もちろん、ブラスターも負けてはいない。全身黒ずくめで背が高く、ありえないほど痩せている彼の姿も相当目立っている。

手をあげてティルディの注意を引こうとしたところ、彼女は突然オデルたちのほうへ早足で向かってきた。ブラスターも背が高い影のようにそのあとをついてくる。

「ここにいたのね」ティルディは近づきながら明るい声で叫んだ。「いったいどこへ行ったのかと心配しかけていたところよ。外へ出るならば、ハンサムな求婚者たちのうちの一人を一緒に――」そこで突然言葉を切り、彼女はあんぐりと口を開け、オデルの脇に立つ男性をまじまじと見つめた。「あらまあ」そう一言言うと、完璧に整っているとは言えないサスタン卿の顔立ちや古ぼけた服へ視線を走らせているうちに、先ほどまでの満面の笑みはいつしか消えていた。「あなたはどちら様？」

「こちらはサスタン卿よ、マチルダおば様」オデルはそう紹介すると、ぶしつけな質問をしたティルディをにらんだ。

「サスタン？　わたしはあなたに手紙を送った覚えはないわ、閣下」ティルディは鼻と額にしわを寄せ、ブラスターを見た。「どうだったかしら、ブラスター？」

「いいえ、思い出せません、奥様」ブラスターは無表情のまま答えた。

「そうよね、わたしも思い出せないのよ。サス……タン？」

「彼はうちの北側の隣人なの。いついらしても大歓迎なのよ」ぶしつけな物言いを聞き、オデルは歯を食いしばりながら答えた。

「北側？」ティルディは明らかにがっかりした様子で繰り返すと、ため息をついてうなずいた。「ああ、サスタン。あなたの父親の友人で、ちっぽけな土地しか持っていない、あのサスタンね」唇をすぼめて、あからさまに不快な表情をする。

ティルディがお金持ちかどうかだけに焦点を絞って招待客たちを値踏みしているのは、火を見るよりも明らかだ。名づけ親のあまりに失礼な言動にきまり悪さを覚え、オデルは口を挟んだ。「彼は領地に戻る旅の途中で、休むためにここへ立ち寄ったの。だからどうぞうちに泊まってくださいと申し出たところよ」

「ええ、ええ、もちろんだわ。隣人を助けるのはわたしたちの義務だもの。そうでしょう?」言葉とは裏腹に、ティルディには不意の客を歓迎する様子がこれっぽっちも見られない。むしろ困り果てた様子で、ブラスターに向き直ると尋ねた。「閣下のために部屋の余裕はあるかしら? それとも彼のせいで、今夜わたしたちは床の上に寝なければいけなくなる?」

「おば様!」ずけずけとした物言いを聞いたオデルは驚きにあえぐと、謝罪を込めてサスタンをちらりと見た。

「お気遣いをありがとう、マイ・レディ」先ほどと同じユーモアのセンスをのぞかせながら、サスタンはつぶやいた。「だがわたしは予定外の客人だ。なんなら、大広間の火のそばの床でも、喜んで眠らせてもらう――その場所がまだ空いていれば、の話だが」

　オデルはまばたきをして目の前の男性を見つめた。いまの発言には驚きを禁じえない。この城にやってきているほかの男性たちなら、そんな場所で休めと言われたらなんたる侮辱だと怒り出すだろう。いままでの彼らの様子を見ていたが、全員、持ってきた衣服をすべて収納できるきちんとした個室を要求していた。だがこの男性は違う。旅をしているというのに、ずいぶん軽装だ。見たところ、片手にぶら下げている小さな袋しか荷物を持っていない。それに、ほかの招待客たちはお付きの者を引き連れ、彼らがいなければ自分では何一つできない様子なのに、サスタン卿が連れているのはたった一人の少年だけだ。おそらく、少年は彼の従者なのだろう。

「そんな必要はないわ、閣下」オデルはティルディに向き直った。「ビーズリー卿とチェシャー卿はいとこ同士よ。一晩同じ部屋に滞在してもらえるはずだわ」

「あら、だめよ」ティルディはぞっとしたような様子で言った。「ビーズリー卿は国王よりもお金持ちだし、チェシャー卿は求婚者たちのなかでも一番のハンサムよ。二人ともとても大事な男性なの。そんな侮辱的な仕打ちをされて、彼らがあなたに感謝するとは思えないわ」

オデルは顔をしかめた。彼らは、ここにいる求婚者たちのなかで最も裕福かもしれないし、一番ハンサムかもしれない。ただ、ビーズリー卿はうぬぼれが強く、チェシャー卿は傲慢そのものだ。ここにいる隣人二人を助けたいなら、やはり彼らを相部屋にするしかないだろう。「侮辱されても死ぬわけではないわ。あの人たちなら大丈夫よ」そう答え、苦笑いを浮かべた。「なんといっても、わたしたちの隣人が一晩のベッドを必要としているんだもの」

「まあ……そうね」ティルディは渋々同意した。「そうすれば、従者が風邪気味だとしても、閣下はベッドを使うことができるものね。いいわ、わたしがなんとか言いつくろって、ビーズリー卿とチェシャー卿には同じ部屋に泊まってもらうことにしましょう」

おばが同意してくれたことはありがたかったが、いまの言葉が気になり、オデルは連れの従者をちらりと見て息をのんだ。少年は顔面蒼白《そうはく》で、風邪を引いたかのように体を震わせている。外にいたときはちっとも気づかなかった。というか、元気そうな少年だとすら思っていたのだ。

「イードセル、具合が悪いのか？」オデルの驚いた表情に気づき、サスタンも従者の具合の悪さに気づいた。心配そうに尋ねると、手の甲を少年の額に当て顔をしかめた。「ひどい熱じゃないか。どれくらい前から具合が悪かったんだ？」

「わかりません、閣下。旅の最中、寒さは感じていましたが、この天気のせいだと考えていたんです」少年は情けなさそうに答えると、体をふらつかせた。すぐにサスタンが腕を伸ばし、少年の体を支える。

「あら」ティルディは嫌みたっぷりにくるりと背を向けた。「その子が倒れる前に、ベッドに運んだほうがいいわね。チェシャー卿の荷物をまとめて、別の部屋に移すよう使用人たちに命じておくわ」

「閣下、お部屋へ連れていくわ。こちらへ」オデルが言うと、サスタンは少年を両腕に抱きかかえ、彼女目当てに押し寄せてくる求婚者たちの群れをどうにかかわしながら、チェシャー卿の部屋へ向かった。

一瞬前までチェシャー卿の部屋だった場所へ案内すると、オデルはサスタンに話しかけた。「その少年のためにわら布団を用意するよう、使用人に申しつけておくわ」

「いや、彼らにはわたしが寝られるよう、大きめのわら布団を用意させてほしい」サスタンは部屋を横切ると、ベッドの上に少年を横たえ、毛皮の敷物を体にかけてやった。

彼が少年を大切に扱っている様子に、オデルはしばし言葉を失った。サスタン卿は信じられないくらい思いやりのある男性のようだ。優しく慰めるような声をかけながら、両手で少年をさすってあげている。思えば、父はこんな優しさを見せてくれたことが一度もなかった……。そんな物思いに沈んでいたのもつかの間、すぐに扉が開かれ、おおぜいの使用人たちが出たり入ったりし始めた。あっという間にチェシャー卿の荷物が運び出され、代わりに清潔な布と水が運ばれてきた。サスタン卿が少年の顔をそっと拭いてあげている。

「彼はあなたの息子なの?」目の前にいる男性があまりにかいがいしいため、気づくと、オデルはそんなぶしつけな質問をしていた。でも少年の看病に夢中で、そんなことには気づかなかったのだろう。サスタン卿に気分を害した様子はいっこうに見られない。

「いや、彼は旧友の息子で、ぜひわたしの従者として教育し、育ててほしいと友人から頼まれたんだ」

その答えを聞き、オデルは考えを巡らせた。きっとサスタン卿は、自分の庇護《ひご》のもとにある者たちを大切にするたちなのだろう。先ほどは、馬たちに無理をさせたくないから、ここに立ち寄ったと話していた。そしていま、自分の従者にも心遣いを見せ、愛情すら感じられるほど手厚く看病してあげている。この男性は、自分の周囲にいる人たちは誰であれ、大切に守ろうとするに違いない。もし父が少しでもこの男性のようだったなら、わたしの人生はどうなっていただろう？

「悪いが蜂蜜酒を少しもらえないだろうか？　あと、スープなどもあると嬉しいのだが」

突然彼は尋ねた。

　オデルは身じろぎをしてうなずいた。だが、彼には自分がうなずいている姿が見えないことに気づき、すぐに低い声で答えた。「すぐに何か持ってこさせるわ。わら布団も用意させるわね。あなたは夕食をここでとるのかしら？　それともわたしたちと一緒に食べる？」

　サスタンは一瞬窓の外を眺めたが、ふたたびオデルを見つめた。「ここの使用人たちにこれ以上手間をかけさせたくない。だからきみたちと一緒に食べようと思う」

「だったら、あなたが食事をしている間、使用人を一人ここへ来させて、イードセルに付き添わせるようにするわ」オデルはすべて問題ないことを確認してから、部屋をあとにした。

　しかし、階下へおりようと踊り場にやってくるかこないかのうちに、たちまち求婚者たちに囲まれた。まるでオデルが戻ってくるのを、どこかに隠れて待っていたかのようだ。厨房《ちゅうぼう》へまっすぐ向かおうとする間も、彼らはお世辞をやめようとしない。きみのために音楽を奏でたい、詩を暗唱したい、一緒に散歩に行きたい……どれもこれも鼻につくし、もううんざりだ。ようやく大広間から脱出して自由の身になるまでに、いらだちは頂点に達していた。もうもうと湯気があがる厨房へ入ろうとしたとき、いきおいあまってティルディの足を踏みつけそうになったほどだ。

「あら、ここにいたの」おばはそう言うと、注意深い目でオデルを見た。「ずいぶんいらいらしている様子ね。サスタン卿の従者の具合はそんなに悪いの？」

「違うわ。わたしはただ――」オデルは肩をわずかにすくめ、首を振った。「いいえ、気にしないで。あの少年のスープと蜂蜜酒を取りに、ここへやってきたの」

「それならわたしがもう手配したわ」

「よかった。あとは、サスタン卿が自分用のわら布団を必要としているの。少年の具合がよくなるまで、ベッドに彼を休ませてあげたいからって」

ティルディはすっと目をすがめると、不愉快そうに両眉をつりあげた。「つまり、サスタン卿はあの従者をベッドに寝かせるために、チェシャー卿を無理やり部屋から追い出したってこと？」

オデルはその表情を見て顔をしかめた。「彼は誰にも無理をさせたりしていないわ。それに、病気の子どものために自分のベッドを譲ってあげるのは、騎士道精神にのっとった立派な行為だと思うの」

「あなたがそう言うならそうなんでしょうね」ティルディは渋々同意した。「でも言っておくわ。ビーズリー卿は、柔らかくて暖かなベッドを少年のためにあきらめたりはしない。彼はもっと頭のいい男性よ」

「それは〝頭がいい〟という言葉の意味をどう考えるかによると思うけれど」オデルはぴしゃりと反論したが、すぐにため息をついた。厨房の扉が開かれ、求婚者の一人が顔をのぞかせたのだ。

彼はオデルを見つけるなり笑みを浮かべ、そのまま扉から厨房のなかへ入ってきた。

3

「あれがチェシャー卿《きょう》だろうか？」

サスタンから身ぶりで示され、オデルは目の前の皿から顔をあげた。夕食のテーブルで、彼はオデルが用意していた向かい側の席に座ることになった。食事の間二人は、今年の冬は例年になく寒いという話題や、従者の少年の高熱がまだ続いているという話題、その他取るに足らない話題を次々と話し合っていた。そんななか、サスタンから唐突に先の質問をされ、オデルはうなずいて答えた。「ええ、そうよ。どうしてわかったの？」

「彼がさっきから射るような目でわたしをにらみつけている」サスタンはまたしても面白がるような口調でつぶやいた。「わたしにベッドを奪われたことを、さぞ恨んでいるに違いない」

「いいえ、そもそも彼のベッドでもなんでもないもの」オデルはそっけなく指摘すると、視線をチェシャーから彼のいとこビーズリーへ移した。こちらもまた、恨めしそうな目でサスタンをにらみつけている。彼らがいくら不機嫌になっても頑として部屋を変えないでいたところ、あからさまにふくれっ面になったのだ。わたしは、彼らのそんな態度を面白がるべきなのか、それとも頭を抱えるべきなのだろうか？　答えはわからないが、一つだけはっきりしたことがある。ティルディがほのめかしていたように、二人とも自分のことを〝数ある求婚者たちのなかでも、最も重要な人物〟と考えているということだ。まさか無理やり相部屋にされるなどとは思ってもいなかったのだろう。しまいには、そんなことならもう帰るとまで騒ぎ出した。

脅し文句を聞かされ、女主人としては困惑すべき場面だ。でもオデルが感じたのは、どこか安堵《あんど》した気持ちだった。実際の話、求婚者たちにいつも囲まれているのは本当に疲れる。たとえ彼らのうちの半分がここから立ち去っても、いらだちは消えないだろう。

「それで？」ゆったりとした口調で質問され、サスタンに注意を戻すと、彼はにやりとして続けた。「きみがいいと思っているのはどの男性なのかな？」

オデルはしばし彼を見つめ、突然頬が染まるのを感じた。このテーブルに集まった求婚者たちの話をしているのは明らかだ。サスタン卿が従者を連れてこの城へ到着したとき、ティルディが求婚者たちについてあれこれ話していたのだ。

「正直に言うと、彼らの誰にも興味が持てないの」オデルはぽつりと答え、サスタンが信じられないと言いたげに眉をつりあげると、顔をしかめた。「そもそも彼らをここに招待するというのは、わたしの……おばの思いつきなの。わたしは結婚なんて全然望んでいないから」

「一度も望んだことがないのかな？」

「ええ、一度も」オデルはきっぱりと答え、驚いた様子の彼をにらみつけた。「そんなに信じられない話かしら？」

「そうだね。女性の大半は、自分たちが幸せになるために必要な富や宝石を与えてくれる夫を必要としているものだから」

オデルは唇を引き結んだ。「わたしは、富や宝石を与えてくれる男性なんて求めていない。すでに必要としている以上のものを手にしているから」

そうよ、かつてに比べれば、いまは比べようがないほどぜいたくで快適な暮らしをしているもの――皮肉っぽく、心のなかでひとりごちる。城一つとっても、前のようにしみったれた薄ら寒い雰囲気ではなく、とても居心地がいい。ティルディはやりすぎたような気もしないではないけれど。

サスタンが黙り込んだのに突然気づき、オデルは相手の様子を確認した。彼は本当にいまのわたしの話を信じてくれたのだろうか？　きっと信じてくれたに違いない。その証拠に、こんなふうに尋ねてきた。「だったら、子どもを与えてくれる夫ならどうだろう？」

その質問に息をのんだ。子どもを作る可能性なんて考えたことさえない。子どもはとっくの昔にあきらめていた。父には、娘を結婚させて手放すつもりなどさらさらないことに気づいていたからだ。父亡きいま、ふいにその可能性が目の前に開け、心惹《ひ》かれている自分がいる。でも、すぐに気づいた。子どもを作るためには結婚しなければならない。しかも、父親となった男性が、その子どもの人生をわたしのようにみじめなものにする危険性さえある。だから静かに口を開き、すなおな気持ちを口にした。「子どもはほしいわ。でも、夫を持つことで払わなければいけない代償の大きさを考えると、ぞっとするの」

サスタンはしばし考え込んだあと、低い声で答えた。「ロズワルド卿は、わたしが噂《うわさ》で聞いていた以上の暴君だったに違いない」

オデルはきまり悪さを感じて目の前の皿に視線を落とし、話題を変えることにした。「サスタンの領地を相続したときは突然だったから、さぞ驚いたでしょう?」

彼はしばし無言のままだったが、話を合わせた。「ああ。おじはまだ若かったからね。それに、たとえおじが若くなかったとしても、あの領地は当然おじの息子が継ぐはずだった。二人が数日のうちに立て続けに風邪で死んで、みんな本当に大きな衝撃を受けたんだ。きみのお父上はなぜ亡くなったのかな?」

「心臓発作よ。寝ている間に亡くなったの」オデルはそう答えると、突然二人の前に現れた使用人たちに作り笑いを浮かべた。全部で四人いて、子豚の丸焼きをのせた皿を捧《ささ》げ持っている。

「切り分けようか?」サスタンは腰から宝石のついた短剣を引き抜いてひらひらとさせ、

皿を身ぶりで指し示した。

「ええ、ありがとう」

オデルは、彼が肉汁たっぷりの豚肉を薄くスライスし、自分の皿に取り分けてくれるのを見守った。もちろん皿は銀製で、それもこれもティルディの魔法のおかげだ。聞いた話によると、ほとんどの城では、主人が客人を迎える特別な機会は銀製の皿とゴブレットでもてなすらしい。でもロズワルド城にはこれまで、そんなものは一つとしてなかった。父ロズワルドがあまりにけちだったせいだ。でもいまは、主賓テーブルに着いている誰もが銀製の皿にのせられた料理を食べ、銀製のゴブレットに注《つ》がれた酒を楽しんでいる。この光景を見たら、父は驚いて石棺から起きあがってくるかもしれない。そう考え、少しだけ愉快な気分になった。

右側から聞こえるかすかな物音で現実に引き戻された。目の前の皿に豚肉のスライスがどっさり盛りつけられている。すでに小山ができているのに、サスタン卿が困惑顔でまだその上にスライスをのせようとしているのを見て、ようやく気づいた。彼は〝もうじゅうぶんよ〟というこちらの言葉を待っているに違いない。父はこういう場合、ありえないほど薄く肉を切り分け、しかもこちらの希望を聞こうともしなかったため、そんな言葉を言ったこともなかったのだ。きまり悪さに頬を染めながら、ようやくつぶやいた。「ありがとう」彼がうなずき、スライスを自身の皿に盛りつけ始めたのを見て、ほっとする。

　そのあとサスタンが二人の席の間に短剣を置いたとき、オデルはその柄《つか》が美しい手彫りであることに気づいて、思わず手に取った。「まあ、なんて見事な手彫りなの。この短剣をどこで？」

「国王からの贈り物なんだ」サスタンは目の前の皿を見おろしたまま、落ち着かなげに答えた。そのせいで、よけいにオデルの興味はかき立てられた。

「何に対する贈り物だったの？」

「国王をお助けしたことに対してだ」サスタンは軽く肩をすくめると、話題を変えた。「お父上は、きみを一度も結婚させようとしなかったのか？」

　今度落ち着かなくなったのはオデルのほうだった。「ええ」

「母上は？」

「わたしが小さいときに亡くなったの」

　しばし沈黙が落ちたあと、サスタンは尋ねた。「ということは、きみに残された家族はおば上だけ？」

　オデルはうなずいた。「あなたはどうなの？　亡くなったおじ様といとこ以外に家族はいないのかしら？」

　サスタンは首を振った。「先代のサスタンはわたしの母の兄で、母と妹二人がサスタン城で暮らしている。いまはクリスマスの準備をしているだろうね」

「お父様は？」

「若いころに亡くなったんだ」

「きっと、妹さんたちはあなたよりかなり年下なのね」

サスタンは両眉をつりあげた。「ああ。どうしてわかった？」

「妹さんの夫について何も言わなかったから、そうじゃないかと考えただけよ」

「そうなんだ。妹たちはわたしとはずいぶん年が離れている。わたしたちの間に、妹と弟が一人ずついたんだが、幼いころに死んだんだ」

「お気の毒に……。それならサスタンの爵位と領地を相続する前、あなたは何を――」

「傭兵《ようへい》だった」まったく動じる様子もなく、堂々とサスタンは答えた。

彼が上等な服を身につけている理由が、オデルにもようやくわかった。とかく金のかかる領地や爵位を持たない傭兵ならば、自分の稼いだ金を好きなように使える。だが、貧しい領地を持つ領主となったいま、彼は金の使いみちにより慎重になる必要があるのだろう。

脳裏で突然、いろいろなことが一つにつながり始めた。国王から褒美としてもらった短剣。サスタン卿になる前は傭兵だった事実。そして彼のミシェルという名前――フランス人の名前であり、イングランドでは一般的ではない。実際、オデルはその名前の男性を二人しか知らない。一人はいま正面に座っている男性であり、もう一人はコベントリーの地で国王エドワード二世の命を魔女から救った傭兵だ。

かつて父が、冷笑しながらその話をしていたのを覚えている。父は誰にも同情したりする人ではなかった。たとえ相手が国王であってもだ。ジョーン・ウィルサムという〝魔女〟が国王に毒を盛ろうとした罪で逮捕されると、たちまち黒魔術への非難が世に広まることとなった。ウィルサムは裁判のためコベントリーに拘留されていたのだが、国王自らが尋問に訪れた際に襲いかかり、今度は素手で殺害しようとしたのだという。

もしそのとき、国王に付き添っていた一人の傭兵が割って入り、ウィルサムを殺さなければ、国王は命を奪われていただろう。それゆえ、国王はそのミシェルという名の傭兵に感謝の印として、自分の私物である宝石のついた短剣を与えた――噂ではそう言われている。オデルはいまでも、それが取るに足らない話であるかのように、だが妬ましそうに話していた父の様子を覚えている。

テーブルの上に置かれた短剣をちらりと見て、みぞおちがねじれるような感覚を覚えた。

「あなたは……〝魔女殺しのミシェル〟ね」

サスタンは顔をしかめた。「ぼくはこれまで数えきれないほどの男たちを殺してきた。それなのに、たった一人の魔女を殺したというだけで、突然〝魔女殺しのミシェル〟と呼ばれるようになってしまった」

オデルはなんとか笑みを浮かべようとした。サスタン卿の言うとおりだ。彼は魔女を一人殺したにすぎない。しかも、相手は国王の命を狙おうとした悪人だったのだ。サスタン卿はいわゆる〝魔女狩り〟をする人間ではないのだろう。「だったら、あなたはそういう魔術を使う人たちになんの反感も持っていないのね？」冗談めかして尋ねたが、彼と離れた席で求婚者たちの様子に目を走らせているティルディをちらっと見ずにはいられなかった。

「いや、もし見つけたらその場で殺すと思う」サスタンの返事にオデルは警戒感を募らせ、ふたたび彼を見た。「だが〝魔女狩り〟には興味がない。ああいうたぐいの人間は卑劣だし、不愉快だとは思うが。面と向かって戦いもせず、毒物でこっそり相手を殺害しようとするなんて、本当に卑劣としか言いようがない」

　オデルは恐怖に体をぶるりと震わせた。ありがたかったのは、彼が自分の食事に注意を向けたため、体の震えに気づかれなかったことだ。かわいそうなおば様！　ティルディは自分のことを〝妖精の力を持つ名づけ親〟と呼んでいたが、もし彼女が妖精の粉を空中に振りまき、呪文を唱えている姿を見れば、誰もが魔女だと思うだろう。サスタン卿には絶対におばを追いかけさせたくない。もしもおばがあの魔法を使っているところを、一度でも見られたら……。

「さて、そろそろ従者の容態を確認しに行こうと思う」サスタンはいきなりそう言って立ちあがったが、ふと動きを止め、振り向いてオデルの手を取ると、腰をかがめてお辞儀した。「おいしい食事をありがとう、マイ・レディ」

オデルはうなずくと、サスタンがテーブルから立ち去るのを見送った。彼は大広間を横切り、きびきびとした足取りで階段をのぼって姿を消した。

「あらまあ、すてきな短剣ね」

振り返ると、隣の席でティルディが体を乗り出し、テーブルの上にある短剣を身ぶりで指し示していた。サスタン卿が置き忘れたに違いない。「これは国王からの贈り物なんですって……魔女を殺した褒美だそうよ」

ティルディは両眉をつりあげたが、心配そうな様子はまったく見せずに口を開いた。

「なるほど、それで納得がいったわ。あの男にこんな短剣を買えるお金の余裕があるはずないもの」

「ねえ、お金がすべてではないわ」オデルはいらだったように答えると、短剣を手に取り、パンの皮で汚れを拭き取った。

「そうね、たしかにすべてじゃない。でもあれば、人を幸せにしてくれるものよ」

すぐさま反論され、オデルは嫌悪感もあらわに言った。「ええ、そうよね。わたしの父がそのいい例だったわ」ティルディに鋭い一瞥《いちべつ》をくれ、立ちあがる。

「どこに行くつもり？」ティルディは座っていた椅子をずらし、歩き出したオデルに話しかけた。

「サスタン卿にこの短剣を返して、彼の従者の具合を確認してくるわ」

そのまま早足で階段のてっぺんまで駆けあがり、誰もあとをついてきていないか確認した。サスタン卿の部屋へ向かおうとしたところ、急に伸びてきた手に腕をつかまれて引きとめられ、心臓が口から飛び出しそうになった。

「チェシャー卿」どうにか笑みを浮かべたが、自分でも顔がこわばっているのがわかる。もううんざり。これ以上、いとこと同じ部屋にされた文句を聞かされたくない。「何かご用かしら?」

「ああ」チェシャー卿は少しためらったものの、顎をあげて続けた。「ぼくはとてもハンサムだろう?」

オデルは顔をしかめそうになるのを必死にこらえ、ため息をつきながらうなずいた。

「ええ、閣下」実際、チェシャー卿はこれまで出会ったなかで一番ハンサムな男性だ。薄茶色の巻き毛が肩までふんわりと垂れ、ブラスターの服のように真っ黒な瞳をし、顔立ちそのものも完璧だ。「あなたは本当にとてもハンサムだわ。さあ、失礼してもいいかしら?」

オデルは体の向きを変え、サスタンの部屋へ向かおうとしたが、チェシャー卿から手を強く握られ、引き寄せられた。「だめだ」

「だめだ?」オデルは目を細めて彼を見ると、手を振り離そうとした。

「まずこの問題についてはっきりさせないと。ぼくはここにいる男たちのなかで一番ハンサムだ。そうだろう？」

オデルはため息をつきながら不機嫌にうなずいた。「ええ、閣下。あなたはわたしがいままで出会ったなかで一番ハンサムな男性よ」

「だったら、どうしてぼくを避けるんだ？　ぼくを夫にできることがどれほど幸運なことか、きみにはわからないのか？　なぜぼくを愛そうとする気持ちに抗《あらが》おうとする？」

あんまりな質問に、オデルは口を大きく開けた。「わたしは――」

「ぼくはきみのよき夫になる。この世にある最高のご馳走《ちそう》を食べさせてあげられるし、赤ん坊も五人か六人授けられる。ぼくは必ずきみを幸せにする」

オデルは目を見開くと、悲鳴に近い声をもらしていた。慌てて口を閉じ、かぶりを振りながら、必死に頭を巡らせる。何かこの場にふさわしいことを言わなければ。でも一つも思い浮かばない。四苦八苦していると、突然両腕で抱きしめられた。

「ぼくらはうまくいく。きみは絶対にぼくを愛するようになる」彼は吐息まじりに言うと、唇をオデルの唇に重ね合わせてきた。

オデルはキスの体験がほとんどない。いや、正直に言えば、これが初めてのキスだ。でも、もしこんなに気持ち悪い行為が殿方の好きな〝キス〟なのだとしたら、もう一生キスなんかしなくていい。やはり、結婚しないという自分の選択は間違っていなかったのだ。

そう確信し、なんとかチェシャー卿の腕のなかから逃れようとする。

「彼女から手を離しなさい！」

威厳ある声があたりに響きわたった。壁に片手を突いて体を支えながら、声がした方向を見ると、ティルディが二人に向かって突進してきていた。誰が予想しただろう？　あれほど堂々たる声が、このぽっちゃりとした、普段は天使のように愛らしい顔つきのティルディから発せられたなんて。とはいえ、いまの彼女はとても天使のようには見えない。全身から激しい怒りが発せられ、凄《すご》みすらあった。

チェシャー卿はすっかりおびえきっている。オデルは見ていて気の毒になったほどだが、すぐに手の甲で唇を拭い、べたべたしたキスの痕跡を拭き取った。

ティルディは二人の前で立ち止まった。瞳が炎のようにらんらんと燃えている。「よくもこんな図々《ずうずう》しいまねを！」

「ぼくは……」チェシャー卿は視線をそらした。前に立ちはだかるティルディとだけは目を合わせたくない様子だ。だが突然背筋を伸ばすと、口を開いた。「彼女から求めてきたんだ。彼女はぼくを愛している。ぼくの妻になることを望んでいるんだ」

「ざれごとはおやめ！」ティルディはぴしゃりと言った。「わたしオデルに確かめようとさえしなかった。わたしがはだまされない。あなたの嘘なんてお見通しよ。無理にオデルを自分のものにすれば、わたしが結婚に同意せざるを得なくなると考えたのね？　あなたは自ら墓穴を掘ったも同然よ。これから一生みじめな思いをすることになる」

ティルディににらみつけられたチェシャー卿は体をすくめると、いまにも泣き出しそうな声で尋ねた。「ぼくはいったいどんな報いを?」

ティルディは怒りに燃える目をすっとすがめ、手にしていた杖《つえ》をチェシャー卿に向けて振りあげると、指をぱちんと鳴らしながら振りおろし、満足げな笑みを浮かべた。「これよ!」

オデルはうろたえてチェシャー卿のほうを見た。しかし、彼の姿はどこにもない。何かを引っかくような音がしたので床に視線を落とし、あんぐりと口を開けた。先ほどまでチェシャー卿がいた場所に……一匹のネズミがいる。「マチルダおば様!」

「何か?」ティルディは無邪気に尋ねると、興味を引かれたようにオデルの背後に視線を移した。扉が開くきしり音がしている。

振り返ったとたん、オデルは恐怖に駆られた。寝室の扉からサスタンが顔を突き出している。薄暗い通路にいる自分たちのほうを見つめ、無言のまま、ものといたげに片眉をつりあげた。

「何か問題でも起きましたか?　いま悲鳴のようなものが——」

「大丈夫よ」オデルは間髪を入れずに答え、早足で通路を進むと、サスタンのほうへ駆け寄った。彼を部屋へ戻さなくては。こちらの手元を見たサスタンが驚いたように目を見開いたとき、ようやく短剣を握りしめたままだったことに気づいた。彼がすばやくあとずさったのも不思議はない。「わたしは——」短剣の切っ先を自分のほうへ向け直すと、サスタンに差し出す。「これを届けにやってきただけなの。マチルダおば様は、わたしと話し合いたいことがあって追いかけてきたみたい。何も問題ないわ」

「本当に？」短剣を受け取りながら、サスタンは尋ねた。

「ええ、本当に。すべて順調よ。順調すぎるくらいにね」嘘をついてむせそうになり、声が不自然なほどうわずってしまった。寝室の扉をつかんで閉じながら、やや早口でつけ加える。「おやすみなさい」

サスタンの面前で扉をぴしゃりと閉めると、オデルは体の向きを変え、足早にティルディのもとへ戻った。名づけ親をにらみ、床を指さしながら甲高い声で言う。「いますぐ元どおりにして！」

「元どおりにするって、何を？」ティルディが困惑したように尋ねた。

オデルは驚きのあまり叫んでいた。「わからないの？　サスタン卿は魔女を見つけたらすぐに命を奪うわ！」

ティルディは動じる様子もない。「彼ならそうするでしょうね。でもわたしは魔女じゃないもの」

「それはそうだけれど——」オデルは説明しようとしたが、すぐにかぶりを振った。いまは説明している時間などない。どうにかぐっとこらえ、歯ぎしりしながら言う。「早くチエシャー卿をもとの姿に――」ふたたび床に目を落としたとき、何もなくなっていることに気づいた。チェシャー卿と思われるネズミの姿が見当たらない。困惑に眉をひそめたが、すぐに怒りが込みあげてきた。「彼をどこへやったの？」

ティルディは肩をすくめた。「どこかに行ったんでしょう。ネズミってそういう生き物だから。大丈夫、ブラスターが見つけてくれるわ。ああほら、やっぱり！　すでに見つけてくれていたのね」

ティルディに指し示され、階段のほうを見るなりオデルは真っ青になった。おばの〝下男〟が階段の最上段に見え、ネズミの尻尾をつかんで掲げている。いまにも飲み込もうとしているようだ。「ブラスター！」

御仕着《おしき》せ姿の使用人は動きを止めると、口を閉じ、頭をまっすぐにして、オデルのほうを見やった。

オデルは彼のそばに駆けつけると、悲鳴をあげているネズミを手からひったくり、向きを変えると足音も荒くティルディのもとへ戻り始めた。ところが二、三歩足を進めたところですぐに、ふたたび寝室の扉が開かれ、またしてもサスタンが顔をのぞかせた。先ほどの叫びを聞きつけたに違いない。オデルはネズミを持っている片手を背中に隠し、何事も起きていないかのような表情を作った。

「閣下、何か？」冷静な声を心がけたのに、語尾がまたうわずった。手のなかにいたチェシャー卿が床へ逃げ出してしまい、今度はドレスの背中側を駆けあがり始めている。唇を噛《か》んで悲鳴をあげないようにするのが精一杯だ。その合間も、小さな脚で引っかかれるような感触がヒップから背中にかけて這《は》いのぼってくるのがわかった。もし噛みつきでもしたら、あの小さな生き物をすぐに踏みつけて――

「悲鳴が聞こえた気がしたんだ」サスタンが静かに口を開いた。

「そうなの?」オデルはうめくような声で尋ねた。いまやネズミは長い髪の毛の下をくぐり抜け、うなじへ到達しようとしている。肌にひんやりとしたネズミの鼻先をじかに感じ、また必死に唇を噛まなければならなかった。なんとか自分に言い聞かせようとする。〝この生き物はネズミじゃない。ただのチェシャー卿よ。チェシャー卿なの……〟ああ、気持ち悪い!

「なんでもないのよ、閣下」ティルディが会話に割って入った。「オデルはネズミが出たと勘違いして騒いでいただけなの」

「なるほど」サスタンは視線をティルディからオデルへ移し、目を見開いた。「いや、彼女が見たのは本物だったようだ」

オデルは目を閉じて低くうめいた。ちょうど右肩にチェシャー卿が移動したのを感じたのだ。いまは髪の間から顔をのぞかせているに違いない。両手で捕まえようとした瞬間、ネズミはすばやく体の正面を這いおり始めた。体の上を好き勝手に動き回られる間も、オデルは必死に嘘をつこうとした。「いいえ、こ、このネズミじゃないの。この子は……単なるペットみたいなもの。さっき見たのは別のネズミよ！」最後は悲鳴に近い声をあげ、サスタンに背中を向ける。あろうことか、チェシャー卿はドレスの胸元に鼻先から潜り込んだのだ。いまは柔らかな谷間におさまっている。鳴き声を立てていないことから察するに、幸せな気分に浸っているのだろう。

胸からドレスの生地を引きはがし、手を突っ込んで、やりたい放題の求婚者を取り除こうとする。ティルディがすぐにそばにやってきて、はしたないオデルを懲らしめようとするかのように杖を高々と掲げた。いや、懲らしめようとしたのはネズミかもしれない。もしかすると、ネズミとわたしの両方かも。すぐにドレスの生地から手を離し、おばから杖を奪うと、別のほうの手で谷間のネズミをしっかりつかんで取り出した。

「本当に大丈夫なのか？」ふと気づくと、サスタンはすぐそばまでやってきていた。

オデルは警告するかのようにティルディを一瞬にらみつけると、ネズミを彼女に手渡し、サスタンのほうを向いた。「ええ、大丈夫よ、閣下。ちょっとばたばたしただけなの。いまはもうすべて解決したから」声が少し震えたものの、やっとのことでそう答えた。ティルディとブラスター、チェシャー卿が階段の下にそろって姿を消し、眉をひそめる。だが、「わたし――本当にそろそろ戻らないと――お客様のところへ」階段をおりようと体の向きを変えながらつけ加える。「閣下、もし何か必要なものがあれば――」

「ぼくのことはサスタンと呼んでくれ。いや、大丈夫だ。ありがとう」

「それなら、おやすみなさい、サスタン」オデルは顔をしかめながら、急いで二人と一匹のあとを追った。


階段の一番下までおりてきても、ティルディとブラスターの姿はどこにも見当たらない。オデルは周囲に聞こえないようにぶつくさ言いながら、すぐに押し寄せてきた求婚者たちを追い払った。二人は厨房《ちゅうぼう》にいるに違いない。厨房の前までやってきてなかに入ろうとしたところ、大広間の扉から冷たい空気が流れ込み、衣《きぬ》ずれの音が聞こえてきた。入ってきたのは、背後にブラスターを従えたティルディだ。オデルはすぐさま体の向きを変えると、二人に駆け寄った。

「どこにいたの？　チェシャー卿はどこ？　あなたたち、いま何をしてきたの？」矢継ぎ早に問いかける。

ティルディは落ち着かせるように、オデルの腕を軽く叩《たた》いた。「あら、大騒ぎすることはないわ。彼は……家に戻ったの」

「家に戻った？」

「ええ」

「どうやって？」

ティルディは顔をしかめた。「〝どうやって〟とはどういう意味？　彼は――」

「彼をもとの姿に戻した？　まさかネズミのままにしたりしなかったでしょうね？」

おばは小さくほほ笑んだ。「あなたはそんなことを心配する必要はないわ。チェシャー卿はここへやってきたときと同じように、ここから立ち去っただけだもの。さあ、ビーズリー卿と散歩でもしてきたらどう？　彼はさっきそんなことを――」

「わたしはビーズリー卿と散歩なんかしたくない。というか、誰とも散歩なんてしたくないの」オデルはくたびれたような口調でさえぎると、両肩をすぼめた。「わたしの望みは、あの男性たちの誰かとわたしを結婚させようというもくろみを、あなたがあきらめてくれること。わたしは本当に夫なんて必要としていないんだもの」

ティルディは同情するような顔つきになると、オデルの手を一瞬握りしめた。「わかっているわ。でもね、もしあなたが本気でそう思っているなら、わたしはここには必要ないということになるでしょう？」

オデルは口を開き、自分を自由にしてほしいとおばを説得しようとした。でもすぐに口を閉じて、かぶりを振る。ティルディと言い争う元気も残っていない。すでにこの二日間、ずっと同じことで言い争っているのに、何も結果を出せていないのだ。

「疲れた顔をしているわね。早めに寝たらどう？　あなたの招待客たちはわたしが相手をしておくから」

「わたしの招待客なんかじゃない。彼らをここに招いたのはあなたよ。それに……」オデルは言いかけたが、くるりとおばに背を向けた。「いいえ、あなたに意見を言ってもなんにもならないわ。だって、どのみちあなたはこちらの話なんて聞いてないんだから。今日はもう寝ることにする」

4

「閣下、階下で朝食を召しあがるべきです」

　ミシェルは窓に毛皮の覆いをかけると、ベッドに座っているイードセルに向き直った。まだ顔が青ざめてはいるが、この一週間で少し回復したようにも見える。「具合はよくなったか？」

　イードセルは顔をしかめると、申し訳なさそうにがっくりとうつむいた。「本当に申し訳ありません、閣下。いままで病気にかかったことなど一度もなかったのですが」

　ミシェルは窓辺から離れ、ベッド脇の椅子に戻って腰をおろした。「謝るな。病気になったのは、おまえのせいじゃない」

「はい。ですが、クリスマスまであと一週間しかありません。さぞサスタン城へお戻りになりたいでしょう」

「わたしの心配はしなくていい。ここで休息を楽しんでいるのだから」少年を安心させるつもりでそう言ったが、本当らしく聞こえているかどうか自信がない。

すでに多くの招待客を迎えているロズワルド城の使用人たちにさらなる厄介をかけたくない。その一心でミシェルは、イードセル少年の看病は自分がやると申し出た。実際この一週間、部屋にこもったまま、少年が高熱に浮かされれば冷たい水に浸した布で体を拭いてやり、寒気で体を震わせれば毛皮の敷物をかけてやり、喉の痛みを訴えれば温かいスープを飲ませるよう心を砕いている。普段は外で動き回ってばかりいる男にとって、これは耐えがたい日々だ。それでもなお、この一週間は驚くほど早く過ぎ去った。

特に、ここ数日の夜のひとときを思い出し、ミシェルは思わず頬を緩めた。イードセルの看病は自分がやると言い張ったのだが、レディ・オデルは、せめて夕食は階下で一緒に食べられるように——そしてミシェル自身も少し休めるように——メイドの一人を少年に付き添わせると申し出てくれたのだ。おかげで、この城に到着した最初の夜以来、久しぶりにテーブルに着いて夕食や会話を堪能し、オデルとチェスも楽しめた。

オデル。彼女が目を輝かせてほほ笑む様子を思い出すだけで、自然と笑みが浮かんでくる。思いつく限りの面白い話を聞かせ、彼女を喜ばせるのは至福のときだ。こちらが褒めると赤面する様子も好ましい。だから会話の最中に、さりげなく褒め言葉を口にし、オデルが頬をピンク色に染める様子を楽しんでいる。

この一週間、ここで足止めを食らいながらもどうにか正気を保てているのは、オデルのおかげだ。女性と一緒に過ごすことで、この自分がそんな影響を受けるとは、我ながら信じられない。だがこの一週間で学ばされている——世の中の女性全員が、必ずしも自分の母のように強欲な生き物ではないという事実を。

少なくとも、オデルは違う。オデルは母のように使用人たちを顎で使ったり、矢継ぎ早にあれこれ命じたりしない。それに——常々母がそうではないかと疑っているのだが——都合のいい話をでっちあげて、女主人としての力を誇示しようともしない。オデルは自分のことはほとんどすべて、自分でやっているのだ。

一緒にチェスを楽しんでいる間も、使用人たちが忙しそうだからと、オデルは自分で飲み物を取りに行っていた。暖炉の火が弱くなっても使用人に頼むのではなく、自ら薪《まき》を投げ入れ、炎をかき立ててさえしていた。しかもこの一週間は、ドレスを引き立てるような宝石を身につけている姿も見たことがない。そういう装飾品はたくさん持っているはずなのに。

どう考えても、オデルはわたしの母とは正反対だ。だからこそ彼女がいっそう好ましく思えるのかもしれない。我ながら信じられない幸運に恵まれたものだ。これほど金持ちでハンサムな男たちに囲まれているというのに、オデルはこちらのために快く時間を割いてくれる。しかも、彼女はわたしを気にかけてくれるだけでなく、ほかの男たちにほとんど関心を払おうとしない。

「ぼくとここでずっと一緒にいるよりも、もっと外へ出たほうがいいと思います」イードセルの声が聞こえ、ミシェルは物思いから覚めた。青白い顔をした少年をじっと見つめ、肩をすくめて苦笑いを浮かべる。「いや、誰かがおまえに付き添っていなければ
「閣下が夕食を食べている間に付き添ってくれるメイドが、今日は一日付き添ってくれるでしょう。せっかくレディ・ロズワルドがクリスマスの催し物を準備してくださっているんです。閣下も参加されるべきではありませんか?」

イードセルはやけに熱心な声だ。嬉《うれ》しいことに、頬にかすかな赤みも差している。自分が迎えに行ったときも、ここまでの旅の大半も、少年はりんごのように真っ赤な頬をしていたものだ。ところがこの地に到着したとたん具合が悪くなり、死人のように青ざめてしまった。それ以来ずっと顔色が青白いままなのが気にかかっていただけに、血色が戻ってきたのが何より嬉しい。

「レディ・ロズワルドは美しい人ですね。そう思いませんか?」

意味ありげな言葉に、ミシェルは目を細めてイードセルを見た。オデルは一日に一、二度、少年の容態を確認しにこの部屋を訪れてくれる。ときには少年を楽しませるためにしばしこの部屋に残り、みんなでゲームをすることもある。オデルはとても親切だ。それにとても美しい。まあ、最初はそうは思わなかったが。オデルの美しさは、一緒にいるうちにじわじわと心に染み入るたぐいのものなのだ。それでもなお、いまの少年の言い方には何か含みが感じられる。

ミシェルは唐突に尋ねた。「なぜだろう？　おまえがわたしをいますぐこの部屋から追い出したがっているように思えるんだが」

少年が頬を真っ赤に染めるのを見て、ミシェルははっとした。脳裏に浮かんだのは、マギーという名前のメイドだ。自分が階下で夕食を食べる際、いつもイードセルに付き添ってくれている。なるほど。イードセルはあの小柄なメイドに恋をしたに違いない。

なぜもう少し早くそのことに気づかなかったのか、自分でもわからない。よく考えてみれば、イードセルはもう十四歳なのだ。

「そのメイドのことを教えてくれ」にやりとして話しかけると、イードセルはさらに顔を真っ赤にした。

「彼女はぼくに、この城での祝宴や行事について教えてくれただけです」イードセルは大したことはないと言いたげに答えた。そのとき、下にある中庭から何か騒がしい音が聞こえ、少年はほっとしたような顔になると、毛皮で覆われた窓のほうをちらりと見た。「あれはなんの騒ぎです？　みんな、狩りに出かけるんでしょうか？」

ミシェルは立ちあがると窓辺に戻り、雪に覆われた中庭を見おろした。「いや、馬車が小麦粉を運んできただけのようだ」

「ふうん」イードセルは所在なげに身じろぎをした。「マギーから聞いた話によると、毎晩ご馳走《ちそう》が振る舞われているそうですね」

「ああ」まだ中庭を見おろしながらミシェルはつぶやいた。

「だったら、そろそろ狩りに出かけるころではないでしょうか？　この城の食料庫もいまごろは空っぽになってきているはずです。ぼくたちがここへ到着して一週間が過ぎましたが、ここの人たちは一度も狩りに出かけていません」

ミシェルはうなずき、少年のいまの言葉が何を意味しているかについて考えた。こうして毎日、イードセルと一緒に部屋のなかに閉じ込められているのにはもううんざりだ。だが、自分の従者の看病をすることは義務でもある。しかし、いまイードセルはここのメイドのことで頭がいっぱいの様子だ。しかも、外出するための理由をわたしに与えてくれた。だったら久しぶりに、馬に乗って狩りに出かけるのはどうだろう？　自分とイードセルが食べる分の獲物を狩りたいというのは、完璧な言い訳になるはずだ。そうすれば、自分の義務を怠っているとか、ロズワルド家の使用人に負担をかけているとか、そういった罪悪感を覚えることなく堂々と外へ出かけられる。

「おまえの言うとおりだな」ミシェルはふたたび窓に毛皮の覆いをかけて、眼下に広がる中庭の光景をさえぎった。「牡鹿《おじか》かイノシシをしとめられれば――」少年の目に勝ち誇ったような光が浮かんだのに気づき、ふと口をつぐんだ。イードセルにいいように誘導されたような気がしないでもない。まあ、どのみち、外へ出てあちこち駆け回りたいという気持ちに変わりはなかった。もしイードセルがあの小柄なメイドと一緒に過ごしたいなら、そうさせるまでだ。

「おはよう、マイ・レディ」

オデルは背筋を伸ばし、朝食のテーブルに着いたサスタンを見つめた。彼がロズワルド城へ到着してから一週間が経《た》つが、今日まで朝食を食べに階下へおりてくることは一度もなかったのだ。

もちろん、こうしてサスタンが朝食におりてくれれば、気は抜けなくなる。彼と一緒に過ごす時間が増えるほど、ティルディが魔法を使っているところを偶然目撃される可能性も高くなるのだから。ちなみに、ここロズワルド城の使用人たちに関して言えば、その心配は不要だった。ティルディは大広間での給仕を常にカモのメイドたちにさせ、ほかの本物のメイドたちには寝室や厨房《ちゅうぼう》での仕事をさせているため、彼女たちに不可思議な光景を目撃される心配はない。城を守る兵士たちにも同じことが言える。兵士たちはみんな、めかし込んだ求婚者たちがロズワルド城をうろうろしているのが気に入らないらしく、極力彼らを避けようとしている。食事を食べに大広間へやってはくるが、食べ終えるとすぐに出ていくのだ。

だから、存在を気にかけるべきはサスタンだけということになる。それだけに、〝ロズワルド城に滞在する間は、病気の従者を自分が看病したい〟と彼が言い出したのは、こちらにとって好都合だった。ティルディが突然魔法の粉を振りまいたり、わたしに向かって杖《つえ》を振ったり、しまいにはサスタンに向かって杖を振ったりするのを心配しなければいけないのは、夕食時に限られていたからだ。

サスタンをなるべくティルディから遠ざけておきたい。だからディナーの席では必ず二人の間に座るようにして、常にサスタンと会話を楽しむようにし、彼がティルディに話しかける理由を与えないようにしている。ひとたびディナーが終わると、いつもサスタンを誘って暖炉のそばでチェスを楽しんだ。

嬉しかったのは、サスタンがチェスの好敵手だとわかったことだ。こちらが一勝したあとは、必ずサスタンが一勝する。ほとんど互角の戦いだ。実際サスタンが城へやってきて以来、おしゃべりしながらチェスをするのを心から楽しむようになっている。そしてあるとき、ふと気づかされたのだ。サスタンが城から去ったあと、彼と過ごした楽しい晩のひとときを恋しく思い返すようになるのだろうと。従者の具合がよくなることに不安を感じてしまうのはそのせいだ。少年が回復すればするほど、サスタンがここへ滞在する理由もなくなる。彼がこの城を出ていけば、さぞ気兼ねなく過ごせるだろうとわかっているものの、いまは、仲よくなった友人を失う心配のほうが勝っている。何しろ、わたしにとっては初めてできた友だちなのだ。

「イードセルの具合はよくなった?」複雑な思いを脇へ押しやり、オデルは尋ねた。

「いや、そうでもないんだ」

一瞬ほっとしたが、オデルはすぐにその気持ちを振り払おうとした。ここはがっかりすべきところだ。もし理性的な思考ができていたら、当然がっかりしていただろう。サスタンがこの城に滞在する時間が長引くほど、おばの正体を知られる危険が高まることになるのだから。でもどうやら、わたしの理性はちゃんと働いていないらしい。

「きっともうすぐ回復するわ」

「ああ」サスタンは同意すると、咳払《せきばら》いをした。「実はイードセルが、わたしが考えつきもしなかったことを言い出したんだ」

「考えつきもしなかったこと？」

「自分たちがこの城へ到着して以来、誰も狩りに出かけていないようだから、このわたしが出かけて獲物を――」

「あら、なんてすばらしい考えなの」二人の背後から、突然ティルディが割り込んできた。

オデルは驚いて、肩越しにおばを一瞥《いちべつ》した。近づいてきた気配にまったく気づかなかったのだ。なんとか笑みを浮かべてふたたびサスタンを見た。「ええ、本当に。お気遣いに感謝するわ。でも心配する必要はないの。うちの食料庫にはまだお肉がたくさん残っているから」

「いいえ、もうそんなに残っていないわ」ティルディは杖を振りあげ、厨房の扉に向かってひらひらと揺らすと、どすんと音を立てて床に戻した。「ちょうどお肉の在庫が切れたばかりで、わたしが自分で狩りに行くと言おうとしていたところなのよ」

「マチルダおば様」オデルは警告するような低い声で言い、彼女をにらみつけた。

ティルディはあっさりオデルを無視すると、サスタンにほほ笑みかけ、部屋全体を見回した。「みんな！　聞いて！」両手を叩《たた》き、部屋にいるほかの者たちの注目を集める。

〝ほかの者たち〟というか、〝わたしの求婚者たち〟の注目を。そう考えて、オデルは心のなかでため息をついた。なんだか頭がおかしくなりそうだ。彼らから歯の浮くようなお世辞を言われるのも、こちらの気を引こうと張り合ってめかし込む姿を見せられるのも、自分がいかにハンサムで金持ちで頭がいいかという自慢話を長々と聞かされるのも、もううんざり。貴族の男性がこれほど退屈な人種だとは思いもしなかった。

とはいえ、いままで貴族男性と交流しなかったのは、父が絶対に許そうとしなかったせいだ。そう考えて改めて招待客たちを見回すと、少しありがたい存在に思えてきた。おまけに、どうやら彼らの存在は、わたしの食欲にまで影響を与えているようだ。求婚者たちは四六時中食べているため、つられてこちらも食べてしまう。でも、一番気になるのはその食べ方だった。彼らはみんな、両手を使って食べ物を口まで運び、背筋をぴんと伸ばしたまま頭をあげ、まるで自分の食べ物を奪い取られるのを警戒するようにあたりを見回しながら食事をする。そういう食べ方をしないのは、わたし以外にはサスタンしかいない。

前にそのことをティルディに話したが、彼女は笑って、ああいう食べ方が最近の宮廷での流行《はや》りなのだと答えた。ただ、こちらにしてみれば、彼らの食べ方は薄気味悪いことこのうえない。

そういうこともあってよけいに、夕食のときはそばにサスタンがいてくれるのがありがたく思えた。彼が席に着いていれば、それを口実にしてほかの男性たちから逃れられる。彼が階下で過ごすのは一時間程度だが、その間だけでも求婚者たちから離れていられるのだ。

ティルディが何をしでかすかわからないため、サスタンが城へやってきて以来、彼が夕食のテーブルに着いた夜は必ず、暖炉のそばでチェスをしようと誘うようにしている。それも、暖炉の前の椅子に自分が座り、その正面にサスタンを座らせて、大広間全体に背中を向けさせるという念の入れようだ。彼には大広間で起きていることが見えないと思うと、ようやくほっとできる。

オデルは彼とのチェスを心から楽しんでいた。サスタンは頭の回転が速いうえに、とびきり魅力的な男性だ。傭兵《ようへい》に対して抱いていたイメージとはまるで違う。しかも、彼はチェスでわたしに負かされても気にしていない様子だ。少し嬉しそうな表情を見せるときさえある。かつて父を相手にチェスをしていたときとは大違いだ。父はわたしが勝つといつも、おまえはいんちきをしたと言い出してチェス盤を床にひっくり返していた。ところがサスタンは感心したようにわたしを見つめ、見事な戦略だと褒めてくれる。サスタンが勝った場合は、わたしも彼に対して同じようにした。今日も朝目覚めてすぐに、今夜サスタンとチェスをするのを楽しみにしている自分に気づいた。

でもいまは、またしても恐怖が頭をもたげつつあるのを感じている。みんなで狩りに出かければ、一日じゅうティルディの心配をしなくてはいけなくなるだろう。いつなんどき、ティルディがサスタンの前で求婚者の一人をネズミに変えたり、あっと驚くような魔法を使ったりするかわからない。サスタンに〝妖精の力を持つ名づけ親〟と魔女の違いがわかるとも思えない。

オデルは無力感を覚えながら、ティルディがみんなに大規模な狩猟パーティの計画を話すのを聞いていた。ああ、破滅がひたひたと迫ってきている。

「あそこだ!」

オデルは、興奮したように早口でささやいたサスタンをちらりと見た。先ほどから肩越しに後ろを振り返り、ティルディと求婚者たちの様子を確認し続けている。ティルディは丸々と太った小さい牝馬《ひんば》に乗っているが、あんな馬がロズワルド城の馬小屋にいたかどうかは定かではない。ティルディは二、三百メートル離れた場所から、オデルとサスタンのあとをついてきている。その背後には、求婚者たちの一群が続いていた。

馬の上にいるティルディは、これ以上ないほど緊張に体をこわばらせている。最初は、この狩りに参加することになったわたしと同じくらい、ふたたび馬に乗れるようになったことを喜んでいる様子に見えたのに。まあ、無理もない。何しろ、おばは愛馬から転落して命を落としたのだ。オデルは一瞬ティルディが気の毒になったが、そんな気持ちはすぐに吹き飛んだ。求婚者たちの一群が、鞍《くら》の上でぴょんぴょん体を跳ねさせている。一人もまともに馬に乗れないとは。領主なのに乗馬ができないなんて、ありえる話だろうか？

「ほら、見えるかい？」

オデルは背後から追いかけてきている集団から視線を引きはがすと、サスタンが指さした方向を見て、二人の馬のペースを緩めた。前方にある低木の茂みに、巨大な野生のイノシシが一頭いる。オデルは自分の馬の歩みを完全に止めると、本能的に弓矢に手を伸ばした。たちまち、興奮と恐怖が全身を駆け巡り始める。ここ数年で、野生のイノシシはめったに見られない希少な生き物となった。いまこうして目の前にいるのは運がいいとしか言いようがない。そう思い至ったとき、反射的に振り返り、背後にいるティルディを見た。運がいいと思えることは、なんでもかんでも彼女の仕業ではないかと考えてしまう。

そこでオデルは驚きに目を見開いた。てっきり背後に控えていると思っていたのに、おばと求婚者たちが馬のペースを緩めないまま、こちらへどんどん近づいてきている。サスタンとわたしが獲物に遭遇しているのに気づいていないのだろう。このままだと危険だ。サス無意識のうちに手綱を強く引っ張り、警告の叫びをあげていた。

怒ったようなイノシシの声に続き、サスタンが低く悪態をつくのが聞こえた。いったいどうしたのだろう？　そちらを振り返ったとたん、何が起きたか理解した。わたしが警告の叫びをあげたせいで、イノシシに狙いを定めていたサスタンを驚かせ、彼が放った矢がそれたのだ。矢はイノシシの臀部《でんぶ》に命中していた。

「大変」オデルは手綱を握る指先に力を込めた。案の定、イノシシは完全にいきり立っている。サスタンが警告の叫びをあげた。

次の瞬間、あたりは大混乱に陥った。血のにおいを嗅ぎつけた猟犬の一群のように、テイルディの背後にいた求婚者たちが興奮し、オデルとサスタンのまわりに全速力で駆けつけてきたのだ。もはや進路を変えることも、その場から逃げ出すこともできなくなり、イノシシは猛々《たけだけ》しいおたけびをあげながら、オデルたちめがけて突進してきた。馬たちが恐怖のあまり後ろ脚で立ち、鼻を鳴らしていななきをあげ始める。オデルはどうにか鞍の上でまっすぐな姿勢を保とうとしたが、求婚者たち――彼らの乗馬の腕前がお粗末なのは火を見るよりも明らかだ――は鞍の上からいっきに地面に転がり落ちた。ひづめに踏みつけられまいと地面を逃げ回っているうえに、全員が恐怖の叫びをあげているせいで、あたりはさらに混沌《こんとん》とした雰囲気に包まれた。

突然新たな標的が数多く出現したせいで、イノシシは歩みを止めた。どいつから先に攻撃してやろうかと思案している様子だ。少しためらったあと、イノシシは一番近くにいる求婚者めがけて突進し始めた。彼は金切り声をあげながら、手近にある木の上にすばやくのぼり、イノシシは地上に残された。

　鞍の上で必死に体をまっすぐ保とうとしていなければ、オデルもその木のぼりの見事さに舌を巻いていただろう。イノシシがほかの求婚者たちを狙おうとすると、彼らも一人、また一人と、あっという間に木にのぼって難を逃れた。

　オデルやサスタンにとってはイノシシを完全にしとめる絶好のチャンスだったが、あいにく二人とも馬が跳ね回っているせいで矢を放てる状態にない。オデルは横乗りをしているため、後ろ脚で跳ねている馬の上で、もはや体がずり落ちそうになっている。手綱に必死にしがみついた瞬間、このままだといずれは落馬すると気づき、思いきって手綱から手を離して、どうにか足から地面に着地した。

　いまやイノシシの標的はこのわたしだ。でもほかの男性たちのように、器用に木をのぼることなどできない。だから時間を無駄にしないために、雪の積もった地面に足がつくや否や、スカートの裾を持ちあげ、いっきに走り出した。背後からサスタンの叫び声とイノシシが鼻を鳴らす音、ティルディの金切り声が聞こえている。でも、振り返る余裕なんてない。そんな時間はない。イノシシの牙で突かれたら命を落とすだろう。傷ついて腹を立てているイノシシが相手ならなおさらのこと。全速力で森のなかへ逃げ込みつつも、こう思わずにはいられない。

スカートがこれほど重たくなければいいのに。地面が雪でこれほど滑りやすくなければいいのに。ああ、何よりも、おとなしくロズワルド城へ残っていればよかったのに。

5

　オデルは死に物狂いで走っていたが、次の瞬間、両足が宙に浮いているのに気づいた。サスタンの腕に腰をつかまれ、地面から持ちあげられたのだ。いまは彼の馬の横腹に抱きかかえられている。荒ぶる馬を鎮め、わたしを救ってくれたに違いない。安堵《あんど》のため息をついたのもつかの間、スカートが強く引っ張られているのに気づいた。見おろしたとたん、恐怖の悲鳴をあげてしまう。イノシシがすぐ間近まで迫ってきていて、すでに牙がスカートに引っかかっている。みぞおちにねじれるような痛みを覚えたが、サスタンがすぐに手綱を持ち替え、イノシシを追い払ってくれた。おかげで、イノシシの牙もスカートから外れた。

　背後を振り返ると、イノシシはまだおたけびをあげながら二人のあとを追いかけてくる。だがサスタンはさらに馬を急《せ》かして駆け足にし、イノシシとの距離をどんどん広げていった。

　イノシシが見えなくなると、サスタンは馬の速度をしだいに緩め、やがて歩みを止めさせた。両手でオデルの体を持ちあげ、鞍《くら》にまたがる自分の前に引き寄せると、横向きに座らせて眉をひそめた。「大丈夫か？」

「ええ」オデルは息を吐き出しながら答えると、弱々しい笑みを浮かべた。「でも危ないところだったわ」

「本当に」サスタンは笑みを浮かべようとはしなかった。厳しい表情のまま、肩越しに背後を振り返っている。「彼らがあんなふうにイノシシの興奮をあおるとは。きみも、まさか彼らがあそこまで愚かだとは思っていなかったに違いない」

まったく同意見だったが、オデルはこう答えるにとどめた。「本当にありがとう。わたしの命を救ってくれて」

サスタンはオデルのほうへ視線を戻すと、かすかな笑みを浮かべて表情を和らげた。

「ああ、お役に立てて何よりだ」かすれ声で言い、手を掲げて頬にほつれかかるオデルの髪を撫《な》でつける。

オデルはサスタンの手に自分の手を重ねたが、恥ずかしくなって視線を落とした。だがすぐにサスタンから頭を上向きにされ、唇を重ねられた。

唇の優しい感触を感じた瞬間、オデルは最初体をこわばらせた。チェシャー卿《きょう》からされたべたべたしたキス以外、男性と口づけをしたことはない。でもどうだろう。チェシャー卿のキスは気持ち悪くて体をよじらせたくなるほどだったのに、この男性のキスは天にものぼる心地にさせてくれる。温かいのに力強くて、こちらを求める気持ちが伝わってくる。

　唇を開くように巧みにうながされるのが、ごく自然なことに思えた。何も考えないまま両腕を彼の首に巻きつけ、口のなかに舌を受け入れる。靴のなかで爪先に力を込め、小さなあえぎをもらしたときは、自分でも驚いた。とうとう彼から唇を離されると、今度は我ながら恐ろしくなるほどがっかりした。

　オデルは吐息をつき、ゆっくりとサスタンを見あげた。彼は鞍の上で体をこわばらせ、警戒するように頭をもたげて、肩越しに背後を振り返っている。そんな姿を見ても、キスの甘い余韻のせいでぼんやりとし、異変に気づくのには少し時間がかかった。サスタンの視線の先にある森のなかから、何かがこちらに移動してきている。彼の肩越しにのぞき込んでみると、不格好な牝馬《ひんば》に乗ったティルディが姿を現した。

「ああ、ここにいたのね！　なんともなくて本当によかった」ティルディは馬の歩みを止めたが、二人をじろりと見て、すぐに唇を引き結び不快感をあらわにした。オデルがサスタンの鞍の前に座って彼の首に両腕を巻きつけ、オデルの腰にはサスタンの手がかけられているのに気づいたのだ。オデルと体を触れ合わせているのが、自分が連れてきた求婚者の一人ではなくサスタンであることが面白くないのだろう。

「あのイノシシは倒したし、ほかの殿方たちは牡鹿《おじか》も一頭しとめたわ。キジも何羽かね。

今夜はすばらしいご馳走《ちそう》が楽しめるはずよ」ティルディは突然そう言い放つと、くるりと頭の向きを変えた。

「なんだって？　どうしてそんなことが？」サスタンはいぶかしげに尋ねた。「我々はまだ馬を出したばかりなのに」

オデルは思わず目を閉じた。理由はわかっている。ティルディが魔法を使ったのだ。

「あなたたち二人がいちゃいちゃしている間、ほかの殿方たちは忙しく仕事をしていたということよ」ティルディはぴしゃりと答えた。

オデルは頬を染めながら反論した。「わたしたち、いちゃいちゃなんかしていないわ。必死に逃げていたわたしを、サスタン卿は救ってくれたのよ」

「ふうん」ティルディはさらに唇を引き結んだ。「だったら、彼が馬を止めたその場所も単なる偶然だというの？」

オデルとサスタンは困惑したように目を見交わすと、あたりを見回した。すっかり葉っぱが落ちた木々と雪があるだけだ。しかし、ふと上を見あげたオデルは小さく息をのんだ。ヤドリギ。頭上に伸びた木の枝に、丸いかたまりのようなヤドリギが生えている。いまのいままで気づかなかった。サスタンの表情から察するに、彼もいま初めて気づいた様子だ。

「オデル、あなたの馬は勝手にロズワルド城へ戻っていったわ」ティルディの声が聞こえ、二人は現実に引き戻された。「だから、あなたはわたしと一緒に戻らなくては」

オデルはおばが乗っている牝馬に疑わしげな目を向けた。あまりに小さすぎるし、太っている。騎乗している老婦人とそっくりだ。どう考えても、女性二人を運べるとは思えない。

サスタンも同じことを考えたのだろう、オデルの腰に回した手に力を込めて口を開いた。

「その必要はありません、マイ・レディ。彼女はわたしが連れて帰ります」

ティルディは不機嫌そうに鼻を鳴らすと、無言のまま馬の向きを変え、二人をその場に残して立ち去った。

「狩りはおしまいみたいね」オデルは落ち着かない気分のまま、口を開いた。どういうわけか、サスタンと目を合わせられない。

「そうだね」彼はしばし口を閉ざしてオデルを見おろしていたが、やがて頭上のヤドリギを見あげた。「どうやらきみにはキスの貸しがあるようだ」

オデルもヤドリギを見あげた。「もうすでに返したと思うけれど」

「それはきみの命を救った分だ。今度はヤドリギの分だよ」

オデルは少し頬を染めると、体を伸ばしてすばやく彼にキスをした。「これでどう?」

やや息を乱しながら尋ね、鞍の上に体を戻した。

「ああ、すてきだった」サスタンは真顔で答えた。「だが、ヤドリギはこんなにたくさんあるよ」

みぞおちの下のほうで熱と興奮が生まれるのを感じながら、オデルも彼にならって真顔でうなずいた。「ええ、そうね、閣下」

サスタンは笑みを浮かべると、頭を下げてキスをした。先ほどのオデルがしたような、ごく軽い甘やかなキスではない。時間をゆっくりとかけた、全身がかっと熱くなり、いやおうなく興奮をかき立てられるキスだ。しかも今回、オデルは先ほどよりも激しい反応を返さずにはいられなかった。なすすべもなく体を弓なりにし、本能のおもむくままに自分の情熱を伝えようとする。舌に舌を重ね合わせ、彼の髪に差し入れた指先に力を込めて、体をぶるりと震わせた。間違いない……このキスは、わたしのなかにあるパンドラの箱をこじ開けようとしている。長い間体の奥底に抑えられてきた熱い気持ちが、いっきに解き放たれようとしている。

何年も暴君のごとき父親に支配され続けてきたせいで、自分には結婚も子どもも必要ないと考えていた。父のように冷酷で支配的な夫なんていらないと。でもいっぽうで、どこか満たされないような寂しさを感じ続けていたのも事実だ。そう、この瞬間までは。

いまは、ぽっかりと空いたその心の空白を満たされ、孤独な気持ちがどこかに吹き飛ばされたようだった。しかも、サスタンをこれほど心から求めているのは、自ら望んだこのキスのせいだけではない。これまで暖炉脇で楽しんだ会話やチェス、夕食を食べながらたわいもない話で笑い合ったひととき、それに、イノシシから守ってくれたときに感じた腕のぬくもり――そのすべてが、彼への情熱をかき立てている。いつの間にか、自分のなかに情熱の炎がちらちらと揺らめき始めていた。この男性のことが気になってたまらず、そんな自分の気持ちにもう嘘をつけなくなっていた。思えば、出会った最初の瞬間から、わたしはサスタンがほしかったのだ。

ロズワルド城にとっては彼が危険な存在だと、最初からわかっていた。もしサスタンにティルディが魔法を使っているところを目撃されたら大問題だ。それなのにわたしは、あの妖精の粉を使って早くイードセル少年を治してほしいとティルディに頼んだだろうか？　少年はこちらで看病するから、あなたは自分の城へ戻ったほうがいいとサスタンに申し出ただろうか？　ティルディの正体を知られる危険を少しでも避けるために、夕食も階上の寝室で食べたほうがいいとサスタンをうながしたことがあるだろうか？

いいえ、どれも一度だってしたことがない。むしろ、少し気晴らしをしたほうがいいとサスタンにすすめたのはわたしだ。みんなと一緒のテーブルに着くようサスタンをうながしたのは、このわたしなのだ。

それはひとえに、夕食のテーブルにサスタンが姿を現し、彼とのひとときを過ごすのをわたしが楽しみにしていたから。彼は自分にとって大きな存在となっていて、心のなかから追い出すことなんてとてもできそうにない。実際ここ数日は、早く夕食の時間が来ないかと城をうろうろ歩き回っていた。サスタンとイードセルがいる寝室を訪ねるためのいい口実はないものかと考えては、今度彼らを訪ねたらこんな気の利いた言い回しをしようとか、サスタンはどんな話を喜ぶだろうとか、頭を巡らせてばかりいる。

そう、わたしはこの男性のことが好き。サスタンと一緒にいると楽しくてたまらず、笑顔を向けられると胸がときめく。そして、サスタンがゆっくりと体を引いてこちらを見おろしているいま、たしかな予感のようなものをはっきり感じている。わたしはこの男性からキスされ愛撫《あいぶ》されるのを、心の底から求めている——まるで、太陽の光を求めて頭をもたげる花のように。サスタンの顔を引き戻し、また唇を重ねたくてたまらない。彼と体をぴったりと重ね合わせたい。服をはぎ取り、一糸まとわぬ素肌の感触をじかに感じてみたい。このとめどない欲望は、ティルディが妖精だとサスタンに気づかれるよりも、はるかに危険なものに思える。

なんだか自分が恐ろしい。ああ、神様。なぜわたしの身にこんなことが起きたのでしょう？

「きみは信じられないほど美しい」

オデルは彼の優しい言葉を聞き、まばたきをした。つい先ほどまで感じていた恐れが、あっという間に消え去っていく。サスタンは本気で、わたしのことを美しいと考えているの？　これまでの二十五年間ずっと、影のような存在として生きてきた。艶がない髪をきっちりと引っつめ、青白い顔で、いつだって不機嫌そうな表情を浮かべてきた。でも父が亡くなり、サスタンがロズワルド城にやってきてからの一週間、自分でも見違えるように変わったと感じている。いまでは顔に赤みが差し、髪も健康的な輝きを取り戻して、いつも笑みを浮かべるようにさえなっている。

「あなたも……美しいわ」オデルは恥じらいながらささやいた。

驚いたことにサスタンが突然体をのけぞらせ、笑い声をあげ始める。「ご冗談を、マイ・レディ。わたしはもう老兵だ。体は戦争で受けた傷ばかりだし――」

「あなたは老兵なんかじゃないわ。だって、あなたはまだ三十歳にも見えないもの」

「三十一歳だ」サスタンは優しく訂正すると、オデルの顔にかかるほつれ毛を撫でつけた。

「でも少し前までは、自分をもっと年寄りのように感じていた」

「少し前まで?」オデルは無意識に子猫のように顔を傾け、サスタンに顔を撫でてもらった。

「きみのそばにいると、少年みたいな気持ちになることに気づいたんだ」サスタンはかすれた声で言うと、手を伸ばして手綱を握り、大きなため息をついた。その間も彼の唇をじっと見つめてしまう。先ほどまで巧みなキスをしてくれていた唇だ。サスタンはどうにか歪《ゆが》んだ笑みを浮かべて言葉を継いだ。「さあ、そろそろ戻ったほうがいい」

「そうね」オデルはそっと同意した。

サスタンは馬を歩ませ始めたが、ふと近くの木を見あげて馬を止めると、手を伸ばしてヤドリギの小枝を手折った。その小枝をオデルの耳の上に差すと、すばやくキスを盗んで、さらに枝から実をもぎ取り、自分のポケットのなかへ滑り込ませた。「思い出に」

　オデルは息をのんで弱々しい笑みを浮かべると、ふたたび動き出した馬の背中で、まっすぐ前を見つめた。思い出に？　彼がロズワルド城を離れ、わたしがまた孤独な生活に戻ったときのための思い出に、という意味だろうか？

　そう考えると突然悲しくなり、オデルは気の利いた言葉が考えられなくなった。結局、城へ戻る間じゅう、二人とも無言のままだった。ところが大広間に一歩足を踏み入れたとたん、同時に大きく息をのんだ。部屋全体が模様替えされ、印象ががらりと変わっている。至るところにヤドリギや松ぼっくり、さらには流れるようなリボンや布が飾られ、テーブルには純白のリネンがかけられて、饗宴《きょうえん》のための準備が進められていた。

「帰ったのね！」ティルディが突然姿を現すと、早足で二人に近づいてきた。

「これはどうしたの？」オデルは圧倒されつつも尋ねた。

「あら、せっかくのご馳走だもの」ティルディは当然だと言いたげに答えた。「それに、すばらしいお楽しみも用意してるのよ。わたしたちが外へ出ている間に、旅の一座が到着したの。手品師に曲芸師、踊るクマもいるのよ。なんてすばらしいんでしょう！」

「今日の狩りの成功を祝うためだけに、このすべてを用意したの？」

「いいえ、そのためだけじゃないわ」ティルディは説明した。「間近に迫ったクリスマスのためでもあるの。これからは楽しいお祝いの季節でしょう?」

「あら?　今朝はサスタン卿の姿が見えないわね?」

ティルディの皮肉めいた言葉を聞き、架台式テーブルに着いていたオデルは顔をしかめたが、長椅子の上で体をずらしておばを座らせた。狩りに出かけた日から一週間近くが過ぎようとしている。クリスマスまでは、あとわずか三日しかない。サスタンはいまだロズワルド城に滞在したままだ。

狩りの日から昨日までずっと、サスタンは毎朝階下におりてきて、オデルと一緒に食事をとっていた。イードセルの看病のため、まだ一日の大半を寝室で過ごしているものの、城のメイドにわざわざ自分の食事まで運ばせる手間をかけたくないと言って、朝食も一緒に食べるようになったのだ。ところが今朝、サスタンは階下におりてきていない。イードセルの具合がふたたび悪くなったからだ。

ここ数日、イードセルは順調に回復している様子だった。昨日など、サスタンは少年を階下の暖炉脇にまで連れてきて、この調子なら明日も階下へおりてこられるかもしれないと言っていたほどだ。ところが昨夜ふたたび高熱に見舞われ、今朝は、ここで迎えた最初の夜と同じくらい具合が悪くなってしまった。もちろん、サスタンの地へ戻ることなどできるわけがない。たとえ、ここから馬を走らせて二時間ほどでたどり着ける距離だとしてもだ。結局サスタンは、少年に付き添って階上の寝室に残ることを決意した。

オデルはすでにサスタンが恋しくてしかたがなかった。最近では彼がそばにいてくれることが普通になっていたので、そうでない状態がひどくつまらなく感じられる。彼への思いはますます募るばかりだ。狩りの日以来、サスタンとは二、三回、人目を盗んでキスをしたが、そのたびにどこからともなくティルディが現れ、非難するような鋭い目で見られる。ティルディはここ最近、オデルがサスタンと一緒に過ごすことへの不快感を、前よりもはっきり示すようになっていた。とはいえ、おばは最初からサスタンがこの城へ到着したことを快く思ってはいなかった。きっと彼のことを、自分の計画を邪魔する存在だと考えているのだろう。ティルディは親切で思いやりのある女性だが、わたしの結婚ということになると頑固になってしまう。自分が招待した裕福な求婚者たちの誰かと結婚してほしいという願いを、いまだにあきらめていない。

オデルはそこで鬱々とした物思いを断ち切った。サスタンを恋しく思う気持ちが募るあまり、彼がこの城から立ち去る日がやってくると考えただけで、身を切られるようにつらくなる。いっそのこと、いますぐティルディに追い出してほしいくらいだ。いいえ、よく考えてみれば、なぜティルディはこれまでそうしようとしなかったのだろう？　その事実が突然奇妙に思えてきた。

ティルディがオデルに話しかけた。「サスタン卿はとても感じのいい男性よ。だけど、彼はわたしが招いた求婚者たちのように整った顔でもなければ、金持ちでもない。彼のような男性に時間をかけるのは無駄なこと。あなたには、たとえばビーズリーのような男性と過ごして、もっと価値ある時間の使い方をしてほしいわ。トレントン卿もいいわね。彼は——」

「ねえ、教えてほしいことがあるの」オデルはティルディをさえぎった。

おばは両眉をつりあげている。「何かしら？」

「なぜあなたはイードセル少年の病気をすぐに治して、サスタン卿をこの城から出ていかせようとしないの？　そうすれば、求婚者たちにとっては邪魔者がいなくなるのに」オデルはおばの反応を観察しつつも、自分のいまの言葉の意味を考え、突然あることに思い至った。

体をこわばらせたオデルを心配し、ティルディが尋ねる。「いったいどうしたの？」

「まさか——」オデルははっと息をのみ、かぶりを振った。「いいえ、そんなことがあるはずない」

「何よ？」ティルディはふいに警戒するような表情を浮かべた。

「なんでもないの」

もしかして、ティルディがイードセル少年の病気を治そうとしないのは、自分が呼んだ求婚者たちとわたしを本当は結婚させたくないからではないだろうか？　おばがわたしに恋に落ちてほしいと考えている本当の相手は、サスタンなのでは？　そもそも、サスタンの領地は、馬を走らせればここから二時間ほどの近さだ。サスタンがわざわざロズワルド城で休まざるを得なくなったこと自体がおかしい。それに、イードセル少年の具合が突然悪くなったというのも不自然だ。でも……やはり偶然の一致なのだろう。

たったいま浮かんだ疑念を頭から振り払おうと、オデルは繰り返した。「いえ、どうしてあの少年の病気を治そうとしないのかなと思って」

「あら、それは、わたしの魔法が人間には効かないからよ」ティルディは答えたが、うつむいたまま視線を合わせようとしない。

オデルは胃のあたりが少し引きつるのを感じた。ティルディは嘘をついている。

「これがあなたの計画なのね？」オデルは静かに口を開いた。

ティルディは無表情のままだ。「なんのこと？」

「あなたは最初から、わたしがあの求婚者たちのうちの誰かを好きになることなんて望んでいなかった。あの愚かで、薄っぺらで、うぬぼれの強い男たちを、わたしが好きになるはずがないと知っていたから。だから、この城を彼らでいっぱいにしたところで、本当にわたしに好きになってほしい相手――サスタン卿をここへ立ち寄らせたんだわ」

「ばかげてる。なぜわたしがそんなことをする必要があるの？」ティルディはわざとらしい笑い声をあげた。

怒りと失望に打ちのめされ、オデルは大きくため息をついた。「もっと早くそのことに気づくべきだったんだわ。あなたはサスタンにあまりにひどい態度を取っていたもの」悲しげに言い、首を振る。「でも、それはすべてあなたの計画の一部だったのね。あなたが彼に失礼な態度を取ったのは、そうすれば、わたしが彼に親切にせざるを得なくなるから。それに、サスタンに魔法を見られるのを恐れたわたしが、彼と一緒の時間をたくさん過ごし、なるべくあなたやほかの人たちに近づかせないようにするだろうということもお見通しだった」

「ありえない」ティルディはいらだったように舌打ちをした。「あなたはわたしを買いかぶりすぎだわ。わたしはそんな策士じゃないもの」

ティルディは嘘をつくのが本当にへただ。そんな説明では、ちっとも納得できない。もう少し説得力のある説明をしてくれたらいいのに。そうしたら、サスタンのわたしに対する関心は本物だと信じられるのに。でも、子犬のようにまとわりついてくるハンサムでお金持ちの求婚者たちと同じように、サスタンの興味も意図的にかき立てられたものなのだろう。求婚者たちは熱心すぎるくらいにこちらに強い関心を示しているけれど、あれが本物だと信じるほど、わたしは愚か者でもなければうぬぼれ屋でもない。だからこそ、この城に彼らがいることにいらだちを覚えていた。彼らの求愛はティルディの魔法によって生み出されているに違いないと疑い続けてきたのだ。それでも、サスタンだけは違うと考えていた。ティルディはサスタンのことを忌み嫌っているようだし、彼だけは違うと――

「失礼するわ」オデルは体をこわばらせたまま立ちあがり、テーブルから離れた。まっぷたつに折れた心を抱えながら。

6

「準備はいい？」

オデルはティルディの問いかけに顔をしかめたが、真顔でうなずいた。「ええ。もうわたしの出番かしら？」

「このあとすぐよ」ティルディが興奮したように答える。

でも、オデルはちっとも興奮などしていない。おばから〝このあとすぐよ〟という返事を聞かされるのは、これでもう四回めなのだ。その間ずっと、こうしてきまり悪さを感じつつ厨房《ちゅうぼう》に立ったまま待たされている。しかも、料理長や彼の下で働く厨房の者たちがぽかんと口を開けているのをどうにか無視しながらだ。無理もない、彼らはこんな格好のわたしを一度も見たことがないのだから。わたしのこんな姿を見ることは二度とないはずだから、みんなにはせいぜい楽しんでもらおう。オデルは人目を気にして、胸の前で両腕を組んだ。ティルディが作ってくれた衣装はとても愛らしい。ただ半透明の生地のせいで、胸の頂が透けて見えそうだけれど。

作〝ってくれた？〟その言葉を心のなかで繰り返し、オデルは目玉をぐるりと回した。ティルディは、寝室でわたしの服を脱がせ、妖精の粉を吹きかけただけだ。粉が吹き飛んだあとはもう、この衣装を身につけていた。こんな衣装はいままで見たことがない。ごく薄い紗《しゃ》のようなふんわりした生地でできた、トーガを思わせる衣装。何も着ていないような、まるで星を身にまとったような着心地だ。妖精の粉の残りが光っているのか、肌そのものでさえきらきらと輝いている。とはいえ、肌の露出があまりに多すぎる。いやらしいこと、このうえない。

こんな衣装を着せられるとわかっていたら、ティルディが突然演劇をやろうと言い出した瞬間、すぐに止めたのに。その話を聞かされたときは、劇の準備で忙しくなれば、おばが問題を起こすこともないだろうと考えた。それに、自分がこんな人目を引く格好をさせられる重要な役だとも思わなかった。実際、ぜひ出演してと頼まれたとき、ティルディからは〝あなたは重要な役ではないし、台詞《せりふ》さえ覚える必要がない〟と言われたのだ。〝どうしても女性にやってもらわなければならない役なのに、演じられるのがあなたしかいない〟とも。こんな恥ずかしい衣装を着せられているいま、最初からこの劇の上演に反対すればよかったと激しく後悔している。

「さあ、いまよ」

疑うようにティルディを一瞥《いちべつ》したが、今回おばは脇へどくと、とうとう厨房の扉を開いた。それぞれの衣装を着た六人の求婚者たちが、すぐにオデルの乗った演台を前に押し出し、大広間の舞台へ向かい始めた。この車輪のついた演台もティルディが魔法で作り出したものだ。美しい曲線でできており、やはり紗のようなごく薄い布地に覆われている。オデルがこの寸劇で演じようとしているのは、波の合間から立ちあがろうとしている愛の女神アフロディーテなのだ。

内心でため息をつきながらも、オデルはおばから指示されたとおり、顎の下で両手を重ね、体を軽くそらせるポーズを取った。オデルの登場で大広間に沈黙が落ちるなか、ティルディが明るい声で、アフロディーテとアレスの物語の朗読を始めた。観客のなかにサスタンはいないだろうか？　オデルはポーズを取りながらも、つい捜してしまった。でも彼の姿はどこにもない。きっと階下におりてきていないのだろう。そう考えて悲しくなり、本物のため息をついた。

あれからずっとサスタンを避けている。もちろん、彼に対して失礼な態度は取りたくない――結局サスタンは何も悪くないのだから。でも、サスタンがこの城から去るその日まで、自尊心と正気を保つために彼を避けようと心を決めたのだ。それ以来ずっと、困惑したように視線をよこしてくるサスタンを無視し続けるのに苦労していた。

いまティルディは、戦争の神アレスの紹介をしているところだ。大広間の反対側の、外に通じる扉から、アレス役が登場するのを見守る。ティルディが今回、アフロディーテの愛人アレス役に指名したのはビーズリー卿《きょう》だった。こんな寒さのなか、ビーズリーはいままでずっと外で待たされていたのだ。なんて気の毒に。オデルは顔をしかめたが、アレス役が近づいてくるにつれ、今度は目を大きく見開き、口をあんぐりと開けずにはいられなかった。ビーズリーではない。苦笑いを浮かべて近づいてくるのはサスタンだ。露出度の高い、丈の短いトーガ——こちらも破廉恥なこと、このうえない——を身につけ、手に盾と剣を掲げながら、オデルが乗った演台の小さな階段をのぼってきた。

ティルディが、アフロディーテとアレスの物語をとうとうと語っている。ヘパイストスと結婚しているにもかかわらず、アフロディーテとアレスが愛人となった物語だ。サスタンはすまなそうな表情を浮かべながら、朗読に合わせて、冷たい腕のなかにオデルを抱きしめた。

オデルは彼の耳元にささやいた。「いったい何をしているの？　アレス役はビーズリー卿だったはずなのに」

「ビーズリー卿は具合がよくないんだ。だからきみのおば上から代役を頼まれた」

「ええ？」オデルは一瞬、舞台上に登場したブラスターのほうに気を取られた。ブラスターはいま二輪戦車《チャリオット》のようなものに乗って、二人が立つ演台のまわりをぐるぐる回っている。その二輪戦車を引っ張っているのは、馬の仮面をつけた、別の求婚者二人だ。金色をした丈の長いトーガを身につけていることから察するに、ブラスターが演じているのは、二人の不貞関係を目撃する太陽神ヘリオス役に違いない。でも正直に言えば、舞台上のブラスターはオデルたちよりも、そばの鳥かごに入れられたニワトリのほうに興味がある様子だ。おいしそうな軽食を見つめるような目つきで、熱い視線を送っている。

彼を乗せた二輪戦車が外へ通じる扉から出ていくと、オデルはサスタンに少し体を寄せた。「ずっと外で待たされていたから、体が冷えたのね。まだ冷たい」

「ああ、きみのぬくもりがありがたいよ」サスタンが両腕に力を込めた。

ティルディはまだ長々と朗読を続けている。ヘリオスがアフロディーテの不義を、彼女の夫へパイストスにすぐに報告し、アフロディーテとアレスが密会している現場をどう取り押さえるか、二人で相談している場面だ。

そのとき、外に通じる扉がふたたび開き、寒風が吹き込むなか、ブラスターの二輪戦車がまた登場した。今回戦車に乗っているのはブラスターだけではない。彼の背後にもう一人、大型の金槌《かなづち》を手にした大男が乗っている。この城の鍛冶屋だった。火と鍛冶の神へパイストスを演じさせるには、うってつけの男性だ。

「きみのおば上から、あの乗り物が戻ってきたらきみにキスをするようにと言われている」

横にいたサスタンがつぶやいたので、オデルは驚いて彼を見あげた。「おばが？」

「ああ。彼女によれば、舞台上でキスをすることで二人の関係を表現したいそうだ。アフロディーテとアレスが……その……」

オデルは困惑に頬を染めながらも、すばやくサスタンの唇にキスをして、彼を黙らせた。サスタンは一瞬驚いた様子を見せたが、本気でキスを返してきた。彼の腕のなかでは、いつもとろけてしまいそうになる。両手を首に巻きつけ、体をそらして彼の体にぴったりと密着させて、何も考えないまま体を預けていた。サスタンの味わいを楽しみながら、小さなため息とあえぎをもらす。でも、そのとき頭上から網のようなものをかけられ、驚きに全身をこわばらせた。

「ヘパイストスがしかけた〝見えない網〟だ」

サスタンの説明を聞いて、オデルはふいに、自分が劇に出演している最中だったことを思い出した。そう、もちろんこれは、ロズワルド城の鍛冶屋扮《ふん》するヘパイストスが、不貞を働いた妻とその愛人をとらえるためにしかけた〝見えない網〟にほかならない。二人はこのあと、オリンポスの神々の前に連れていかれることになる。オデルとサスタンが網の下で抱き合っている間に、演台は男たちに押されながら、見世物のように部屋じゅうをぐるぐる回り始めた。

ティルディの朗読によると、不義密通を重ねた二人を前にしても、神々はアフロディーテの美しさを褒めたたえるだけだったという。しかも彼らの多くが、自分がアレスの代わりになってもかまわないとまで言ったそうだ。今回その神々を演じているのは、ロズワルドの村人や兵士たちだ。彼らは野次を飛ばしながら、自分たちの役割を実に楽しそうに演じている。求婚者たちのなかにも、網の下にいる二人に下品な言葉を投げつける者が数人いた。

周囲からさんざんみだらな言葉や野次を飛ばされ、オデルは頭の先から爪先まで赤くなった。まるで自分自身が悪いことをしでかしたような罪悪感さえ感じている。だから、ようやく大広間じゅうを引き回されるくだりが終了したときは、本当にほっとした。ティルディはまだ朗読を続けている。

とうとう網が取り払われ、退場というタイミングになり、オデルはふたたび自分たちが乗せられた演台が動き始めるのを待った。だが、いっこうに動き出さない。どうやら車輪が動かなくなってしまったようだ。男たちが必死に演台を押し出そうとしているが、びくともしない。

ティルディは眉をひそめながら、もう一度彼らが退出する場面を朗読した。続いて、男たちが渾身《こんしん》の力を込めてふたたび演台を押し出そうとしたが、やはり動かない。ティルディは期待するような目でサスタンを一瞥した。ややためらったものの、サスタンは両腕にオデルを抱きかかえて演台からおりると、外へ通じる扉まで大股で進んだ。進みゆく二人の背後で、大きな喝采がわき起こる。

「さあ、音楽を！」オデルがサスタンに抱きかかえられながら扉から出る直前、ティルディがそう叫ぶのが聞こえた。

扉が背後で閉まり、もはや役を演じる必要がなくなったとたん、オデルは急に裸に近い衣装が気になり出した。冷たい城の階段の上に両足がおろされ、とりあえず安堵《あんど》する。

サスタンは心配そうに眉をひそめ、あたりを見回した。凍《い》てつく冬の夜だ。「今夜はいつもより寒い。ここでどれくらい待つ必要があるんだろう？　きみのおば上は何も言っていなかったんだが」

オデルは体を震わせながら顔をしかめた。「もうこれでじゅうぶんだと思うわ」

「そうだね」サスタンは同意すると、体の向きを変えて扉を開けようとした。だが、扉は開かない。彼はもう一度扉を引っ張ったがびくともせず、閉ざされたままだ。

「どうしたのかしら？」オデルも扉の取っ手に手を伸ばして引っ張った。開く気配はない。

「鍵がかかったんだろうか？」サスタンが顔をしかめた。

「いいえ、ここの扉は普段から鍵をかけたことがないの。そんなはずは――」オデルは困惑しながらかぶりを振ると、今度は開くだろうという期待を込めて、もう一度強く扉を引っ張った。やはりびくともしない。

「きっと、いまわたしたちが出たときに、錠が落ちたんだろう」サスタンがぽつりと言う。

オデルは無言のまま取っ手を引っ張り続けていたが、やがて扉をどんどんと叩《たた》き始めた。大広間にいる誰かが気づいてくれるかもしれない。

「音楽が鳴っているから、誰にも聞こえないだろう」すぐにサスタンが言い出した。

オデルは耳を澄ませた。たしかに、音楽家たちが奏でる騒々しい歌がなかから聞こえてきている。いくら扉を叩いても、観客は気づかないだろう。

「ここにいたままでは体が冷えるいっぽうだ。なかに入れる扉はほかにないかな？」

オデルはため息をつくと、自分を温めようと両腕をこすりながら振り返り、中庭を見つめた。「厨房につながっている扉があるわ」

サスタンはうなずくと、ふたたび両腕にオデルの体をすくいあげて足早に階段をおり始め、一番下へたどり着くと尋ねた。「どっちだ？」

耐えがたい寒さに歯を鳴らしながら、オデルが右側を指さすと、サスタンはそちらの方向へ走り出した。城の外壁に沿って駆け足でぐるりと進み、裏手に回ると、厨房に通じる扉へたどり着いた。両腕にオデルを抱きかかえたまま手を伸ばし、扉を引っ張る。だが、正面の扉と同じく開かない。彼は眉をひそめ、オデルを雪の積もった小道に着地させると、力いっぱい扉を引こうとした。扉はびくともしない。サスタンはしばし考えたあと、扉を大きな音で叩き続けたが、誰も扉を開けてはくれない。二人は完全に締め出されてしまったのだ。

その間、オデルは足踏みをして、歯をがたがた鳴らしながら、みじめな気持ちで待つしかなかった。

「いくら叩いても、誰にも気づかれないようだ。早くしないと――」振り返って月明かりに照らされたオデルの姿を見るなり、サスタンは口をつぐみ、腕のなかに彼女を引き寄せた。「なんてことだ！　凍えているじゃないか」自分の手を上下させてオデルの両腕をさすると、突然彼女をもう一度抱きかかえ、一面雪が降りつもっている大地を横切り始めた。

「ど、どこへ、い、行くつもり？」オデルはあまりの寒さに歯を鳴らしながら、サスタンの首に両腕を回し、必死にしがみついた。彼の体のぬくもりで、少しは温まるかもしれない。そんな淡い期待を抱いてサスタンの髪に顔を埋《うず》めたが、相手の体も冷えきっている。

しばらく進むと、サスタンはふと立ち止まり、どこかの扉を引っ張った。ありがたいことにその扉は開いた。大きなきしり音にびくっとしながらも、オデルは体をよじらせてあたりを見回した。サスタンが連れてきてくれたこの場所は、いったいどこなのだろう？　室内は薄暗いが、漆黒の闇というわけではない。小さな建物の中央にある暖炉では、燃えさしがくすぶっている。オデルを部屋のなかに運び込むと、サスタンはスツールに彼女を座らせ、早足で出入り口まで戻ると扉を閉めて、暖炉の火をかき立て始めた。すぐ赤々とした火がよみがえると、オデルの前にしゃがみ込んだ。

「鍛冶屋の仕事場だわ」オデルは体を震わせながら話しかけた。

「そうだね」サスタンは彼女の裸足《はだし》を手に取ると、てのひらでこすって温めようとしたが、あまりに冷えきっているのに気づいて顔をしかめた。「きみは凍りつきそうだ」

「あなたも」

オデルが答えると、彼は笑い声をあげた。「この衣装はどう考えても冬向きじゃない」

自分の冷たい両手を懸命に上下させて、冷たいオデルのふくらはぎを温めようとする。

オデルは無言のまま、サスタンが献身的に尽くしてくれる姿を見つめていた。自分だって体が冷えきっているのに、地面にひざまずいて、わたしの体を必死に温めようとしてくれているなんて。サスタンはこうべを垂れたまま、ひたすら両手を体に沿って動かし続けている。暖炉の火明かりを浴びて、髪を輝かせながら。

「きみの体が温まったら、城のなかへ入れてくれる者がいないか、もう一度確かめに行ってくる」

サスタンの声がひどくかすれている。彼の両手はいまや、オデルの両膝から太ももへと移っていた。

オデルは無意識のうちに手を伸ばし、サスタンの柔らかい髪の毛に触れ、彼が頭をあげた瞬間動きを止めた。彼に驚いたように見つめられて、頬をほんのりと染めながら手を落としたが、その手はすぐにサスタンに取られた。彼は今度、てのひらをこすり始めたが、その瞳がどんどん欲望に煙っていく。二人は押し黙ったが、サスタンが突然オデルの手に唇を押し当てた。

はっと大きくあえぎながら、オデルは本能的にてのひらを閉じようとしたが、サスタンがふたたび開かせた。親指と人差し指の間の感じやすい部分に唇を押し当てられ、スツールの上でわずかに身じろぎをする。さらにてのひらに軽く舌を這《は》わされ、急に息ができなくなった。愛撫《あいぶ》されている手から全身へ、エロティックな熱をかき立てる無数の矢が放たれているかのよう。体じゅうがうずき、大きくあえがないよう唇を噛《か》むのがやっとだ。

サスタンは顔をあげると、しばし無言でオデルを見つめ、ふたたび彼女の手にキスをした。今度は手首の内側だ。

オデルは空いているほうの手を掲げ、サスタンの頬をそっと包み込んだ。顔の向きを変えた彼から、今度はそちらの手に優しくキスをされて、震えるような喜びを感じた。しかしサスタンはふたたび最初の手に戻り、今度は手首の内側から肘の窪《くぼ》みまでを軽く噛み始めた。息をのみ、スツールの上で体をよじらせる。今度は胸の脇に唇を押し当てられ、思わず低いうめきをもらした。

息をするのも忘れ、サスタンの髪に指を差し入れて、胸の膨らみを唇でたどる彼を見つめる。とうとう唇が胸の頂にたどり着き、優しくしゃぶり始めた。ドレスの生地があまりに薄くて透けているせいで、何も着ていないように感じられる。突然感じやすくなった肌に薄い生地がこすれる感触がたまらない。サスタンから乳房を吸われているエロティックな光景に圧倒されそうだ。オデルはなすすべもなく目を閉じて、またうめき声をあげた。

サスタンから両脚を開くよううながされ、ふたたび目を開く。彼は体の位置を変え、オデルの開いた両脚の間にひざまずくと、いったん唇にキスをしてきた。何かに飢えたような、情熱的で熱いキス。急に体温が跳ねあがったようだ。両手でどれほど肌をこすられても、こんなにいっきに体が熱くなることはなかったのに。

オデルは両手をたくましい両肩へそっと置くと、愛とは無縁だった二十五年分の情熱と切望を込めて、サスタンにキスを返した。片手が脇腹に這い、胸の膨らみを包み込まれた瞬間、体をそらせててのひらに乳房を押しつけた。この心が望むままに、彼の愛撫に身を任せたい。わたしはこうされることを求めていた。これこそ、わたしが求めていたすべてだ。サスタンが唇を離したときはがっかりしたようにあえいでしまったが、それからも彼は唇の愛撫を続けてくれた。顎から耳までキスの雨を降らし続け、たちまち今度は首元がかっと熱くなった。

彼の両手が背中に回されているのは、なんとなく感じていた。でも、衣装が体にぴったりすぎると不満げに言われて、サスタンがドレスを脱がそうとしていたことに初めて気づいた。サスタンを手伝うべく、すぐに手を伸ばしてドレスを脱ぎにかかる。そう、わたしもこうしたかったのだ。

サスタンはドレスを体の前側に引っ張ると、肩からいっきに脱がせ、生地が腰に落ちるに任せた。その下から現れたむき出しの胸を目にしたとたん、彼はドレスのことなどすっかり忘れ、目の前にある膨らみを手で包み込むと、交互に口づけし始めた。熱心で飽くなき愛撫に、オデルの体の奥底から欲望がわき起こる。

しかし、尖《とが》りきった胸の頂にいきなり唇を這わされ、不意を突かれた。まるでねじれたみぞおちが口から飛び出し、その場所に赤々と燃える炎が宿ったかのよう。大きくあえぎながら体をこれ以上ないほど弓なりにし、興奮のあまり、両手でサスタンの肩を強くつかんだ。はずみでスツールが倒れそうになり、慌ててサスタンに助けを求める。

サスタンは胸でオデルを抱きとめると、彼女の体を横へずらし、わらが敷きつめられた床にそっと横たえた。それからオデルの体を半分覆うように、自分の体を重ねてきた。その間も舌と唇の動きは止めずに、胸の頂を焦《じ》らすように愛撫し続けている。サスタンの片脚が両脚の間に割り込んでくるのを感じ、オデルは本能的に脚を少しずつ開いて、やがて彼の腰に巻きつけた。内ももに彼のざらっとした素肌の感触を覚え、スカートが完全にめくりあげられているのに気づいたが、もうどうでもよかった。もっとサスタンを感じたい。その一心で彼のトーガの肩部分をつかむと、その体を上のほうへ導いた。

サスタンは胸の愛撫から顔をあげると、体を上へ移動させ、ふたたび唇に唇を重ねてきた。オデルはキスを返したが、口づけよりもトーガを脱がせることに集中し、彼の体の下へ押しやった。そして両方の指をサスタンの胸板に滑らせてみると、乳首がすぐに張りつめた。なんて敏感なんだろう。わたしと同じだ。彼の背中に両腕を回して、強く抱き寄せ、背中をのけぞらせてぴったりと添わせてみた。さらに両手を腰へとおろし、そのあたりにたまっていたトーガの下へ滑り込ませた。興味津々でサスタンの臀部《でんぶ》の筋肉をつかむと、彼はキスを中断し、吐息まじりの笑い声をあげた。

オデルははっとして彼の視線を受け止めたが、サスタンが喜びと興奮がないまぜになったような表情を浮かべるのを見て、上唇を軽く噛んだ。

「きみを力ずくで奪っているような気がしていた」サスタンは口を開いた。「そのことに罪の意識を感じていたが、いまはわたし自身も奪われているようだな」そう言い終えて、少し苦しげな表情を浮かべる。オデルが臀部から両手をゆっくり離そうとするのを感じ取り、かすれ声でつけ加えた。「すごくいい気持ちなんだ」

オデルはためらいがちに笑みを浮かべると、両手をもう一度サスタンの下半身へと戻したが、片手は二人の体の間に滑り込ませた。オデルが何を求めているかをすぐに察知し、サスタンは体をわずかに移動させ、欲望の証《あかし》にもっと触れやすくなるようにした。そそり立つサスタン自身に初めて触れた瞬間、オデルはさっと頬を染めたが、それでも躊躇《ちゅうちょ》したりはしなかった。トーガの布の上から欲望の証に手をかけ、ごく軽く握ると、たちまち彼の瞳に炎が宿るのがわかった。励まされたような気分になり、片手をトーガの下へ滑らせ、今度はじかに握ってみる。まぎれもない彼自身の素肌の感触がてのひらから伝わってきた。でも、次にどうすればいいのかがわからない。

するとサスタンが手助けしてくれた。腰をやや浮かせてからもとに戻し、オデルの手のなかで欲望の証が上下に動くようにしたのだ。彼の言いたいことを理解すると、オデルは熱心に欲望の証を手で愛撫し始めた。興奮をかき立てられたかのようにサスタンは荒々しくオデルの唇にキスをしたあと、彼女の片手をつかんで頭の上にあげさせ、自分の片方の手で固定した。空いたほうの手で脚の間をまさぐり、一番感じやすい部分を探り当てて、てのひらを押しつける。オデルは息を震わせて大きくあえぎ、衝動的にサスタンの体を押しのけようとしたが、あっという間にそちらの手もつかまれ、また頭上に掲げられてしまった。

オデルの両方の手首を片手でがっちり押さえ込むと、サスタンはもう片方の手をふたたび脚の間に押し当て、濡《ぬ》れた部分に触れ始めた。その間ずっと目と目を合わせ、かたときもそらすことがない。じゅうぶんにオデルの両脚を開かせると、てのひらを離し、今度は指先で濡れた襞《ひだ》の間を愛撫し始めた。彼の巧みな愛撫に、まるで溺れているかのように口を大きく開け、あえがずにはいられない。

「こんなの……ずるい」体をのけぞらせながら、オデルはやっとのことで口にした。かぶりを振ると、両方の手首を拘束していたサスタンの片手からようやく逃れられた。

「ずるい？」サスタンは彼女の耳元にかすれ声で話しかけると、感じやすい耳たぶに歯を軽く立てた。

「あなたに全然触らせてくれないんだもの」オデルは息を止め、それから低くうめいた。

秘められた部分が愛撫される速さも、大胆さも、どんどん増してきている。

「もしきみに触るのを許せば、何も始まらないうちに終わってしまうからね」

「何が……始まるの？」全身がハープの弦のようにぎりぎりと引き絞られているのを感じ、オデルはやっとのことで言いきった。

「これだ」

しっとりと濡れた脚の間に指が一本差し入れられ、オデルは叫び声をあげた。あたかも焼き印を押されたかのように、全身を緊張にこわばらせる。そのとき突然、体全体が悦《よろこ》びの波にのみ込まれ、信じられない思いで目を見開いた。思わずあげた歓喜の叫びは、サスタンが口づけでふさいでくれた。

熱っぽいキスが繰り返されるうちに、ようやく悦びの極みから現実へと戻り始める。サスタンがいざなってくれた、ふわふわと漂うような心地のいい世界から帰ってくると、オデルはキスを返し、自由になった両手を彼の首に巻きつけた。背中に手がかけられたと思ったら、サスタンはオデルを起こし、彼の両脇に膝を突くよううながして、胸と胸がくっつくまで強く引き寄せた。

オデルはサスタンをしっかりと抱きしめてキスを返したが、また首元に唇を押し当てられ、たまらず頭をのけぞらせた。脚の間にふたたび手を感じた瞬間、驚いて彼の耳元に吐息をもらしてしまう。信じられないことに、サスタンはこの体にまたしても火を熾《おこ》し、炎をかき立て始めている。彼の口が首元から片方の胸の膨らみへ移動すると、オデルはさらに体をのけぞらせ、がっしりした両肩にしがみつき、愛撫を続けている彼の手に体の芯をこすりつけるようにしていた。やがて体が小刻みに震え出すと、今回サスタンは彼女のヒップの下に片方の手を差し入れ、自分の上に馬乗りにならせた。

そそり立つサスタン自身がなかに入ってきた瞬間、オデルは驚きに目を大きく開いた。信じられないほど大きい。けれど、こうしてようやく彼と一つに結ばれたのだ。しばしそのまま動かずにいたが、やがてサスタンはオデルのヒップをつかむと、体を動かすようにうながし始めた。導かれるがまま、オデルは体を精一杯揺り動かしたが、これで合っているのかよくわからない。すると、サスタンはふたたび体の位置を変えて、今度はオデルの背中を優しく床に横たえた。

「わらが当たって痛いなら、すぐに言ってほしい」サスタンはオデルの耳元でささやくと一瞬欲望の証を引き抜いたが、すぐにふたたび挿入した。目を閉じ、彼の動きに合わせるように腰を突き出そうとする。両手をサスタンの腰に伸ばし、もっと深く、強く差し入れるようにうながした。そして、やがて二人は同時に、悦びの極みへと到達した。

7

「寒くないか?」

オデルはサスタンの胸に頭を休めながら、ほほ笑んで無言のままうなずいた。ずっとこうしていたい。二人でクライマックスに達したあと、サスタンはわたしを抱きかかえたまま、あお向けに横たわった。いまは、彼の温かな体に自分の体をぴったりくっつけている。ひんやりとした床に敷かれたわらの上に寝ているよりも、こちらのほうがはるかにいい。

巻き毛をサスタンが指でもてあそび始めたのを感じ、身じろぎをして頭をあげた。ものといたげに見やると、サスタンはぽつりと言った。「ありがとう」

「ありがとう? 何について?」驚いて尋ねた。

サスタンはオデルの頭をあげさせて口づけたあと、唇に向かったままつぶやいた。「こんな悦《よろこ》びを与えてくれて、本当にありがとう」

またしてもキスをされ、オデルは優しい笑みを浮かべた。「どういたしまして、閣下。それに、こちらこそありがとう。本当にありがとう。感謝しているわ」感謝の言葉を言うたびに、彼の鼻先と顎、胸に軽くキスをしながら、気持ちを伝えようとした。

サスタンは含み笑いをすると、オデルの体を近くに引き寄せ、両手を艶やかな髪に差し入れた。「鍵はまだ閉められたままかな？」

「どっちでもかまわないわ」オデルはいたずらっぽくほほ笑むと、サスタンの上にまたがり、つけ加えた。「ずっとここのまま、ここにいられそうな気分よ」

「そうだな」サスタンは手を伸ばしてオデルの胸の膨らみを愛撫《あいぶ》し始めたが、彼女が低くうめいて上からのしかかるのを見て、笑みを浮かべた。オデルの下腹部にこすられ、欲望の証《あかし》がゆっくりと頭をもたげつつある。募る欲望にかすれた声で話しかけた。「でもすぐに戻らないと」

オデルは目を開いてサスタンを見おろし、身じろぎをした。自分がこれから彼と何をしたいと思っているか、言葉に出す必要はない。言葉よりも態度で示すほうが彼に伝わるはずだ。「本当に戻りたいの？」


甘やかな拷問にミシェルは低くうめくと、彼女の片方のヒップをぎゅっとつかんでうなるような声で言った。「悪い女だ」表情を和らげて続ける。「きみのおば上と話そうと思っている。きみに結婚を申し込まなければ」にやりとして、さらにつけ加えた。「そうすれば、こういうことがいつだってできるようになる」

オデルの顔が喜びに輝くのを見て、ミシェルはこのうえない満足感を覚えた。世界のすべてがおさまるべきところにぴたりとおさまったようだ。だが彼女の輝かんばかりの表情は、浮かんだときと同じで突然消えてしまった。いまオデルは目を閉じ、顔からいっさいの表情を消している。

「なんてことなの……すっかり忘れていたわ」

オデルが唐突に口を開き、ミシェルはいやな予感に襲われた。いまの言葉といい、声の調子といい、なんとなく不安をかき立てられる。つい先ほどまで感じていた幸せが、この手からすり抜けていくような不安だ。とっさにオデルの片方のヒップをぎゅっとつかんだ。そうすれば、手から逃げようとしている幸せを引きとめられるかのように。

「忘れていた？　いったい何を？」

オデルは大きく目を開くと、悲しげにミシェルを見てかぶりを振った。「いえ……なんでもないの。大したことじゃない」一呼吸おいて続ける。「あなたはわたしに結婚を申し込む必要なんてないわ」

ミシェルはすっと目を細めた。あたかも殺し屋だらけの部屋に足を踏み入れ、最初にどの敵を攻撃すべきかわからず、見定めようとしているかのように。いまの言葉にはどう反応を返せばいいのだろう？　一番いいのは、自分の気持ちをはっきりと伝え、彼女とずっと一緒にいたいと告げることだろうか？　それとも、もう少し現実的な話をすることなのか？

「オデル」ミシェルは慎重に口を開いた。「いまの行為で赤ん坊ができた可能性がある」

オデルはそう聞いて目を見開くと、突然彼から体を引きはがし、立ちあがった。腰をかがめてドレスを手に取ると、心ここにあらずの様子で身につけ始め、ようやく着終わると混乱したような声で言った。「ええ、もちろんあなたの言うとおりだわ。でも慌てる必要はどこにもない。結果がわかるまで、少し待たなくてはいけないけれど——」

ミシェルはすぐに立ちあがり、オデルの片腕をつかんで、彼女の体を正面に向かせた。「待つなんてごめんだ。きみと結婚したい」

オデルは顔を背け、視線を避けながらため息をついた。「いいえ、そんなはずない。そんな気持ちは一時の感情にすぎないの。あっという間に消えていくはずよ。そのときあなたは、わたしたち二人が結婚しなくてよかったと思うことになるんだわ」

彼女の優しい声を聞きながらも、ミシェルは胸が冷えていくのを感じた。「きみはわたしと結婚したくないのか？」

「わたしは誰とも結婚したくないの」オデルははぐらかすように答えた。

「つまりきみが言いたいのは、こういう関係になったとはいえ、わたしに対する想《おも》いはないと——」

オデルはいらだったように身じろぎをして、ミシェルをさえぎった。「閣下、まるであなたにとってはこれが初めてだったような言い方ね。でも、どう考えてもそんなはずはない。だから怒りっぽい生娘《きむすめ》のような態度を取るのはやめて」

　非難の言葉にミシェルはまばたきをした。そのとき気づいた。彼女の言うとおりだ。いまの言い方はまるで……本当に情緒不安定な処女のようではないか！　冷静になることに意識を集中させなければ。

　オデルのドレスを見つめ、声の平静を保つようにしながら話しかけた。「マイ・レディ――」

「オデルよ」

「え？」

「こういうことが起きたあとだから、わたしのことは名前で呼んでもらったほうがいいと思ったのよ、閣下」

「ああ、そうだな」ずばりと指摘され、ミシェルはやや顔をしかめたが、礼儀正しく答えた。「だったら、きみもわたしのことはミシェルと呼んでくれないと」

「お許しに感謝するわ」

　まだどこか皮肉っぽさが感じられる口調だ。ミシェルはそのことに気づき、いらだちを覚えたが、ふたたびそれを抑え込んだ。「オデル、わたしは簡単に結婚を申し出るたちではない。実際、いままで誰にも求婚したことがなく、今回が初めてなんだ。きみにわたしと結婚してほしいと心から願っている」

「いいえ、そんなはずない」

オデルはこちらの言葉を頑として聞き入れようとしない。ますますミシェルは混乱した。

「悪いが、自分がどうしたいかしたくないかはわたしが決めることだ。きみに言われたくない」

「わかったわ。だったらわたしの話をしましょう」オデルはとげとげしい口調で言うと、一歩前に出て、ミシェルの胸に指を突きつけた。「この二十五年間、暴君のような父親に支配され続けてきたわ。何時に眠るかも、何を食べるかも、どんなものを身につけるかさえ、父に言われたとおりにしなければならなかった。でも父が死んだいま、ようやくそんな日々が終わったの。それなのに、また別の男に支配されるなんて……」

オデルは体の向きを変えて立ち去ろうとしたが、ミシェルは背後から引きとめ、燃えるような瞳で彼女を見つめた。「どんな点であれ、わたしとお父上が似ていると本当に考えているなら、わたし自身をちゃんと見たうえでそう言ってくれ。やはり同じなら、わたしはきみを残してここから出ていく。そうでなければ、きみのおば上と話し合って――」

「だめよ！」オデルはさえぎると、顔を背けた。「そんなふうには思っていないわ。あなたは親切で優しいし、自分の馬や従者までとても大切にしている。娘であるわたしに対する父の態度よりも、はるかに大きな優しさが感じられる。だけど、そんなことは大した問題ではないのよ、閣下」

彼女の目にはそこはかとなく悲しげな色がたたえられている。ミシェルはそれがひどく心配でしかたがなかった。いまさっき、彼女がこれまで積もりに積もった鬱憤を爆発させた事実よりもだ。

オデルはひっそりとつけ加えた。「あなたがいま、わたしを愛していると考えているのはよくわかる。でも、それは本物の感情ではないの。そう遠くないいつか、あるとき目が覚めたら、わたしのことなんてまったく求めていないことに気づくはずよ。このすべてが魔法のせいなの。だから、あなたの求婚を受けないだけの分別がわたしに残されていたことに感謝して。このまま何もしないで。わたしはあなたと結婚する気はないから」

そう言い残し、オデルは体の向きを変えて、その場から立ち去った。呆然《ぼうぜん》と彼女の後ろ姿を見送っているミシェルを一人残して。


「ここに隠れていたのね」

窓辺に立っていたオデルは振り返り、寝室へ入ってきたティルディを見つめた。「別に隠れているわけじゃないわ」

「あら、そうなの？　もう昼食の時間なのに、あなたは階下におりてもこないじゃないの。そういう態度こそ〝隠れている〟というんじゃないかしら？」

オデルは肩をすくめ、また窓のほうへぼんやりと視線を向けた。

昨夜、鍛治屋の小屋を出てまっすぐロズワルド城へ戻ると、城のなかに入るための扉はどれも簡単に開けられた。それを知った瞬間、今回のすべては、ティルディの魔法の仕業だと気づかされた。でも、もはやそんなことはどうでもよかった。祝宴でごった返している人込みを縫うようにして階段を駆けあがり、自分の寝室へ駆け込んで、さめざめと泣きながらベッドについた。そして迎えた今朝、鳥のさえずりとともに起き出して着替えを済ませ、部屋のなかを行きつ戻りつするか、窓の外をぼうっと眺めるかのどちらかを延々と続けている。

「サスタン卿《きょう》と話してきたところなの」ティルディは言った。「彼はどうにか隠そうとしていたけど、思い悩んでいるのがすぐにわかったわ。あなたに結婚を申し込んだけど断られてしまい、その理由がわからないと言っていた」

「だったら、その理由はあなたから彼に説明すべきでしょう?」オデルは皮肉っぽく答えた。

「ええ、理由がわかればそうしたでしょうね。でも、正直よくわからなかったの。ただサスタン卿はあなたから、〝わたしに対する気持ちは本物ではない〟と言われたと話していた。それを聞いて、あなたが彼の求婚を断った本当の理由を理解したわ。だけどサスタンはすぐにイードセル少年の具合を確認しに行ったから、こうして先にあなたと話をしにやってきたのよ」

「それはわざわざありがとう」オデルは弱々しくため息をついた。

「ねえ、オデル。このことについては前にも話したのに、あなたは全然わたしの言葉を信じていなかったのね。わたしはサスタン卿にはいっさい魔法を使っていない。彼は本心からあなたに結婚を申し込んだの。サスタン卿のあなたに対する気持ちは本物よ」

「いいえ」オデルは顔をあげようともしなかった。「あなたは魔法を使って、彼がわたしを愛するようにした。否定しても無駄だわ」

「あら、もしそんなことが簡単にできるなら、わたしはあなたの心を操作したはずよ。わたしがあなたと結婚させたい相手を、あなたに好きにならせれば済む話だもの。そのほうがいろいろと面倒が省けると思わない？」

オデルは体をこわばらせ、ゆっくりとティルディのほうを振り向いた。

ティルディは大きくうなずいた。「嘘じゃない。このことは前にちゃんとあなたに話したのに。なぜわたしを信じてくれなかったの？」

オデルはしばし無言のままだったが、やがて口を開いた。「本当にサスタン卿にはいっさい魔法を使っていないと誓える？　神様の前で誓えるの？」

ティルディはためらったものの、十字を切った。「わたしはサスタン卿にいっさい魔法を使っていないことを誓います」

「やっぱりあなたは嘘をついているわ。一瞬ためらったもの」

「ああ、なんてこと！」ティルディは叫ぶとベッドまで行き、どっかりと座り込んでため息をついた。「わかった、認めましょう。最初にサスタン卿の馬をくたびれさせたときは、ちょっとした魔法を使ったわ。あと、サスタン卿の心に〝ロズワルド城で一夜明かすべきだ〟というちょっとした提案もさせてもらった。サスタン卿をここに足止めするために、イードセルの具合が急に悪くなったのも――」

「彼の具合を悪くしたのは、おば様なの？」オデルはぞっとしたように叫んだ。

「あら、ただ熱が出ただけだわ。それ以上に症状が悪化することはなかったはずよ」ティルディはややきまり悪そうな表情で答えた。

オデルは少しの間考え込むと、目をすっと細めた。「本当なの？　本当にあなたはサスタン卿の心に、わたしを愛するべきだという〝ちょっとした提案〟はしていないの？」

「ええ、神様の前で誓えるわ。サスタン卿のあなたに対する気持ちを操作したりはしていない」ティルディは不機嫌そうに身じろぎをした。「わたしは人の気持ちに影響を及ぼすことができないの。いまわたしの使える魔法では無理なのよ」

「でも、求婚者たちはどうなの？」オデルは混乱して尋ねた。この言葉を信じていいのかどうかよくわからない。でも、おばの言い分にも一理あるような気がする。「あの人たちはわたしを――」

「ああ、あの求婚者たちね」ティルディはいらいらしたようにつぶやいた。「もちろん、彼らなら操作できる」

「ほら、いま〝もちろん〟って言ったわね。それが何よりの証拠だわ」オデルは先ほどまで感じていた不安が、苦々しい気持ちに取って代わられるのを感じた。「わたしだってそんなにばかじゃない。求婚者たちがわたしにあれほどぞっこんになって結婚したがるはずがないことはわかっていたわ……なんらかの影響がない限りね」

「ええ、そうね。真実を話せば、あなたがまごつくと思って……」ティルディは床を見つめ、咳払《せきばら》いをして喉を潤した。「あなたは前に、彼らにはどこか奇妙なところがあると話していたでしょう？　そうなの――」口を閉じてもう一度喉を潤し、続けた。「彼らは人間じゃない」

どんな答えが返ってくるのを期待していたのか、オデルは自分でもわからなかった。でも、まさかこんな答えが返ってくるとは……。「なんですって？」

ティルディは顔をしかめた。「チェシャー卿をネズミの姿に変えたとき、人間の姿に戻したかとあなたが尋ねたことを覚えている？　あのときわたしは、〝心配する必要はない。彼はここへやってきたときと同じように、ここから立ち去っただけだ〟と答えたわよね？」

オデルは当惑しながらもうなずいた。

「彼はネズミの姿のまま、この城を立ち去ったの」ティルディは説明した。自分が言いたいことをオデルが誤解しないように、さらにつけ加える。「そして、彼はネズミとしてこの城へやってきたの。この二週間のうちにロズワルド城へやってきた殿方たちは、全員ネズミなのよ。サスタン卿を除いてね」

オデルはぽかんと口を開けておばを見つめることしかできなかった。立ち尽くしながら、求婚者たちの姿を思い出してみる。そういえば、彼らは木の上にすばしこく駆けあがっていた。それに食事をするときも、奇妙な食べ方をしていた。いまはっきりとわかった――あれはネズミの食べ方だったのだ。両耳とひげをそばだてるようにしていたのは、全員がネズミだったからにほかならない。そして、その一人であるチェシャー卿は――

「ああ、神様」オデルはため息をつくと、真っ青になり、目玉をぐるりと回した。

「どうかしたの?」ティルディが心配そうに尋ねる。

「彼らの一人からキスされたの!」そう叫び声をあげ、両方の手で口のまわりをごしごしこすらずにはいられなかった。「もう、最低!」

ティルディはぽかんとしていたが、しばしオデルのレディらしからぬ振る舞いを許すと、彼女の両手をつかんでやめさせた。口を開いて、注意をふたたび自分へと戻す。「とにかく、わたしの妖精の粉は人間に影響を与えることができないの――少なくとも彼らが何を選択するかに関してはね。神は人間に自由意志を与えられた。だからわたしがいくら妖精の粉を使っても、彼らの選択までは変えられないようになっている。わたしはあの粉を使って城の内装を変えたり、カモをメイドに変えたり、ネズミを恋に夢中な殿方に変身させたりすることはできるけど、あなたに誰かを愛させることはできないの。それに、誰かにあなたを愛させることもね」

その言葉を聞き、オデルはネズミにキスされたことをたちまち忘れた。

「だったらサスタン卿は――」

ティルディはうなずいた。「サスタン卿は本当にあなたを愛しているのよ」

一瞬オデルは喜びにほほ笑んだが、すぐに後悔の表情を浮かべた。「だったら、わたしはなんてことをしてしまったの？」

「この世にやり直せないものなんて何もないわ」ティルディはオデルを励まし、彼女の手を握って扉のほうへ引っ張り始めた。「さあ、わたしと一緒に行くのよ」

「行くって、どこへ？」

そう尋ねる間に、オデルはおばに引きずられ、寝室から廊下へと出ていた。

「さあ、問題を解決しに行きなさい」ティルディはきっぱりと言った。

「でも、どうやって？」オデルは叫んだ。すでに階段までたどり着き、階下へおり始めている。「彼になんて言えばいいの？〝おばがあなたに魔法をかけたんだと思った〟なんて言えると思う？わたしの頭がどうかしたと思われるだけだわ」

「大丈夫。何かいい考えがひらめくわ」ティルディはそう励ますと、階段の一番下でふと立ち止まり、あたりを見回して、満足げな表情を浮かべた。「ほら、見て」

　オデルはティルディが指し示した方向を見た。厨房《ちゆうぼう》の戸口にサスタンが立ち、使用人の女の子に何か話しかけている。イードセルの食事を頼んでいるのだろう。

「さあ、彼のところへ行きなさい」ティルディはそっとオデルをうながし、自分の小袋から少量の妖精の粉をつまみ出すと、サスタンがいる方向へ吹きかけた。彼が立っている戸口のすぐ上に、突然ヤドリギが出現する。「あの下で彼にキスするのよ。そして、愛していると伝えなさい。すべてを正しい状態に戻すの」

　オデルは少しためらったが、息を吸い込んで背筋を伸ばすと、まっすぐ進み出した。ちょうどサスタンが使用人との話し合いを終えたとき、彼のところにたどり着く。使用人の女の子が厨房に入り、サスタンは体の向きを変えて大広間へ戻ろうとしたが、オデルに気づいて足を止めた。その瞬間、彼の顔に苦悶《くもん》の表情が浮かんだが、すぐにあとかたもなく消え、他人行儀な表情に取って代わられた。

「レディ・ロズワルド、何かお望みのものでも?」

「ええ」オデルはかすれ声で答えた。「あなたを」

　サスタンの驚いた表情を見て、オデルは頭上を指し示した。彼は頭をあげてヤドリギに気づき、唇を引き結んだ。オデルにはわかっていた。きっと彼はわたしを拒絶しようとしているのだろう。でもその機会を与えるつもりはない。決然たる足取りで前に踏み出し、チュニックをつかんで彼の体を下へ引っ張ると、爪先立って唇を重ね合わせた。

望みどおりの展開にはならなかった。口づけをしても、サスタンはまったく熱っぽい反応を返そうとしない。キスの主導権を奪おうとも、情熱に身を任せようともしない。それどころか、無言のままで体をこわばらせている。オデルは唇で、なんとか彼の情熱の一部をかき立てようとした。でも、いくら努力しても無駄だと思い知らされた。

ふいに涙がこぼれそうになったがどうにかこらえ、低い声でささやいた。「閣下、昨日の夜はわたしが間違っていたわ。わたし、とても怖かったの。でも、いまはもっと恐れていることがある。あなたを失ってしまうことよ。お願い……あなたを愛しているわ」

サスタンはオデルの腕をつかむと、探るような目で彼女を見た。「ということは……きみはわたしの妻になってくれるのか？」

「ええ。もしあなたが、いまでもまだそう望んでくれているなら」オデルはかすれ声で答えた。

「もちろんだ」サスタンは顔をほころばせると、穏やかな声で告げた。「わたしもきみを愛している」

喜びに弾《はじ》けるような笑みを浮かべ、オデルはふたたび爪先立ってキスをし始めたが、すぐにサスタンが頭を下げて応えてくれたおかげで、爪先立つ必要はなくなった。今回は一方通行のキスではない。

そこで、猫の威嚇するような声と、何かが急いで移動しているような物音が聞こえた。オデルとサスタンはキスを中断し、音のするほうを見て、言葉を失うほど驚いた。二十匹ほどのネズミの大群が、開かれた扉から凍《い》てつく冬の戸外へ出ていこうとしている。おまけに大群の後ろには、痩せて背の高い猫が一匹いた。といっても、ネズミを捕ろうと追いかけているのではなく、ネズミの群れを急《せ》き立てているようだ。

オデルは気づいた。あれはブラスターだ。しかも、大広間にあれほどおおぜいいた求婚者たちの姿がもはや見当たらない。

「みんな、どこへ行ったんだろう?」サスタンは驚いたように言うと、オデルの視線の先を追った。

「みんなって誰のこと?」そこに立っていたティルディが無邪気に尋ねた。オデルの顔が恐怖で引きつっているのにも気づかない様子だ。

「ビーズリー卿にトレントン卿、それに――」

「ああ、彼らなら状況が変わったのを見て、ここから出ていったわ」ティルディは朗らかな声で答えると、片眉をあげて二人を見た。「あなたたち、何かわたしに報告したいことはないの?」

サスタンはためらってオデルを見おろし、それから笑みを広げて、高らかに宣言した。

「はい。わたしたちは明日結婚します」そこでみぞおちをオデルから小突かれ、彼女を見おろした。「どうした？」

「明日ですって？」オデルが鋭く尋ねた。

「ああ」そう答えたものの、サスタンは不安げな様子だ。「明日、わたしと結婚してくれるだろう、オデル？　きみを幸せにできるよう、懸命に努力すると誓うよ。毎朝きみの美しさを称《たた》え、毎晩きみの髪をとかしてあげたい。わたしの従者や馬と同じくらい、きみにも心を砕いて優しく世話をするつもりだ」

オデルは思わず吹き出し、サスタンを強く抱きしめた。「それ以上ロマンティックな求婚の言葉はないわ。ええ、閣下、わたしは明日あなたと結婚します」

結婚を決めた証のキスを交わしたいのは山々でも、二人はどうにか我慢した。すると、ティルディはほうっとため息をつき、衣《きぬ》ずれの音をさせながら扉のほうへ向かい出した。

「これで一件落着ね。さあ、わたしはもう行かなくちゃ」

オデルは驚いて、サスタンの体から少し離れた。ティルディはわたしを結婚させるべく、四六時中つきまとっていた。それなのに、結婚式に出席さえしないつもりなのだろうか？

「でも明日はクリスマスよ。それに、わたしたちの結婚式には、ぜひあなたに立ち合ってほしいの。せめて式が終わるまでここにいてくれない？」

ティルディは表情を和らげた。「大丈夫、結婚式にはちゃんと出席するわ。でもいまは、わたしもやるべきことが山ほどあるのよ。何しろ、あなたも知ってのとおり、あと四十九人の面倒を見ないといけないから。それに、クリスマスはサスタン卿の家族たちと一緒に過ごしたほうがいい。結婚式はサスタン城で挙げるべきだもの。いますぐにここを出発すれば、サスタン城のクリスマスの祝宴に間に合うわ」

「でも、イードセルを置いていくわけにはいかない」

「彼ならかなり具合がよくなっているはずよ。少なくとも、ここからサスタン城まで戻れるくらいにはね」

ティルディがそう言い終わるか終わらないかのうちに、イードセルが階段からおりてきた。弾むような足取りで、健康な若者そのものといった印象だ。

「本当に大丈夫なのか？」サスタンは従者に眉をひそめて尋ねた。

「はい、閣下」イードセルは答えると、当惑したようにかぶりを振った。「ついさっきまで、熱があって元気もなかったんです。でも突然病気がどこかへ飛んでいって、健康そのものになりました」

「ほらね、言ったでしょう？」ティルディは陽気な歓声をあげ、オデルの困ったような一瞥《いちべつ》をあっさり無視した。それから手をひらひらさせると、使用人たちが階下へ次々おりてきた。全員が、オデルの荷物をまとめたかばんをおろしている。明らかに、ティルディが前もって荷造りさせていたのだろう。「さあ、これでクリスマスの休暇中に、あなたがこの城で一人ぼっちでいる理由はなくなったわ。オデル、サスタン城へ行きなさい。彼のお母様や妹さんたちは、あなたを心から愛してくれるはずよ。このわたしが保証する。それに明日のいまごろになったら、あなたはわたしを思い出しもしなくなっているはずよ」

「ええ、だけど――」オデルは口を開いた。どんな反論をするつもりだったとしても、くしゃみの発作に襲われたため、その内容はすぐに忘れてしまっていただろう。いまや至るところに妖精の粉が飛び散っているようだ。

ティルディと彼女の使用人たちが出ていき、ロズワルド城の扉がばたんと閉まる。オデルは困惑しながらサスタンを振り返った。

彼は笑みを浮かべ、オデルの柔らかな唇からもう一度すばやくキスを盗んだ。「さあ、出発しよう。彼女の言うとおりだ。わたしの母も妹たちも、わたしと同じくらいきみを心から愛するだろう」

オデルはしばし無言のままだったが、ゆっくりと笑みを浮かべた。「でも、わたしがあなたを愛する気持ちにはかなわないでしょうね」

笑い声をあげたサスタンから手をつかまれると、オデルは彼と一緒に走り出した。大広間の扉に――まったく新しい世界に向かって。

訳者あとがき

本書『壁の花のクリスマス』は、中世ロマンスを得意とする人気実力派作家リンゼイ・サンズが、クリスマスをテーマに書きおろした短編集です。注目すべきは、それぞれの作品に登場する個性豊かなヒロインと言えるでしょう。

表題作でもある第一話に登場するのは、貴族の令嬢プルーデンス・プレスコット。母のクリスマスの願いが〝家族全員が債務者監獄に入れられる前に、夫が賭け事をやめてくれること〟だと聞き、その願いを叶《かな》えようと決意します。彼女の兄が事故死して以来、父親がその事実を受け入れられず、酒と賭け事に溺れる日々を送っていて、このままだとプレスコット家の全員が年末に債務者監獄に入れられるのは確実だったのです。ただ、話し合おうとしても、父は行きつけの賭博場〈バラーズ〉に入り浸ったまま。そこでプルーデンスは自ら〈バラーズ〉へ出かけるのですが、経営者スティーブン・バラードに「レディは出入り禁止だ」と入店を断られてしまいます。でもその後も、あの手この手で〈バラーズ〉に忍び込もうと画策するうちに、貴族でありつつも賭博場を経営する、複雑な事情がありそうなスティーブンに惹《ひ》かれるようになり……。

　第二話『聖夜だけはレディ』に登場するのは、貴族の館に仕える皿洗いメイド、ブリンナです。クリスマス休暇で遊びにやってきたレディ・ジョアンから「あなたはわたしにそっくりだから、この休暇中、わたしになりすましてほしい」と頼み込まれます。ジョアンはこの休暇中に、父が勝手に決めてしまった婚約者サーリー卿《きょう》と初めて顔を合わせる予定なのですが、サーリー卿が野暮な田舎者という噂《うわさ》を聞き、彼との結婚について少し考える時間がほしいというのです。さんざん迷ったものの、ジョアンから目が飛び出るほど高額な謝礼金を渡すと言われ、その金があれば育ての親を楽させてあげられると思い直したブリンナは、とうとう承諾します。ところがサーリー卿はジョアンから聞いていた話とは違い、野暮でもなければ田舎者でもなく、マナーを守る感じのいい男性で、ブリンナは彼にどんどん惹かれていきます。そんなある夜、ブリンナはサーリー卿への深い愛情を抑えられず、彼と愛し合って一つに結ばれます。間の悪いことに、その現場を第三者に見つかってしまい、彼と急遽《きゆうきよ》結婚することになるのです。とはいえ、このままだと、なりすましであることがばれるのは時間の問題。懊悩《おうのう》するブリンナは、はたしてどんな行動を取ったのでしょうか……？

第三話『純白の魔法にかけられて』のヒロインは、ロズワルド城城主の一人娘、オデルです。父ロズワルドを亡くし、オデルは内心ほっとしていました。母亡きあとずっと、暴君のような父から支配し続けられてきたせいです。ところが父の葬儀の日、ロズワルド城に突然マチルダおば（ティルディ）がやってきます。しかも驚いたことに、ティルディはこんなことを言い出したのです。「わたしはもうこの世にはいないの。いまは天使への昇格を目指して、妖精として生きているわ。ここにやってきたのは、このままだと、あなたがあの冷酷な父親のもくろみどおりに、孤独で不幸せな人生を終えることになると心配したからよ。クリスマスまでに、あなたにはすてきな夫と結婚して幸せになってもらうわ」

その瞬間から、突然ロズワルド城に、ハンサムでお金持ちな殿方が大挙して押し寄せ始めます。ただ、彼らにちやほやされても、オデルはちっとも嬉《うれ》しくありません。むしろ心を許せるのは、長旅の途中に従者の少年の具合が悪くなり、偶然城に助けを求めてやってきたサスタン卿です。でも、ティルディは貧しいサスタン卿のことを結婚相手として認めようとはしません。はたしてオデルの淡い恋の行方はいかに？

から騒ぎ、なりすまし、魔法、劇中劇……。著者はこれでもかと道具立てを巧みに使い分け、ときに笑いを、ときに涙を誘いながら、まるで舞台を見ているような世界を描き出していきます。まさに珠玉の三作品を集めた、宝石箱のような一冊です。

一年をしみじみと振り返ることが多くなる年末年始。たっぷりの愛と笑い、そして奇跡が詰まった、このリンゼイ・サンズの短編集をどうかお楽しみください。

二〇二一年十一月

さとう史緒

訳者紹介　さとう史緒

成蹊大学文学部英米文学科卒。企業にて社長秘書等を務めたのち、翻訳の道へ。小説からビジネス書、アーティストのファンブックまで、幅広いジャンルの翻訳に携わる。ジョアンナ・リンジー『塔の上の婚約者』、ロレイン・ヒース『午前零時の公爵夫人』(以上、mirabooks)など訳書多数。

mira™

壁《かべ》の花《はな》のクリスマス

2021年11月15日発行　第1刷

著　者　リンゼイ・サンズ

訳　者　さとう史緒《しお》

発行人　鈴木幸辰

発行所　株式会社ハーパーコリンズ・ジャパン
東京都千代田区大手町1-5-1
03-6269-2883(営業)
0570-008091(読者サービス係)

印刷・製本　中央精版印刷株式会社

定価はカバーに表示してあります。

ISBN978-4-596-01705-5